Kevin Kwan • Sex & Vanity

Kevin Kwan

Sex & Vanity

Inseln der Eitelkeiten

Roman

Aus dem Amerikanischen von
Lisa Kögeböhn und Anna-Christin Kramer

KEIN & ABER
POCKET

Ebenfalls von Kevin Kwan:
Crazy Rich Asians
Crazy Rich Girlfriend
Crazy Rich Problems

Das Zitat von Pablo Neruda auf S. 133 stammt aus dem Gedicht »El coloquio maravillado«

Die Gedichtzeile auf S. 139 stammt aus »Soneto XI« und folgt der Übersetzung von Fritz Rudolf Fries

Die Originalausgabe erschien 2020 unter dem Titel *Sex & Vanity* bei Doubleday, New York

Cover: Maurice Ettlin
Satz: Dörlemann Satz, Lemförde
Druck und Bindung: CPI books GmbH, Leck
ISBN: 978-3-0369-6136-1
Auch als eBook erhältlich

www.keinundaber.ch

Für Capri,
die Insel, die meiner Seele Kraft schenkt,
und für New York,
die Stadt, die mich aufnahm, nährte
und für immer veränderte

Von: Isabel Chiu
An: lucietangchurchill@gmail.com
Betreff: la dolce vita

Lucie!!!

Ich freue mich sooooo sehr, dass du zu meiner Hochzeit auf Capri kommst! Von allen Gästen kenne ich dich am längsten, mal abgesehen von meiner Familie! Kaum zu glauben, dass wir schon befreundet sind, seit ich dreizehn war und du sieben – du warst mein einziges Babysitterkind. Wobei, Babysitten kann man das wohl kaum nennen, immerhin musstest du ständig *Roswell* mit mir gucken und meinen Herzschmerz ertragen. (Erinnerst du dich noch an Nikolai? Den hab ich neulich bei Erewhon getroffen. Er arbeitet inzwischen als Locationscout für Lawrence Bender hier in L. A. und ist kaum wiederzuerkennen!)

Jedenfalls haben wir uns das Hochzeitsdatum im Juli von Moms Wahrsagerin absegnen lassen. Zu der Zeit ist Capri einfach traumhaft – Dolfi hat in seiner Jugend jeden Sommer auf der Insel verbracht, weil seine Familie dort Wurzeln hat. Es bedeutet mir echt viel, dass du mit uns feierst, und natürlich erinnere ich mich noch an deine Cousine Charlotte und freue mich drauf, sie wiederzusehen. Ich kanns kaum erwarten, mit allen zusammen auf der Insel zu sein und dich meinen Freunden vorzustellen!

Meine Kalligrafin ist leicht im Verzug, weil sie die Anzahl der Gäste unterschätzt hat, aber Ende des Monats sollte dann auch die offizielle Einladung eintrudeln. Freu dich drauf!

Grüße und Küsse,
Issie

An:

Lucie Tang Churchill & Begleitung

FIFTH AVENUE 999, APT. 12B

NY 10028 NEW YORK

Mr and Mrs Christopher Chiu

laden zur Hochzeit ihrer Tochter

Isabel
mit
Mr Adolfo Michelangelo De Vecchi

Sohn von Conte Andrea De Vecchi
und Contessa Laudomia De Vecchi
in der Villa Lysis, Capri, Italien,
am Samstag, den 20. Juli 2013,
um 17 Uhr.

Die anschließende Feier findet
in der Villa Jovis statt.

RSVP

ISABEL CHIU

NIMES ROAD 875

CA 90077 LOS ANGELES

CAPRI

ITALIEN, 2013

Flackernde Fackeln beleuchteten den Weg, und trotzdem wäre Charlotte Barclay mehrmals fast gestürzt. Kein Wunder, sie hatte ja auch die goldene Moderegel gebrochen, an die sie sich als erfahrene Zeitschriftenredakteurin normalerweise hielt – sich auf Reisen stets vernünftig statt frivol zu kleiden. Sie musterte den ramponierten Saum ihres Partykleids und verfluchte sich innerlich für die Entscheidung, sich in letzter Sekunde von Olivia Lavistock Stilettos geliehen zu haben. Sie hatte das Gefühl, seit Stunden durch den Wald zu stolpern, dabei war es gerade mal eine Viertelstunde. Als endlich die hell beleuchteten ionischen Säulen aus der pechschwarzen Dunkelheit auftauchten, stieß sie einen erleichterten Seufzer aus.

Charlotte strich sich den akkuraten blonden Bob glatt – unverändert seit ihrer Schulzeit an der Miss Porter's – und erklomm die ausgetretenen Marmorstufen zur Terrasse mit Blick auf die Bucht von Neapel. Oben angekommen, hielt sie verwirrt inne. Vor einer Stunde war der Außenbereich noch völlig leer gewesen, doch jetzt hatte ein üppiges Mitternachtsbüfett die Hochzeitsgäste aus dem Ballsaal nach draußen gelockt. Sie sahen aus wie elegante Gazellen, die an langen, mit Köstlichkeiten beladenen Tafeln grasten.

Charlotte blickte sich verstohlen um. Sie hatte das Gefühl, als würde jede Einzelne dieser verdammten italienischen *principessas* und *contessas* sie von oben bis unten taxieren. Wie hatte sich die vornehmste Hochzeit ihres Lebens schlagartig in einen Albtraum verwandeln können? Sie beobachtete Auden Beebe, der seinen Teller gerade mit Hummerravioli belud, und verspürte den Impuls, ihn um Hilfe anzuflehen. *Nein, er ist der Falsche. Er würde es nicht verstehen.* Die Ortiz-Schwestern kamen die Treppe herauf. *O Gott, bloß nicht!*

Da entdeckte sie Olivia an einem der Stehtische nahe der Hauswand und spürte einen Anflug von Erleichterung. Olivia wüsste, was zu tun war. Olivia würde Ruhe bewahren, schließlich war sie Avantgarderegisseurin. Olivia war Engländerin, aber ganz anders als die anderen Engländer hier. Sie wohnte in L. A. und war in Paris zur Schule gegangen, hatte also garantiert schon Schlimmeres gesehen. Olivia würde ihr aus diesem schrecklichen Schlamassel helfen.

Charlotte ging zu ihr und berührte sie unauffällig am Ellbogen. Olivia blickte auf, interpretierte ihren Gesichtsausdruck jedoch völlig falsch. »Ja, ja, ich bin eine Heuchlerin. Aber was hast du denn erwartet? Ich gucke dir jetzt seit einer Woche dabei zu, wie du dir eine glutenhaltige Schweinerei nach der anderen reinstopfst – Pasta, Focaccia, Biscotti, immer fröhlich rein damit. Die Pizza hier mit weißen Trüffeln und Kaviar ist besser als schmutziger Sex mit Sam Heughan in den schottischen Highlands. Darüber solltest du mal in deiner Zeitschrift berichten.«

Charlottes Kehle war wie ausgetrocknet, sie brachte keinen Ton heraus.

»Also, ich meine natürlich die Pizza, nicht den schmutzigen Sex in Schottland«, stellte Olivia klar, obwohl Charlotte ganz offensichtlich kein Wort mitbekommen hatte. Sie lehnte sich an Olivia und schnappte nach Luft.

»Alles in Ordnung?« Olivia fiel jetzt erst auf, wie sehr Charlotte durch den Wind war.

»Bei mir ja, aber Lucie … Gott steh ihr bei!« Charlotte nahm sich ein Glas Champagner und leerte es in einem Zug. Dann sackte sie hyperventilierend an der Steinbalustrade zusammen.

»Was ist denn passiert?«, wollte Olivia wissen. »Soll ich Hilfe holen?«

»Sie braucht keine Hilfe, ihr gehts gut. Wobei, nein, eigentlich gehts ihr überhaupt nicht gut. Um Gottes willen, arme Lucie. Jetzt ist alles vorbei! Scheiße, was mache ich bloß?«

Olivia runzelte die Stirn. Was sollte sie von diesem Ausbruch halten? Sie kannte Charlotte Barclay noch nicht sonderlich lange, aber im Laufe der letzten Woche hatten sie sich miteinander angefreundet. Olivia hätte nie für möglich gehalten, dass eine Frau über vierzig, die so unerschütterlich und beherrscht wirkte, derart die Fassung verlieren konnte. »Charlotte, wie viel Champagner hast du beim Essen getrunken?«, erkundigte sie sich vorsichtig.

Charlotte straffte die Schultern und zupfte ein paar Zweige von ihrer Oscar-de-la-Renta-Robe. »Kann ich dir vertrauen, Olivia? Kann ich auf deine Hilfe zählen?«

»Aber natürlich.«

»Du weißt ja, dass ich nur als Lucies Begleitung auf dieser Hochzeit bin. Meine einzige Aufgabe bestand darin, ein Auge auf meine Cousine zu haben. Aber nicht mal das habe ich geschafft. Ich habe auf ganzer Linie versagt. Wären wir bloß nie auf diese Hochzeit gekommen! Wären wir bloß nie nach Capri gekommen! O Gott, ihre Mutter dreht durch, wenn sie das rausfindet! Und meine Großmutter erst! Die bringt mich eigenhändig um!« Charlotte schlug die Hände vors Gesicht.

Olivia konnte ihr ansehen, wie sehr sie sich quälte. »Was soll sie denn rausfinden? Wo ist Lucie überhaupt?«

»Ich weiß es nicht. Ich will es auch gar nicht wissen. Wie soll ich ihr nur je wieder unter die Augen treten?«

»Charlotte, du sprichst in Rätseln! Ich kann dir nicht helfen, wenn du mir nicht sagst, was los ist.«

Charlotte sah sie eindringlich an. »Du musst mir versprechen, dass du es keiner Menschenseele verrätst.«

»Versprochen.«

»Schwör es. Beim Grab deiner Mutter.«

»Meine Mutter ist quicklebendig, aber ich kann gern bei ihrem Leben schwören.«

Charlotte atmete auf. »Wann hast du Lucie zum letzten Mal gesehen?«

»Keine Ahnung … mit dem Gefolge der Braut auf der Tanzfläche? Sie hat mit Sandro getanzt, das weiß ich noch. So ein schönes Paar, er mit den langen Botticelli-Locken und sie in ihrem hauchzarten Kleid. Das sah so toll aus, ich hätte am liebsten ein Foto gemacht und die Szene in irgendeinem Film verwendet.«

»Genau, die beiden haben getanzt. Aber nach dem Feuerwerk war Lucie plötzlich verschwunden. Ich habe mitbekommen, dass ein paar von den jungen Leuten noch mal zur Villa Jovis wollten, also bin ich hoch zu den Ruinen, um da nach ihr zu suchen.«

»Du bist noch mal den ganzen Hügel hochgekraxelt? In meinen Viviers?« Instinktiv fiel Olivias Blick auf Charlottes Füße, wie um zu prüfen, ob ihre Schuhe diese Aktion heil überstanden hatten.

»Nein, irgend so ein Typ hat mich mit einem Golfmobil hochgefahren. Jedenfalls wirst du nicht glauben, was da oben in der Kapelle los war. Gras haben sie geraucht! Wie in so einer Drogenhöhle in Tanger!«

Olivia verdrehte die Augen. »Charlotte, jetzt erzähl mir bitte nicht, dass du dich so aufregst, weil Lucie dabei war. Die rauchen doch jeden Abend hinten am Pool. Dieser Junge, dessen Familie ganz Ecuador gehört, hat anscheinend einen Koffer mit allem möglichen Zeug mitgebracht.«

»Also wirklich, Olivia! Ich lebe doch nicht hinterm Mond! Schon vergessen? Ich war auf dem Smith[1]. Lucie ist neunzehn Jahre alt, meinetwegen kann sie sich den Schädel zudröhnen, so viel sie will. Lass mich doch erst mal ausreden! Ich bin also durch die Wandelhalle und dann hoch auf den Turm, aber keine Spur von Lucie. Wie eine Blöde bin ich durch diese gottverdammte, nur mit Laternen beleuchtete Ruine gestolpert, und als ich gerade dachte, ich hätte

[1] Das Smith College in Northampton, Massachusetts, gehört zu den besten geisteswissenschaftlichen Frauencolleges in den USA, zu den Alumni zählen Berühmtheiten wie Gloria Steinem, Barbara Bush und Julia Child. Das hat die Mitglieder der örtlichen Studentenverbindungen allerdings nicht davon abgebracht, folgende Redewendung zu prägen: »Mit Smith ins Bett, mit Mount Holyoke zum Altar, und mit Amherst kann man sich unterhalten.«

mich endgültig verlaufen, habe ich einen Gang gefunden, der zum Weg an den Klippen führte, diesem gefährlichen Steilküstenpfad am Salto di Tiberio.«

»O Gott, jetzt sag nicht, Lucie ist da runtergestürzt!«

»Nein, nein, keine Sorge! Aber ich bin bis zur Klippe gelaufen, und da waren ein paar Stufen, die zu einer kleinen Grotte hinunterführten, und …« Charlotte atmete einmal tief durch. »… und da habe ich die beiden gesehen.«

»Wen? Und was haben sie gemacht?«

»Ich dachte, ich sehe nicht richtig.« Charlotte stöhnte auf.

»Lass mich raten … Koks?«

»Nein!«

»Ziegenopfer?«

»Olivia, ich kann es kaum aussprechen.«

»Ach komm, so schlimm wirds schon nicht sein.«

Charlotte schüttelte vehement den Kopf. »Ich schäme mich in Grund und Boden. Meine arme kleine Cousine ist nicht mehr zu retten. Sie hat ihr Leben ruiniert!«

Olivia hätte sie am liebsten einmal durchgeschüttelt. »Charlotte Barclay! Jetzt spuck aus, was du gesehen hast. Sofort!«

Charlotte sah sich hektisch um, als würde sie gleich eine Todsünde begehen, und flüsterte Olivia etwas ins Ohr.

Olivia riss die Augen auf. »Mit dem? Wie bitte?! Ich fass es nicht!«

»Genau das habe ich auch gedacht. Ich war so schockiert, dass ich laut ›Stopp!‹ geschrien habe!«

Olivia legte den Kopf in den Nacken und stieß ein ohrenbetäubendes Kreischen aus.

1

Capri

2013

Liebste Lucie, liebste Charlotte,

unser Hochzeitswochenende naht, und wir dachten, wir geben euch schon mal einen kurzen Überblick über die Feierlichkeiten, damit ihr die Reise (und eure Outfits!) besser planen könnt:

Dienstag, 16. Juli

17 Uhr
Willkommenscocktail in den Gärten des Augustus
Gastgeberin: Marchesa Marella Finzi-Contini (Dolfis Tante!)
Dresscode: Leger

Mittwoch, 17. Juli

13:30 Uhr
Lunch im Beach Club Da Luigi
Gastgeberin: Isabel Chiu
Dresscode: Beach Chic

21 Uhr
Dinner im Ristorante Le Grottelle
Gastgeber: Dolfi De Vecchi
Dresscode: Leger

Donnerstag, 18. Juli

Wanderung auf dem historischen »Passetiello«-Weg von Anacapri nach Capri
Führung: Auden Beebe
Dresscode: Lauf- oder Wanderschuhe

21 Uhr
Dinner im Il Riccio
Gastgeber: Constantine und Rebecca Chiu (mein großer Bruder und seine Frau!)
Dresscode: Cocktail

Freitag, 19. Juli

11 Uhr
Ausflug zur Villa Lachowski in Positano
Führung: Mordecai von Ephrussí
Dresscode: Leger

19:30 Uhr
Sonnenuntergangskonzert mit Bankett im Kloster Certosa di San Giacomo
Gastgeber: Conte und Contessa De Vecchi
Dresscode: Formell

Samstag, 20. Juli

17 Uhr
HOCHZEITSZEREMONIE
Villa Lysis

HOCHZEITSFEIER
Villa Jovis
Dresscode: Formell

Sonntag, 21. Juli

14 Uhr
Abschiedslunch an Bord der Superjacht Bravo Olympia
Dresscode: Resort Chic

Bitte entscheidet selbst, wann ihr anreisen möchtet. Unsere Hochzeitsplanerin Gillian (gillian@devecchichiuwedding.com) wird sich mit euch in Verbindung setzen, um euren VIP-Transfer nach Capri in die Wege zu leiten. Natürlich hoffen wir, euch schon ab Dienstag dabeizuhaben. Wir fühlen uns geehrt, dass ihr uns eure kostbare Zeit schenkt, und können es kaum erwarten, unsere Hochzeitswoche auf dieser zauberhaften Insel mit so vielen besonderen Momenten und vor allem mit euch zu verbringen!

Grüße und Küsse,
Issie & Dolfi

1

ANACAPRI
CAPRI, ITALIEN

Ein paar Kilometer außerhalb von Neapel riss der Vormittagsnebel plötzlich auf, und Capri tauchte glitzernd daraus hervor. Aus dem Hubschrauber ähnelte die Insel einem riesigen Smaragd, den die Götter ins Meer geworfen hatten. Lucie *(92nd Street Y Nursery School/Brearley/Brown '16)* schaute hinunter auf das tiefblaue Wasser und fragte sich, wie warm es wohl war und wann sie hineinspringen konnte. Sie liebte das Gefühl von Meerwasser auf der Haut.

»Was willst du als Erstes machen?«, fragte sie ihre Cousine Charlotte *(Rippowam/Miss Porter's/Smith)* vorfreudig.

»Ich will ins Michel'angelo. Das ist für seine Spaghetti mit frischen Campania-Tomaten und Burrata bekannt. Die sollen himmlisch schmecken.«

»Klingt lecker!«

»Und du?«

»Ich will auf jeden Fall in der Blauen Grotte schwimmen.«

»Kann man da drin schwimmen?«

»Warum denn nicht?«

»Hmm ... ist die nicht sehr tief?«

»Ich bin schon im Atlantik und in der Karibik geschwommen. Wieso dann nicht in einer kleinen Inselhöhle?«, erwiderte Lucie unbekümmert. Sie hoffte inständig, Charlotte würde sich auf der Reise nicht so viele Sorgen um sie machen wie ihre Mutter. Aber zum Glück war ihre Cousine durch den Ausblick aus dem Fenster schon wieder abgelenkt.

»Fantastisch, oder?« Charlotte bestaunte das dramatische, in Wolken gehüllte Bergpanorama der Insel.

»Kaiser Tiberius hielt Capri für den schönsten Ort auf Erden«, erklärte Lucie. »Deshalb hat er im 1. Jahrhundert die Hauptstadt des Römischen Reiches hierher verlegt. Issies Hochzeit findet in den Ruinen seines Palastes statt.«

Charlotte lächelte. »Deshalb verreise ich so gern mit dir. Ich kann mich immer darauf verlassen, dass du deine Hausaufgaben gemacht hast. Du bist mein persönliches Wikipedia und Yelp in einem. Weißt du noch, als wir mal über Weihnachten in Quebec waren und du den kompletten Trip danach ausgerichtet hast, welche Cafés die beste heiße Schokolade hatten?«

»Nee, da ging es um die beste Poutine für Freddie«, berichtigte Lucie.

»Igitt, Freddie und seine Poutine! Mir schwant Übles, wenn der mal seinen Teenager-Stoffwechsel verliert. O Gott, sollen wir da etwa landen?« Charlotte zeigte auf den Hubschrauberlandeplatz auf dem Dach eines majestätischen Hotels, dessen Terrassen mit Arkaden gesäumt waren.

»Sieht ganz so aus.«

»Aber da übernachten wir doch nicht, oder?«

»Nein, wir sind im Bertolucci untergebracht. Ich glaube, hier steigen immer die ganzen Promis ab. Mariah Carey und Julia Roberts und so.«

»Na, dann bin ich aber froh, dass wir nicht hier schlafen«, sagte Charlotte. »Solche Promihotels sind meistens schrecklich. Wenn man nicht berühmt ist, wird man da wie der letzte Dreck behandelt.«

Der AgustaWestland AW 109 landete mit einem spektakulären Manöver auf dem Hoteldach. Mehrere Angestellte eilten herbei, um ihnen das Gepäck abzunehmen, und eine Dame in einem eleganten weißen Etuikleid im Retrolook begrüßte sie. »Sie müssen die Signorine Churchill und Barclay sein. Willkommen in Anacapri! Darf ich Ihnen einen Willkommensdrink anbieten?« Sie strich ihre Namen von einer Liste auf ihrem iPad, und ein livrierter Kellner reichte ihnen eiskalte Bellinis in hohen venezianischen Gläsern. Hinter ihm erschien ein zweiter mit einem Tablett frischer, in weiße Schokolade getauchter Erdbeeren.

Charlotte griff zögerlich nach einer Erdbeere. »Danke! Aber Sie wissen doch sicher, dass wir nicht bei Ihnen übernachten?«

»Natürlich. Aber als Hochzeitsgäste von Miss Chiu sind Sie selbstverständlich auch bei uns willkommen. Ihr Hotel befindet sich in Capri-Stadt, wir schicken Ihr Gepäck dorthin.«

»Und das kommt auch wirklich an?«, erkundigte sich Charlotte besorgt.

»Keine Bange, Signora, bei uns ist Ihr Gepäck in den besten Händen. Kommen Sie mit nach unten, wir haben den Transport bereits organisiert.« Die Dame eskortierte sie in die Lobby, vor der bereits ein Taxi wartete – ein aufwendig restauriertes, knallrotes Fiat-Cabriolet aus den Fünfzigerjahren.

Der Fahrer öffnete ihnen schwungvoll die Tür. »*Buongiorno!* Ich bringe Sie nach Capri, sind nur zehn Minuten.«

Lucie machte es sich im Auto gemütlich. »Also, wenn das die Behandlung für den letzten Dreck war, dann will ich gern mal wissen, wie Julia Roberts hier hofiert wird.«

»Na, vielleicht haben sie mich ja gegoogelt und gesehen, wer ich bin«, kommentierte Charlotte ohne den leisesten Hauch von Ironie. Sie zog beträchtliches Selbstvertrauen aus ihrer Tätigkeit als eine der leitenden Redakteurinnen von *Amuse Bouche*. Schließlich war es ein einflussreiches Magazin und gehörte zur noch einflussreicheren Muttergesellschaft Barón Snotté. Jetzt richtete sie ihre Aufmerksamkeit auf das hübsche, creme-gelb gestreifte Verdeck des Oldtimers.

»Wäre es nicht toll, wenn die Taxis in der Stadt[1] auch so aussehen würden? So viel besser als diese albernen ›Taxis of Tomorrow‹, die schon jetzt abgeranzt wirken.«

»Dieses Leinenverdeck würde in der Stadt doch keine Woche überleben.« Lucie strich lachend mit dem Finger über das Verdeck und ließ die Hand im Fahrtwind baumeln. Als das Taxi um eine Haarnadelkurve bog, rief sie: »Oh, wow! Guck mal nach links!«

1 Wie so viele gebürtige New Yorker meint Charlotte mit »der Stadt« Manhattan, da es für sie die einzige Stadt ist, auf die es ankommt. (Charlotte hat im Lenox Hill Hospital das Licht der Welt erblickt, für New Yorker ihrer Generation mit der Postleitzahl 10021 der einzig würdige Geburtsort.)

Charlotte warf einen kurzen Blick über die Steilküste aufs Meer, das weit unter ihnen lag, und schnappte nach Luft. »O Gott, mir wird schwindelig! Da guck ich lieber nicht runter!« Sie sah sich nach etwas um, woran sie sich festhalten konnte, fand aber lediglich einen gekühlten Champagner mit einer jadegrünen Schleife um den Flaschenhals. An der Schleife hing eine Karte mit ihren Namen darauf. »Oh, guck mal, der ist für uns! Deine Freundin ist echt großzügig. Zwei First-Class-Flugtickets, der Hubschraubertransfer von Rom nach Capri, dieses tolle Auto und dann noch Champagner? Dabei bist du nicht mal Brautjungfer!«

»Das ist typisch Issie. Früher in der Park 788 war sie unsere Nachbarin, weißt du noch? Sie hat mir viele ihrer Kleider geschenkt. Die meisten Outfits hat sie nur ein, zwei Mal angehabt, daher hatte ich übrigens auch das kleine …«

»Das kleine weiße Chanel-Täschchen, damals in der dritten Klasse!«, beendete Charlotte Lucies Satz. »Stimmt! Das hatte ich ganz vergessen. Ich dachte, du kennst Isabel von der Brown.«

»Nein, sie ist ja viel älter als ich. Für mich war sie immer so was wie eine große Schwester.«

»Na, da wirst du ja ganz schön verwöhnt von deiner großen Schwester, hm? Eine Woche voller Partys, und dann noch eine Hochzeitsfeier, die garantiert die von Kate und William in den Schatten stellt.« Charlotte brachte es fertig, gleichzeitig vorfreudig und missbilligend zu klingen. »Wie viel hat ihr Vater sich den Spaß wohl kosten lassen?«

»Das hat Issie mir nicht erzählt, dafür ist sie viel zu gut

erzogen. Aber ich wette, die Hochzeit wird keine Wünsche offenlassen.« Lucie konnte ihr Glück immer noch kaum fassen. Zum einen war es die erste Hochzeit, zu der sie als Erwachsene eingeladen war, im Gegensatz zu den Familienhochzeiten, zu denen man sie als Kind immer mitgeschleppt hatte, und zum anderen war es der erste richtige Urlaub ohne ihre Mutter und ihren Bruder.

Als Lucie die verschnörkelte, handgravierte Einladung erhalten und das Datum gesehen hatte, war ihr das Herz in die Hose gerutscht: 20. Juli. Obwohl sie neunzehn Jahre alt war und tun und lassen konnte, was sie wollte, war ihre Mutter noch immer ihre wichtigste Bezugsperson. Jedes Jahr am dritten Juliwochenende fand die von ihrer Mutter organisierte Spendengala für den Animal Rescue Fund von Long Island statt, und Lucie war als Tochter der Vorstandsvorsitzenden fest als Helferin eingeplant. Erst nach zähen Verhandlungen hatte ihre Mutter widerwillig nachgegeben – Lucie durfte zur Hochzeit, aber nur unter der Bedingung, dass ihre ältere Cousine Charlotte sie begleitete. Ihr Bruder Freddie nannte die vierundvierzigjährige Charlotte hinter ihrem Rücken »Spaßbremse«, aber Lucie war zuversichtlich. Klar, ein bisschen nervig war es, aber sie würde schon mit ihr zurechtkommen – die Hochzeit war es auf jeden Fall wert.

Lucie war zwar im selben, in den 1930ern von Rosario Candela entworfenen Haus aufgewachsen wie ihre Freundin, aber Isabels Leben war um einiges glamouröser. Ihr Vater war Diplomat und stammte – wenn man den Liftboys des Hauses Glauben schenkte – aus einer der erfolgreichsten Geschäftsdynastien Asiens. Die Chiu-Familie residierte im weitläufigen Duplex-Penthouse mit achtzehn Zimmern, während die Churchills in einer *classic seven*[1] im zehnten Stock wohnten. Die Portiers munkelten, dass die Chius immer via Teterboro Airport reisten – ein todsicheres Zeichen, dass die Familie nur mit dem Privatjet flog.

Mit ihrer atemberaubenden Schönheit, dem quirligen Charme und akademischen Ehrgeiz gehörte Isabel zu den beliebtesten Schülerinnen am Lycée Français. Mit achtzehn debütierte sie beim Le Bal[2] in Paris und zierte das Cover des *Taiwan Tatler*, und als sie schließlich den Brown-Abschluss in der Tasche hatte, war die Schar ihrer Instagram-Follower auf über dreißigtausend angewachsen. Inzwischen arbeitete sie in Los Angeles für eine Filmproduktionsfirma, sodass Lucie hauptsächlich über Social Media mitbekam, an welche beneidenswerten Orte sie reiste – zur Frieze Art Fair in London, nach Park City fürs Sundance, zu einer Party bei Caetano Veloso in Bahia – und mit welchen coolen Freunden sie sich umgab.

Charlotte platzte mit einer Frage in ihren Tagtraum: »Wie heißt Isabels Verlobter noch gleich? Der Graf?«

»Dolfi. Sein vollständiger Name ist Adolfo De Vecchi. Ich glaube, er ist auch gar kein Graf, nur sein Vater.«

»Und er spielt Polo?«

1 New Yorker Maklerjargon für eine Altbauwohnung mit sieben Zimmern – Salon, Esszimmer, separate Küche, drei Schlafzimmer und ein Dienstbotenzimmer. Im Jahr 2013 lag der durchschnittliche Preis für ein *classic seven* bei 4,6 Millionen Dollar.

2 *Le Bal des Débutantes*, der jeden November in Paris veranstaltet wird, ist ein Ball für Debütantinnen aus aller Welt, darunter Töchter des europäischen Adels, Promikinder sowie Mädchen, deren Eltern einfach unfassbar viel Geld besitzen.

»Genau, er hat ein Handicap von 9. In seiner Familie wird seit Generationen Polo gespielt.«

»Der polospielende Sohn eines italienischen Grafen heiratet eine taiwanesische Erbin. Lucie, Lucie, du verkehrst ja wirklich mit der internationalen Crème de la Crème.«

Kurze Zeit später erreichten sie Capri, das hoch oben auf dem Berg mit Blick auf den Hafen lag. Am geschäftigen Taxistand an der Via Roma wartete ein Italiener Mitte zwanzig in einem kurzärmeligen weißen Hemd und weißer Hose. Beides wirkte mindestens zwei Nummern zu klein. »Willkommen in Capri! Ich bin Paolo vom Bertolucci. Darf ich Sie zum Hotel eskortieren? Ist nur ein Katzensprung von hier.«

Sie schlenderten über den zentralen Platz in der Innenstadt, wo gegenüber der historischen Kathedrale Santo Stefano ein strahlend weißer Glockenturm in die Höhe ragte. Vier konkurrierende Cafés mit Bistrotischen im Freien säumten den Platz, voll besetzt mit elegant gekleideten Gästen, die plaudernd Cappuccino tranken und Leute beobachteten.

»Das ist die Piazzetta, das sogenannte Wohnzimmer von Capri«, erklärte Paolo.

»Nach so einem Wohnzimmer kann man in Amerika lange suchen«, meinte Charlotte. »Wie schick hier alle sind!«

Als sie in die Via Vittorio Emanuele einbogen, sah Charlotte sich kritisch um, fand jedoch nichts, woran sie etwas aussetzen konnte. Capri war ein faszinierendes Zusammenspiel von historisch und modern, hoch und tief, schlicht und dekadent. In der Kopfsteinpflastergasse, die sie gerade entlanggingen, schmiegte sich ein einfacher Tabakkiosk an eine schicke Boutique mit handgefertigten Mokassins, und ein Schaufenster mit funkelnden Juwelen befand sich nur wenige Schritte entfernt von einer rustikalen Gelateria, die den köstlichen Duft frisch gebackener Waffeln verströmte. »Bezaubernd! Einfach bezaubernd!«, rief Charlotte an jeder Ecke. »Unglaublich, dass es so einen Ort wirklich gibt!«

»Einfach wunderschön, ja«, pflichtete Lucie ihr erleichtert bei. Zum Glück war ihre Cousine bisher rundum zufrieden. Allerdings konnte sich Lucie auch kaum vorstellen, was einem an dieser Insel missfallen könnte – nicht einmal der abgestumpften Charlotte. Lucie erfreute sich an den italienischen Kinderscharen, die lachend über die Straße tollten, den alten Großmütterchen, die ihre müden Knochen auf den Stufen von Designerboutiquen ausruhten, und den herausgeputzten sonnengebräunten Pärchen, die Hand in Hand an ihnen vorbeiflanierten. Und egal, wohin man schaute, der Ausblick war phänomenal – sanfte, mit weißen Villen getupfte Hügel, uralte Burgruinen auf jedem Bergkamm, und dazwischen das Meer, das in der goldenen Sonne funkelte.

Charlotte blieb vor einem Sandalengeschäft stehen und sah wie gebannt ins Schaufenster.

»Wir sind berühmt für unsere Sandalen, Signora«, sagte Paolo stolz. »Beyoncé, Sarah Jessica Parker – alle Promis kaufen Sandalen aus Capri.«

»Wenn ich Beyoncés Shoppingbudget hätte, würde ich die orangefarbenen da nehmen. Und die goldenen. Und die da drüben mit den süßen kleinen Pompoms. Ach, ich würde einfach das ganze Fenster leer räumen!« Charlotte war ganz aus dem Häuschen.

»Mir darfst du gern die mit den pinkfarbenen Wildlederfransen kaufen«, sagte Lucie.

»Das glaub ich dir sofort. Weißt du was? Wir könnten deiner Mutter doch ein Paar mitbringen. Diese geflochtenen Ledersandalen würden ihr bestimmt gefallen, oder? Den Laden müssen wir uns unbedingt merken!«

Da entdeckte Lucie ihr Spiegelbild im Schaufenster und stieß einen spitzen Schrei aus.

»Charlotte! Wie kannst du mich so durch die Stadt laufen lassen? Ich sehe ja aus wie ein Cockerspaniel!«

»Ach Quatsch«, entgegnete Charlotte lächelnd. »Du siehst aus, als hättest du gerade eine Spritztour an der Amalfiküste hinter dir. Was ja auch stimmt.« Sie wusste, dass Lucie schon immer mit ihrer Naturkrause gehadert und ihr halbes Leben damit verbracht hatte, sich die Haare zu glätten. Die Glückliche hatte ja keine Ahnung, wie umwerfend sie mit ihren langen, wilden Locken aussah, vor allem kombiniert mit der perfekten Mischung aus östlichen und westlichen Gesichtszügen. Vielleicht war das auch besser so – dann musste sie weniger Zeit damit verschwenden, Lucie die Verehrer vom Leib zu halten.

Paolo führte sie eine enge, verwinkelte Gasse hinunter, und kurz darauf erreichten sie das Hotel Bertolucci, eine reizende moderne Villa, an deren weißen Mauern sich üppige lila Bougainvilleen rankten. Sie betraten die weitläufige Lobby mit den weißen Sofas, Solimene-Keramik und glänzenden blau-weißen Majolikakacheln.

Charlotte war begeistert. »Genau so habe ich mir das vorgestellt! Jetzt fühlt es sich endgültig nach Urlaub an.«

Sie wurden zu einem kleinen Aufzug geführt, mit dem sie zwei Stockwerke nach oben fuhren, und dann einen

Korridor entlang, der mit creme-blau gestreiftem Sisalteppich ausgelegt war.

»Ich zeige Ihnen zuerst Ihr Zimmer, danach bringe ich Ihre Freundin in ihres«, sagte Paolo zu Charlotte.

»Wir sind Cousinen«, erwiderte diese.

»Ach, Cousinen?« Paolo sah überrascht zu Lucie, die jedoch schweigend lächelte. Sie wusste genau, dass Charlotte gleich zu der Standarderklärung ansetzen würde, mit der Lucie seit ihrer Kindheit vertraut war.

»Ja, ihr Vater war mein Onkel«, erklärte Charlotte. »Ihre Mutter ist Chinesin, ihr Vater war Amerikaner.«

Mom doch auch. Immerhin ist sie in Seattle geboren, hätte Lucie am liebsten gesagt, verkniff sich den Kommentar jedoch.

Paolo drehte am ersten Zimmer einen schweren goldenen Schlüssel mit Fransenanhänger im Schloss und stieß die Tür auf. Die beiden Frauen betraten den Raum, und kaum hatte Paolo die Vorhänge aufgezogen, um Licht hereinzulassen, gefror ihnen das Lächeln auf dem Gesicht. Lucie warf ihrer Cousine einen entsetzten Blick zu.

Charlotte starrte aus dem Fenster. Auf einer niedrigen Steinmauer sonnte sich eine Glückskatze. »Was ist das denn?«

»Eine Katze«, antwortete Paolo.

»Ich sehe, dass das ›eine Katze‹ ist«, äffte Charlotte ihn nach. »Das meinte ich nicht. Können wir bitte das andere Zimmer sehen?«

»Natürlich, ist nur zwei Türen weiter.«

Paolo öffnete die Tür zu Lucies Zimmer, und sie warfen einen Blick hinein. »Gefällt es Ihnen, Signorina?«

Doch ehe Lucie etwas sagen konnte, meldete sich Charlotte zu Wort. »Mr Paolo, hier muss ein Irrtum vorliegen. Bitte bringen Sie uns zum Hotelmanager, und zwar pronto!«

2

HOTEL BERTOLUCCI
CAPRI, ITALIEN

Die Kellnerin führte Lucie und Charlotte zu einem Tisch in der Mitte des Speisesaals, aber davon wollte Charlotte nichts wissen. »Wir setzen uns *hier* hin, wenn Sie nichts dagegen haben«, schnaubte sie und stellte ihre gelbe Stofftasche so resolut auf einem Fenstertisch ab, als müsste sie den Südpol mit einer Flagge markieren.

Die Kellnerin zog sich mit einem Schulterzucken zurück, doch Charlotte war noch nicht fertig. »Wir hatten explizit zwei Zimmer mit Meerblick reserviert, und jetzt wollen die uns weismachen, wir könnten sie nicht haben, nur weil irgendwer auf einmal länger bleiben will? Reine Augenwischerei!«

»Meinst du nicht, sie sind wirklich ausgebucht wegen der Hochzeit?«

»Selbst wenn, das ist doch nicht unser Problem! Sollen doch diese anderen Leute dem blöden Kater dabei zugucken, wie er sich in der Gasse die Eier leckt! Werden die Kater auf dieser Insel eigentlich nicht kastriert?«

Lucie bemerkte, dass die Leute an den Nebentischen

schon zu ihnen herüberschauten, und versuchte, ihre Cousine zu besänftigen. »Immerhin ist es eine sehr hübsche Gasse.«

»Es gibt keine hübschen Gassen, Lucie. In Gassen lungern Penner rum. Es gibt genau drei Gründe, warum man sich in einer Gasse aufhält: um zu kotzen, mit Drogen zu dealen oder sich abstechen zu lassen.«

»Ach, Charlotte, das kann ich mir hier beim besten Willen nicht vorstellen. Und der Hotelmanager meinte doch, er würde uns sofort neue Zimmer geben, sobald welche frei werden.«

»Warts bloß ab, wahrscheinlich kriegen wir die am allerletzten Tag.« Charlotte biss in die Focaccia, die in einem Körbchen auf dem Tisch stand, und spuckte sie sofort diskret in ihre Serviette. »Igitt! Die Focaccia ist pappig. Die steht hier garantiert schon seit heute Morgen.«

Lucie seufzte. Sie waren gerade erst angereist, und schon regte Charlotte sich künstlich über jede Kleinigkeit auf. Ob es wohl daran lag, dass der Hotelmanager sie nur ausdruckslos angestarrt hatte, als sie triumphierend verkündete, sie sei »Redakteurin bei *Amuse Bouche*, einem der führenden Food- und Lifestylemagazine Amerikas«? An ihrer Zimmersituation hatte es jedenfalls herzlich wenig geändert.

»Ma'am? Signora! Hallo?«, bellte Charlotte. »Könnten wir bitte eine frische Focaccia bekommen? Und zwar warm und knusprig, hören Sie? Warm und knusprig! Und etwas *olio d'oliva* und *balsamico* dazu.«[1] Sie wandte sich an

[1] Wo im Übrigen nur Amerikaner ihr Brot hineindippen. Italiener würden so etwas nie im Leben tun, die essen ihr Brot lieber ohne alles.

Lucie. »Ich kann nicht fassen, dass dich das so kaltlässt. Dabei ist das doch in erster Linie dein Urlaub und nicht meiner.«

»Ich bin schon enttäuscht, aber wir können es eh nicht ändern, oder?« Lucies Mutter hatte ihr von klein auf eingetrichtert, immer dankbar zu sein und sich nie zu beklagen. Ihr war durchaus bewusst, dass ihr Zimmer in diesem Fünf-Sterne-Hotel auch ohne Aussicht wesentlich besser war als alles, was sich die meisten Menschen auf diesem Planeten je würden leisten können, deshalb verkniff sie sich ihren Frust.

Charlotte hingegen sah die Sache ganz anders. »Ich blättere doch keinen Haufen Geld für ein Zimmer hin, das den Fotos auf der Homepage nicht im Geringsten entspricht. Von der Einrichtung will ich gar nicht erst anfangen!«

»Was stimmt damit denn nicht?«

»Die ist doch grottenhässlich! Mein Zimmer sieht aus, als wäre da drin ein Versace-Kleid explodiert.« Charlotte kriegte sich überhaupt nicht mehr ein. »Du bist zum ersten Mal auf Capri, einem der schönsten Orte der Welt. Um meinetwillen würde ich mich ja gar nicht so aufregen, aber es ist einfach ungerecht, dass du kein Zimmer mit anständiger Aussicht bekommst.«

Da ertönte eine Stimme hinter ihnen. »Miss, entschuldigen Sie, Miss.«

Lucie und Charlotte drehten sich um. Am Nebentisch saß eine lächelnde Asiatin um die fünfzig. Sie trug ein pinkfarbenes, sarongartiges Wickelkleid und einen riesigen schwarz-weiß gestreiften Hut.

»Ja, bitte?«, fragte Charlotte.

»Mein Sohn und ich haben Zimmer mit Blick aufs Meer

und die Faraglioni-Felsen. Wir können gern tauschen.« Die Dame deutete auf ihren Sohn – einen jungen Mann von etwa zwanzig Jahren –, der ihr gegenübersaß.

Charlotte schwieg. Das Angebot hatte sie aus dem Konzept gebracht. Wer war diese Frau mit dem UFO-Hut, übertriebenem Lidschatten und pseudobritischem Akzent überhaupt? Und warum wollte sie ihr Zimmer abgeben? »Äh … das ist wirklich sehr nett von Ihnen, aber wir werden es schon überleben, danke.«

»Natürlich werden Sie es überleben, aber nehmen Sie doch bitte unsere Zimmer, wenn Sie mit Ihren so unglücklich sind.«

Charlotte lächelte verkrampft. »Wir sind nicht unglücklich.«

»Nicht? Aber warum beklagen Sie sich dann seit zehn Minuten?«

Charlotte fühlte sich sofort angegriffen. »Entschuldigen Sie, wenn wir Sie gestört haben, aber …«

»Das haben Sie nicht. Aber wenn Sie und Ihre Freundin so gern das Meer sehen möchten, dann nehmen Sie bitte unsere Zimmer. Genau genommen sind es sogar Deluxe-Suiten mit je einem hübschen Wohnzimmer, Badezimmer, Whirlpool und Balkon. Die Aussicht ist fantastisch, glauben Sie mir.«

»Aber das wäre ja noch ungerechter«, meldete Lucie sich zu Wort. Der Junge starrte sie so unverhohlen an, dass es ihr unangenehm war. Im Gegensatz zu seiner aufgetakelten Mutter trug er khakifarbene Shorts, ein schwarzes Unterhemd und Birkenstock-Sandalen. Allerdings konnte das schlichte Outfit nicht verhehlen, wie unfassbar, nahezu unerträglich gut er aussah. Ihre Blicke begegneten sich, und Lucie spürte einen regelrechten Stromschlag. Hastig schaute sie wieder zu seiner Mutter, die immer noch nicht lockerließ.

»Gerecht oder ungerecht, darum geht es doch gar nicht. Wir waren schon mal auf Capri, und in unserer Wohnung in Hongkong haben wir immer Ausblick auf den Hafen. Außerdem besitzen wir ein Haus in Sydney, in Watsons Bay, wo wir die Wale springen sehen, und ein Strandhaus in Lanikai auf Hawaii. Wir können uns das Meer anschauen, bis es uns zu den Ohren rauskommt, also können wir hier gut auf die Aussicht verzichten.«

Charlotte schnappte nach Luft. Die Frau wandte sich an Lucie und musterte sie von oben bis unten. »Sind Sie wegen Isabel Chius Hochzeit hier?«

»Genau«, sagte Lucie.

»Wir auch! Woher kennen Sie Isabel?«

»Wir waren schon als Kinder befreundet.«

Die Frau sah sie überrascht an. »Ach, dann kommen Sie aus Taipeh?«

»Nein, aus New York.«

»Ach, New York. Ich liebe New York! Ich bin Rosemary Zao *(Maryknoll Convent School/University of Sydney/Central Saint Martins)*, eine Cousine von Isabels Mutter, und das ist mein Sohn George *(Diocesan Boys' School/Geelong Grammar/UC Berkeley '15)*. Bitte nehmen Sie doch mein Angebot mit dem Zimmertausch an!«

»Darf ich fragen, wie viel Sie für die Deluxe-Suite zahlen?« Charlotte hatte wenig Lust, am Ende mit einer astronomischen Hotelrechnung dazustehen.

Rosemary winkte ab. »*Aiya*, machen Sie sich darum mal keine Gedanken. Ich lade Sie ein.«

»Nein, das können wir auf gar keinen Fall annehmen«, entgegnete Charlotte.

Während die beiden ihr Protestgetue fortsetzten, beobachtete Lucie, wie George seine Papierserviette in aller Seelenruhe zu falten begann. Innerhalb kurzer Zeit hatte er eine langstielige Origamirose daraus gezaubert. Er hielt sie kurz hoch, als wolle er sie Lucie überreichen, dann legte er sie jedoch seiner Mutter, die ihm den Rücken zugewandt hatte, auf die Hutkrempe.

Spinner, dachte Lucie und tat, als hätte sie es nicht bemerkt, weil sie nicht wusste, wie sie die Geste verstehen sollte.

Inzwischen war Rosemarys Stimme um einige Dezibel lauter geworden. »Nein, nein, Sie sind zum ersten Mal auf Capri, da müssen Sie doch Zimmer mit Aussicht haben. Den Sonnenaufgang muss man gesehen haben, und den Sonnenuntergang erst recht, und die Möwen! Die sind so niedlich, versuchen immer, mir beim Frühstück auf dem Balkon den Toast zu klauen. Geben Sie sich einen Ruck, ich weiß genau, dass es Ihnen gefallen wird. Nehmen Sie unsere Zimmer!« Inzwischen starrte der gesamte Speisesaal in ihre Richtung.

»Auf gar keinen Fall«, erwiderte Charlotte entschlossen.

Rosemary sah sie entgeistert an und wandte sich schließlich an ihren Sohn. »Warum bloß wollen sie unsere Zimmer nicht? George, *nei tung keoidei gong la. Keoidei wui teng nei ge.*«[1]

[1] Kantonesisch für: »Rede du mit ihnen. Auf dich hören sie bestimmt.«

Bisher hatte George so schweigend dagesessen wie die Sphinx, jetzt jedoch schaute er auf und sagte leise mit einem gedehnten Akzent, der entfernt an einen australischen Surfer erinnerte: »Was soll ich sagen? Natürlich nehmen Sie unsere Zimmer. Wir bestehen darauf.«

»Und ich bestehe darauf, dass wir unsere Zimmer behalten!«, schnaubte Charlotte.

George ging nicht darauf ein und sagte zu seiner Mutter: »Komm, wir reden mit dem Manager, der kümmert sich drum.«

»Ja, ja! Ettore kann den Zimmerservice veranlassen, unsere Sachen zu packen und den Tausch in die Wege zu leiten!« Rosemary war mit Feuereifer bei der Sache.

Das war endgültig zu viel für Charlotte. Sie stand auf. »Zu freundlich, aber das kommt absolut nicht infrage. Schönen Tag noch. Komm, Lucie, wir gehen.«

3

AM POOL DES BERTOLUCCI

CAPRI, ITALIEN

Draußen fanden Charlotte und Lucie einen freien Tisch in der Loggia am Pool. Sie setzten sich, und Lucie warf ihrer Cousine einen Blick zu. Dann konnte sie ihr Kichern nicht mehr unterdrücken – das passierte ihr immer in peinlichen Situationen.

Charlotte schüttelte entnervt den Kopf. »Um Gottes willen, was war das denn für eine Verrückte? Wie sie ihre Immobilien mit Meerblick aufgezählt hat! Sollte uns das etwa beeindrucken? Als wären wir auf Almosen angewiesen und würden vor lauter Dankbarkeit auf die Knie sinken, weil sie uns ihre ›Deluxe-Suiten‹ aufs Auge drücken will.«

»Ich glaube, sie hat einfach nur die chinesische Auntie gegeben.«

»Na, sie ist ja wohl weder deine noch meine Tante.«

»Ich meine bloß, dass sie zwar ein bisschen angibt, aber gleichzeitig großzügig sein will. Mom hat einen Haufen solcher Frauen in der Familie. Wie die sich beim Mittagessen um die Rechnung streiten! Da kommt man sich vor wie in der Oper.«

»Wieso, weil sie ihren Anteil nicht bezahlen wollen?«

»Im Gegenteil. Sie streiten sich drum, wer die gesamte Rechnung übernehmen darf«, erklärte Lucie. »Da wird gekreischt und an der Rechnung gezerrt und die Kellner bestochen, damit sie auch ja keine andere bezahlen lassen. Dieses Theater gehört anscheinend zum guten Ton.«

»So was ist mir ja völlig fremd«, erwiderte Charlotte. »Für meinen Geschmack ging das eindeutig zu weit. Sag mal, was hältst du eigentlich von ihrem Sohn?«

»Weiß nicht, er hat ja kaum den Mund aufgemacht.« In Wirklichkeit konnte sie gut aussehende Männer nicht ausstehen, seit Ryan Frick – eine Art junger Jared Leto – sie in der achten Klasse mit Maggie Hoover betrogen hatte, die an die Spence ging und sich allgemeiner Bekanntheit erfreute, weil sie sich die ganze Faust in den Mund stopfen konnte.

»Ein arroganter Rotzbengel ist das«, ereiferte sich Charlotte. »Wie kommt der auf die Idee, er könnte auf einen Tausch bestehen? Dieses Hotel ist ein einziger Albtraum. Erst kriegen wir die falschen Zimmer, und dann müssen wir uns noch mit solchen Leuten rumschlagen. Hätte ich mal lieber auf Giles aus der Reiseredaktion gehört und ein bisschen mehr für das Punta Tragara hingeblättert, da wäre so was nie passiert. Ganz klassisch am falschen Ende gespart. Soll ich da mal anrufen und fragen, ob noch was mit Meerblick frei ist? Mir egal, was das kostet. Zur Not rufe ich Diane im Family Office an und setze ein paar Aktien ab.«

Lucie wollte gerade etwas erwidern, da entdeckte sie ein vertrautes Gesicht. »Guck mal, da oben. Das ist doch Auden Beebe, oder?«

Ein groß gewachsener Mann Mitte vierzig mit gepflegtem Bart und schulterlangem, blondem Haar trat durch den Bogengang der Lobby hinaus auf die Terrasse. »Aber ja!«, rief Charlotte. »Auden! Hier drüben!«

Auden Beebe *(City and Country/Saint Ann's/Amherst*[1]*)* kam auf sie zu und begrüßte sie warmherzig, wobei er die beiden offensichtlich nicht genau einordnen konnte. Als Yogameister, Lifecoach, Motivationstrainer und Selbsthilfe-autor (*The Preppie Guru* stand seit zwei Jahren auf der Bestsellerliste der *New York Times*) begegnete er ständig Leuten, die der Meinung waren, persönlich mit ihm verbunden zu sein.

»Charlotte Barclay und Lucie Churchill«, klärte Charlotte ihn auf. »Wir waren letzten Frühling bei Ihrem Workshop auf der Canyon Ranch in Lenox!«

»Ach ja, die zwei Cousinen.« Auden lächelte jetzt breit. »Was hat euch nach Capri verschlagen?«

»Wir sind auf eine Hochzeit eingeladen«, antwortete Lucie.

»Lasst mich raten … die von Dolfi De Vecchi?«

»Genau«, erwiderten Charlotte und Lucie wie aus einem Munde.

»Dolfi besucht meine Workshops seit Jahren, und Isabel mittlerweile auch. Ich vollziehe die Trauung.«

»Was für ein Zufall!« Die Kombination von Audens Prominenz, dem Eintrag seiner Familie im Social Register und seiner verblüffenden Ähnlichkeit zu Alexander Skarsgård hatte ganz offensichtlich einen berauschenden Effekt auf Charlotte.

[1] Brach kurz vor dem Abschluss ab, um sich in Peru als Schamane ausbilden zu lassen.

»Mr Beebe, stimmt es, dass Sie bald eine Preppie Guru Lounge in East Hampton eröffnen?«, fragte Lucie.

»Ja, nächsten Sommer. Und ihr könnt mich übrigens gern duzen. Erst mal wird es nur ein Pop-up auf der Newtown Lane, direkt neben James Perse. Wir fangen an mit einer ayurvedischen Saftbar, Qigong, Puppy-Yoga, Atemmeditation und vielleicht noch etwas Klangheilung. Und dann schauen wir, was am besten ankommt.«

»Auf die Gefahr hin, dass ich gleich völlig ahnungslos dastehe – was bitte ist Puppy-Yoga?«, fragte Charlotte.

»Yoga in einem Raum voller Welpen, die um die Matte herumtollen und einem das Gesicht abschlecken, während man den herabschauenden Hund macht.«

»Wie niedlich!«, rief Lucie. »Wir verbringen den Sommer jedes Jahr in East Hampton. Da komme ich bestimmt täglich zum Puppy-Yoga.«

»Super! Einstweilen gebe ich jeden Morgen Yoga hier unten am Pool. Ohne Welpen.«

Da traten zwei Damen Mitte sechzig in maßgeschneiderten Hosenanzügen aus Leinen an ihren Tisch. Eine lächelte Charlotte schief an. »Wir waren eben auch im Speisesaal. Es tut mir so leid, dass Sie das durchmachen mussten. Wie kann man sich nur so danebenbenehmen?«

»So geht das schon die ganze Woche«, fügte die andere Frau hinzu. »Sie hat mitbekommen, wie wir von den Orchideen beim Floristen an der Kirche geschwärmt haben, und als wir zurück auf unsere Suite gingen, war dort alles voller Orchideen, mit den besten Wünschen von Rosemary Zao. Jetzt sieht es da drin aus wie bei einer Beerdigung!«

»Ich hoffe, das mit den Zimmern für Sie und Ihre

Freundin klärt sich bald.« Die erste Frau lächelte Charlotte mitfühlend an.

»Danke. Aber Lucie ist meine Cousine. Meine Mutter und ihr Vater waren Geschwister.«

»Ach, wie nett«, erwiderten die beiden im Chor. Dann nickten sie Auden kurz zu und gingen weiter Richtung Garten.

»Darf ich fragen, was genau im Speisesaal vorgefallen ist?«, wollte Auden wissen. »Die unerschütterlichen Ortiz-Schwestern aus Manila lassen sich doch sonst nicht aus der Ruhe bringen.«

Lucie und Charlotte zögerten kurz, was Auden nicht entging. »Entschuldigung, ich bin mal wieder viel zu neugierig.«

»Nein, ist schon in Ordnung.« Charlotte gab ihm eine rasche Zusammenfassung der Ereignisse. »War das peinlich! Sie hat einfach nicht lockergelassen und eine Riesenszene daraus gemacht. Irgendwann sind wir dann hierher geflüchtet.«

»Ich glaube ja, es war nur nett gemeint«, warf Lucie ein. »Sie hat es einfach etwas unglücklich rübergebracht.«

»Wenn das mal nicht die Untertreibung des Jahres ist! Ich verstehe nicht, was sie mit dem Gehabe bezwecken wollte.«

»Und wenn sie überhaupt nichts damit bezwecken wollte?«, gab Auden zu bedenken. »Wir New Yorker suchen immer überall nach niederen Beweggründen, das geht mir ganz genauso. Aber so wie ich Mrs Zao einschätze, kam das Angebot bestimmt von Herzen. Wir kennen uns erst seit ein paar Tagen, aber sie hat mich schon nach Hongkong eingeladen, um dort einen Workshop zu veranstalten. Sie will sich um den Ort kümmern und alle ihre Freundinnen einladen. Und gestern hat sie am Pool einfach so Ananas-Kokos-Sorbets für alle ausgegeben.«

Charlotte stieß einen tiefen Seufzer aus. »Na, da haben wir uns wohl getäuscht. Du meinst also, ich war wieder zu misstrauisch und vorschnell?«

»Charlotte, das hat Auden doch gar nicht …«, setzte Lucie an.

»Überhaupt nicht«, bestätigte dieser.

»Ich bin einfach zu verkrampft und korrekt und lege viel zu viel Wert auf Etikette. Das sagen alle.«

Lucie hätte am liebsten die Augen verdreht. Diese Masche war ihr bestens vertraut – Charlotte suhlte sich nur zu gern in Schuldgefühlen. »Dabei hege ich nur die besten Absichten. Ich will bloß deinen guten Namen schützen.«

»Meinen guten Namen?« Lucie lachte. »Wir sind doch nicht bei Eduard dem Siebten!«

»Lucie, du bist eine Churchill, vergiss das nicht. Dein Name und dein guter Ruf sind das Allerwichtigste, und egal, wo du bist, du repräsentierst die Familie.«

Und da war sie, »die Familie«, die Charlotte nur zu gern beschwor. Charlotte war über alle Maßen stolz auf ihre Wurzeln – die ganze Geschichte von wegen ihre Vorfahren wären auf der Mayflower gewesen und hätten in Englands Hochadel eingeheiratet und das Schlossdach mithilfe des Wall-Street-Vermögens ihres Ururgroßvaters instand gehalten. Lucie wiegelte ab, doch Charlotte ließ nicht locker.

»Deine Mutter hat mich ausdrücklich gebeten, auf dich aufzupassen, aber vielleicht war ich zu streng. Soll ich noch mal nachfragen, ob die Zaos aus ihren Zimmern gescheucht werden wollen? Möchtest du in der Schuld dieser Wildfremden stehen?«

Lucie seufzte. »Nein, natürlich nicht.«

»Meine Damen, dürfte ich einen Vorschlag zur Güte machen?«, fragte Auden. »Ich kenne die Zaos ein bisschen besser und kann gern mit ihnen reden. Wenn das Angebot noch steht und sie wirklich die Zimmer tauschen wollen, sorge ich dafür, dass es ihnen keine Umstände bereitet.«

»Aber es wäre mir schon wichtig, dass uns daraus keine weiteren Verpflichtungen entstehen«, merkte Charlotte an.

Auden verstand sofort. »Natürlich. Und falls die Zaos es sich anders überlegt haben, vergessen wir die Sache einfach.«

Charlotte schaute noch einmal kurz zu Lucie und wandte sich dann an Auden. »Auden, du bist ein Engel.«

4

GÄRTEN DES AUGUSTUS
CAPRI, ITALIEN

Die Gärten des Augustus gehörten zum einstigen Besitz des deutschen Rüstungsindustriellen Friedrich Alfred Krupp und bestanden aus einer Reihe weitläufiger Terrassen hoch oben auf einer Klippe mit atemberaubender Aussicht auf die Insel und das Meer. Gewundene, von üppigen pinkfarbenen Geranien und Dahlien gesäumte Wege führten um makellose Rasenflächen mit turmhohen Mittelmeerzypressen herum.

Am Tor des Gartens angekommen, flüsterte Charlotte: »Sind wir etwa auf der falschen Party gelandet?«

»Ich glaube nicht.« Lucie reihte sich in die Warteschlange vor dem Tor ein und schaute zur Sicherheit noch einmal die Einladung auf ihrem Handy an.

Charlotte ließ den Blick über die Menge schweifen. Alle waren aufgetakelt wie zu einer Cocktailparty im Buckingham Palace. »Du hast doch gesagt, der Dresscode wäre leger!«

»Steht ja auch so in der Einladung, wirklich! Willkommenscocktail. Leger.«

»Na, dann sind wir hier wohl unter Analphabeten. Auf welchem Planeten gelten solche Outfits bitte als ›leger‹?« Charlotte beäugte grummelnd die Dame im perlgrauen Cocktailkleid vor ihnen in der Schlange, deren Tropfenohrringe aus Rubinen und Diamanten in der Abendsonne funkelten. Sie selbst trug ihr schulterfreies Lieblingskleid aus dunkelblauem Leinen von Max Mara, das sie mit einer braunen Pashmina mit blauer Blumenstickerei um die Schultern aufgepeppt hatte. Zwischen diesen Leuten kam sie sich allerdings vor wie auf dem Weg zum Wochenmarkt. Lucie in ihrem wadenlangen eisblauen Stella-McCartney-Kleid sah da schon deutlich eleganter aus – außerdem war sie jung und unfassbar fotogen.

»Lucie, noch hat uns niemand gesehen. Wollen wir nicht noch mal schnell zurück ins Hotel und uns umziehen?«

»Ich glaube, dafür ist es zu spät. Schau mal hoch!«

Da entdeckte auch Charlotte die Drohne, die über ihren Köpfen schwebte. »Himmelherrgott, sind das etwa Überwachungskameras?«

»Nein, die gehören zu Issies Kamerateam. Sie hat mir erzählt, dass sämtliche Feierlichkeiten von Drohnen gefilmt werden. Wenn wir auf dem Videomaterial dann plötzlich mit neuen Outfits auftauchen, blamieren wir uns doch total.«

Sie traten durch das Tor. Der gesamte Garten war in eine marokkanische Traumwelt verwandelt worden – Hunderte bunter maurischer Laternen hingen in den Bäumen, und auf den Wiesen standen kleine, seidenbezogene Sitzgruppen auf kostbaren Berberteppichen. Im Zentrum des Gartens ragte eine Champagnerflötenpyramide aus venezianischem Glas drei Meter in die Höhe und wartete nur darauf, gefüllt zu werden. Ein Team von schwarz gekleideten Kameraleuten schwirrte umher, einige davon mit ultramodernen Videokameras, andere mit Fernbedienungen für die Drohnenflotte.

Da schallte es hinter den Bäumen hervor: »Lucie! Hier drüben!«

Lucie schaute auf und entdeckte Isabel und Dolfi, die ihnen von einer Terrasse aus zuwinkten. »Und jetzt ist es endgültig zu spät«, raunte sie ihrer Cousine zu und eilte die Treppe hinauf zu ihren Freunden.

»Ich freu mich so, dass du da bist!« Isabel *(Taipei American School/Lycée Français/Brown)* umarmte sie stürmisch. »Ist Capri nicht wunderschön? Und diese Gärten erst!«

»Nicht halb so schön wie du.« Lucie bewunderte Isabels lavendelfarbenes Tibi-Plisseekleid, zu dem sie einen goldenen diamantbesetzten Gürtel und passende goldene Armreifen trug.

»Ooooh, danke! Ich sags ja immer, Lucie ist der liebste Mensch der Welt, stimmts, Dolfi? Früher hab ich sie immer nur mein Engelchen genannt. Sie hat für jeden ein nettes Wort übrig – im Gegensatz zu mir!« Isabel kicherte.

Dolfi *(Rome International School/Le Rosey/Brown)* wandte sich lächelnd an Lucie. »Ich habe neulich erst zu Isabel gesagt, dass wir dich schon viel zu lange nicht mehr gesehen haben. Wieso schmeißt du nicht das College und segelst mit uns nach Fidschi?« Sein Akzent klang wie eine Mischung aus britischem Internatsschüler und italienischem Casanova.

»Klingt verlockend«, meinte Lucie.

»Ob deine Mutter das genauso sieht?«, schaltete sich Charlotte ein.

Dolfi gab Charlotte einen galanten Handkuss. »Und Sie sind wohl die Anstandsdame?«

»Ich sehe mich eher als Stimme der Vernunft.« Charlotte war hin und weg von Dolfi. Sie musterte den jungen italienischen Adligen mit dem schulterlangen Haar und dem perfekten Dreitagebart à la Nate Archibald. An ihn geschmiegt stand seine Zukünftige, die mit ihrer Traumfigur, dem hohen pechschwarzen Pferdeschwanz und den unglaublich langen, dichten Wimpern aussah wie eine Kandidatin bei *Dancing with the Stars*, Charlottes heimlicher Lieblingssendung. Genau genommen hätten sie beide bestens in die Show gepasst.

Sie plauderten fröhlich weiter, da verdrehte Isabel auf einmal die Augen. »O Gott, da kommt Mordecai, ein Freund von meiner Mutter! Flieht, solange ihr noch könnt! Ich meins ernst. Schaut euch lieber die Aussicht von der obersten Terrasse an, bevor die Sonne untergeht.«

Auf dem Weg die Treppe hinauf ergoss sich ein Wortschwall über Lucie. Charlotte war komplett aus dem Häuschen. »Wieso hast du mir denn nicht gesagt, dass Dolfi so ein Leckerbissen ist? Dann hätte ich mich richtig in Schale geschmissen! Hast du die Nase gesehen? Ein solch perfektes Patrizierprofil kriegst du bei keinem Schönheitschirurgen der Welt. Das haben nur römische Familien, die seit mindestens fünfzehn Generationen Wasser direkt aus ihrem antiken Aquädukt trinken. Nimm dir ein Beispiel an Isabel und bring so jemanden mit nach Hause. Natürlich nicht sofort, aber in zehn Jahren vielleicht.«

Lucie lachte. Derartige Schwärmereien war sie von ihrer

Cousine gar nicht gewohnt. Oben auf der Terrasse ließen sie sich vom Panoramablick über den Golf von Salerno verzaubern, der sich bis zum Horizont erstreckte. Neben ihnen am grünen Metallgeländer stand eine Frau Anfang vierzig mit präraffaelitischem Lockenschopf und fotografierte die Aussicht. Grinsend drehte sie sich zu ihnen um. »Na Gott sei Dank, da hat wohl noch jemand vergessen, die Tiara rauszuholen.«

Lucie lächelte. In ihrem schwarzen Jumpsuit, den schwarzen Ankleboots und der schwarzen Jeansjacke wirkte die Frau allerdings ziemlich cool. Ob das Outfit wohl von Rick Owens stammte? Lucie zeigte auf die silberschwarze Kamera. »Ist das eine Leica?«

»Genau, aus den Dreißigern. Hat meinem Großvater gehört.« An ihrem heiseren britischen Akzent hatten Charlotte und Lucie sofort erkannt, dass sie aus der Oberschicht stammte.

»Eine Leica war schon immer mein Traum. Ich benutze im Moment eine alte Nikon aus den Siebzigern, die mein Onkel mir geschenkt hat.«

»Haben Sie sie dabei?«

»Nein, die habe ich zu Hause gelassen. Ich hab mich leider so ans Fotografieren mit dem Smartphone gewöhnt, dass ich gar nicht mehr dran denke, sie einzupacken«, gab Lucie kleinlaut zu.

»Das ist das Problem mit Smartphones. Kein Mensch benutzt mehr richtige Kameras. Dabei wäre Capri der perfekte Ort für eine Nikon. Hier kann man unmöglich ein schlechtes Foto machen, genau wie in Indien. Perfekter Schnappschuss, egal, wohin man schaut.« Die Frau reichte Lucie ihre Kamera. »Hier, probieren Sie's mal aus.«

Lucie schaute durch den Sucher aufs Meer. In der ruhigen Bucht lag eine gigantische, schnittige Jacht vor Anker. Sie konnte ein paar Leute auf dem Oberdeck und den Namen des Bootes ausmachen: Odin.

Charlotte, die bisher untätig neben ihr gestanden hatte, streckte der Frau die Hand entgegen. »Ich bin übrigens Charlotte Barclay, und das hier ist meine Cousine Lucie Churchill.«

»Freut mich. Olivia Lavistock *(Willcocks/Lycée Français/American School of Paris/La Fémis)*. Sie kommen aus New York, nehm ich an?«

»Ja. Sieht man uns das etwa an?«

»New Yorker rieche ich zehn Meter gegen den Wind. Die Kleidung, der Gang, das ist unverwechselbar.«

Charlotte musterte sie von Kopf bis Fuß. »Lassen Sie mich raten. Sie kommen aus London?«

»Nicht ganz. Ich bin in London aufgewachsen, bin aber eigentlich Amerikanerin und wohne in L. A.«

Charlotte riet weiter. »Dann sind Sie wohl in der Unterhaltungsbranche tätig?«

»Bingo. Ich bin Regisseurin.«

Lucie ließ die Kamera sinken. »Oh, vielleicht kennen wir ja einen Ihrer Filme?«

»Unwahrscheinlich. Ein Kurzfilm von mir hat vor Jahren mal einen Preis in Venedig gewonnen, davor habe ich lange in Paris für Claire Denis und Eugène Green gearbeitet. Die aktuellen Sachen sind alle noch in Produktion. Apropos, ich habe Sie heute Mittag im Hotel gesehen. Eine Szene wie aus einem Merchant-Ivory-Film! Wie ist es ausgegangen? Konnte Madame Zao Sie doch noch zum Zimmertausch überreden?«

Nach einer kurzen Pause antwortete Charlotte: »In der Tat, ja. Wir sind ihr sehr dankbar.«

»Na, Sie sind vielleicht zwei Glückspilze. Und, wie ist die Aussicht?«

»Ganz okay.«

»Die Aussicht ist unglaublich!«, fiel Lucie ihrer Cousine ins Wort.

»Hätte ich mich mal lieber in Madame Zaos Beisein über mein Zimmer beklagt. Die Frau hat echt Charakter, oder? Ich mag das ja. Es gibt heutzutage viel zu wenig Leute mit Charakter, vor allem unter Reichen. Das ist so ein Einheitsbrei – alle tragen dieselben Klamotten, sammeln dieselben zehn Künstler, steigen in denselben Hotels ab und essen in denselben Restaurants. Als wollten alle unbedingt am selben Ort unzufrieden sein.«

»Finden Sie wirklich?«, fragte Lucie.

»Wie wärs mit einem kleinen Experiment?«, gab Olivia zurück. »In welchem Viertel wohnen Sie?«

»Upper East Side.«

»Ach, viel zu einfach. Die einzigen Restaurants in der Upper East Side, wo die Reichen essen, sind Swifty's, Orsay, Café Boulud, Elio's und Sette Mezzo. Mittagessen im Sant Ambroeus oder Via Quadronno, und die Vegetarier treffen sich im Candle 79. Wenn jemand sagt, er geht nach Downtown, dann höchstens bis runter zum Doubles. Stimmts oder hab ich recht?«

Lucie war beeindruckt. »Woher wissen Sie das?«

»Ich hab geschummelt. Mein Vater wohnt auf der 91st, zwischen Lex und Third. Seine Frau geht ausschließlich im Swifty's essen.«

»Wie langweilig.« Charlotte rümpfte die Nase. »Deshalb

wohne ich auch in Gramercy Park – Downtown gibts einfach das beste Essen. Im echten Downtown natürlich!«[1]

»Da mögen Sie recht haben. Trotzdem finde ich, dass das obere ein Prozent heutzutage furchtbar unoriginell ist. Ich wünschte, wir würden noch in den Zeiten leben, als Erbinnen wie Millicent Rogers österreichische Grafen geheiratet haben und in den Flitterwochen nach Afrika gereist sind, um neue Affenarten zu entdecken! Der Mann, der diese Gärten hat bauen lassen, war übrigens auch ein ziemlicher Charakterkopf. Krupp, seinerzeit der reichste Mann Deutschlands. Wissen Sie, was er mit seinem Zaster angestellt hat?«

»Nein, was denn?«, fragte Charlotte.

»Rauschende Orgien gefeiert, mit dreißig, vierzig jungen Männern. Alles Fischer von der Insel. Wahrscheinlich hat er die genau hier auf der Terrasse gevögelt.«

Charlotte fiel die Kinnlade runter, und Lucie musste sich das Lachen verkneifen.

Aber Olivia war noch nicht fertig. »Er war verheiratet und hatte zwei Töchter, als er zum ersten Mal nach Capri reiste. Bald darauf bekam seine Frau in Deutschland anonyme Briefe und kompromittierende Fotos.«

»Und was ist dann passiert?« Die schmutzige Geschichte hatte Charlotte in ihren Bann gezogen.

»Na, was schon? Die Presse hat Wind davon bekommen, und die Sache wurde ein Riesenskandal in Deutschland. Er

[1] Gramercy Park ist natürlich *nicht* das echte Downtown. In Charlottes Fall umfasst Downtown alles oberhalb des Gotham Bar & Grill in der 12th Street. Früher, als es das Chanterelle noch gab, gehörte Tribeca auch noch dazu.

hat Selbstmord begangen, und seine Frau ist im Irrenhaus gelandet.«

»Wie furchtbar.« Charlotte schüttelte den Kopf.

»Für hiesige Verhältnisse ist das noch reichlich zahm. Capri war schon immer eine Insel für Genusssüchtige. Seit der Antike kommen die Leute hierher, um den unterschiedlichsten Leidenschaften zu frönen. Wollen Sie wissen, was Kaiser Tiberius in seinem Palast so alles mit Jungfrauen angestellt hat?«

Lucie wurde die Richtung, die das Gespräch eingeschlagen hatte, allmählich unangenehm. Da entdeckte sie einige Kellner mit Cocktails und Kanapees auf einer der unteren Terrassen. »Wie wärs, wenn ich uns einen Drink hole?« Sie wartete die Antwort nicht ab, sondern lief schnurstracks zur Treppe. Auf dem Weg durch den Garten stieß sie plötzlich auf George Zao, der stocksteif vor ein paar Bäumen stand und in die Gegend starrte.

»Ach, hallo«, sagte sie, weil sie nicht unhöflich sein wollte. Warum starrte er bloß immer so?

»Lenin«, sagte er und drehte sich zu ihr um.

»Wie bitte?«

»Das ist ein Lenin-Denkmal.«

»Oh, wow. Sieht ganz so aus, ja.« Lucie entdeckte erst jetzt das halb von Blättern verdeckte weiße Marmor-Flachrelief, das Lenin im Profil zeigte.

»Findest du das nicht komisch?«

»Komisch?«

»Na, dass hier ein Lenin-Denkmal steht.«

»Hier stehen doch haufenweise Denkmäler.«

»Aber einer der berühmtesten Kommunisten auf einer Insel, die für ihre blinde Konsumsucht bekannt ist?«

»Dafür steht Capri deiner Meinung nach also?«

»Schau dich doch mal um.« George deutete ein Lächeln an, machte kehrt und ging davon.

Lucie runzelte die Stirn. Sie wusste nicht genau, was sie von dieser Begegnung halten sollte, und das nervte sie. Wollte er sie damit etwa kritisieren? War sie blind, begriffsstutzig oder, noch schlimmer, selbst unreflektiert und konsumsüchtig?

Neben einem kreisrunden, mit Lotusblüten gefüllten Brunnen stand ein Kellner, und Lucie nahm drei Champagnerflöten von seinem Silbertablett. Als sie die Treppe langsam wieder hinaufging, um ja nichts zu verschütten, kam ihr Rosemary Zao entgegen, die einen schimmernden goldenen Kaftan mit echten Pfauenfedern trug. Lucie fand es witzig, wie unterschiedlich Mutter und Sohn gekleidet waren – er war in seinem braunen Leinenhemd und der furchtbaren, viel zu engen senfgelben Jeans vollkommen underdressed und sah aus, als wäre er auf der falschen Party im falschen Jahrzehnt gelandet, während die Aufmachung seiner Mutter schon für sich eine Party darstellte.

»Ach, Lucie, Blau steht dir aber hervorragend! Gefällt dir das Zimmer? Schön, oder?« Rosemary klang leicht aufgekratzt.

»Ja, sehr schön. Vielen Dank noch mal, Mrs Zao. Ich genieße die Aussicht dort wirklich sehr!«

»Das freut mich. Ich hab doch gleich gesagt, dass die Suite toll ist. Aber darf ich dich mal was anderes fragen? Du bist eine Hapa[1], oder?«

[1] Hapa bedeutet »halb« auf Hawaiianisch und hat sich als Bezeichnung für Menschen eingebürgert, die gemischte asiatische und

Die unverblümte Frage hatte Lucie völlig aus dem Konzept gebracht. »Äh, ja.«

»Und welche Seite stammt aus China?«

»Die meiner Mutter.«

»Wie nett. Mein Mann Emerson war auch Hapa, sein Großvater war Australier. George ist also zu einem Achtel Aussie, dabei sieht er aus wie ein Chinese, findest du nicht auch? Aber deswegen hat er so ein hübsches Gesicht. Wie Bruce Lee. Wusstest du, dass die Mutter von Bruce Lee zur Hälfte Deutsche war?«

»Nein, das wusste ich nicht«, erwiderte Lucie höflich, obwohl ihr der Kopf schwirrte. Hatte Mrs Zao gerade im Ernst behauptet, ihr Sohn sähe so gut aus, weil er zu einem Achtel Australier war?

»Ich glaube, du und George, ihr habt viel gemeinsam. Du würdest dich bestimmt gut mit ihm verstehen.«

Lucie war genervt. Was faselte die Frau da? Sie hatte überhaupt nichts mit ihrem Sohn gemeinsam.

»Du hättest bestimmt einen guten Einfluss auf ihn. Er ist so ernst für sein Alter und macht sich viel zu viele Gedanken.«

»Worüber denn?« Lucie bereute sofort, dass sie nachgefragt hatte, statt sich schleunigst zu verdrücken.

»Alles Mögliche! Schmelzende Polkappen, Armut, Pinguine, Putin. Ich weiß auch nicht, warum, aber das lastet alles furchtbar schwer auf ihm. Seit sein Vater vor drei Jahren gestorben ist, fühlt er sich für mich verantwortlich. Dabei sage ich ihm ständig, er soll sich um mich keine Sor-

andere ethnische Wurzeln haben. »Hapa« ist inzwischen die gängige Eigenbezeichnung unter Hapas.

gen machen. Ausgehen soll er, Spaß haben! In seinem Alter war ich jeden Abend tanzen. Meine Güte, was waren das für Zeiten im Disco Disco oder im Club 97 in Lan Kwai Fong!«

»Ich glaube, unsere Generation ist insgesamt weniger unbekümmert als Ihre. Ich meine, der Klimawandel, die Pinguine und Putin, das sind alles handfeste Probleme.«

»Sicher, sicher, aber das Gleichgewicht fehlt. Das gesunde Maß. Hör mal, ich sage ja nicht, dass du seine Freundin werden musst. Aber vielleicht könntest du ... du weißt schon ... ein bisschen nett zu ihm sein.«

Lucie wusste vor lauter Scham nicht, was sie dazu sagen sollte, aber das machte nichts, denn Rosemary plapperte einfach weiter. »Weißt du, ich musste George förmlich zu dieser Hochzeit zerren. Er wollte partout nicht mit. Er meinte, mit so einer unglaublichen Geldverschwendung will er nichts zu tun haben.«

»Dann weiß ich nicht, was Ihr Sohn von mir halten wird, Mrs Zao. Ich bin da nämlich ganz anderer Meinung. Isabel ist eine gute Freundin von mir, und alles, was sie tut, tut sie mit Herz und Verstand. Die Feier wird sicher wunderschön!« Lucie wandte sich ab und eilte die Treppe hinauf, wobei sie jede Menge Champagner verschüttete. Sie wusste, wie unhöflich ihr Abgang gewesen war, aber es scherte sie nicht im Geringsten. Allmählich schwante ihr, dass Charlotte womöglich recht gehabt hatte. Hätten sie die Zimmer der Zaos mal besser nicht angenommen! Rosemarys Worte klingelten ihr in den Ohren. *Vielleicht könntest du ... du weißt schon ... ein bisschen nett zu ihm sein.* Was zum Teufel meinte sie damit?

5

BEACH CLUB DA LUIGI
CAPRI, ITALIEN

Isabel zeigte den Hügel hinauf. »In der Villa da drüben hat Valentino gewohnt. Hier in der Straße liegen die ältesten und historisch bedeutsamsten Häuser.« Sie befanden sich auf der Via Tragara, wo auf der einen Seite hohe Mauern, imposante Hecken und verschnörkelte Tore nur flüchtige Blicke auf die dahinterliegende Welt erlaubten. Die Mauern auf der anderen Straßenseite dagegen waren niedriger und boten freie Sicht auf die hübschen Gärten und Terrassen der Villen mit Meerblick.

»Bisher ist das auf jeden Fall meine Lieblingsstraße. Ich dachte ja schon, die Via Camerelle wäre schön, aber es wird einfach immer hübscher, je weiter man geht.« Lucie streifte mit den Fingern über die Hibiskusbüsche.

»Ja, das ist das Besondere an dieser Insel«, erklärte Isabel. »Capri offenbart seine Geheimnisse erst nach und nach. Ich war inzwischen bestimmt schon ein halbes Dutzend Mal hier und entdecke die Insel trotzdem jedes Mal neu.«

»Ich bin so froh, dass du mir heute Morgen geschrieben hast.« Lucie spazierte glücklich neben ihrer Freundin die sonnenbeschienene Straße entlang und sog den Duft der Orangenblüten ein, der überall in der Luft zu hängen schien.

»Na klar! Ich wollte unbedingt noch ein bisschen Zeit allein mit dir verbringen, bevor es richtig losgeht!« Die beiden hatten sich zum Frühstück auf der Terrasse des Grand Hotel Quisisana getroffen und sich bei Croissants, getrüffeltem Rührei und Cappuccino gegenseitig auf den neuesten Stand gebracht. Jetzt waren sie unterwegs zum Beach Club, wo sie sich mit ein paar von Isabels Freundinnen treffen wollten.

»Bist du sicher, dass ich dir bei den Vorbereitungen nicht doch noch irgendwie behilflich sein kann?«, erkundigte sich Lucie.

»Alles ist bestens organisiert. Gillian kommandiert eine ganze Armee, damit ich mich einfach zurücklehnen und meine Hochzeit genießen kann. Aber danke für das Angebot.« Isabel wunderte sich immer wieder über Lucies gute Manieren. Sie hatte sie schon als kleines Mädchen gemocht und nach dem Tod ihres Vaters eine Art Beschützerinstinkt für sie entwickelt. Lucie war mit ihren acht Jahren extrem tapfer gewesen und hatte ihrer völlig aufgelösten Mutter wie ein Fels in der Brandung beigestanden. Während der Trauerfeier hatte sie nicht einmal geweint, sondern stattdessen die bis auf die letzte Bank besetzte Kirche mit einer A-cappella-Version von Stings *Fields of Gold* zu Tränen gerührt.

Isabel verscheuchte die traurigen Erinnerungen. »Dolfi und ich dachten ja, wenn wir im Ausland heiraten, könnten wir im kleinen Kreis feiern, weil sowieso nicht alle kommen würden. Aber da haben wir uns mit Capri wohl den falschen Ort ausgesucht. Hierher wollten natürlich alle.«

»Wie viele Gäste kommen denn?«

»Vierhundertacht, Stand gestern Abend.«

»Vierhundertacht?«, rief Lucie.

»Wahnsinn, oder? Deshalb sind ja auch alle Hotels ausgebucht. Aber in Taipeh wären wir locker auf tausend gekommen, also alles halb so wild.«

Sie erreichten eine Kreuzung, und Lucie entdeckte ein kleines Keramikschild mit der Aufschrift BEACH CLUB DA LUIGI an der Steinmauer. Sie folgten dem Schild, und die Straße den Hügel hinunter verwandelte sich schon bald in einen steilen Pfad. Kurze Zeit später bogen sie um eine Kurve, und Lucie blieb wie angewurzelt stehen. Die Aussicht war einfach atemberaubend. Ein Stück abseits der Küste ragten drei turmhohe Felsen aus dem Meer, und unmittelbar neben dem ersten lag eine Privatbucht, in der sich der Beach Club befand. Das glitzernde Wasser, dessen Farbe von Helltürkis bis hin zu einem intensiven Azurblau reichte, lud zum Baden am Fuß der Felsen ein.

»So was Schönes hab ich noch nie gesehen!« Lucie war von der Aussicht völlig hin und weg. »Das sind die berühmten Faraglioni-Felsen, oder?«

»Genau. Der Legende nach haben sich dort die Sirenen getroffen, um Seefahrer zu verzaubern.«

»Das glaube ich gern. Die Felsen sehen total verwunschen aus. Da würde ich sofort über Bord springen und hinschwimmen.«

»Siehst du den ganz hinten?«

»Ja, auf dem lebt eine blaue Eidechsenart[1], die es weltweit nur auf diesem Felsen gibt«, antwortete Lucie lächelnd.

[1] *Podarcis siculus coeruleus*, die berühmte blaue Eidechse auf den Faraglioni, die ihre auffällige Farbe nach Ansicht von Wissenschaft-

Isabel lachte. »Ach ja, ich hatte ganz vergessen, mit wem ich unterwegs bin. Du weißt natürlich viel mehr über die Insel als ich.«

»Ach was, ich hab mir bloß auf dem Hinflug den *Fodor's*-Reiseführer durchgelesen.«

Im Club wurden sie von einer Kellnerin willkommen geheißen und zu einem rustikalen weißen Gebäude geführt, in dem sich das Restaurant befand. Knallblaue Liegestühle mit passenden Sonnenschirmen waren überall auf den stufenförmigen Felsen direkt am Wasser verteilt. Isabel ging schnurstracks auf ihre Freundinnen zu, die sich auf der obersten Ebene sonnten. Es waren ungefähr zehn Frauen, die Isabel in unterschiedlichen Lebensphasen rund um den Globus kennengelernt hatte – einige zu Collegezeiten, andere bei der Arbeit, sogar aus ihrer Zeit in Taiwan waren welche dabei. Isabel stellte Lucie eine nach der anderen vor.

»Wo ist eigentlich Dolfi?«, fragte Lucie.

»Die Männer haben sich heute Morgen ein Boot gemietet und sind angeln gegangen.«

»Gott sei Dank sind wir die los«, sagte Amelia *(Taipei American School/Northwestern/NYU Stern)*, Isabels Freundin aus Taipeh und Trauzeugin.

Isabel streifte sofort das Missoni-Kleidchen ab, und auch Lucie schlüpfte aus ihren Shorts und dem leichten Baumwoll-Hoodie. Darunter trug sie ihren neuen blauweiß gestreiften Badeanzug mit tiefem V-Ausschnitt. In der kleinen Boutique in Nolita hatte sie den Retrolook

lern als Tarnung vor dem umliegenden Wasser und dem blauen Himmel entwickelt hat.

noch cool gefunden, aber jetzt, zwischen diesen ganzen älteren, mondänen Frauen, kam sie sich plötzlich kindisch darin vor. Die Badeanzüge der anderen waren wesentlich modischer und vor allem freizügiger – Isabel trug einen Emilio-Pucci-Bikini in Limettengrün und Lila, Amelia einen extrem weit ausgeschnittenen Eres-Einteiler, Daniella *(Gan Israel Kindergarten/Wilbur Avenue Elementary/Portola/Taft/Beverly Hills High/Cal State Northridge)* aus Los Angeles einen schwarzen Badeanzug von Norma Kamali mit asymmetrischen Cutouts, Sophie *(Woollahra Preschool/Queenwood/Brown)* aus Australien einen roten Hauch von Nichts von Valentino und eine der Italienerinnen, Talitha *(British School of Milan/ICS/Saint Ann's/Le Rosey/Parsons)* sonnte sich direkt oben ohne.

Leicht beschämt stieg Lucie die Stufen zur Betonplattform am Wasser hinunter. Hauptsache, sie war hier! Es gab für sie nichts Besseres als Schwimmen im Meer. Das kristallklare Wasser wirkte eiskalt. Ob es das auch war? *Es gibt nur einen Weg, das rauszufinden*, dachte sie, holte tief Luft und sprang hinein.

»Und? Wie ist es?«, rief Isabel ihr zu.

»Himmlisch!«, rief Lucie zurück. »Die perfekte Temperatur!« Das Mittelmeer hatte schon genug Zeit gehabt, sich aufzuwärmen, und fühlte sich herrlich seidig auf der Haut an. Im Vergleich zum eisigen Atlantik vor Long Island, wo Lucie sonst im Sommer schwamm, kam ihr das Wasser hier nahezu tropisch warm vor. Mit kräftigen Zügen schwamm sie zu dem Seil mit den Bojen, das den Bereich ohne gefährliche Strömung markierte, und drehte sich auf den Rücken.

Lucie schwebte im siebten Himmel. Der Auftrieb war so stark, dass sie sich ohne große Mühe auf dem Wasser ausstrecken konnte. Träge blinzelte sie hoch zu den Faraglioni, die über ihr aufragten. Einer der riesigen Felsen formte einen perfekten Torbogen – ob man dort wohl hindurchschwimmen konnte? Genau in dem Moment heizte ein kleines Motorboot durch den Bogen, und beim Anblick der riesigen Bugwelle verwarf Lucie den Gedanken wieder.

Kurz darauf hörte sie auf einmal, wie sich jemand plätschernd näherte. »Lucie! *Lucie in the sky with diamonds!*«, ertönte eine Stimme, und als sie den Kopf drehte, entdeckte sie Auden Beebe, der sich neben ihr an einer Boje festhielt. »Oder vielleicht eher Lucie im saphirblauen Meer? Du bist ja eine richtige Meerjungfrau!«

»Wie meinst du das?«

»Na, du bist im Rekordtempo durchs Wasser geglitten. Ich hab mindestens doppelt so lange bis hier raus gebraucht.« Auden war ganz außer Atem.

»Ich war an der Brearley im Schwimmteam.«

»Kein Wunder! Ich habe noch nie jemanden so perfekt trudgen sehen.«

»Danke. Klingt, als wärst du auch im Schwimmteam gewesen?«

»Bis ich die Uni geschmissen habe, genau. Und du? Schwimmst du jetzt auch im Collegeteam?«

»Nein. An der Brown läuft das alles ein bisschen anders.«

»Verstehe. Neulich meinte jemand zu mir, die Brown wäre die perfekte Uni für Leute, die viel lesen und über ihre Gefühle reden wollen.«

Lucie verdrehte die Augen. »Den Spruch hab ich ja noch nie gehört.«

»Was treibt ihr denn sonst so an der Brown?«

»Na ja, größtenteils lesen und über unsere Gefühle reden.«

»Haha!«

»Entschuldige, ich wollte nicht unhöflich sein.«

»Für Schlagfertigkeit musst du dich nie entschuldigen, Lucie. Außerdem bin ich doch selber in der Gefühlsbranche. Ich weiß noch, wie du dich letztes Jahr aufs College gefreut hast. Was hat dir denn bisher am besten gefallen?«

»Hmm, ich glaube, mein Malkurs.«

»Was malst du da so?«

»Hauptsächlich Abstraktes. Am liebsten direkt auf der rohen Leinwand, das fühlt sich toll an.«

»Kennst du die Arbeiten von Morris Louis? Die nicht grundierten sind eindeutig seine besten.«

»Klar! Ich liebe seine ›Veil Paintings‹. Für meine letzten Bilder habe ich mich von ihm und Helen Frankenthaler inspirieren lassen.«

»Klingt toll. Die würde ich mir gern mal anschauen.«

»Ich hab ein paar Fotos auf dem Handy. Aber wenn du nächstes Mal in East Hampton bist, kannst du sie dir auch gern in echt anschauen.«

»Oder beides? Sag mal, hast du dir eigentlich schon ein paar von den Galerien hier angesehen?«

»Nein, aber ich hoffe, ich schaffe es noch.«

»Isabel hat uns ein ziemlich straffes Programm aufgebrummt, hm?«

»Also, ich finds toll. Aber ich will diese Woche auf jeden Fall noch in der Blauen Grotte schwimmen.«

»Oh, das wird schwierig. Schwimmen ist in der Grotte eigentlich nicht mehr erlaubt, man darf jetzt nur noch mit einem kleinen Ruderboot rein.«

»Na, wer sagt denn, dass ich nicht einfach vom Boot aus reinspringen kann?«

»Da schlummert wohl eine kleine Rebellin in dir, was?«

»Warst du schon mal in der Grotte?«

»Ja, ist aber schon ewig her.«

»Und ist sie wirklich so spektakulär?«

»Definitiv. So eine Meerjungfrau wie du darf sich das auf keinen Fall entgehen lassen. Die Villa San Michele ist übrigens auch einen Besuch wert.«

»Das ist das Haus von Axel Munthe, oder? Da soll es ja eine riesige Kunstsammlung geben.«

»Die besteht zwar eher aus Antiquitäten als aus Gemälden, aber es würde dir bestimmt trotzdem gefallen«, meinte Auden. »Allein die Lage ist fantastisch, da kannst du dich von der Muse küssen lassen. Aber sag mal, wieso hast du dich eigentlich für die Brown entschieden? Die RISD in Providence[1] ist doch gleich bei euch um die Ecke.«

»Ich studiere im Hauptfach BWL[2], damit es nicht zu einseitig wird. Mom wäre bestimmt alles andere als begeistert gewesen, wenn ich mich an einer Kunsthochschule eingeschrieben hätte.«

»Hat sie das so gesagt?«

»Nicht direkt, aber sie möchte, dass ich etwas Handfestes lerne.«

1 Rhode Island School of Design, wo sich übrigens drei Mitglieder der Talking Heads – David Byrne, Tina Weymouth und Chris Frantz – kennenlernten.

2 Emma Watson studierte dort zwar Anglistik, Duncan Sheik Semiotik und JFK jr. American Studies, aber BWL ist neben Biologie das beliebteste Hauptfach an der Brown University.

»Ein Beruf, der ohne Leidenschaft ausgeübt wird, ist doch auch nichts Handfestes.«

Lucie blickte in den wolkenlosen Himmel und dachte über seine Worte nach. Dann sagte sie zu Auden: »Ich glaube, die anderen warten schon auf mich.«

»Alles klar, wir sehen uns an Land«, murmelte Auden, der die Augen geschlossen hatte und meditativ Wasser trat.

Isabel und ihre Freundinnen wollten gerade zum Mittagessen übergehen. Lucie trocknete sich schnell ab, zog sich wieder an und folgte den anderen ins Restaurant, wo sie einen langen Tisch mit Blick auf die Bucht zugewiesen bekamen.

»Was hast du da draußen so lange mit Auden gemacht?«, fragte Isabel. »Da wird man ja glatt eifersüchtig!«

»Wieso?«, fragte Lucie erstaunt.

»Der Typ ist unglaublich. Jedes Mal, wenn ich mit ihm rede, fühle ich mich komplett durchtherapiert.«

»Er ist auf jeden Fall interessant«, stimmte Lucie zu.

»Normalerweise redet der mit keinem so lange. Weißt du, wie viel er für Privatcoaching nimmt?«

»Na ja, Coaching konnte man das nun nicht nennen. Wir haben uns übers Schwimmen unterhalten.«

»Du bist ja auch ganz schön weit rausgeschwommen. Hoffentlich hast du dabei ordentlich Hunger bekommen!«

Wie aufs Stichwort erschien eine ganze Heerschar von Kellnern, die die verschiedensten Köstlichkeiten auftischten. Es gab den nach der Insel benannten Insalata Caprese, frittierte Zucchiniblüten mit Ricottafüllung, Thunfisch in Sesamkruste auf einem Bett aus Rucola und Kirschtomaten, frischen Kaisergranat, Tintenfisch-Garnelen-Risotto, Gnocchi mit Radicchio und Caciocavallo-Käse, Linguine alle Vongole und schließlich, für Lucie mit Abstand am köstlichsten, Spaghetti mit Pistazienpesto, Muscheln, Zitrone und Basilikum.

»O Gott, ich glaub, ich fall ins Nudelkoma!«, stöhnte Isabel schließlich und legte ihre Gabel auf dem Teller ab.

»Also, ich hab in meinem Leben ja schon in vielen italienischen Restaurants gegessen«, verkündete Daniella, »aber so gutes Essen kriegt man selten!«

»Meint ihr, es schmeckt wegen der fantastischen Aussicht so gut, oder ist es wirklich so lecker?«, fragte Isabel.

»Ich glaube, die Mischung machts. Ich meine, guckt euch nur mal das Meer an! Und die Felsen! Das da ist übrigens mein Traumhaus.« Sophie deutete in Richtung einer wunderschönen weißen Säulenvilla hoch oben auf der Klippe.

Daniella pflichtete ihr bei. »Toll, oder? Da hab ich auch schon ein Auge drauf geworfen.«

»Ich frage mich, wie die Preise hier sind«, sagte Sophie. »Also, im Vergleich zu Sydney. An der Küste geht da unter zehn Millionen gar nichts.«

»Damit wirst du hier nicht weit kommen«, meinte Daniella. »Capris Immobilienmarkt ist weltweit einer der teuersten, weil die Insel in den Sechzigern einen kompletten Baustopp erlassen hat. Man muss quasi warten, bis jemand sein Haus mit den Füßen zuerst verlässt.«

Isabel lachte. »Daniella, unsere Immobilienfachfrau. Ich wette, deine erste Amtshandlung nach der Landung war der Gang zum Makler.«

»Nein, als Allerberstes war ich natürlich shoppen bei Il Laboratorio. Beim Makler war ich erst danach.«

»Wie kommt man eigentlich zu der Villa hoch?«, fragte Talitha. »Gibts da überhaupt eine Straße?«

»Die Aussicht muss jedenfalls der Wahnsinn sein«, schwärmte Daniella.

Da meldete sich Amelia zu Wort. »Mädels, hört auf, da hochzustarren, ihr verpasst gerade die Aussicht hier unten. Hottie-Alarm!« Sämtliche Köpfe drehten sich ruckartig zum Wasser.

Lucie riss ungläubig die Augen auf. Der Typ, der da gerade in einer knappen weißen Speedo-Badehose Richtung Meer stolzierte, war niemand anderes als George Zao.

»Hör bloß auf! Das ist mein Cousin George«, quietschte Isabel.

»Um Gottes willen, dieser Adonis ist dein Cousin?« Amelia fielen fast die Augen aus dem Kopf.

»Cousin zweiten Grades. Findest du den etwa gut?« Isabel wirkte skeptisch.

»Äh, hallo? Der Kerl ist heiß ohne Ende! Guck dir mal diese Gesichtszüge an. Und das Sixpack erst!«

»Twelvepack trifft es wohl eher«, schwärmte Talitha.

»Echt? Der war früher total schlaksig, ich hab gar nicht mitbekommen, wie der sich gemacht hat. Na ja, kein Wunder bei den Genen …« Isabel warf kokett die Haare zurück und grinste.

Wie gebannt schauten alle George dabei zu, wie er auf einen hohen Felsen kletterte, die Arme ausstreckte und einen perfekten Kopfsprung hinlegte.

Amelia sprang klatschend auf. »Zehn Punkte!«

Isabel wandte sich an Lucie. »Ich glaube, George ist im gleichen Hotel wie du. Habt ihr euch schon kennengelernt?«

»Äh, flüchtig, ja.« Lucie schoss die Schamesröte ins Gesicht. Sie hatte Isabel noch nicht vom Zimmertausch mit den Zaos erzählt, und jetzt war der Zug endgültig abgefahren.

»Er müsste ein Jahr älter sein als du. Studiert in Berkeley.«

»Ach ja? Er redet nicht viel.« Lucie war auf einmal völlig durcheinander.

»Stimmt, er ist sehr still. War er schon immer.« Isabel beobachtete ihren Cousin, der wieder zum Ufer zurückschwamm. Er ging zu den Außenduschen direkt vor der Restaurantterrasse und wusch sich das Salzwasser ab.

Amelia starrte ihn schamlos an. »O ja, definitiv eine Zehn!«

»Neun. Punktabzug für die Badehose«, widersprach Daniella. »Diese knappen Höschen sind echt nicht mein Fall – da könnte er genauso gut nackt gehen.«

»Die sind wirklich abartig! Erinnern mich immer an meinen fetten Onkel oder Don Johnson in *Miami Vice*[1]«, pflichtete Talitha ihr bei.

Sophie kicherte. »In Australien werden die von den Rettungsschwimmern am Strand getragen. Wir nennen die immer Schlangenwürger.«

»Na, in seinem Fall ist das wohl eine Boa constrictor«, konterte Amelia.

Lucie schaute verstohlen zu George hinüber und wandte den Blick sofort wieder ab. Sie schämte sich für ihn, aber das war noch nicht alles. Sie war wütend. Wie war er bloß auf die Idee gekommen, so eine scheußliche Badehose an-

1 Meines Wissens hat Don Johnson im Fernsehen nie knappe Höschen getragen. Talitha hat ihn wahrscheinlich mit David Hasselhoff verwechselt.

zuziehen? Warum um Himmels willen stellte er sich so zur Schau? Wollte er etwa begafft und ausgelacht werden? Und dieser Köpfer, reine Angeberei! Wie selbstverliebt konnte man eigentlich sein? Sie hätte doch gleich ahnen können, dass George Zao seiner durchgeknallten Mutter in nichts nachstand.

6

DA COSTANZO
CAPRI, ITALIEN

Nachdem Charlotte und Lucie am Vorabend von den Sandalen in den Schaufenstern geschwärmt hatten, war Olivia auf die Idee einer gemeinsamen Shoppingtour gekommen. Doch zum vereinbarten Zeitpunkt nach dem Mittagessen tauchte Lucie allein in der Lobby auf.

»Heute keine Charlotte«, verkündete sie.

Olivia zog eine Augenbraue hoch. »So schlimm?«

»Sie kommt nicht mal aus dem Bett. Das ist das erste Mal, dass ich sie verkatert erlebe!«

»Sollten wir dann nicht lieber hierbleiben?«

»Nein, sie hat mich praktisch rausgeworfen. Sie meinte, sie will einfach nur schlafen.«

»Die Arme. Da kriege ich ja ein ganz schlechtes Gewissen. Hätte ich ihr besser mal früher den Hahn abgedreht.« Olivia lachte.

»Wie viel hat sie denn getrunken?« Sie hatten im Le Grottelle zu Abend gegessen – einem Restaurant, das sich teils in einer Höhle und teils auf einer Terrasse mit Meerblick befand, und da Lucie bei Isabel am Tisch gesessen hatte, wusste sie nicht, was Olivia und Charlotte in ihrer Ecke getrieben hatten.

»Kann ich dir gar nicht sagen. Der Wein war so gut, da zählt man irgendwann nicht mehr mit.«

»Ich habe nur ein kleines Glas getrunken.«

»Wie bitte? Da servieren sie zwei Château Lafites und einen Haut-Brion aus dem Weinkeller der De Vecchis, und du trinkst nur ein kleines Glas?«

»Mir steigt eben schnell die klassische Asiatenröte ins Gesicht. Habe ich leider von meiner Mutter geerbt.«

»Ach so«, murmelte Olivia, die keine Ahnung hatte, wovon Lucie redete. Charlotte hatte Lucie gestern Abend als »braves Mädchen« bezeichnet – anscheinend eine treffende Analyse. Kein Vergleich zu Olivias eigener Unizeit in Paris.

Die beiden verließen das Hotel, und Lucie wandte sich gewohnheitsmäßig nach links Richtung Via Ignazio Cerio.

»Wo willst du denn hin?«, fragte Olivia.

»Ich dachte, wir gehen zur Via Camerelle.« Das war die berühmteste Shoppingmeile in Capri.

»Nur über meine Leiche! Vor fünf Uhr wird man da von Touristen zu Tode getrampelt. Jeder, der sich hier auskennt, setzt zwischen zehn und fünf keinen Fuß in die Stadt. Da spucken die Fähren aus Sorrent und Neapel Tausende von Ausflüglern auf die Insel.«

»Ach, echt?«

»Lucie, vertrau mir. Vor fünf willst du dich in der Stadt wirklich nicht blicken lassen. Dann legt die letzte Fähre ab, und die Jeunesse dorée kann sich endlich einen Drink auf der Piazzetta gönnen.«

Olivias Entrüstung amüsierte Lucie. »Das wusste ich überhaupt nicht.«

»Na, von mir kannst du noch einiges lernen«, gab Olivia zurück. »Ich komme seit Jahren jeden Sommer nach Capri.«

»Aber die Sandalengeschäfte sind doch alle in der Innenstadt.«

»Da liegst du wieder falsch. Es gibt hier nur ein einziges anständiges Geschäft, und ich zeige dir den Schleichweg, frei von Menschenmassen und Rotzgören mit klebrigen Patschehändchen.«

Olivia führte Lucie durch ein Labyrinth von Gässchen, vorbei an Lieferanteneingängen und entlang ruhiger Seitenstraßen, die so gar nichts mit dem Trubel des nahe gelegenen Stadtkerns gemein hatten.

Schließlich erreichten sie ein Viertel mit hohen Mauern zu beiden Seiten, die Lucie das Gefühl gaben, als hätte es sie in ein mittelalterliches Bergdorf verschlagen. Von Capris Glanz und Gloria war hier nichts mehr zu spüren. Eine graue Schmutzschicht bedeckte die geweißelten Mauern, die Fenster waren blind. Weit und breit keine Luxushotels oder Designerboutiquen, dafür aber ein Schneider, ein kleines Lebensmittelgeschäft mit frischem Obst und Gemüse in der Auslage und drei kleine Jungs, die abwechselnd einen Ball an die Wand kickten.

Lucie war vom rustikalen Charme der Gegend angetan. »Wie konnte mir das bloß entgehen?«

»Dachtest du etwa, die Einheimischen kaufen alle bei Prada ein? Das hier ist das echte Capri, wo die Leute das ganze Jahr über leben, und das sind ihre Geschäfte. Guck mal, der alte Schneider da im Fenster … herzerweichend, oder? Und die drei kleinen Racker da drüben, die sich gleich wegen einem Ball an die Gurgel gehen. Um Gottes willen, der bricht sich noch das Genick!« Ein lachender

Junge rammte mit vollem Tempo die Wand, während er den Ball verteidigte.

Sie gingen an einem Friseursalon mit verblichenen Postern im Fenster vorbei, die den Frisuren nach zu urteilen seit den Achtzigern dort hingen, und Olivia erzählte munter weiter. »Die wahre Schönheit der Insel liegt nämlich in ihren Bewohnern und den Ecken abseits des Rummels. Die meisten Besucher verbringen nur einen Tag auf der Insel und rennen wie aufgescheuchte Hühner durch die Gegend, um auch ja kein Tourihighlight zu verpassen, aber hiervon bekommen sie nichts mit. Am schlimmsten sind die, die an der Marina Grande ankommen, in die Blaue Grotte fahren und nicht mal merken, dass Capri oben auf dem Berg liegt und der Hafen da unten überhaupt nicht dazugehört. Ich finde ja, alle Besucher sollten mindestens drei Nächte hier verbringen. Und sich einem Modecheck unterziehen, bevor sie vom Boot steigen – nichts ist schlimmer als geschmacklose Tourioutfits. Stopp!«

Erschrocken blieb Lucie stehen.

»Atme einmal tief ein«, befahl Olivia.

Lucie entspannte sich wieder und holte tief Luft.

»Und, was riechst du?«

»Hm, eigentlich gar nichts.« Reine Höflichkeit. Es stank so übel nach Katzenpisse, dass ihr die Tränen in die Augen stiegen.

»Hier riecht man noch das echte Capri. *La vera Italia!*«, verkündete Olivia und marschierte weiter. Sie bogen in eine unglaublich enge Gasse ein, stiegen eine steinerne Treppe hinunter und standen dann vor einem kleinen, unscheinbaren Laden, der aussah, als wäre er schon vor Jahrhunderten in den Fels geschlagen worden.

»Das hier ist Da Costanzo, mein Lieblingssandalenmacher.«

Sie betraten das Geschäft, und Lucie kam sich vor wie in der Höhle Aladins. Tausende Lederriemen, Schnallen und Edelsteine in allen erdenklichen Farben zierten die Wände, und alles war voll von den elegantesten Sandalen, die Lucie jemals gesehen hatte.

»*Buongiorno*, Antonio! *Buongiorno*, Alvina! *Come stai?* Sagt meiner Freundin Lucie aus New York doch bitte, was sie diese Saison unbedingt braucht.« Sie wandte sich an Lucie. »Antonio fertigt seine Sandalen seit Jahrzehnten von Hand. Sein Vater Costanzo hat das Geschäft eröffnet und die Füße von Jackie Kennedy, Sophia Loren und Clark Gable berührt. Kannst du dir das vorstellen?«

»Wow.« Lucie versuchte sich eine der Stilikonen in dem Lädchen vorzustellen, aber sie konnte lediglich an den armen Costanzo denken, der sich Tag für Tag mit schwitzenden Käsefüßen herumschlagen musste.

»Unser Leder in Rotgold ist dieses Jahr sehr gefragt.« Antonio beugte sich vor und griff von seinem kleinen Hocker aus nach einer Sandale. Sie bestand aus zwei schlichten Riemchen, die sich über dem großen Zeh kreuzten und sich dann um den Knöchel wickelten.

»Schlüpfen Sie mal rein. Das Leder ist ganz weich.« Alvina, Antonios Frau, lächelte warmherzig. Lucie war ganz begeistert, wie bequem die Schuhe waren.

»Schick, sexy und minimalistisch. Der Donald Judd unter den Sandalen«, meinte Olivia. »Damit kannst du an den Strand gehen und von dort aus direkt zur Cocktailparty. Antonio, davon nehme ich auch ein Paar. Kannst du sie mir mit schwarzer Sohle machen?«

»Natürlich.«

Da erspähte Olivia auf der anderen Straßenseite einen Mann in weißem Leinenjackett und mit gewachstem Schnurrbart, der einen großen Schirm über eine ältere Dame mit juwelenbesetztem Kopftuch hielt. Zwei Bodyguards in dunklen Anzügen und Sonnenbrillen folgten den beiden diskret.

»Ach, da ist ja Mordecai. Mit dem muss ich mich sowieso noch über den Ausflug morgen unterhalten.« Olivia war schneller aus dem Laden, als Lucie gucken konnte.

Also probierte sie in aller Seelenruhe verschiedene Modelle an, unterhielt sich mit Alvina über New York und ließ sich von Antonio den Fuß vermessen. Schließlich entschied sie sich für zwei Paar – eines in Rotgold, allerdings mit Lederschnüren, die sich gladiatorenartig die gesamte Wade hinaufwickelten, und eine klassische T-Strap-Sandale aus hellrosa Wildleder mit passenden Troddeln. Antonio würde sie maßanfertigen und dann zum Hotel schicken lassen. Außerdem kaufte sie ein Paar hellbraune Flip-Flops für ihren Bruder Freddie und ein Paar mit Leopardenprint für ihre Mutter.

Eine halbe Stunde später war Olivia immer noch nicht zurück. Lucie wollte nicht länger warten, bezahlte und ging in Richtung Via Roma. Es war halb fünf, und es wimmelte nur so vor hektischen Touristen, die noch schnell etwas kaufen wollten, einen Bus erwischen mussten oder zur *funicolare* eilten, die sie den Berg hinunter zur letzten Fähre bringen würde.

Eine etwa fünfzigköpfige Gruppe japanischer Touristen marschierte auf sie zu, offenbar bemüht, sich ordentlich hinter dem Stadtführer mit der gelben Quietscheente einzureihen, und Lucie wurde für eine Weile mitgezogen, bevor sie sich in den Eingangsbereich eines Antikjuweliers flüchten konnte.

Sie ärgerte sich ein bisschen, dass Olivia sie im Stich gelassen hatte. Ob sie wohl allein den Weg durch die Hintergassen zum Hotel zurückfinden würde? In dem Menschenstrom tat sich kurz eine Lücke auf, und Lucie schaffte es ohne Zwischenfälle auf die Piazzetta, wo wundersamerweise noch ein Tisch im Gran Caffè frei war. Dankbar sank sie auf einen Korbsessel, stellte ihre Tüte auf den Nebenstuhl und griff nach der ledergebundenen Speisekarte.

Ein grauhaariger Kellner in elegantem, weißem Sakko trat an den Tisch und verbeugte sich. *»Konnichiwa.«*

Lucie schaute ihn verwirrt an, bis ihr klar wurde, dass er sie auf Japanisch begrüßte.

Er versuchte es erneut. »Ähm … *Ni hao ma?«*

»Tut mir leid, ich spreche leider kein Chinesisch«, antwortete sie mit betont amerikanischem Akzent.

»Ah, *Americana*! *Easy peasy.* Darf ich raten? Cola light mit Eiswürfeln?«

Lucie rang sich ein Lächeln ab. »Ich hätte lieber die *granita al limone.«*

»Zitronengranita! Perfekt bei dieser Hitze«, erwiderte der Kellner fröhlich.

Die Sonne über dem Berggipfel schien Lucie direkt ins Gesicht, und sie setzte ihre Sonnenbrille auf. In ihrem kurzen weißen Piquékleid mit Volantsaum und der dunklen Brille kam sie sich auf einmal sehr europäisch und erwachsen vor. Immer, wenn sie ihren Urlaub in Europa verbrachte, tat sie nichts lieber, als draußen im Café zu sitzen und Leute zu beobachten. In Paris schleppte sie Freddie und ihre Mutter immer ins La Palette, ihr Lieblingscafé in Saint-Germain. Jetzt wünschte sie, die beiden wären hier.

Verstohlen musterte sie die anderen Gäste. Zu gern dachte sie sich Geschichten über andere Leute aus. Links von ihr saß ein attraktives italienisches Pärchen, das einander anschmachtete, wahrscheinlich in den Flitterwochen. Rechts von ihr unterhielten sich zwei elegant gekleidete Männer – ein Amerikaner mit dunkelblondem Haar in blau gestreiftem T-Shirt und dunkelblauem Sakko und ein Asiat mit Ziegenbart und Retrosonnenbrille im Stil der Dreißigerjahre. Die beiden sahen aus, als arbeiteten sie in der Modebranche und wären geschäftlich hier. Der Asiat sagte gerade: »Ich darf die Sandalen für Alexandra und Jackie nicht vergessen.« Ob er wohl ihre Tüte von Da Costanzo bemerkt hatte? Hinter ihr saßen zwei Damen mittleren Alters, rauchten und debattierten lebhaft auf Deutsch. Zu ihren Füßen lag eine gigantische Dänische Dogge. Vielleicht trugen sie einen alten Familienstreit aus?

Wenige Minuten später stellte der Kellner eine große Glasschale mit Melonengarnitur vor ihr ab, in der sich die Zitronengranita türmte. Lucie musste breit grinsen. Die Granita erinnerte sie an die Desserts, die sie als Kind im Serendipity immer so gern gegessen hatte, wobei diese hier deutlich imposanter war.

Zufrieden sog sie an ihrem Strohhalm. Der köstliche, geeiste Zitronensaft war unglaublich erfrischend. Sollte sie schon mal an der Melone knabbern oder sie lieber für hinterher aufheben? Da bemerkte sie einen großen weißhaarigen Herrn, der erst auf sie zuwankte und dann gegen den Tisch des italienischen Pärchens stieß. Der junge Mann sprang auf und griff den älteren Herrn am Ellbogen. Dieser blieb kurz stehen, tat einen Schritt nach vorne und stürzte mit dem Gesicht voran in Lucies Nachtisch, zerstörte die Glasschale und bespritzte sie über und über mit Granita.

Lucie saß wie angewurzelt auf ihrem Sessel. Die Zeit schien stillzustehen. Niemand rührte sich. Das italienische Pärchen starrte den Herrn hilflos an, die beiden Deutschen saßen einfach nur da, und die Kellner standen in der Gegend herum wie Ölgötzen. Die schicken Gäste ringsum waren ebenfalls erstarrt und glotzten in ihre Richtung. Der Amerikaner sagte: »Ich glaube, der stirbt«, und irgendwo hinter Lucie rief eine Frau mit britischem Akzent: »Wir müssen unbedingt!« Die Augen des Mannes rollten nach hinten, es rasselte in seiner Kehle, und sein Gesicht lief blau an, doch Lucie sah nur noch Rot – die roten Adern in seinem Augapfel, das rote Blut, das aus einer Wunde an seinem Kopf auf die weiße Tischdecke sprudelte. Endlich stand sie auf, da drehte sich auch schon alles, und ihr wurde schwarz vor Augen.

Lucie hatte keine Ahnung, wie lange sie bewusstlos gewesen war, vielleicht nur ein paar Sekunden, doch als sie wieder zu sich kam, spürte sie etwas Warmes, Weiches im Nacken. Sie sah auf und entdeckte George Zao, der anscheinend ihren Kopf stützte. »Alles okay?«, fragte er. Sie nickte und schaute zu dem alten Herrn, der vor ihr auf dem Boden lag. Ein Kellner stand über ihn gebeugt und schlug auf seinen Brustkorb ein, während die Dänische Dogge laut jaulte.

»Bleib liegen. Bloß nicht aufstehen.« George sprang auf und schubste den Kellner beiseite. »Prügel doch nicht so auf ihn ein! Jetzt ruf doch mal jemand einen Arzt!« Er hob das Kinn des Mannes und setzte zur Beatmung an.

Lucie stand langsam auf und entfernte sich rückwärts von der Szene. George pumpte auf und ab und rief: »Scheiße, jetzt ruf doch endlich jemand einen Arzt!« Sie konnte nicht länger zuschauen. Sie konnte doch nicht einfach dastehen und diesem Mann beim Sterben zusehen. Sie drehte sich um und ging langsam davon. Kaum war sie außer Sichtweite, rannte sie los.

7

ARCO NATURALE
CAPRI, ITALIEN

Lucie saß auf einer steinernen Bank mit Blick auf den Arco Naturale, einen gigantischen Kalksteinbogen, der zweihundert Meter über dem Meer aus dem Hang ragte.[1]

»Alles in Ordnung?«, fragte George, der unbemerkt an sie herangetreten war.

Lucie hielt den Blick stur auf den Bogen gerichtet. Sein Hemd war mit Sicherheit blutbefleckt, und diesen Anblick konnte sie gerade nicht ertragen. »Woher wusstest du, dass ich hier bin?«

»Wusste ich gar nicht. Mir war einfach danach, herzukommen.«

Lucie biss die Zähne zusammen. Warum tauchte er immer gerade dann auf, wenn sie es am wenigsten gebrauchen konnte? Sie stand auf, trat an das grüne Eisengeländer, blickte aufs Meer hinaus und hoffte, dass er den Wink

[1] Der Bogen, eines der spektakulärsten Naturphänomene auf Capri, ist das Überbleibsel einer Höhle, die vor Millionen von Jahren in der Altsteinzeit eingestürzt ist.

mit dem Zaunpfahl verstehen würde. Doch er holte tief Luft, als wolle er ihr etwas mitteilen.

»Bitte sag nichts!«, platzte sie mit erstickter Stimme heraus. »Ich will gar nicht wissen, was mit dem Mann passiert ist.«

George stellte sich neben sie ans Geländer. Vor ihnen türmte sich der Bogen auf, ragte so jäh und bizarr aus der Klippe, dass man hätte meinen können, Außerirdische hätten ihn dorthin verfrachtet. In der Tiefe unter dem Bogen leuchtete das Meer in satten Aquamarintönen.

Schweigend ließen sie die übernatürliche Aussicht auf sich wirken, bis George schließlich sagte: »Als ich mit zwölf das erste Mal hier war, hat mich der Anblick total umgehauen. Ich dachte, das ist garantiert ein Portal zu einem Paralleluniversum. Am liebsten wäre ich durch den Bogen hindurch in eine andere Zeit gesprungen.«

»Ich hätte auch nichts dagegen, in die Vergangenheit zu reisen«, erwiderte Lucie dumpf.

»Komm mit.« George stieß sich so abrupt vom Geländer ab, dass Lucie für den Bruchteil einer Sekunde glaubte, er würde wirklich über die Reling springen. Doch stattdessen ging er zu dem Weg, der den Berg hinunterführte. Sie überlegte, ob sie ihm folgen sollte, dachte dann jedoch: *Was solls?*

Lucie lief ein paar Schritte hinter George den steilen, gepflasterten Weg hinunter zu einer langen Treppe, die sich durch den dicht bewaldeten Teil der Insel schlängelte.

»Pablo Neruda ist jeden Tag hier langgewandert, als er auf der Insel lebte«, erzählte George.

Lucie schwieg. Mit so einer Information hatte sie nicht gerechnet – George schien nicht der Typ zu sein, der Gedichte las.

Am Ende der Treppe bogen sie um eine Ecke und standen plötzlich am Eingang einer Höhle. Die Grotta di Matermania! Die natürliche Höhle gehörte zu den ältesten archäologischen Schätzen der Insel und stand ganz oben auf Lucies Liste mit Sehenswürdigkeiten, die sie sich unbedingt anschauen wollte.[1]

»Da wären wir«, sagte George. »Du wolltest doch in die Vergangenheit reisen.«

Lucie betrat die Höhle, in der Wände und Stufen aus dem Kalkstein gehauen worden waren, um unterschiedliche Ebenen und Räume zu schaffen. Bestimmt ein ehemaliges Nymphäum der antiken Römer, dachte sie und legte die Hand an die Höhlenwand, die merkwürdig warm war. Welche mystischen Rituale diese Wände über die Jahrhunderte wohl bezeugt haben mochten? Eine seltsame Energie durchströmte die Höhle, wie Lucie sie von anderen antiken Stätten kannte – Stonehenge oder den Maya-Tempeln in Tulum.

An der rückwärtigen Wand bildete eine natürliche Steinformation eine Art Altar, ohne Zweifel der Mittelpunkt der altertümlichen Zeremonien. Lucie stieg die Stu-

[1] Über die Jahrhunderte wurden die unterschiedlichsten Theorien über die Verwendung der Höhle aufgestellt; höchstwahrscheinlich wurde sie jedoch vor Urzeiten als Kultstätte benutzt. Einige Archäologen vermuten, es handele sich um einen Ritualort des Mithraskults (einmal googeln, bitte), andere wiederum halten die Höhle für einen Tempel der Kybele, der Göttin der ungezähmten Natur und Fruchtbarkeit. Wie dem auch sei, für die örtliche Jugend ist sie jedenfalls bestens fürs Kiffen oder Freiluftsex geeignet, am besten natürlich für beides gleichzeitig. So viel zum Thema ungezähmte Natur und Fruchtbarkeit!

fen hinauf und schloss die Augen. Sie war zwar überhaupt nicht religiös veranlagt – die Familie ihrer Mutter war buddhistisch, und ihr Vater gehörte zumindest auf dem Papier der Episkopalkirche an –, aber trotzdem spürte sie das Bedürfnis, ein stilles Gebet für den Mann auf der Piazzetta zu sprechen.

Als sie die Augen wieder aufschlug, war George verschwunden. Auch vor der Höhle war er nicht. Sollte sie die Treppe wieder hinaufsteigen oder weiter dem Weg folgen? Sie beschloss, sich noch etwas umzusehen, und folgte dem Pfad, der immer weiter den Hügel hinunterführte. Dabei ärgerte sie sich über sich selbst. Wo endete dieser Weg, und warum hielt sie insgeheim nach George Ausschau? Hatte sie ihm nicht gesagt, sie wolle allein sein? Er hatte etwas unglaublich Irritierendes an sich – wie er sprach, wie er sich bewegte, seine ganze Ausstrahlung –, und trotzdem dachte sie schon wieder an ihn.

Plötzlich wurde ihr bewusst, dass sie eigentlich gar keine asiatischen Männer kannte. Frauen ja – ihre Mutter, Isabel oder einige ihrer ehemaligen Klassenkameradinnen etwa, und in Brearley waren sogar drei andere Halbasiatinnen in ihrem Jahrgang gewesen. Aber irgendwie hatte sie bisher kaum Kontakt zu asiatischen Jungs gehabt. Freddie zählte nicht – im Gegensatz zu ihr kam er äußerlich sehr nach ihrem Vater und benahm sich wie ein Bilderbuch-WASP, inklusive der stinkigen ausgelatschten Segelschuhe. Keiner glaubte ihnen, dass sie Geschwister waren – einmal war Freddie sogar für ihren Freund gehalten worden. Als Kind hatte sie einige ihrer chinesischen Cousins aus Seattle und Hongkong kennengelernt, aber keiner von ihnen hatte einen bleibenden Eindruck hinterlassen. Dazu kam natürlich, dass sie auf eine Mädchenschule gegangen war und ihr ganzes Leben in der Upper East Side gewohnt hatte. Klar, es gab auch ein paar asiatische Jungs auf den Privatschulen, aber die meisten gingen anscheinend auf die Stuyvesant[1]. Außerdem waren die Jungs, die sie kannte, allesamt Amerikaner asiatischer Herkunft, und George hatte nichts mit ihnen gemein. Er war ein Chinese aus Hongkong, der ein paar Jahre in Australien verbracht hatte. Wozu genau machte ihn das also? Er wirkte nicht wie ein Australier, auch wenn sein Akzent danach klang. In seinem Verhalten war er eher chinesisch. Er klang komisch, bewegte sich komisch und zog sich komisch an. Wahrscheinlich roch er sogar komisch.

Lucie hatte gerade beschlossen, zurück zum Arco Naturale zu gehen, als sie etwas zwischen den Bäumen entdeckte. Ein Stück weiter den Hügel hinunter stand ein faszinierendes Haus auf einem imposanten Felsen, der ins Meer hineinragte. Das rote Haus war rechteckig bis auf die Rückseite, an der pyramidenartige Stufen vom Boden bis auf das riesige Flachdach hinaufführten. So ein interessantes Haus hatte Lucie noch nie gesehen! Sie folgte dem Pfad bis zu einer Treppe, die hinab zum Hauseingang führte. Ein Tor gab es nicht, aber auf der obersten Stufe stand PRIVATO.

[1] Stuyvesant gehört regelmäßig zu den besten staatlichen Schulen in New York, vor allem in Mathematik und Naturwissenschaften. Zu den Alumni gehören neben Thelonious Monk, Tim Robbins, Ron Silver und Lucy Liu zahlreiche weltbekannte Mathematiker und Wissenschaftlerinnen, von denen garantiert noch kein Mensch gehört hat.

»Hey, das hier ist Privatgelände!«, ertönte eine Stimme hinter ihr. Sie zuckte zusammen und drehte sich um. George, wer sonst?

»Warum schleichst du dich so an? Und wo warst du überhaupt?«

»Ich dachte, du brauchst ein bisschen Zeit für dich.«

Lucie fasste sich schnell wieder. »Das Haus ist echt was ganz Besonderes.«

»Casa Malaparte, eins der größten architektonischen Wunder aller Zeiten. Willst du es dir aus der Nähe anschauen?«

»Das ist Privatgelände, hast du doch gerade selbst gesagt.«

»Stört sicher keinen, wenn wir ein bisschen näher rangehen.« George stieg die Treppe hinunter, und nach kurzem Zögern folgte Lucie ihm. Als sie vor der Haustür standen, streckte ein Mann den Kopf aus dem Fenster und rief: *»'Sera, Giorgio! Come va?«*

»Va bene, Niccolò. Possiamo dare un'occhiata?«, antwortete George.

»Certo!«

Lucie sah George erstaunt an. »Moment mal, du sprichst Italienisch? Kennst du den Mann etwa?«

»Ja, das ist der Hausmeister. Ich war gestern schon hier und hab mich ein bisschen umgesehen.«

»Wieso?«

»Wieso nicht? Das Haus hat mich zu einem Projekt inspiriert.«

»Was für ein Projekt?«

»Ich studiere Nachhaltige Umweltgestaltung an der UC Berkeley.«

»Oh.« Lucie sah ihn allmählich in einem völlig neuen Licht.

Sie erklommen die Stufen zum Flachdach, das gleichzeitig als Terrasse diente und einen fantastischen Panoramablick auf den Golf von Sorrent bot. Lucie trat so nah an die Kante, wie sie sich traute, und atmete tief ein. Die Sonne ging langsam unter und tauchte das stille Meer in wunderschöne Goldtöne. Auf einmal war sie so gelassen, dass sie fast ein schlechtes Gewissen bekam.

George saß auf der obersten Stufe und blickte in Richtung Insel, wo die Möwen ihre endlosen Kreise um die zerklüfteten Felsen zogen. Lucie setzte sich neben ihn. Etwas lag ihr auf dem Herzen, und sie musste es einfach loswerden.

»Ich schäme mich so«, setzte sie an. »Ich verstehe nicht, wieso ich weggerannt bin.«

»Du musst dich nicht rechtfertigen.«

Lucie stieß einen tiefen Seufzer aus. »Meinen Erste-Hilfe-Kurs in der Highschool habe ich mit Bestnote abgeschlossen, aber heute … keine Ahnung … ich hätte etwas tun sollen. Müssen! Aber ich bin komplett erstarrt. Es war so schrecklich, mein Körper hat mir einfach nicht mehr gehorcht.«

»Das war auch ein traumatischer Anblick. Ich wäre selbst am liebsten abgehauen. Aber es hat ja niemand anders etwas unternommen.«

»Ich weiß nicht, ob ich die Piazzetta je wieder betreten kann.«

»Du hast deine Tüte im Café liegen lassen.«

»Ich weiß, die wollte ich mir noch irgendwann zurückholen. Ich hab ja auch gar nicht bezahlt.«

»Das wollte ich für dich übernehmen, aber die Kellner meinten, das ginge aufs Haus.«

»Echt?«

»Die Tüte habe ich mitgenommen, allerdings …« George hielt inne und warf ihr einen schiefen Blick zu. »Tut mir leid, aber ich hab sie weggeworfen.«

»Was? Wieso denn das?«

George senkte den Blick. »Ich wollte dir den Anblick ersparen. Die Tüte war voller Blut, sogar innendrin. Die Sandalen hatten auch was abbekommen.«

Lucie schwieg. Wie belanglos ihr diese Sandalen auf einmal vorkamen. Innerhalb eines Nachmittags hatte sich alles geändert – von einem Augenblick auf den anderen war jemand gestorben. Ein Vater, Ehemann oder Freund. Menschen standen unter Schock und trauerten. Sogar sie trauerte um den alten Mann, dabei hatte sie ihn nicht einmal gekannt. Hätte sie doch bloß etwas unternommen, hätte sie ihn doch bloß direkt wiederbelebt, dann hätte er es vielleicht geschafft. Wie sollte sie jetzt nur das Abendessen in dem Sternerestaurant überstehen, auf das alle so gespannt waren? Wie sollte sie Isabels Hochzeit genießen? Wie sollte sie sich je wieder über irgendetwas freuen?

George sah sie erneut so eindringlich an, doch diesmal fand sie es gar nicht seltsam, sondern tröstlich. Es war, als würde er ihre Gedanken lesen.

»Darf ich dir eine Geschichte erzählen? Mit Happy End, versprochen.«

»Okay.«

Gemeinsam gingen sie über das Dach Richtung Meer.

»Es war einmal ein Mädchen, das saß mit einem leckeren Getränk in einem Café auf dem Marktplatz von Capri …«

Lucie blieb wie angewurzelt stehen. Sie wollte es nicht hören, doch George fuhr rasch fort: »Schon klar, ich soll dir nichts davon erzählen, aber ich glaube, das willst du wissen: Dem alten Mann geht es gut. Wir haben ihn wiederbelebt.«

Lucie starrte George ungläubig an.

»Während ich ihn noch beamtet habe, kam ein Arzt. So ein junger Typ in Shorts mit einer schwarzen Ledertasche, da hatte er einen Defibrillator drin. Er hat dem Mann einen Elektroschock verpasst, und da hat er wieder angefangen zu atmen.«

Lucie wusste überhaupt nicht, wie ihr geschah. Sie hyperventilierte, ihr ganzer Körper wurde von Schluchzern geschüttelt. Erleichtert vergrub sie den Kopf an Georges Schulter.

George legte den Arm um sie und sprach leise weiter. »Der alte Mann war Brite, und kaum hatten wir ihn wiederbelebt, kam seine Frau auf die Piazzetta. Sie war die Straße runter bei Ferragamo. Als ich gegangen bin, saß der Mann schon wieder auf einem Stuhl und wurde vom Arzt durchgecheckt, während seine Frau mit ihm schimpfte, weil er einfach abgehauen war.«

8

MARINA GRANDE
CAPRI, ITALIEN

Charlotte traf als Erste am Treffpunkt an der Kathedrale ein. Ein Mann mit auffälligem, dalíeskem Schnurrbart lief ungeduldig davor auf und ab. Baron Mordecai von Ephrussí *(Wetherby / Dragon / Harrow / Magdalen College, Oxford)*, wie er sich vorstellte, war gefeierter Schriftsteller, Kunsthistoriker, Antiquitätenexperte und derzeit Stipendiat der American Academy in Rom, wo er – das erzählte er allen, ob sie es hören wollten oder nicht – an der »ultimativen Biografie von Luchino Visconti« arbeitete. Der Baron stammte nach eigenen Angaben von einer langen Adelslinie franko-preußischer Juden ab, obgleich er in England geboren und aufgewachsen war. Er trug einen imposanten Titel, doch noch imposanter waren sein Dispokredit und das Wohlwollen seines imposanten Freundeskreises, der sich hauptsächlich aus Damen von gewissem Alter und Stand zusammensetzte, die seinen Witz, Titel, Klatsch und Sachverstand zu pränapoleonischem Limoges-Porzellan schätzten – wenn auch nicht zwingend in dieser Reihenfolge.

Ein Blick auf sein Outfit – blau-weiß gestreifte Seersuckerhose, blütenweißes Button-down-Hemd mit auffälligem MVE-Monogramm auf Taillenhöhe, blau-weiß gepunktete Krawatte und Brogues von Cleverley –, und Charlotte wusste, wie sie mit ihm umzugehen hatte. Nach einer flüchtigen Begrüßung und ein paar höflichen Floskeln zum traumhaften Wetter verlegten sie sich, wie man es in ihren Kreisen so tat, aufs Namedropping.

Mordecai machte den Anfang: »Und, was machen Sie beruflich, Ms Barclay?«

»Ich bin Redakteurin bei *Amuse Bouche*.«

»Ah, *Amuse Bouche*. Tolles Magazin, wirklich.« *Nicht ganz so gut wie* Bon Appétit, *aber vielleicht kann ich ja meinen Artikel über Kaiserin Joséphine und ihre Vorliebe für Îles flottantes bei ihr unterbringen.*

»Danke«, erwiderte Charlotte. *Ich frage ihn jetzt extra nicht, was er beruflich macht. Das wird ihn so fuchsen, dass er es mir garantiert innerhalb von zwei Minuten selbst auf die Nase bindet.*

»Dann leben Sie bestimmt in New York, oder? Sagen Sie, Sie sind nicht zufällig mit Theodore und Annafred Barclay verwandt?«

Charlotte lächelte. *War ja klar, dass die Frage kommt.* »Ja, Teddy ist mein Cousin.«

»Die Welt ist wirklich ein Dorf! Zauberhaftes Paar, die zwei.« Mordecai erwiderte ihr Lächeln. »Wenn ich nicht gerade in der American Academy in Rom an meinem Buch sitze, arbeite ich als historischer Sachverständiger für die International Friends des Prince's Trust.« *Aha, eine Barclay. Ergibt ja auch Sinn – nur eine Barclay kann es sich leisten, sich auf einer Insel wie Capri so grauenhaft zu kleiden.*

Oh, da hab ich ihn wohl unterschätzt. Hat nicht mal eine

Minute gedauert. »Ach schön, beim Prince's Trust. Ja, Teddy hilft Charles schon seit Längerem, und Camilla und Annafred kennen sich natürlich auch schon ewig.«

»Ach, die beiden habe ich erst letzten Monat bei einem Dinner in der Serpentine Gallery getroffen.« *Wie kann sie es wagen, Ihre Königlichen Hoheiten beim Vornamen zu nennen!*

»Tatsächlich? Diesen Sommer habe ich ein herrliches Wochenende mit Teddy und Ihren Königlichen Hoheiten in Highgrove verbracht.« *Nimm das, Mordecai!*

»Highgrove ist wirklich herrlich im Sommer, da haben Sie recht. Noch herrlicher ist allerdings Pemberley. Meine Verwandten, die D'Arcys, halten es wirklich hervorragend in Schuss.« *So, Ms Barclay, jetzt versuchen Sie das mal zu toppen!*

»Das habe ich auch schon gehört. Woher kennen Sie Isabel und Dolfi?« *Wahrscheinlich war er ihr Innenausstatter.*

»Ich bin ein alter Freund von Isabels Eltern. Das ist inzwischen Ewigkeiten her, aber ich habe gemeinsam mit Geoffrey Bennison am ersten Haus der Chius in der Bishops Avenue gearbeitet.«

Wusste ich's doch! »Bennisons Arbeiten waren wirklich großartig. Er hat ja in den späten Siebzigern einige Räume meiner Großmutter neu gestaltet.«

»Ach, tatsächlich?« *Wer zum Teufel ist diese Großmutter, und wieso weiß ich nichts von ihren Räumen?*

In dem Augenblick gesellte sich Lucie mit einer Tube Sonnencreme in der Hand zu ihnen und rettete Charlotte vor weiteren Fragen.

»Ach, danke, Lucie, dass du noch mal zurückgegangen bist. Ohne die Creme wäre ich heute Abend krebsrot gewesen. Mordecai, das ist meine Cousine, Lucie Churchill.«

»Hallo«, sagte Lucie.

»Sehr erfreut.« *Oh, là, là, was für eine hübsche kleine Eurasierin.* »Darf ich fragen, wie genau Sie beide verwandt sind?«

Ehe Lucie etwas erwidern konnte, meldete sich Charlotte zu Wort: »Lucie ist die Tochter von Reggie Churchill, dem Bruder meiner Mutter.« *Na, was sagst du dazu?*

»Ach, Reginald Churchill.« *Hochinteressant. Aber meine Güte, das heißt ja, dass Charlotte eine Churchill* und *eine Barclay ist. Die muss ja im Geld schwimmen!*

Lucie runzelte die Stirn. Charlotte ließ den Namen ihres Vaters nur fallen, wenn sie jemanden beeindrucken wollte. Sie fragte sich, wieso das gerade bei diesem Mordecai der Fall sein sollte, musste aber nicht lange auf die Antwort warten.

»Gut, dann fehlen ja nur noch Mr Beebe, Miss Lavistock und die Ortiz-Schwestern. Wenn alle da sind, rufe ich die Sultana an. Wir treffen sie unten an der Marina Grande und fahren dann gemeinsam nach Positano zur Besichtigung der Villa.«

»Die Sultana?«

»Sie haben richtig gehört! Meine gute Freundin, die Sultana von Penang, erweist uns heute die Ehre.«

»Was ist denn eine Sultana?«, fragte Lucie.

»Meine Liebe, die Sultana ist eine malaysische Adlige von allerhöchstem Rang. Sie ist die Gemahlin des Sultans von Penang, also praktisch eine Königin! Es entspricht wirklich überhaupt nicht der Hofetikette, sie warten zu lassen. Dass Mr Beebe aber auch nicht den Anstand besitzt, pünktlich …«

Just in dem Augenblick erschien Auden Beebe mit Olivia und den Ortiz-Schwestern auf dem Platz und beschattete die Damen dabei so galant mit einem Schirm, dass Mordecais Kritik verstummte.

»Entschuldigt die Verspätung!«, stieß Olivia außer Atem hervor. »Alles meine Schuld – ich habe meine Leica vergessen und musste noch mal zurück aufs Zimmer.«

Die Ausflugsgesellschaft begab sich für die kurze Fahrt den Berg hinunter zur *funicolare.* Unten angekommen, führte Mordecai sie zum Pier, von wo aus sie zu ihrer Exkursion aufbrechen wollten. Nachdem sie ein paar Minuten am verlassenen Kai gestanden und in der glühenden Sonne gebrutzelt hatten, erntete Mordecai einen bösen Blick von Olivia. »Ich dachte, die königliche Shahtush erwartet uns hier!«

»Ich habe der Sultana sofort eine Nachricht geschickt, als wir an der Marina Grande waren. Sie wird in ein paar Minuten hier sein. Ihre Majestät muss stets als Letzte eintreffen«, erklärte Mordecai übereifrig.

»Soll ich sie auch mit ›Eure Majestät‹ ansprechen?«, erkundigte sich Lucie.

»Das Hofzeremoniell schreibt vor, dass Sie die Sultana niemals ansprechen, es sei denn, sie richtet das Wort an Sie. Bei der Begrüßung sagen Sie ›Eure Majestät‹ zu ihr und von da an ›Ma'am‹.«

Olivia wandte sich zu Auden und Charlotte und verdrehte die Augen.

Charlotte beugte sich zu ihr und flüsterte: »Gehe ich recht in der Annahme, dass du bereits das Vergnügen mit *Monsieur le Baron* hattest?«

»Pff! Also, wenn der ein Baron ist, bin ich Marie-Antoinette«, zischte Olivia. »Ja, Mordecai und ich kennen uns schon ewig. Wir haben einen Sommer lang zusammen bei der Fondation Pierre Bergé gearbeitet, und das Arschloch hat mir das Leben zur Hölle gemacht. Natürlich nur, bis er rausgefunden hat, wer ich bin.«

Ein großer schwarzer Mercedes hielt am Pier, und zwei Bodyguards mit schwarzen Anzügen und Sonnenbrillen stiegen aus. Der größere der beiden baute sich vor ihnen auf und musterte sie kurz, dann tippte er an seinen Ohrstöpsel und murmelte: *»Kami bersedia untuk ratu!«*[1] Der andere Bodyguard öffnete den Fond der Limousine, und eine kleine, mollige Frau Ende siebzig in einem wallenden Pucci-Kaftan und dazu passendem Pucci-Hidschab stieg aus. Die funkelnden kanariengelben Diamantklunker unter ihrem Kopftuch fielen Lucie schon aus der Entfernung auf, und sie stellte erstaunt fest, dass es sich um die Dame handelte, die sie gestern vor dem Sandalengeschäft gesehen hatte.

»Schnell, Spalier bilden!«, sagte Mordecai mit zittriger Stimme. »Also, in Malaysia kniet man sich hin und berührt mit der Stirn den Boden, wenn man die Sultana begrüßt, aber in unserem Fall sollten ein Knicks oder eine Verbeugung ausreichen.«

»Ich glaub, du hast sie nicht mehr alle«, zischte Olivia. »Ich würde nicht mal knicksen, wenn sie die Dowager Countess of Grantham wäre!«

Mordecai überging ihren Kommentar, verbeugte sich tief und wollte die Sultana gerade begrüßen, doch die rauschte an ihm vorbei und fiel den Ortiz-Schwestern um den Hals. »Paloma! Mercedes! Ich wusste ja gar nicht, dass ihr auch hier seid. Wann seid ihr denn angekommen?«

[1] »Bereit für die Königin!« auf Malaiisch.

»Sonntag, direkt aus Paris«, antwortete Paloma *(Saint Scholastica/Ravenhill Academy/Universidad Complutense de Madrid).*

»Wir waren für die Anprobe da, du weißt schon«, ergänzte Mercedes *(Saint Scholastica/Ravenhill Academy/University of Hawaii).*

»Sie kennen die Damen?«, fragte Mordecai erstaunt.

»Natürlich kenne ich die beiden!«, rief die Sultana *(Privatunterricht bis zum Alter von zehn Jahren/Cheltenham Ladies' College).* »Mordecai, diesen Mädels hier gehören schätzungsweise fünftausend der siebentausend philippinischen Inseln. Gegen die bin ich ein Niemand!«

»Also bitte, du bist Königin«, widersprach Paloma. »Wir gehören zum Fußvolk.«

»Wir sind doch bloß Hausfrauen«, fügte Mercedes hinzu.

»Als ob!« Die Sultana verdrehte die Augen und wandte sich Mordecai zu. »Apropos Paris, die Mädels und ich waren früher ständig zusammen auf den Schauen ... Scherrer, Féraud und natürlich meine Lieblingsdesignerin, Jacqueline de Ribes. Ich wünschte, ich würde noch in ihre Kleider passen.«

»Und weißt du noch, die Abende bei Regine?« Auch Paloma schien in Erinnerungen zu schwelgen.

»Richtige Partyhäschen wart ihr damals«, kicherte die Sultana. »Aber Mordecai, jetzt mach mich doch mal mit diesen netten Leuten hier bekannt.«

Mordecai stellte ihr hastig die anderen vor. Lucie war ganz verzaubert von der bodenständigen, herzlichen Sultana, die mit den stark geschminkten, großen Augen an Elizabeth Taylor erinnerte.

»Wie schön, ein paar junge Hüpfer dabeizuhaben. Danke, dass ihr euch mit uns Urgesteinen auf ein Abenteuer wagt.« Die Sultana schenkte Lucie und Charlotte ein warmes Lächeln, ehe sie sich wieder Mordecai zuwandte. »Wo ist denn unsere Queen Mary?«

Mordecai legte den Kopf schief. »Äh, Queen Mary?«

Die Sultana zeigte auf das leere Hafenbecken, wobei ihr kiwigroßer Smaragdring in der Sonne blitzte. »Na, das große Boot, von dem du mir erzählt hast!«

»Ah, hoho, Eure Majestät belieben zu scherzen. Die Jacht sollte jeden Augenblick eintreffen.« An die Gruppe gerichtet verkündete er: »Die Besitzer der Villa Lachowski, meine lieben Freunde, die Murphys, waren so freundlich, der Sultana und uns ihre fantastische Jacht zur Verfügung zu stellen. Sie wurde von Alberto Pinto ausgestattet und gehört zu den zehn größten Jachten der Welt.«

Kaum hatte er die Worte ausgesprochen, preschten zwei schwarze Motorschlauchboote in den Hafen und hielten neben ihnen am Kai.

»Mister Epussy?«, fragte einer der Bootsführer mit starkem Akzent.

»Wenn Sie damit Baron von Ephrussí meinen – das bin ich«, erwiderte Mordecai in blasiertem Tonfall und straffte die Schultern.

»Okay, wie viele?«, fragte der Bootsführer barsch.

Mordecai sah ihn verwirrt an. »Äh … wir sollen in diese winzigen Boote steigen? Fahren Sie uns damit zur Jacht?«

»Nix Jacht. Wir fahren direkt zu Villa.«

»In diesen Schlauchbooten? Sie wollen mich wohl auf den Arm nehmen!«

»Will ich nicht. Bitte einsteigen!« Der Bootsführer wirkte allmählich reichlich genervt.

»Bitte rufen Sie Ihren Vorgesetzten an, oder wer auch

immer die Flotte der Murphys kommandiert. Da liegt offenkundig ein Fehler vor. Sie wollten uns die Jacht schicken, kein Schlauchboot!«

»Mordecai, das sind keine Schlauchboote, sondern Goldfish Rib Boats. Das sind leistungsstarke und vor allem ziemlich teure Schnellboote.« Auden schien sich köstlich über das Missverständnis zu amüsieren.

»Goldfisch, Clownfisch, Kaiserfisch, mir doch egal, wie die heißen. Ihre Majestät kann jedenfalls nicht in so einem verfluchten Ding hier bis nach Positano fahren!«

»Also, ich würde liebend gern mit so einem Ding fahren«, mischte sich die Sultana ein. »Das wird ein Riesenspaß!«

Mordecai fiel die Kinnlade runter.

»Die Königin hat gesprochen! Auf gehts. *Andiamo!*« Olivia übernahm das Kommando. »Eure Majestät, erlauben Sie, dass ich Ihnen beim Einsteigen helfe?«

Die Sultana stieg mit einem Bodyguard, Mordecai, Olivia und Charlotte ins erste Boot, und Lucie, die Ortiz-Schwestern, Auden und der andere Bodyguard nahmen das zweite. Aufgrund der Bauart des Goldfish gab es darin keine Sitze, sondern lediglich so etwas wie Rückenlehnen für die Passagiere, mit Handgriffen zum Festhalten. Die Sultana wandte sich an den Bootsführer: »Solche Boote habe ich schon mal bei einer Militärparade gesehen. Meine Armee verwendet sie für taktische Manöver. Sie sollen sehr schnell sein.«

»Ja, sehr schnell«, erwiderte der Kapitän, der das Boot behutsam aus dem Hafenbecken steuerte.

»Dann zeigen Sie uns mal, was das Teil draufhat«, sagte die Sultana. »Tempo, Tempo!«

»Okay. Gut festhalten!« Der Bootsführer ließ den Motor aufheulen, und der Goldfish zischte los wie eine Rakete.

»Grundgütiger!«, schrie Mordecai, der beinahe über Bord gegangen wäre. Panisch klammerte er sich an den Haltegriff. Wie konnte so eine Nussschale nur so schnell sein? Kaum waren sie draußen auf dem Golf von Neapel, hüpfte das Boot so heftig über die Wellen wie ein außer Kontrolle geratener Achterbahnwaggon mit Warpgeschwindigkeit.

»Langsam! Fahren Sie gefälligst langsamer!«, kreischte Mordecai, doch der pfeifende Wind und der dröhnende Motor übertönten ihn. Seine Fingerknöchel waren schon ganz weiß, und er wusste nicht, wie lange er sich noch würde festhalten können. Außerdem musste er tatenlos zusehen, wie die Sultana bei jeder Welle in die Luft katapultiert wurde. Eine große Woge, und sie würde in hohem Bogen ins Mittelmeer fliegen! Wieso hatte ihnen denn niemand Schwimmwesten gegeben? Die Presse würde ihn zerreißen! Er sah die Schlagzeile bereits vor sich:

SULTANA VON PENANG ERTRINKT VOR DER AMALFIKÜSTE:
BARON VON EPHRUSSÍ SCHULD AN ALLEM

9

VILLA LACHOWSKI
POSITANO, ITALIEN

Lucie schloss die Augen und genoss den feinen Gischtnebel im Gesicht, während das Boot über das Wasser schoss. Sie erinnerte sich lebhaft daran, wie ihr Vater sie früher immer mit auf sein Catboot genommen hatte. Gemeinsam waren sie zu der kleinen, versteckten Anlegestelle an der Springy Banks Road gefahren und in die Gardiners Bay hinausgesegelt. Lucie saß im Bug und hielt sich an dem ins Deck genagelten Lederriemen fest, so wie ihr Vater es ihr beigebracht hatte. Draußen in der Bucht schlugen Wellen gegen den Bug und spritzten sie von oben bis unten nass, doch sie konnte nicht aufhören zu lachen, genau wie ihr Vater.

Auf dem Wasser war ihr Vater immer am glücklichsten gewesen. Er bewegte sich barfuß und geschickt wie ein Akrobat entlang der Reling des hölzernen Boots und richtete gekonnt Segel und Ruder aus, stets in abgenutzten Chinos und ausgeblichenem orangefarbenem Anorak. Was wohl aus dem Anorak geworden war? Ob er noch im Schrank in der Diele in East Hampton hing? Nächstes Mal würde sie danach suchen.

Da tauchte auch schon das Örtchen Positano in ihrem Blickfeld auf, schob sich in den wolkenlosen blauen Himmel wie eine Fata Morgana. Mit offenem Mund starrte Lucie hinauf zu den strahlend weißen Häusern, die sich in eine schwindelerregende Klippe schmiegten, als würden sie einem verzauberten Märchenland eines Tolkien-Romans entstammen. Kein Wunder, dass Positano als »die Perle der Amalfiküste« galt.

Oberhalb des sichelförmigen Strands thronte die Villa Lachowksi auf einem Felsvorsprung, und Mordecais Boot legte als Erstes an der privaten Anlegestelle an. Mehrere Männer in topasblauen Polohemden und blütenweißen kurzen Hosen standen bereit, um die Gäste in Empfang zu nehmen. Als die Sultana aus dem Goldfish stieg, kicherte sie wie ein kleines Mädchen. »Unglaublich! So sehr habe ich mich nicht mehr amüsiert, seit ich mit meiner Enkelin beim Burning Man war!«

»F-f-freut mich, dass es Ihnen gefallen hat, Eure Ma-Majestät.« Mordecai folgte ihr auf wackeligen Beinen und hatte Mühe, an Land das Gleichgewicht zu halten.

»Was für ein herrlicher Tag für einen Bootsausflug«, sagte die Sultana fröhlich. »Haben wir die anderen abgehängt?«

»Ich glaube, die anderen haben sich gegen den direkten Weg ins Grab entschieden.« Charlotte war ebenfalls leicht grün im Gesicht.

Kurz darauf schipperte der zweite Goldfish heran, und die Passagiere stiegen deutlich entspannter und weniger zerrupft aus. Mordecai trieb seine Schäfchen rasch zusammen und war zutiefst erleichtert, dass es die rappeldürren Ortiz-Schwestern nicht über Bord geblasen hatte.

»Ausgezeichnet, wir sind alle mehr oder weniger heil

angekommen«, befand er. »Nun werden wir gleich von Tom und Geraldine Murphy empfangen, den Eigentümern dieser prächtigen Villa.«

Da kam ein großer, ganz in Schwarz gekleideter Mann über den Steg auf sie zu.

»Das ist der Hausverwalter. Stephane! *Comment allez-vous?* Sind Tom und Gerri oben in der Villa?« Mordecai war leicht verwundert, dass seine Freunde ihren königlichen Besuch nicht am Steg begrüßten.

»Monsieur Murphy ist in London, und Madame Murphy lässt sich entschuldigen. Sie musste bedauerlicherweise heute Morgen in einer dringenden geschäftlichen Angelegenheit nach Sardinien.« Stephane verbeugte sich.

»Wie schade. Dann ist sie wohl mit der Jacht gefahren?«

»Nein, sie hat das Wally genommen.«

Mordecai war verwirrt. »Warum haben Sie uns dann nicht die Jacht geschickt?«

»*Monsieur le Baron*, Sie haben sehr deutlich gemacht, dass Ihre Gruppe pünktlich um elf Uhr fünfzehn abgeholt werden und um fünfzehn Uhr wieder in Capri sein soll. Mit der Jacht hätte das jeweils eine Stunde gedauert«, antwortete Stephane geduldig. Ganz offensichtlich war er an den pedantischen Besucher gewöhnt.

»Glanzleistung, Mordecai«, raunte Olivia.

Mordecai ging nicht darauf ein. Er ärgerte sich, auf den engen Zeitplan bestanden zu haben. Nicht nur hatten sie die Jacht verpasst, jetzt würden sie auch den großen Saal nicht zu sehen bekommen, wo ein wunderbares Foto von ihm mit Geraldine Murphy und Prinzessin Diana stand, über das seine Schützlinge wie zufällig hätten stolpern sollen.

»Ich muss leider in die Stadt, aber Allegra wird Sie gern herumführen«, sagte Stephane.

»Nicht nötig, das übernehme ich selbst. Ich kenne das Haus wie meine Westentasche.« Mordecai fand allmählich zu seinem alten Selbst zurück. Er führte die Gruppe zu der in den Fels gehauenen Treppe, und in gemütlichem Tempo machten sie sich an den Aufstieg hinauf zum Anwesen der Murphys. Sechs strahlend weiße Villen verteilten sich auf mehrere spektakuläre Terrassen, die alle ihren eigenen Charakter besaßen, sodass kein Wunsch der verwöhnten Besitzer offenblieb.

Auf der ersten Terrasse stand auf einem perfekt manikürten Rasen eine Reihe balinesischer Himmelbetten mit Blick aufs Meer. Kunstvoll gerafftes weißes Leinen spendete beim Sonnenbaden Schatten.

»Hier bekommt Geraldine nachmittags ihre Shiatsu-Massage«, erklärte Mordecai. »Im Untergeschoss der Villa befindet sich ein hochmodernes Spa mit zahlreichen Wellness-Therapeuten.«

»Ein privates Aman-Resort«, meinte Charlotte.

Paloma Ortiz schüttelte missbilligend den Kopf. »Bei diesen überdimensionierten Sonnenliegen kann ich nur an Hautkrebs denken.«

Auf der nächsten Terrasse kamen sie an einem prachtvollen Koi-Teich vorbei, der der natürlichen Form der Klippe folgte. Seerosen schwammen auf der Oberfläche, und die unzähligen exotischen Karpfen erzeugten einen hypnotischen Effekt.

»Diese Koi sind Toms ganzer Stolz. Er beschäftigt einen Meeresbiologen, der sich rund um die Uhr ums Wohlergehen der Fische kümmert«, führte Mordecai aus. »Sehen Sie den da drüben? Der, dessen Kopf aussieht wie eine deformierte Mandarine? Ein Gesandter der kaiserlichen Familie aus Japan hat den Murphys anderthalb Millionen Dollar für diesen Fisch geboten.«

»Bleibt zu hoffen, dass er nicht von einer Möwe geholt wird«, meinte Olivia.

Die Sultana spähte unbeeindruckt auf die Fische hinab. »Mein Großvater hat seine Kois in riesigen Urnen im alten Palast gehalten. Ich persönlich bevorzuge ja Asiatische Arowanas.«

Mordecai störte sich nicht weiter an der mangelnden Begeisterung für die Zierkarpfen und baute sich auf den Stufen vor einer massiven gravierten Doppeltür aus Bronze auf. Er räusperte sich und hob die Stimme: »Eure Majestät, meine Damen und Herren, wir betreten gleich eines der schönsten Privathäuser an der gesamten Mittelmeerküste. Neben der La Leopolda in Villefranche-sur-Mer, wo einst meine gute Freundin Lily Safra lebte, und dem Château de l'Horizon in Vallauris, das zum Besitz von Prinz Aly Khan gehörte, einem guten Freund meines Vaters, ist die Villa Lachowksi die wohl atemberaubendste historische Küstenvilla der Welt. Ursprünglich wurde das Haus 1928 von einer ortsansässigen Familie gebaut und war weitaus bescheidener, im Grunde ein besserer Strandbungalow. Im Jahr 1957 ging es in den Besitz des legendären Regisseurs Francesco Lachowski über, der das Anwesen im großen Stil erweiterte. Mit scharfem Blick für Details und den besten Kunsthandwerkern der ganzen Filmbranche schuf er hier sein ganz persönliches Xanadu.«

»Hat nicht auch Graham Greene mal hier übernachtet?«, fragte Auden.

»In der Tat. Die Villa hat es auch durch ihre legendären Besucher zu einiger Berühmtheit gebracht. Greene, die Callas, Nurejew, von Karajan – allesamt waren sie Gäste hier.«

»Hätten wir doch bloß Tequila«, flüsterte Olivia Charlotte ins Ohr. »Dann könnten wir jedes Mal einen trinken, wenn Mordecai ›legendär‹ sagt.«

»Dann wäre ich ja jetzt schon betrunken«, gab Charlotte zurück.

Sie betraten das weitläufige Foyer, und Mordecai fuhr fort: »Während wir hier durch den beeindruckenden Eingangsbereich weiter in den Salon schreiten, beachten Sie doch bitte die einzigartige architektonische Hommage an Sir John Soane, die sich durch das gesamte …«

Lucie fand es wunderschön hier, interessierte sich jedoch nicht sonderlich für einzigartige architektonische Hommagen an Sir John Soane. Sie wünschte, Mordecai würde sie das Haus in Ruhe besichtigen lassen. Ihr Blick wanderte von dem de-Chirico-Gemälde auf dem Kaminsims über die Sammlung von Agnes-Martin-Zeichnungen an der Wand zu dem gigantischen Cy Twombly, der lässig auf einer langen Holzbank lehnte.

»Die Kunstsammlung ist nicht übel, oder?«, meinte Auden.

»Aber hallo!« Lucie konnte immer noch kaum fassen, dass sie direkt vor einem Twombly stand.

»Wolltest du mir nicht auch ein paar von deinen Werken zeigen?«, fragte Auden.

»Gern. Wenn wir heute Nachmittag wieder im Hotel sind, kann ich dir was auf meinem iPad zeigen.«

»Abgemacht!«

In der Bibliothek zählte Mordecai die teuersten Erstausgaben sowie seltene Manuskripte in der Sammlung der Murphys auf. Lucies Gedanken schweiften ab, da bemerkte sie, dass Paloma, die Schwester mit den kurzen Haaren und dramatisch gezupften Augenbrauen, ihr irgendetwas mitteilen wollte.

»Wie bitte?«, fragte Lucie.

»Ich meinte bloß, Sie haben einen Hals wie ein Schwan.« Paloma lächelte.

»Wirklich?«

»Ja, so lang wie der von Audrey Hepburn. Wunderschön!«

»Ähm, danke.« Lucie wusste nicht so recht, wie sie mit dem Kompliment umgehen sollte.

»Den haben Sie bestimmt von Ihrer Mutter, oder?«

»Hm, wahrscheinlich. Ich habe noch nie groß darüber nachgedacht, aber sie hat tatsächlich einen ziemlich langen Hals.«

»Wo kommt sie denn her?«, bohrte Paloma weiter.

»Seattle.«

»Ich meinte, kommt sie aus China, Japan oder Korea?«

»Ach so, Entschuldigung«, sagte Lucie. »Ja, sie hat chinesische Wurzeln, ist aber Amerikanerin in der dritten Generation. Ihr Großvater war einer der allerersten Chinesen mit Medizinabschluss in Harvard.« Nicht dass die Damen dachten, ihre Mutter wäre gerade erst von Bord getaumelt.

»Spannend«, sagte Paloma, offensichtlich weniger an Lucies Familiengeschichte interessiert als an den Ergebnissen ihres DNA-Tests.

Da schaltete sich Mercedes ein. »Und woher stammt Ihr Vater?«

»England, Schottland, Schweden.« Lucie bemühte sich um Geduld. Wieso wurde sie eigentlich immer nur von anderen Asiaten über ihren Hintergrund ausgefragt?

»Dann müssen Sie sich bei Ihrer Mutter für Ihr hübsches Gesicht bedanken.« Mercedes kicherte. »Ich bedanke mich jeden Morgen vor dem Spiegel bei meiner. Dank meinem chinesischen Blut musste ich mich bislang noch nicht liften lassen.«[1]

»Sie sind also auch chinesischstämmig?«, fragte Lucie.

»Natürlich. Meine Schwester und ich sind *torna atrás* – wir haben chinesisches, spanisches und philippinisches Blut. Die meisten Filipinos haben gemischtes Blut. Wir sind *mestizos*, so wie Sie.«

»Das wusste ich überhaupt nicht.«

»Jetzt erzählen Sie doch mal, Liebes, wie lang sind Sie schon als Model tätig?«

Lucie lachte laut auf. »Ich? Ich habe noch nie gemodelt.«

Mercedes warf Paloma einen Blick zu und wandte sich dann wieder an Lucie. »Wirklich? Wir dachten die ganze Zeit, Sie wären das Mädchen aus der neuen Parfümwerbung von Chanel.«

»Ganz sicher nicht.«

»Sieht aber genauso aus wie Sie! Warum modeln Sie denn nicht? Unsere Cousine Kris betreibt die beste Agentur in Manila. Sie würde Sie sofort unter Vertrag nehmen.«

»Den da sollten wir auch direkt unter Vertrag nehmen.« Paloma nickte in Richtung der Marmortreppe.

1 Alles Lüge. Sie hat sich schon im Jahr 2000 Gesicht und Hals liften lassen.

Lucie drehte sich um. Dicht gefolgt von seiner Mutter, schlenderte George Zao die Treppe herunter. Seit der Besichtigung der Casa Malaparte hatte sie ihn nicht mehr gesehen. Sie konnte nicht anders – sie lächelte breit und bereute es sofort. Wieso musste sie ihn so dämlich angrinsen? Sie kam sich vor wie die reinste Idiotin.

»Rosemary, George! Das ist ja eine schöne Überraschung.« Auden schlug George freundschaftlich auf den Rücken.

Mordecai musterte die Nachzügler rasch. Wer um alles in der Welt war diese Frau, und wie kam sie auf die Idee, sie könnte sich seiner Gruppe in dieser flamingorosa Jogginghose anschließen? »*Madame*, ich kann mich nicht daran erinnern, dass Sie sich für meine Führung angemeldet haben«, sagte er hochmütig.

Olivia wollte den beiden zur Seite springen, doch Rosemary sah Mordecai verwirrt an und erwiderte: »Wir haben uns für überhaupt nichts angemeldet. Wir waren zum Frühstück hier.«

»Sie sind mit den Murphys befreundet?« Olivia konnte sich das Grinsen kaum verkneifen.

»O ja, schon seit Ewigkeiten. Tom und mein Mann hatten zusammen eine Firma.«

Das weckte Mordecais Interesse. »Ach ja? Welche denn?«

»Das weiß ich gar nicht mehr genau. Die Ölfirma vielleicht? Die Raffinerien? Nein, die Frachtgesellschaft. Richtig, die beiden hatten eine Tankerflotte zusammen, die größte im Pazifik.«

Mordecai war sofort wie ausgewechselt und lächelte Rosemary unterwürfig an. »Mrs Chao …«

»Ich heiße *Zao*«, korrigierte Rosemary ihn.

»Richtig, Mrs Zao. Ich habe gerade erst mit meiner historischen Führung begonnen. Vielleicht hat Geraldine Ihnen ja erzählt, dass ich die Villa für sie entdeckt habe? Sie dürfen sich uns gerne anschließen, und …«

»Danke, wir brauchen keine Führung. Das hier ist praktisch unser zweites Zuhause. Gerri meinte, ich muss nach dem Frühstück unbedingt ihren neuen Floating-Tank ausprobieren, und jetzt lasse ich mir am Strand eine Thai-Massage geben.« Rosemary schlenderte mit der Lässigkeit eines erfahrenen Gastes von dannen. George folgte ihr, und als er an Lucie vorbeiging, raunte er mit seiner leisen, tiefen Stimme: »Hey.«

»Hey.« Lucie spürte, wie ihr die Röte ins Gesicht schoss.

10

HÜGELGARTEN DER VILLA LACHOWSKI
POSITANO, ITALIEN

Nachdem Mordecais ausgedehnte Tour sie bis in den allerletzten Winkel des Anwesens geführt hatte, wurden die Ausflügler mit einem reichhaltigen Lunch auf der zauberhaften terrakottagefliesten Terrasse für ihre Ausdauer belohnt. Üppige Glyzinien umrankten die Säulen, und vor ihnen erstreckte sich Positanos postkartenwürdigstes Panorama.

»Hilfe, Reizüberflutung! Ich weiß gar nicht, was ich zuerst bestaunen soll – die atemberaubende Aussicht, diese hübschen Majolikateller oder das Festessen!« Charlotte setzte sich in einen Korbsessel und ließ den Blick anerkennend über die Tafel schweifen. Neben einem gekühlten Hummersüppchen mit Safran und klassischem Caesar Salad mit Amalfi-Anchovis waren dort riesige Platten mit Strozzapreti in Seeigel-Sahnesoße angerichtet, dazu gab es eine wunderbar leichte Pizza mit Mortadella, Pistazien und Zitrone.

Mit dem Mund voller Pasta flüsterte Mercedes für alle hörbar: »Jedenfalls weiß ich jetzt mehr über neoklassizistische Möbel aus dem Piemont, als ich mir je hätte träumen lassen.«

Paloma kicherte. »Ach komm, es hätte noch viel schlimmer sein können.«

»Schlimmer? Wie denn das?«, mischte sich Olivia ein.

»Na, wenn Mrs Zao sich der Führung angeschlossen hätte«, flüsterte Mercedes.

Charlotte schmunzelte. »Sie sind wohl kein großer Fan von ihr?«

Paloma spitzte die Lippen. »Sie ist eine reizende Frau. Aber sagen wir mal so, eine zweistündige Führung muss ich trotzdem nicht mit ihr verbringen.«

Mercedes winkte ab. »Also bitte, Paloma, jetzt vergiss einmal im Leben deine gute Kinderstube. Wir waren einfach nicht sonderlich angetan davon, wie Mrs Zao mit den Firmen ihres Mannes geprahlt hat. Wen wollte sie damit denn beeindrucken?«

Olivia war da anderer Meinung. »Fanden Sie wirklich, dass das Prahlerei war? Sie hat doch bloß auf Mordecais Frage geantwortet.«

»Es war die Art und Weise, wie sie geantwortet hat«, sagte Mercedes. »Muss sie unbedingt herumposaunen, dass es die größte Tankerflotte der Welt ist? Einige unserer Unternehmen auf den Philippinen befinden sich seit dem 19. Jahrhundert in Familienbesitz, aber gehen wir damit hausieren? Natürlich nicht. Das hätte unsere Mutter uns niemals durchgehen lassen.«

Paloma rümpfte die Nase. »In Sachen Subtilität hätte sich diese Frau wirklich eine Scheibe von Mutter abschneiden könne. Na ja, typisch Hongkong eben.«

»Typisch Hongkong? Wie meinen Sie das?« Charlotte

nahm sich ein Stück Pizza und entfernte Mortadella und Käse fein säuberlich mit Messer und Gabel.

Paloma überlegte kurz. »Na, an diesen Leuten ist einfach alles protzig. Die Farben, die sie tragen, und diese Klunker, mit denen sie sich tagein, tagaus behängen.«

»Also, in meinen Augen hat sie ein gutes Gespür für Mode«, widersprach Olivia. »Aber ich habe wohl einfach ein Faible für Exzentriker. Mrs Zao erinnert mich an Anna Piaggi oder die Marchesa Casati.«

»Dann hätten Sie mal die Rubine sehen sollen, die sie gestern zum Schwimmen getragen hat. Mein Juwelier hätte einen Herzinfarkt bekommen!«

»Und dieser mundfaule Sohn«, bemerkte Mercedes. »Gut aussehen tut er ja, aber kriegt der je die Zähne auseinander? Seltsamer Kerl.«

»Der ist einfach ein bisschen zu sehr von sich selbst überzeugt«, meinte Charlotte.

»Attraktive Männer haben ja angeblich kein Gewissen, habe ich mal irgendwo gelesen«, sagte Mercedes.

»So ein Unsinn«, schnaubte Olivia. »Zu mir ist er immer sehr nett. Ich glaube, Small Talk liegt ihm einfach nicht.«

Lucie lauschte dem Geplänkel schweigend. Nachdenklich betrachtete sie die Sultana, die am anderen Ende des Tisches von Mordecai belagert wurde. Deren grellbunter Kaftan und die protzigen Klunker schienen die Ortiz-Schwestern komischerweise nicht zu stören.

Nach dem Essen zerstreute sich die Gruppe, um sich je nach Gusto verwöhnen zu lassen. Die Sultana und die Ortiz-Schwestern gönnten sich im Spa eine Maniküre mit warmer Ziegenmilch und Honig (natürlich mit Mordecai im Schlepptau), Auden wollte am Privatstrand der Villa eine Runde schwimmen, und Charlotte, Olivia und Lucie beschlossen, sich auf der unteren Terrasse auf den balinesischen Himmelbetten zu sonnen. Die sengende Nachmittagssonne fiel sanft durch das Blätterdach der Mittelmeerkiefern, während vom Meer eine laue Brise zu ihnen herüberwehte.

Charlotte legte sich bäuchlings auf die weiche Seidenmatratze mit Blick auf das azurblaue Wasser und stieß einen wohligen Seufzer aus. »Himmlisch!«

Olivia hielt das Gesicht mit geschlossenen Augen in die Sonne. »Milliardäre waren mir ja immer suspekt, aber eigentlich wäre es gar nicht mal übel, sich so ein Haus leisten zu können.«

»Stell dir vor, ich hätte beinahe mal jemanden geheiratet, der ein ganz ähnliches Haus besaß«, murmelte Charlotte träge.

Lucies Neugier war geweckt. »Echt, wen denn?«

»Er hieß Raphaël, und seine Eltern hatten eine Villa auf Cap Ferrat. Nach meinem Abschluss an der Smith haben wir ein paar herrliche Wochen dort verbracht.«

»Eine heiße Sommerromanze, wer kennt das nicht?«, warf Olivia ein.

»Und was ist dann passiert?« Lucie konnte sich beim besten Willen nicht vorstellen, dass Charlotte mal eine heiße Sommerromanze gehabt haben sollte.

»Meine Eltern. Raphaël hat mir einen Antrag gemacht, und wir wollten zusammen nach London ziehen, wo er bei der Rothschild-Bank anfangen sollte. Aber Mom und Dad hatten was dagegen. Granny natürlich auch. Sie meinten, ich wäre viel zu jung und er ein bisschen zu, sagen wir mal … exotisch.«

»Wo kam er denn her?«, fragte Lucie.

»Paris. Aus einer extrem reichen und adligen Familie.«

»Und was hatten deine Eltern daran auszusetzen?«, bohrte Lucie nach.

»Kannst du dir das nicht denken? *Sie waren jüdisch.*« Den letzten Satz flüsterte Charlotte.

»Oh.« Lucies Miene verfinsterte sich. »Und deshalb haben deine Eltern Nein gesagt?«

Charlotte seufzte. »Das war zumindest der ausschlaggebende Faktor. Sie haben es nie ausgesprochen, aber ich kenne meine Eltern. Und ich glaube, du bist inzwischen alt genug, um zu wissen, wie Granny manchmal sein kann. Sie hat Juden immer als ›Besucher‹ bezeichnet. Ich habe erst begriffen, was sie damit meint, als ich mal mit ihr bei Bergdorf war, Kosmetik kaufen. ›Ich muss dringend die Pflegelinie wechseln‹, meinte sie. ›Die Besucher haben La Prairie für sich entdeckt!‹«

»Großer Gott!«, schnaubte Olivia abfällig. Lucie schwieg. Im Gegensatz zu ihrer Cousine wusste sie schon seit frühester Kindheit, wie ihre Großmutter manchmal sein konnte, zog es jedoch vor, diese Erinnerungen zu verdrängen.

»Und was ist danach aus Raphaël geworden?«, fragte Olivia.

»Ach, das Übliche. Hat irgendeine Blondine geheiratet, einen Haufen Kinder bekommen und ist nach der Scheidung aufgegangen wie ein Hefekloß.«

Olivia prustete. »Fett werden sie doch alle, oder?«

»Aber damals, als er noch jung war … da war er so richtig …«

Olivia zog die Augenbraue hoch. »So richtig was?«

»Erinnerst du dich noch an den Typen aus *Sixteen Candles*, in den Molly Ringwald verknallt war?«

»Aber hallo, ich war selbst in den verknallt! Mensch, wie hieß der noch? Was aus dem wohl geworden ist?«[1]

»Keine Ahnung, jedenfalls sah Raphaël genauso aus, nur besser.«

»Konnte er gut küssen? Franzosen sind da ja wahnsinnig gut drin.«

Charlotte drehte sich auf den Rücken und schaute zu ihrer Cousine. »Lucie, sei so lieb und hol uns was zu trinken, ja? Vielleicht einen Arnold Palmer? Ich bin am Verdursten.«

»Für mich auch«, sagte Olivia. »Aber bitte mit einem Schuss Wodka.«

Lucie verdrehte die Augen. »Okay, okay, ich verzieh mich ja schon.«

Sie verließ die Terrasse und gab die Getränkebestellung unterwegs an eine Spa-Angestellte weiter. Am liebsten hätte sie noch mehr vom Grundstück erkundet, wollte aber auf keinen Fall George über den Weg laufen. Da er vermutlich mit seiner Mutter unten am Strand bei der Thai-Massage war, beschloss Lucie, weiter den Hügel hinaufzugehen. Sie schlenderte durch ein wunderschönes Gewächshaus mit Buntglasscheiben, in der jede erdenkliche Orchideenart gezüchtet wurde, und entdeckte dahinter eine weitere Terrasse mit in die Mauer eingelassenen Sitzbänken, auf denen bunte Kelimkissen verstreut waren.

[1] Er hieß Michael Schoeffling, und wenn man Wikipedia Glauben schenkt, hat er die Schauspielerei 1991 an den Nagel gehängt und verkauft seitdem selbst geschreinerte Möbel.

Das Grundstück wartete wirklich an jeder Ecke mit einer neuen Überraschung auf, und Lucie kam sich beinahe vor wie Alice im Wunderland. Aber es war schon fast zu schön hier. Das ganze Jahr über würde sie es an einem so schönen Ort gar nicht aushalten.

Hinter der alten Villa folgte sie den Wegweisern zum Hügelgarten, und nachdem sie einen Treppenaufgang erklommen hatte, stand sie auf einmal in einem uralten tropischen Palmenhain. Mitten in dessen üppigem Grün stieß sie auf einen Marmorspringbrunnen nebst einer steinernen etruskischen Bank und machte kurz Pause. Umgeben von Grün und den spätsommerlichen Balzrufen der Zikaden versuchte sie, ihre Gedanken zu ordnen.

Das ganze Mittagessen über hatte ihr Hirn Cirque-du-Soleil-würdige Pirouetten um George und seine Mutter gedreht. Warum waren die anderen bloß so überkritisch? Die Ortiz-Schwestern waren richtige Heuchlerinnen. Mrs Zaos Stil war ihnen zu »protzig«, dabei waren sie doch selbst total protzig. Jedes Mal, wenn sie die Schwestern sah, waren sie von Kopf bis Fuß durchgestylt, und die Sultana hatte gerade bestätigt, dass die beiden ausschließlich Couture trugen. Die schwarzen Perlenohrringe, feinen Kaschmirstrickjäckchen und Kitten Heels von Chanel waren natürlich wesentlich dezenter als Rosemarys schimmernde Chiffon-Kaftane, aber trotzdem schrien ihre Outfits nur so nach versnobtem Geldadel. Die Schwestern mochten zwar in Manila leben, waren aber völlig austauschbar mit den Frauen, die die Upper East Side bevölkerten. Kein Wunder, dass Charlotte sich auf ihre Seite schlug. In ein paar Jahren würde sie genauso sein.

Gleichzeitig ärgerte sich Lucie furchtbar über sich selbst.

Unaufhörlich kreisten ihre Gedanken darum, wie sie sich an der Casa Malaparte derart hatte gehen lassen können. Wie sie in Georges Armen geschluchzt hatte – einfach nur peinlich. So hatte sie noch nie vor jemandem geweint, nicht mal vor ihrer Mutter. Was dachte er jetzt bloß von ihr?

Nach dem Heulkrampf hatte sie sich beschämt von ihm gelöst, und sie waren schweigend zurück ins Hotel gegangen, wobei sich George respektvoll einige Schritte hinter ihr gehalten hatte. Sowieso schien er ständig hinter ihr zu sein. Wann hatte er sie eigentlich auf der Piazzetta entdeckt? Wieso war er direkt hinter ihr gewesen, als sie in Ohnmacht fiel? Hatte er etwa die ganze Zeit dagesessen? Vermutlich hatte sie es ihm zu verdanken, dass sie nicht mit dem Kopf auf das Pflaster geschlagen war. Und dann hatte er auch noch dem alten Mann das Leben gerettet, während alle anderen gaffend an ihrem Aperol Spritz nippten. Sein heldenhafter Einsatz und die unermüdliche Mund-zu-Mund-Beatmung hatten über Leben und Tod entschieden.

Jenseits des Palmenhains lag ein üppiger Hügelgarten aus wilder Gerste und Mohn. Der Blick auf Positano und das Meer dahinter war atemberaubend. Da bemerkte Lucie die einsame Gestalt eines Mannes auf einem bröckelnden Mauervorsprung. Verdammt noch mal! Sechs Villen, sieben Terrassen und zwölf Hektar Land, und trotzdem musste sie ausgerechnet George in die Arme laufen. Ihr erster Instinkt war, auf dem Absatz kehrtzumachen – auf gar keinen Fall wollte sie ihm unter die Augen treten, geschweige denn mit ihm sprechen.

Doch bevor sie flüchten konnte, drehte sich George zu ihr um. Sein Gesicht im Halbschatten war unergründlich, und vor dem tiefblauen Nachmittagshimmel leuchtete seine Haut wie Alabaster. Unwillkürlich bewegte Lucie sich durch die wogende Gerste auf ihn zu. Er sprang von der Mauer, und plötzlich war es wieder gestern Nachmittag, sie lag auf dem kalten Vulkansteinpflaster der Piazzetta, und George beugte sich über sie und hauchte ihr seinen warmen Lebensatem ein.

Ehe sie wusste, wie ihr geschah, spürte sie ihren Mund auf seinem.

»Lucie! Lucie, wo bist du?«

Lucie schreckte zurück, und im selben Augenblick trat Charlotte aus dem Palmenhain.

»Da bist du ja! Mordecai hat alle zum Anleger beordert. Wenn wir auf der Rückfahrt die Jacht nehmen wollen, müssen wir sofort los.«

11

HOTEL BERTOLUCCI

CAPRI, ITALIEN

»In welchem Zeitraum sind die entstanden?«, wollte Auden wissen.

»Im Laufe der letzten zwei Jahre. Das hier ist noch nicht ganz fertig. Ich hab bis kurz vor der Abreise daran gearbeitet.« Lucie zeigte auf ein Bild mit sich überlagernden Farbschwaden in dunklen Violetttönen.

Auden sah genauer auf das iPad. Er war überrascht. Als Lucie ihm beim Schwimmen in der Bucht zum ersten Mal von ihren Bildern erzählt hatte, waren ihm direkt die netten, abstrakten Bildchen einer Neunzehnjährigen in den Sinn gekommen – typische Möbelhaus-Machwerke à la Franz Kline, die perfekt zum neuen Samtsofa und dem Ficus passten.

Auden kannte die Resultate seiner künstlerisch frustrierten Klienten aus zahlreichen Kreativ-Workshops nur zu gut, und normalerweise rangierten sie zwischen amateurhaft beklemmend und absolut grauenvoll. Er war zwar beileibe kein Kunstexperte, aber Lucie schien ihm erstaunlich versiert für ihr Alter. Beim Anblick der in monochrome *al-nero-di-seppia*-Töne getränkten Leinwände, deren Farbauftrag von einer geradezu dionysischen Körperlichkeit zeugte, witterte er eine ungelöste Lacansche Spannung, die den lyrischen Gestus einer frühen Helen Frankenthaler und die kühne Symbologie einer Judy Chicago in der post-L.-A.-Ära mit der instinktiven Raserei eines Basquiat (vor der Beziehung zu Madonna) collagierte.[1]

»Lucie, deine Arbeiten sind großartig. Ich bin richtig baff!«

»Echt?« Lucie sah ihn aufrichtig verdutzt an.

»Und du malst wirklich erst seit zwei Jahren?«

»Nein, ich habe schon als Kind gemalt und während der Highschool Kunstkurse belegt.«

»Dein Stil ist … wie soll ich das ausdrücken … *sui generis*. Ausgereift und frisch zugleich – aber vor allem spüre ich förmlich, wie deine Seele aus diesen Bildern spricht. Ich kann es kaum erwarten, sie auf Leinwand zu sehen. Ach, weißt du was? Ich würde unheimlich gern eins kaufen und in mein neues Studio in East Hampton hängen!«

Lucie traute ihren Ohren kaum. »Du machst Witze, oder?«

»Über so was mache ich keine Witze. Du solltest auf die Kunsthochschule, statt deine Zeit an der Brown zu verschwenden. Mit deinem Talent könntest du an der Spitze

[1] Dieser Satz ist ein Paradebeispiel für den Schwachsinn, den Auden in seinem Seminar *Dekonstruktion der Nachkriegskunst* in Amherst zu verzapfen gelernt hat. Hätte er sein Studium nicht geschmissen, hätte einer Karriere als Kritiker fürs *Artforum* garantiert nichts im Wege gestanden.

einer neuen Generation von Künstlerinnen stehen. Denk mal drüber nach.«

»Danke, das mache ich.« Lucie nickte höflich, um ihn nicht vor den Kopf zu stoßen. Sie wollte die improvisierte Vernissage nicht weiter in die Länge ziehen, sondern einfach nur zurück auf ihr Zimmer.

Auden sah Lucie fasziniert nach, während sie in Richtung Aufzug ging. Ihre Bilder wirkten wie das Werk einer Besessenen. Doch er brachte die junge Frau mit der perfekten Haltung und dem strengen Pferdeschwanz, die eben ganz ruhig durch die Fotos ihrer Arbeiten gescrollt hatte, nicht mit ihren Werken zusammen. Wo versteckte sich die wahre Lucie Churchill? Oder vielmehr, warum versteckte sie sich?

Auden ahnte natürlich nicht, dass Lucie mit ihren Gedanken ganz woanders gewesen war. Sie hatte die Superjacht der Murphys bestiegen, dort eine weitere Führung von Mordecai über sich ergehen lassen, an die Ortiz-Schwestern gequetscht in einem Taxi gesessen, sich auf dem Weg zum Hotel durch ein Meer von Touristen gekämpft, anschließend bedächtig hier gesessen, ihm ihre Kunst gezeigt und so getan, als würde sie höflich lauschen, dabei waren ihre Gedanken die ganze Zeit über in einer Endlosschleife gefangen.

Hat er mich geküsst oder ich ihn? Mist, ich glaube, ich habe ihn geküsst. Warum habe ich ihn geküsst? Warum, warum, warum? Ist das wirklich passiert? Was hat Charlotte mitbekommen? Musste sie denn unbedingt in dem Augenblick auftauchen? Wo ist George jetzt? Was denkt er wohl? Was denkt er jetzt bloß von mir? Hat er mich geküsst oder ich ihn?

Endlich zurück auf ihrem Zimmer, schloss Lucie die Tür hinter sich, legte den Riegel vor und verwandelte sich in die Besessene, die Auden Beebe in den Bildern erspürt hatte. Sie ließ sich mit ihrem Handy aufs Bett plumpsen und graste das Internet nach allem ab, was es über George Zao zu finden gab.

Als Erstes entdeckte sie seinen Instagram-Account, was nicht schwer war, weil er Isabels ersten Post von Capri gelikt hatte. Sein Accountname war @zaoist, und sein Profilbild erkannte Lucie sofort: Die spiralförmig angeordneten Steine auf dem Foto waren eindeutig »Spiral Jetty«, eine Skulptur des Künstlers Robert Smithson in einem See in Utah. In ihrem Kunstgeschichtekurs letztes Semester hatte sie alles darüber gelesen.

Komischerweise gab es in Georges gesamtem Feed kein einziges Foto von ihm oder irgendjemand anderem. Hatte er etwa keine Freunde? Nein, das konnte nicht sein. Immerhin hatte er 4349 Follower – über dreitausend mehr als sie. Wieso hatte er so viele Follower, obwohl er selbst nur 332 Leuten folgte? Sonderlich aktiv schien er auch nicht zu sein. Insgesamt hatte er nur 88 Bilder gepostet, alles perfekt komponierte Fotos von Architektur, Essen und Reisen. Aber wieso bekam er so viele Likes, wenn er doch bloß Fotos von irgendwelchen Reise- und Designseiten repostete? Lucie nahm die einzelnen Bilder genauer unter die Lupe.

Eine Kapelle in Ronchamp. *Ah, das ist die Kapelle von diesem berühmten Architekten.*[1]

Caa siu baau in Bambusdämpfkörbchen. *Lecker.*

Dominique de Ménils Haus in Houston. *Ist das da an der Wand ein Yves Klein?*

[1] Das architektonische Meisterwerk von Le Corbusier heißt offiziell Chapelle Notre-Dame-du-Haut de Ronchamp.

Der Pool im Amangiri-Resort. *Da will ich auch hin.*

Ein Vintage-Airstream-Wohnwagen in Marfa. *Cool.*

Der Zion-Nationalpark bei Sonnenuntergang. *Wow.*

Sushi mit Dosenfleisch. *Würg.*

Lernen von Las Vegas auf einem leeren Schreibtisch. Was war das für ein Buch? Lucie googelte rasch. »*Lernen von Las Vegas* sorgte bei seiner Veröffentlichung im Jahr 1972 für eine fruchtbare Kontroverse, indem es Architekten dazu aufforderte, empfänglicher für Geschmack und Werte gewöhnlicher Menschen zu sein, statt weiterhin rücksichtslos selbstverherrlichende Bauwerke zu errichten.« *George ist echt ein Architektur-Nerd.*

Eine Holzhütte mitten in der Wüste. *Okay.*

Ein Bacon-Cheeseburger mit zwei Donuts als Brötchenhälften. *Würg. Wieso stehen Männer so auf abartiges Essen?*

Ein springender Buckelwal im Hafen von Sydney. *Wie cool.*

Die Faraglioni-Felsen. *Die kenn ich doch.*

Eine blaue Eidechse. *Süß. Ist das die Art, die es nur hier auf dem Felsen gibt?*

Die Treppe der Casa Malaparte. *Klar.*

Eine menschliche Silhouette auf dem Dach der Casa Malaparte.

Lucie schnappte nach Luft. Das war doch sie! Sie zoomte näher ran. Ja, definitiv, gestern vor ihrem kleinen Nervenzusammenbruch auf der Dachterrasse. Wieso hatte er sie ohne ihre Zustimmung fotografiert? Das war echt stalkermäßig! Ob er wohl öfter Mädchen fotografierte, wenn sie nicht hinschauten? Doch je länger Lucie das Bild betrachtete, desto weniger störte es sie. Es war auch wirklich ein gelungenes Foto. Außerdem erkannte man sie als schwarze

Silhouette vor goldenem Gegenlicht sowieso nicht. Sie machte einen Screenshot von dem Foto, und plötzlich dämmerte ihr, dass diese ganzen perfekt komponierten Bilder überhaupt keine Reposts waren. Er hatte alle Fotos selbst gemacht. George hatte ein richtig gutes Auge, das musste sie ihm lassen.

Lucie wechselte von Instagram zu Twitter und fand dreiundzwanzig George Zaos, musste aber nach einiger Detektivarbeit feststellen, dass keiner dieser Accounts ihm gehörte. Aber klar, was sollte George auch bei Twitter? Er bekam den Mund ja eh nicht auf, was sollte er da tweeten? Als Nächstes öffnete sie Facebook und fand ihn sofort, weil sie beide mit Isabel und Dolfi befreundet waren. Allerdings hatte sein Account die strengsten Privatsphäre-Einstellungen, viel erfuhr sie also nicht. Sie konnte weder sehen, wie viele Freunde er hatte, noch wurden ihr seine Posts angezeigt. Lediglich Profilbild und Titelbild waren ihr zugänglich – Letzteres war ein Schwarz-Weiß-Foto von einem Gorilla am Strand. Ein Stück weiter stand ein Mann mit Surfbrett, der aufs Meer hinausschaute und den Gorilla keines Blickes würdigte. Sollte das etwa witzig sein?

Georges Profilbild war ebenfalls ein Schwarz-Weiß-Foto, auf dem er in die Kamera grinste. Es wirkte betont lässig, als hätte er einfach irgendeinen x-beliebigen Schnappschuss hochgeladen, längst nicht so durchkomponiert wie seine anderen Fotos. Außerdem sah er ein paar Jahre jünger aus – sein Gesicht war runder und weniger definiert, und er trug ein schlichtes schwarzes T-Shirt und eine Basecap. Das Logo auf der Mütze wurde von einer hochgeschobenen Ray-Ban Wayfarer verdeckt.

Lucie ärgerte sich, dass in den sozialen Medien kaum

etwas über ihn zu finden war, und versuchte es mit Google. Wie erwartet gab es Hunderte George Zaos, aber nur einen vielversprechenden Treffer, eine Schlagzeile aus dem australischen *Daily Telegraph* von 2009: SURFER GEORGE ZAO AUS MOSMAN ERGATTERT STARTPLATZ BEI DEN WORLD JUNIOR TITLES IN TAIWAN.

Rechts neben der Überschrift prangte ein kleines Foto von einem ungefähr fünfzehnjährigen George im Neoprenanzug vor einer Werbetafel mit den Logos von Surfing NSW und Quiksilver. Das Haar reichte ihm bis zum Kinn, und es sah so aus, als hätte er blonde Strähnchen. Lucie klickte den Link gespannt an, landete allerdings auf einer Seite mit Paywall, die nur einen kleinen Auszug aus dem Artikel offenbarte:

... Nachwuchssurfer George Zao aus Mosman legte eine kurze Lernpause ein, um sich bei einem Event in Victoria die Teilnahme am Cup zu sichern. Ob er nun gewinnt oder nicht, auf jeden Fall wird George ein Anwärter ...

Um den Rest des Artikels zu lesen, hätte sie achtundzwanzig Dollar für einen digitalen Jahreszugang hinblättern müssen. Stöhnend warf sie das Handy aufs Bett. Was für eine Zeitverschwendung! Sie hatte eine Stunde lang das Internet durchkämmt und nichts Neues über George Zao herausgefunden, außer dass er ein guter Fotograf war, ekelhafte Kalorienbomben mochte und früher ein Surfchampion gewesen war. Wo waren die sinnlosen Tweets, Fotos von Exfreundinnen oder Postings, die seine wahren Leidenschaften offenbarten?

Da klopfte es ein paarmal in rascher Folge an die Tür.

Das war garantiert Charlotte. »Lucie? Bist du da drin? Kannst du mir mal kurz helfen?«

Lucie krabbelte widerwillig aus dem Bett und öffnete die Tür.

»Lucie, du bist ja noch gar nicht richtig angezogen! In zwanzig Minuten fängt das Konzert an.«

»Ich bin aus Versehen eingeschlafen«, log Lucie.

»Ich krieg mein Kleid nicht zu. Das Teil ist ein Albtraum!« Charlotte fummelte an den Häkchen ihres Vintagecocktailkleids aus Seidenbrokat herum.

»Steht dir aber richtig gut.« Lucie schloss geschickt die Häkchen.

»Danke, Liebes. Mainbocher, hat früher deiner Großmutter gehört. Es gibt sogar ein Foto von ihr in dem Kleid mit William Holden im El Morocco.«

»Wer ist denn William Holden?«

Charlotte schüttelte seufzend den Kopf. »Ihr Millennials! Wenn wir wieder in New York sind, guckst du dir erst mal *Die Welt der Suzie Wong* an. Und jetzt husch, husch. Mach dich fertig! Du hast dir ja noch nicht mal die Haare gemacht.«

»Die stecke ich einfach hoch, das dauert zwei Sekunden.«

»Na dann los! Oder willst du zu spät kommen?«

»Das fängt doch eh nicht rechtzeitig an«, erwiderte Lucie. »Denk dran, wir sind in Italien. Nachher sind wir wieder die Ersten.«

»Olivia und die Ortiz-Schwestern wollen um Punkt 18:45 Uhr in der Lobby sein, und ich lasse ungern jemanden warten, das weißt du. Soll ich dir wirklich nicht mit deiner Frisur helfen?«

»Danke, ich komm schon klar.« Lucie schob ihre Cousine zur Tür hinaus und ließ sich anschließend mit einem Stoßseufzer zurück aufs Bett fallen. Einen Augenblick lang fühlte sie sich in das wunderschöne Strandhaus in Hobe Sound zurückversetzt.

Sie war sechs Jahre alt. Die miesepetrige irische Hausangestellte hielt sie mit eisernem Griff an der rechten Schulter fest, während sie mit der anderen Hand gewaltsam Lucies Haar durchkämmte. Jeder Strich mit der harten Drahtbürste schmerzte. Mit Tränen in den Augen saß Lucie da und wagte es nicht, auch nur einen Mucks von sich zu geben.

»Es hat keinen Sinn, Ma'am. Das Kind sieht auch nach hundert Bürstenstrichen noch aus wie ein Pudel.«

»Großer Gott, Sie haben recht. Die Ähnlichkeit zu einem französischen Pudel ist wirklich erstaunlich!« Lucies Großmutter lachte trocken.

»Wie oft habe ich dir schon gesagt, du sollst beim Schwimmen eine Badekappe tragen? Hast du wieder Chlor ins Haar bekommen?«

»Aber ich hatte die Badekappe auf, Granny.«

»So etwas Scheußliches wie deine Haare ist mir wirklich noch nie untergekommen. Also gut, Oonagh, versuchen Sie es mal mit Kokosfett. Das bändigt die Krause und verleiht dem Haar etwas Glanz. Dann flechten wir ihr Zöpfe und ziehen ihr meinen Drachenkimono von Lacroix über. Wenn sie schon nicht wie die anderen Mädchen aussieht, kann sie wenigstens das Chinapüppchen geben. Weißt du noch, Lucie, das haben wir doch immer so gern zusammen gespielt. Heute Abend auf der Feier bist du meine kleine chinesische Kaiserin!«

Lucie verscheuchte die Erinnerung. Wie sollte sie George heute Abend bloß gegenübertreten? Er musste sie doch für total irre halten. Warum hatte sie ihn bloß geküsst? Sie konnte ihn doch gar nicht leiden. Was war bloß in sie gefahren, dass sie sich so auf ihn gestürzt hatte? Sie traf ständig die falschen Entscheidungen und blamierte sich bis auf die Knochen. Ignorierte ihn erst, heulte dann in seinen Armen und küsste ihn zu allem Überfluss noch. Was würde ihre Großmutter von ihr denken? Vielleicht hatten die Schönheit der Villa und der spektakuläre Panoramablick auf Positano ja eine Art Stendhal-Syndrom bei ihr ausgelöst. Es sollte ja Leute geben, die bei ihrem ersten Besuch in Paris oder Rom hysterisch losweinten, weil sie von der Umgebung überwältigt waren. Nein, bestimmt waren Charlotte und Olivia schuld. Dieses Gerede übers Küssen in den Himmelbetten hatte sie ganz wuschig gemacht.

Da hörte sie ein merkwürdiges Rascheln und sah, wie gerade ein kleiner Umschlag unter der Tür hindurchgeschoben wurde. Sie sprang aus dem Bett, stürzte zur Tür und riss sie auf.

Der Korridor war menschenleer.

Lucie öffnete den Umschlag und zog ein hübsch gefaltetes italienisches Pergamentpapier heraus. Sie klappte es auf, und es verschlug ihr den Atem. Auf dem Pergament stand in kunstvoller Schreibschrift:

»Mit einem Kuss verstehst du alles, was ich dir verschwiegen habe.« Pablo Neruda

12

CERTOSA DI SAN GIACOMO

CAPRI, ITALIEN

Natürlich musste die Veranstaltung ausgerechnet dann pünktlich anfangen, als Lucie und Charlotte ausnahmsweise ein paar Minuten zu spät dran waren. Von der Via del Pizzolungo aus hatte das Certoso di San Giacomo viel kleiner gewirkt, doch nachdem sie durch das schmale Eisentor getreten waren, mussten sie erst noch gefühlte Kilometer durch den antiken Klosterkomplex zurücklegen, vorbei an eindrucksvollen Kreuzgängen und weitläufigen Gärten mit Blick aufs Meer. Als sie schließlich die Kapelle erreichten, war diese bis auf den letzten Platz besetzt, und das Konzert sollte gerade anfangen.

»Tut mir leid«, flüsterte Olivia. »Ich wollte euch Plätze freihalten, aber die Königin von Saba hatte was dagegen.« Sie neigte den Kopf leicht in Richtung der älteren Italienerin neben ihr, deren hochtoupierten Haarsprayturm zahlreiche Smaragde schmückten.

Charlotte rang sich ein Lächeln ab. »Überhaupt kein Problem. Ich glaube, ganz hinten sind noch ein paar Plätze frei, sonst stehen wir eben.«

Doch Lucie kannte ihre Cousine und wusste, wie sauer sie war. »Entschuldige, ich hätte mir nicht noch die Haare waschen sollen. Ich weiß auch nicht, was ich mir dabei gedacht habe.«

»Das frage ich mich auch. Deine Haare brauchen ewig, bis sie trocken sind, und du wusstest doch, dass wir spät dran waren. Wenn du sie hochsteckst, sieht doch sowieso niemand den Unterschied.«

»Ich wollte bloß das Salzwasser rauswaschen.« Das war gelogen. Sie hatte sich die Haare überhaupt nicht gewaschen, sondern eine halbe Stunde gebraucht, um nach dem mysteriösen Neruda-Gedicht die Fassung wiederzugewinnen. Panisch hatte sie ein Outfit nach dem anderen anprobiert und sich nach fünf Fehlversuchen schließlich für die lange schwarze Robe mit Bandeau-Oberteil entschieden – ihre Mutter nannte es das »Rita-Hayworth-Kleid« –, worin sie sich elegant und erwachsen fühlte. Sie hatte es auf dem Frick Young Fellows Ball[1] getragen, wo Bill Cunningham ihr ein Kompliment gemacht und sie sogar fotografiert hatte. Genau so eine Rüstung brauchte sie jetzt, um George gegenüberzutreten, dabei kleidete er selbst sich derart nichtssagend, dass er ihre Bemühungen wahrscheinlich nicht einmal bemerken würde.

Als sie sich in die letzte Reihe quetschten, raunte Char-

[1] Der Young Fellows Ball in der Frick Collection bildet alljährlich einen Höhepunkt der New Yorker High-Society-Saison, unter anderem deswegen, weil er eines der wenigen Charity-Events ist, bei dem sich auch die U-40-Schickeria der Stadt blicken lässt, oder zumindest Leute, die behaupten, sie seien unter vierzig.

lotte: »Woher kommen auf einmal diese Menschenmassen? Ich erkenne fast niemanden.«

Lucie nutzte die Gelegenheit, um kurz aufzustehen und sich umzusehen. »Ich glaube, die meisten sind einfach rechtzeitig für die Hochzeit morgen eingetroffen.« Insgeheim hielt sie Ausschau nach George, konnte ihn jedoch nirgends entdecken.

Conte Andrea De Vecchi, ein stattlicher Mann Mitte sechzig, und seine Frau Contessa Laudomia, eine umwerfende Rotblondine in einer smaragdgrünen Robe, die Lucie zweifelsfrei der Frühjahrskollektion von Valentino zuordnen konnte, schritten nach vorn zum Orchester vor dem Altar.

Der Conte – äußerst vornehm in dunklem Samtsmoking – tippte mehrmals gegen das Mikrofon und richtete sich mit charmantem italienischem Akzent an die Gäste. »Eure Majestäten, Hoheiten, Heiligkeiten, Exzellenzen, meine Damen und Herren. Meine Frau und ich fühlen uns zutiefst geehrt, dass Sie alle aus den unterschiedlichsten Ecken der Welt zusammengekommen sind, um die Hochzeitsfeierlichkeiten unseres Sohns Adolfo mit *la bella* Isabel zu begehen. Wir befinden uns hier in einem der ältesten Gebäude Capris und, wie ich finde, gleichzeitig dem schönsten. Das ehemalige Kartäuserkloster wurde 1371 auf Anweisung des Grafen Giacomo Arcucci auf einem Grundstück erbaut, das meine Vorfahrin, Königin Giovanna D'Angiò di Napoli, ihm dafür zur Verfügung stellte. Heute Abend haben wir das große Glück, an diesem heiligen Ort Maestro Niccolo Miulli und das Orchestra sinfonica di Roma begrüßen zu dürfen, welches die unvergleichliche Dame Kiri Te Kanawa begleiten wird.«

Die Gäste schnappten überrascht nach Luft, als die gefeierte Diva in einem wallenden Umhang aus orangefarbener Shantungseide über einem schillernden lila Ballkleid vor sie trat. Das Orchester fing an zu spielen, und als Kiri die ersten Töne von *Chi il bel sogno di Doretta* aus Puccinis Oper *La Rondine* anstimmte, stöhnte Mordecai derart ekstatisch auf, dass es schon fast obszön war.

Selbst in der letzten Reihe war Kiris glanzvolle Stimme bestens zu hören, und Lucie war völlig hingerissen. Wie konnte jemand derart hohe Töne so klar treffen? Die ätherische Schönheit der nächsten Arie, *Baïlèro* aus den *Chants d'Auvergne*, versetzte Lucie in eine Art Trance, und ihr Blick schweifte hinauf zu den Gewölbebögen. Decken und Wände waren einst von einem Fresko bedeckt gewesen, ähnlich wie in der Sixtinischen Kapelle, doch nun unterstrichen die wenigen verbliebenen Farbtupfer die Kahlheit des weißen Putzes auf eine willkürliche Art und Weise, die Lucie an Puzzleteile erinnerte.

Wieso glich ihr Leben auf einmal einem 1000-Teile-Puzzle? Sie hatte sich stets sicher und zielgerichtet durch die Welt bewegt, präzise wie eine perfekt vorgetragene Arie, und nun war nach ein paar Tagen auf Capri plötzlich alles so furchtbar verwirrend. Geradezu chaotisch. Und wenn sie eins nicht ausstehen konnte, dann Chaos. War es wirklich George, der ihr das Gedicht unter der Tür hindurchgeschoben hatte? Wer sonst? Er war der Einzige, der ihr gegenüber Neruda erwähnt hatte. Was wollte er ihr mit dieser Zeile bloß sagen?

Widerstreitende Gefühle tobten in ihr. Zugegeben, George übte eine gewisse Anziehung auf sie aus, doch gleichzeitig fand sie diese Anziehung abstoßend. Er war das genaue Gegenteil von allem, was ihr an Männern gefiel. Er war ein Muttersöhnchen. Ein Schönling. Ein Surfer-Boy. Ein selbstgerechter Öko in Unterhemd und Birkenstock-Latschen. Ein grüblerischer Freak, der sich selbst viel zu ernst nahm.

Zum Abschluss stimmte Kiri ihr wohl bekanntestes Stück an, *O mio babbino caro*, und ein begeistertes Raunen ging durch das Publikum. Die schwelgerische Arie erfüllte die Kapelle, und Lucies Blick wanderte erneut zum Fresko im Kuppelgewölbe. Vor mehreren Jahrhunderten hatte irgendein Künstler dort die klassische Szene von Gott und Jesus mit den Heiligen, Engeln und Putten hingemalt, allesamt mit verschränkten Gliedern. Am höchsten Punkt des Freskos schwebte Jesus über den Wolken. Sein türkisfarbenes Gewand war ihm bis zu den Hüften heruntergerutscht und gab den Blick auf seinen muskulösen Oberkörper frei. Lucie starrte den Adonis von einem Jesus an, zählte die Muskelstränge in seinem Sixpack, folgte der Schattierung, die die Brustmuskulatur hervorhob, und dachte: *Mensch, sind das tolle Brustwarzen. Um Gottes willen, was stimmt nicht mit mir? Ich sitze in einem Kloster und denke über Jesu Brustwarzen nach, dafür komme ich direkt in die Hölle.*

Kiri sang die Schlusstöne der Arie, wurde mühelos immer leiser und endete schließlich in einem Flüstern. Mordecai sprang als Erster auf. *»Brava! Bravissima!«*, rief er und klatschte wie wild in die Hände, während sich auch der Rest des Publikums erhob, um der legendären Sopranistin stürmisch zu applaudieren. Schließlich strömten die Gäste nach draußen, wo Cocktails serviert wurden. Lucie und Charlotte schoben sich durch die Menge in Richtung Olivia, die sich in der Mitte der Kapelle mit Dolfis Eltern unterhielt. Da entdeckte

Lucie endlich George. Er stand in der Nähe des Altars und sprach wild gestikulierend mit dem Dirigenten. Heute gab er wirklich eine eindrucksvolle Figur ab. In cremefarbenem Leinenanzug, strahlend weißem Stehkragenhemd und Wildlederschnürern wirkte er ungemein kultiviert. *Gott sei Dank habe ich das Tom Ford angezogen*, dachte Lucie.

Sie kam ihm immer näher und überlegte fieberhaft, was sie ihm sagen sollte. Eine subtile Anspielung auf das Gedicht vielleicht? Ein Kompliment zu seinem Outfit, »du hast dich aber ganz schön in Schale geschmissen«? Bloß nicht, das klang ja schrecklich! Oder sie könnte ein Gedicht von Neruda googeln und zur Begrüßung eine Zeile rezitieren. Äußerst mysteriös. Ja, das war eine gute Idee. Während Charlotte und Olivia gegenseitig ihre Outfits bestaunten, zückte Lucie ihr Smartphone und tippte rasch »Pablo Neruda Gedicht«. Der erste Treffer lautete: *Den Blitz begehr ich, der sich in deine Schönheit gebrannt …*

Auf gar keinen Fall, dachte sie. Sie scrollte weiter, da spürte sie plötzlich eine Hand auf ihrer Schulter. *O Gott, da ist er.* Sie holte tief Luft und drehte sich um, doch es war bloß Auden, der sie breit anlächelte.

»Und, was hältst du von Diefenbachs Gemälden?«

»Ähm, wovon?« Schnell steckte sie das Handy weg.

»Von Karl Diefenbachs Gemälden im Refektorium.«

»Ach, die habe ich noch gar nicht gesehen. Wir waren etwas spät dran.«

»Na, dann komm mal mit.« Auden ergriff sie am Arm und, bevor sie sich dagegen wehren konnte, führte er sie den Gang hinunter. »Die musst du dir unbedingt ansehen.«

Sie betraten das Refektorium – einen großen, ruhigen Raum, dessen nüchterne weiße Wände mit mehreren Ölgemälden von Karl Diefenbach behängt waren. Alle waren in düsteren, stimmungsvollen Tönen gehalten und zeigten unterschiedliche Ansichten der Insel: dramatische Klippenlandschaften, stürmische Seeblicke und Nachtszenen einer Grotte, die wie von Kerzenlicht erhellt wirkte. Bewegt nahm Lucie die Leinwände genauer in Augenschein.

»Und, was meinst du?«

»Wunderschön.«

Auden lachte leise. »Dachte ich mir.«

»Damit hätte ich wirklich nicht gerechnet. Wie kommen die überhaupt in ein Kloster?«

»Ich glaube, Diefenbach hat seinen Lebensabend hier auf Capri verbracht.«

»So etwas habe ich noch nie gesehen. So eindringlich, fast schon surreal.« Lucie betrachtete ein besonders spannungsgeladenes Gemälde der Faraglioni-Felsen im Mondlicht und dachte daran, wie sie bei Da Luigi am selben Ort gestanden und die geheimnisvollen Felsen betrachtet hatte.

Sie drehte sich zu Auden. »Ich frage mich, wieso er alles in so dunklen Tönen gemalt hat. Für mich ist Capri durch und durch ein Ort des Lichts.«

»Die gleiche Frage könnte ich dir auch zu deinen Bildern stellen. Diefenbach war Symbolist. Ihm ging es wohl eher darum, die innere Landschaft zu erforschen als die äußere, glaubst du nicht?«

Lucie lächelte und schwieg. Da ertönte von irgendwoher ein vertrautes Klavierstück. »Die Goldberg-Variationen!«, rief Lucie begeistert. »Das ist mein Lieblingsstück.«

Sie kehrten in die Kapelle zurück, wo nur noch Isabel, Dolfi und ein kleines Grüppchen vor dem Altar mit dem

Flügel standen. Isabel winkte Lucie zu sich, und da entdeckte sie George auf dem Klavierhocker. Sie trat näher an den Flügel und schaute verblüfft zu, wie Georges Hände derart mühelos und anmutig über die Tasten glitten, dass er sie kaum zu berühren schien. Seine langen, eleganten Finger waren ihr bislang noch gar nicht aufgefallen. George hielt die Augen geschlossen, während er sich sanft vor und zurück wiegte, sich von der Musik tragen ließ.

Da wusste sie, was sie zu ihm sagen würde. »Ob Neruda Bach wohl genauso gut beherrschte wie du?« Jetzt brauchte sie nur noch eine gute Gelegenheit. Sie würde sich ihn unter dem Vorwand schnappen, ihm die Gemälde im Refektorium zeigen zu wollen, sobald er mit dem Stück fertig wäre. Doch gerade als die letzten Töne erklangen, kam die Hochzeitsplanerin strammen Schrittes in die Kapelle marschiert, steuerte direkt auf Isabel zu und murmelte ihr eindringlich etwas ins Ohr.

»Scheiße, tut mir leid«, antwortete Isabel und wandte sich an die anderen. »Wir müssen rüber zum Bankett. Anscheinend hat Dolfis Großmutter gerade mit einer Rede angefangen und nicht gemerkt, dass wir überhaupt nicht da sind.«

Schnell machten sie sich auf den Weg zum zentralen Kreuzgang, wo das Bankett stattfand. Dort angekommen, blieb Lucie der Mund offen stehen. In dem weitläufigen Hof bogen sich zahllose runde Tische mit silbernen Brokatdecken unter silbernen Kerzenständern, die aussahen, als kämen sie direkt aus dem Vatikan. Darüber hingen unterschiedlich große Glaskugeln mit Schwimmkerzen. Das Wasser und die flackernden Kerzen in den durchsichtigen Kugeln warfen ein sich kräuselndes Licht über den Hof und ließen den zauberhaften Kreuzgang noch jenseitiger erscheinen als ohnehin schon.

Lucie ging rasch zu dem ihr zugewiesenen Tisch und wünschte insgeheim, dass George auch dort platziert wäre. Stattdessen saß sie jedoch zwischen einem italienischen Jüngling mit langem blondem Haar, der kein Wort Englisch sprach, und – gemäß der eleganten Platzkarte – Baron Mordecai von Ephrussí. Zu allem Überfluss hatte sie von ihrem Platz aus perfekte Sicht auf George, der gerade zwei Tische weiter zwischen Isabels hübscher australischer Freundin Sophie und einer ebenso umwerfenden Asiatin namens Astrid Platz nahm. Ein schwarz gekleideter Kameramann dokumentierte nicht gerade diskret, wie das fotogene Trio einander begrüßte wie langjährige Freunde, die sich zufällig in der ersten Reihe bei der New York Fashion Week trafen.

Mordecai, der sich am Nebentisch mit irgendeiner englischen Herzogin unterhalten hatte, begab sich widerwillig an seinen Platz und musterte Lucie mit hochgezogener Augenbraue. »Wo haben Sie sich denn rumgetrieben, junge Dame? Sicherlich etwas im Schilde geführt?«

»Nicht ganz. Wir haben einem spontanen Klaviervortrag von George Zao gelauscht.«

»Ach ja? Was hat der junge Narziss denn zum Besten gegeben?«

»Die Aria aus den Goldberg-Variationen.«

»Nicht gerade einfallsreich.«

»Er hat sie aber wirklich toll gespielt.«

»Bestimmt. Ich wünschte bloß, es würde einfach mal jemand Schönberg oder John Cage spielen, wenn er sich ans Klavier setzt. Es gibt doch nichts Abgedroscheneres als die Goldberg-Variationen. Na ja, außer vielleicht *Für Elise*.«

Lucie wollte ihm nicht weiter widersprechen und wechselte das Thema. Während die Kellner ihnen dampfende *zuppa di pesce* auftaten, griff sie nach ihrem Löffel. »So einen schweren Löffel hatte ich noch nie in der Hand.«

»Das berühmte Tafelsilber der De Vecchis. Wurde im 17. Jahrhundert in Florenz gefertigt, wenn ich mich recht entsinne. Und gestern aus der Familienschatzkammer eingeflogen.«

Lucie bewunderte den riesigen silbernen Kerzenständer in der Tischmitte. »Ich weiß nicht, wie das alles morgen beim Hochzeitsbankett noch überboten werden soll.«

»Die Chius bezahlen für den Rest der Hochzeit, da mussten die De Vecchis heute natürlich schweres Geschütz auffahren. Sie können sich doch von diesen ungehobelten Asiaten nicht die Schau stehlen lassen.«

Lucie schwieg. Isabel war ja wohl alles andere als ungehobelt, dachte sie bei sich.

Mordecai interpretierte ihr Schweigen als verärgert und ruderte rasch zurück. »Ich hoffe, ich habe Sie damit nicht beleidigt, so habe ich es gar nicht gemeint. Ich bin großer Fan von Asiaten! Ich bin mit zahlreichen Asiaten befreundet, den Chius zum Beispiel und der Sultana von Penang.«

Lucie amüsierte sich über seine Bedrängnis. »Keine Sorge, Sie haben mich nicht beleidigt.«

»Da fällt mir aber ein Stein vom Herzen. Ich finde es nur so faszinierend – eine unglaublich wohlhabende junge Chinesin heiratet in eine der ältesten Familien Europas ein und wirft auf einer der dekadentesten Hochzeiten aller Zeiten mit ihrem Geld nur so um sich. Wie bei Henry James, *avec le Chinois.* Ich sehe doch, wie die alten römischen und neapolitanischen Familien heimlich die Nase rümpfen. Aber die Welt hat sich verändert, und da sollte sich das alte Europa besser dran gewöhnen. Ich hatte ganz vergessen, dass Sie chinesische Wurzeln haben, ich bin da nämlich wirklich farbenblind. Ich sortiere niemanden nach seiner Hautfarbe. In meinen Augen sind Sie New Yorkerin.«

Lucie nickte zurückhaltend. Gerade als sie dachte, es ginge nicht schlimmer, setzte Mordecai noch eins drauf. »Würden Sie mir denn verraten, wie Sie sich selbst einordnen?«

»Ich verstehe die Frage nicht.«

»Wenn Sie in den Spiegel schauen, sehen Sie sich eher als Asiatin oder als Kaukasierin?«

»Na ja, ich bin beides zur Hälfte …«

»Aber tendieren Sie nicht mehr zu einer Seite? Ich finde es ja ganz faszinierend, dass Sie als beides durchgehen können.«

Jetzt reichte es Lucie. »Wissen Sie, ich habe noch nie versucht, als irgendetwas durchzugehen. Ich bin einfach ich selbst.«

»Gut gebrüllt, junge Dame. Sehr gut. Sagen Sie, wurden Sie schon in die Gesellschaft eingeführt?«

»Meinen Sie die asiatische oder die kaukasische?«

»Touché. Ich meinte natürlich den Ball in New York.«

»Ich hatte kein Interesse an dieser ganzen Debütantinnengeschichte, obwohl meine Großmutter das gern gesehen hätte.«

»Auf der Seite der Churchills?«, bohrte Mordecai nach. »Sagen Sie, wie genau sind Sie eigentlich mit den Churchills in England verwandt?«

Lucie griff nach ihrem Wein. Sie trank zwar eigentlich nicht viel, aber wenn sie jetzt noch drei Gänge lang ausgequetscht werden sollte, konnte sie sich genauso gut die Kante geben. Sie leerte das Kristallglas in einem Zug, und schon bald wurde der Abend unschärfer. Erst wurde sie total entspannt, dann schien sich plötzlich alles im Schnelldurchlauf abzuspielen, bis nur noch einzelne Momente hervorblitzten …

… wie das Lammkarree ihr auf der Zunge zerging und laut Baron von Ephrussí »unfassbar gut zu dem Musigny«[1] passte.

… wie sie versuchte, mithilfe von Google Translate mit dem goldgelockten italienischen Knaben zu sprechen. Er hieß Sandro, war siebzehn und ein Cousin von Dolfi aus Como. Er stand auf Drum and Bass. Und auf Reese Witherspoon.

… wie eine Schale köstlich aussehende *zabaglione* mit venezianischen weißen Pfirsichen vor ihr abgestellt wurde, auch wenn sie sich nicht erinnern konnte, ob sie sie gegessen hatte.

… wie sie eine Hand auf der Schulter spürte und Isabels Stimme hörte: »Komm, wir verziehen uns.«

… wie sie im Beiboot auf eine riesige, futuristische Jacht vor der Marina Piccola zusteuerten, wo Isabels Freundinnen den »Couture-JGA« organisiert hatten.

… wie sie ein goldenes Bustieroberteil von Jean Paul

[1] Ein 1988er Domaine Georges Comtes de Vogüé Musigny Cuvée Vieilles Vignes, um genau zu sein, der in Dolfis Geburtsjahr für ebendiesen Anlass beiseitegelegt worden war.

Gaultier anzog, dazu Azzedine-Alaïa-Leggings mit Leopardenprint und knallblauen Lidschatten.

… wie sie vier Red-Velvet-Cupcakes verschlang und erst danach erfuhr, dass sie mit Cannabis versetzt waren.

… wie sie zur bootseigenen Karaoke-Bar gingen, wo alle Achtzigerjahre-Hits singen wollten.

… wie sie eine Grölversion von Whitney Houstons *I Wanna Dance with Somebody* im Terzett mit Isabel und Daniella zum Besten gab.

… wie italienische Fallschirmjäger die Jacht von einem Helikopter aus stürmten, während die Mädchen um ihr Leben kreischten.

… wie der sonnengebräunte Fallschirmjäger mit der Zottelperücke sich als Dolfi entpuppte, indem er sich sämtlicher Klamotten entledigte und vom Oberdeck aus eine Arschbombe ins Meer machte.

… wie ein anderer Typ bei einem Salto in der Luft mit einer Drohne zusammenstieß.

… wie ihr die Augen verbunden wurden und sie jemandem in pelzigem Eselskostüm einen Schwanz anheften sollte.

… wie Isabel rief: »Finger weg, Jungs! Wehe, ihr rührt mein Engelchen an. Lucie ist heute tabu!«

Irgendwann taumelte sie unter Deck, erbrach Red Velvet in die blütenweiße Toilette mit automatischem Deckel, der ihr immer wieder auf den Kopf schlug, und rollte sich schließlich in einem ausladenden runden Bett unter einer riesigen weißen Pelzdecke zusammen, so warm und weich, aber leider aus ganz vielen toten Tieren, und auf einmal war sie wieder in der Kapelle, wo ein italienischer Knabenchor in weißen Gewändern vor ihr stand und eine

A-cappella-Version von Crowded Houses *Don't Dream It's Over* vortrug, und wie sie so da saß und den engelsgleichen Stimmen lauschte, schaute sie zum Fresko an der Decke, wo sich der freie Oberkörper von Jesus auf einmal in Georges traumhaft gebräunte Brust verwandelte, und schon schwebte sie hoch oben über den Wolken neben George in seinem blendend weißen Badehöschen, und er sagte zu ihr: *»You have a freedom within, Lucie, you have a freedom without.«*

Und Lucie erwiderte: »Na dann los!«

In Jesusmanier breitete George die Arme aus, ergriff ihre Hand, und gemeinsam sprangen sie kopfüber aus dem Himmel ins tiefe, unergründliche Meer.

Hey now, hey now, don't dream it's over.

13

VILLA LYSIS
CAPRI, ITALIEN

»Sieh mal einer an, du lebst ja doch noch.« Charlotte und Olivia waren fast mit dem Mittagessen am Hotelpool fertig, als Lucie auftauchte. »Und? Schlimm verkatert?«

»Ach was, mir gehts blendend«, log Lucie.

Olivia blickte ihr in die blutunterlaufenen Augen und grinste.

»Das sieht dir überhaupt nicht ähnlich, Lucie«, tadelte Charlotte. »Dich wortlos zu verdrücken und die Nacht auf einer Jacht durchzufeiern? Ausgerechnet von Mordecai musste ich es erfahren, und du weißt, was für eine Tratschtante dieser Mann ist.« Charlotte nahm den letzten Bissen ihrer *parmigiana di melanzane*.

»Ach, Charlotte, was soll es da zu tratschen geben? Ich war auf Isabels Junggesellinnenabschied, den kann ich doch schlecht verpassen.«

»Und sie konnte offenbar nicht auf dich aufpassen«, konterte Charlotte. »Du bist so viel jünger als ihre anderen Freundinnen, und ich bin nicht von gestern – mir ist schon klar, dass ihr nicht die ganze Nacht Monopoly gespielt habt.«

Olivia beugte sich vor. »Ich habe gehört, es gab bergeweise kolumbianisches Kokain und Stripper im Ninjakostüm?«

»Bitte? Nein, Drogen gabs keine, bloß ein bisschen Modenschau, und die Stripper haben sich als Dolfi und seine Kumpels entpuppt.« Lucie bemühte sich, gleichgültig zu klingen, musste allerdings entsetzt feststellen, dass sie sich ab einem bestimmten Zeitpunkt an rein gar nichts mehr erinnern konnte. Ihre Mitbewohnerin am College tönte nach Partys regelmäßig von Filmrissen, aber Lucie hatte ihr das nie abgenommen. Jetzt verstand sie, was damit gemeint war.

»Modenschau? Wovon redest du?«, fragte Charlotte misstrauisch.

»Auf der Jacht gab es lustige Designeroutfits, mit denen wir uns verkleiden konnten. Ich hatte ein Vintagebustier an, das für Madonnas ›Blond Ambition‹-Tour designt wurde. Und dann haben wir Karaoke gesungen und Cupcakes gegessen.«

Charlotte atmete erleichtert aus. »Gott sei Dank scheinst du heil aus der Nummer rausgekommen zu sein. Deine Mutter hätte mir den Kopf abgerissen! So, Olivia und ich müssen jetzt zum Friseur. Deinen Termin um eins hast du ja offensichtlich verschlafen.«

»Oh, Mist!«

»Iss einen Happen und nimm ein heißes Bad. Aber denk dran, du hast nicht den ganzen Tag Zeit. Spätestens um vier müssen wir zur Hochzeit aufbrechen, und es ist schon fast halb zwei. Wer weiß, wie lange diese Italiener für unser Styling brauchen!« Dann schlug Charlotte einen sanfteren Ton an. »Wenn du bis dahin fix und fertig angezogen bist, kann ich dir gern noch mit deiner Hochsteckfrisur helfen.«

Olivia tätschelte Lucie die Schulter. »Tomatensaft mit rohem Ei, das weckt die Lebensgeister. Bestell ich dir auf dem Weg nach draußen.«

Lucie lehnte sich zurück und setzte die Sonnenbrille auf. Hinter ihren Schläfen pochte es dumpf. Mehrere deutsche Kinder rannten quietschend durch den Garten und sprangen mit einer Arschbombe in den Pool, was eine Erinnerung in Lucie hervorrief. Sie war im Pool auf der Jacht, dem kleineren auf dem Oberdeck, und irgendwer lutschte irgendwem an den Zehen. Nicht an ihren. Gott sei Dank nicht an ihren! Und plötzlich sah sie George vor sich. Ja, er war gestern Abend definitiv auf der Jacht gewesen. Hatte er etwa im Eselskostüm gesteckt? O Gott, ja! Sein Haar war im Nacken ganz feucht gewesen, weil er die ganze Zeit unter der Fellmaske gesteckt hatte. Das wusste sie, weil sie ihm beim Tanzen den Nacken gestreichelt hatte, kurz bevor sie ins Bad gerannt war, um sich zu übergeben. Ja, genau so war es gewesen. Wie peinlich! Hatte er mitbekommen, wie sie sich übergeben hatte? Hatte sie irgendwas Dummes zu ihm gesagt, was sie noch ewig bereuen würde?

Diese Frage quälte sie auch drei Stunden später noch, als sie vor den Toren der Villa Lysis stand, wo das Event stattfand, auf das alle hingefiebert hatten – die Hochzeitszeremonie! Die ganze Woche über hatte ein Highlight das nächste gejagt: das tolle Mittagessen im Beach Club, das himmlische Dinner in der uralten Grotte, der exklusive Ausflug zur Villa Lachowski und schließlich das festliche Bankett im Kloster aus dem 14. Jahrhundert. Wie um alles in der Welt wollte Isabel das noch toppen?

Aber da kannte sie ihre Freundin schlecht.

Die abgelegene Villa Lysis befand sich zweifellos in

Capris allerbester Lage, hoch oben auf dem Berg am östlichsten Zipfel der Insel. Das Anwesen war eine Hommage an Louis XVI., mit Anleihen an die klassische griechische Architektur. Ionische Säulen mit goldener Mosaikverzierung thronten über einer breiten Aufgangstreppe, an deren Fuß ein kreisförmig angelegter Garten mit turmhohen Bäumen einen eindrucksvollen Ausblick auf das Meer, die spektakulären Klippen und die Marina Grande bot.

Es wirkte, als hätte eine höhere Macht magische Samen über das Anwesen verstreut, denn die Villa schien in voller Blütenpracht zu stehen. Blumen sprossen vom Boden bis zum Dach, aus jeder Nische und jedem Winkel. Girlanden aus weißem und rosafarbenem Rittersporn hingen über dem Portikus. An den Säulen wanden sich Kamelien und Stephanotis empor, und die Terrasse war von zahllosen Rosenblüten bedeckt, die in einem Farbverlauf von Weiß über Rosa bis Magenta an Intensität zunahmen und in der Mitte die Form eines blühenden Lotus bildeten. Auf diesem dekadenten Blütenteppich waren Hunderte von goldenen Hepplewhite-Stühlen in einer Spirale angeordnet, die exakt in der Mitte der Lotusblüte endete.

»Wow, ein riesiges Mandala aus Rosenblüten!« Olivia schüttelte ungläubig den Kopf. »Wie viele Rosen haben sie wohl gebraucht, um die komplette Terrasse zu bedecken? Ob es irgendwo auf der Welt noch welche gibt, oder sind alle dafür draufgegangen?«

»Unglaublich! Allein die Blumen müssen Isabels Familie mehrere Millionen gekostet haben«, schätzte Charlotte.

»Die Chius besitzen die größte Plastikfabrik in Taiwan – ich glaube, so bald müssen die nicht am Hungertuch nagen«, gab Olivia trocken zurück.

»Ich könnte mir in den Hintern beißen, dass ich nicht daran gedacht habe, in der *Amuse Bouche* über die Hochzeit zu berichten. Ich frage mich, wer sich die Exklusivrechte gesichert hat. Jemand von der *Vogue* oder *Harper's Bazaar*? *Town & Country? Elle Decor?*« Die ehrgeizige Redakteurin in Charlotte sah sich zwischen den schwarz gekleideten Kameraleuten um, die ihre UFO-artigen Drohnen über der Villa kreisen ließen, um jeden Moment aus jedem erdenklichen Blickwinkel einzufangen.

»Isabel legt viel zu viel Wert auf Privatsphäre, die will ihren großen Tag garantiert nicht von den Medien breittreten lassen«, widersprach Lucie. »Hast du nicht gesehen, dass sie in der Einladung sogar ausdrücklich darum gebeten haben, keine Fotos in den sozialen Medien zu posten?«

Wie aufs Stichwort stand Rosemary Zao in einer Robe aus Goldlamé mit bauschigen Ärmeln vor ihnen: »Komm, Lucie, wir machen ein Selfie, das kann ich dann auf WeChat stellen!«

»Äh … Mrs Zao, wir können gern ein Foto machen, aber wir sollen doch nichts posten.«

»Ach was! Wenn ich den Ort nicht verlinke, merkt doch keiner, dass wir auf Isabels Hochzeit sind. Wie hübsch du aussiehst in dem Kleid. Lanvin, oder?« Rosemary taxierte Lucie in dem knielangen dunkelroten Kleid, dessen durchscheinender plissierter Rock ihre Beine bei jeder Bewegung hübsch umspielte.

»Nein, das ist von Morgane Le Fay.«

»Nie gehört! Ist das ein französischer Designer?«

»Nein, *die* Designerin ist Argentinierin, lebt aber in New York – ihr richtiger Name ist Liliana Casabal, und sie besitzt eine tolle Boutique in SoHo.«

»Du kennst wirklich die ausgefallensten Designer!«, schwärmte Rosemary. »Wenn ich eine Tochter hätte, sollte sie auch so viel Stil haben wie du!«

Charlotte, die in ihrem gelben Point-d'Esprit-Tüllkleid von Oscar de la Renta und dem vierreihigen Perlencollier, das sie sich von ihrer Mutter geliehen hatte, reichlich majestätisch daherkam, fragte Rosemary mit schelmischem Grinsen: »Und wer hat Ihr Kleid entworfen? Alexis Carrington?«

Rosemary jauchzte erstaunt auf und verpasste Charlotte einen Knuff in den Oberarm. »*Aiya*, woher wussten Sie das? Das ist original Nolan Miller! Hab ich bei einem Charity-Event ersteigert. Angeblich hat Joan Collins das Kleid im *Denver-Clan* getragen! Ich glaube, das war die Folge, in der Blake versucht hat, sie zu erwürgen.«[1]

»Ach, das berühmte Würge-Kleid!«, rief Olivia. »Das ist ja zum Schießen! Sie gewinnen auf jeden Fall den Preis für das originellste Outfit, Mrs Zao.«

»Nein, nein, den Preis haben Sie verdient!«, protestierte Rosemary wenig überzeugend, während sie Olivias asymmetrisch dekonstruiertes schwarzes Kleid von Comme des Garçons musterte, das aussah, als wäre es mit der Zickzack-

[1] Falsch, im berühmten »Blake würgt Alexis«-Staffelfinale trug Alexis ein weiß glitzerndes Cocktailkleid und nicht Rosemarys gerafften Traum in Gold. Beide Kleider sind großartig, keine Frage, allerdings nicht annähernd so großartig wie das rosafarbene Taftkleid, das Alexis zur Hochzeit ihrer Tochter Amanda mit dem Prinz von Moldawien trägt, bei der (Achtung, Spoiler!) Rebellen in einem Putschversuch die Kirche stürmen und es schaffen, mit ihren Uzis alle Hochzeitsgäste bis auf die *Denver-Clan*-Besetzung zu töten.

schere bearbeitet worden. Nachdem sie alle mit Rosemary für gefühlte hundert Fotos posiert hatten, fragte Lucie so beiläufig wie möglich: »Wo ist denn eigentlich George?«

»Ach, wusstest du das nicht? Er ist in letzter Sekunde als Trauzeuge eingesprungen. Colby, Dolfis Freund aus Dallas, musste ins Krankenhaus, weil er sich den Schwanz gebrochen hat.«

»Den was?« Charlotte traute ihren Ohren nicht.

»Na, seinen Schwanz. Seinen Schniedel, seinen Piephahn. Offenbar hat er gestern Abend bei der Party auf dem Boot zu viel Viagra genommen, und dann ist sein Schwanz so sehr angeschwollen, dass er sich in einem Eselskostüm verfangen hat. Keine Ahnung, was da genau passiert ist, aber sie mussten ihn wohl nach Neapel ins Krankenhaus fliegen, um Blut aus seinem Schwanz abzulassen.«[1]

Lucie schlug sich die Hand vor den Mund und setzte einen entsetzten Blick auf, doch in Wirklichkeit musste sie einen hysterischen Lachanfall unterdrücken. Sie wusste, wenn sie jetzt Charlotte anschauen würde, wäre es mit ihrer Beherrschung endgültig vorbei.

»Da kommt bestimmt eine ganze Latte an Arztbesuchen auf ihn zu«, sagte Olivia mit todernster Miene.

»Arztbesuche? Ist was mit Isabel?« Mercedes Ortiz und ihre Schwester waren wie aus dem Nichts neben ihnen erschienen.

»Isabel geht es gut«, sagte Rosemary. »Aber Dolfis Schulfreund aus Texas musste seinen Riesenschw-«

[1] Leider wird diese unschöne Nebenwirkung von Viagra im Beipackzettel nirgends erwähnt.

»Mein Gott, Sie sehen ja beide bezaubernd aus!«, unterbrach sie Charlotte mit lauter Stimme. Wenn sie dieses Wort noch einmal aus Rosemarys Mund hörte …

»Aber wirklich. Todschick!« Olivia musterte die Schwestern, deren Seidenkleider in aufeinander abgestimmten Lilatönen mit raffinierten Perlenstickereien und Pfauenfedern besetzt waren.

»Lassen Sie mich raten … Elie Saab?«, fragte Rosemary.

»Valentino!«, empörten sich Mercedes und Paloma im Chor. Offensichtlich konnten sie nicht fassen, dass Rosemary es wagte, den Namen eines anderen Designers auch nur in den Mund zu nehmen.

Olivia nahm Lucie zur Seite. »Wirst du mir je verraten, was auf dieser Jacht wirklich passiert ist?«

Glücklicherweise blieb Lucie die Antwort erspart, denn in diesem Augenblick traten die Trauzeugen in taubengrauen Leinenanzügen aus der Villa, angeführt von George. Sie läuteten antike tibetanische Glocken und bedeuteten den Gästen damit, ihre Plätze einzunehmen. Lucie beobachtete George, der einige ältere Gäste zu ihren Stühlen begleitete, und zermarterte sich das Hirn: *Wenn er gestern Abend nicht in dem Eselskostüm gesteckt hat, ist er dann überhaupt da gewesen, oder habe ich mir das bloß eingebildet?*

Als alle saßen, trat eine Frau in einem silbrigen Neckholderkleid an die Brüstung des Balkons der Villa und hob eine Geige ans Kinn. Bei den ersten Tönen tauchte am anderen Ende des Gartens Dolfi auf, begleitet von seinen Eltern, und plötzlich erfüllte der Klang eines ganzen Orchesters mit Ennio Morricones Titelmusik aus *Cinema Paradiso* die Luft. Langsam und würdevoll schritten die drei auf die versammelten Gäste zu. Dolfi sah in seinem maßgeschneiderten Smoking von Battistoni einfach fabelhaft aus, und seine Mutter war bereits in Tränen aufgelöst, bevor sie die Lotusblüte in der Mitte der Stuhlspirale überhaupt erreicht hatten. Dort angekommen, erwartete sie Auden Beebe in einem mitternachtsblauen Sherwani aus Seidenjacquard.

Kurz herrschte Stille, während der Conte und die Contessa ihre Plätze einnahmen, dann erklang Klaviermusik von einer unterhalb gelegenen Terrasse, dieses Mal war es die Melodie aus *Il Postino.*

»Das ist ja Lang Lang am Flügel!«, raunten sich ein paar der Gäste begeistert zu. Da trat ein barfüßiger Mann in Leinentunika und passender Hose mit einer Ziehharmonika aus dem Schatten der hohen Bäume neben dem Flügel und stimmte in das wunderschöne Lied ein. Die imposante Tür der Villa öffnete sich, und die sechs dort postierten Brautjungfern setzten sich in Bewegung. Dann trat Isabel am Arm ihres Vaters hinaus auf die Treppe, und zusammen schritten sie anmutig die Stufen hinab und den spiralförmigen Gang entlang.

»Raffiniert, oder?«, flüsterte Paloma ihrer Schwester ins Ohr. »Das hat sie doch extra so geplant, damit sie an jedem einzelnen Gast vorbeikommt und alle ihr Kleid bewundern können.«

»Die Frage ist nur, wieso? Das Teil sieht aus wie ein Kartoffelsack.«

Das sah Lucie ganz anders. Isabel sah einfach umwerfend aus in ihrem schulterfreien weißen Kleid aus Duchesse-Satin mit raffinierten Fältchen unterhalb des Oberteils, die am Rücken in eine lange, bauschige Schleppe übergingen. Sie erkannte es sofort von einem Schwarz-Weiß-Foto wieder, das Isabel in Kindertagen aus einem Magazin ausgeschnitten und an ihren Frisierkommodenspiegel geklebt hatte – ein Foto von Audrey Hepburn in genau diesem Kleid von Givenchy, aufgenommen im Jahr 1955. Ob das Kleid wohl Vintage war? Oder hatte es jemand für sie nachgeschneidert?

Lucie war ganz begeistert, dass Isabel ein so schlichtes Kleid gewählt hatte. Das Haar trug sie passend dazu in einem hohen Chignon, und auch ihr dezentes Make-up unterstrich lediglich ihren natürlichen strahlenden Teint nach einer Woche in der Sonne. Außer dem Verlobungsring mit dem Smaragd in Asscher-Schliff, der schon Dolfis Großmutter gehört hatte, trug sie keinen Schmuck, und auch der Brautstrauß aus weißen Pfingstrosen war auffallend schlicht. Inmitten der opulenten Kulisse, der bunten Blumenpracht und all der Gäste in feinstem Zwirn stach die Braut mit ihrer schnörkellosen Eleganz hervor.

Isabels Vorliebe für Schlichtheit spiegelte sich auch in der Zeremonie wider. Nachdem Auden eine kurze Ansprache über Zwillingsflammen und die fehlende Hälfte der eigenen Seele gehalten hatte, rührte er die Gäste mit der Erzählung von Dolfis und Isabels Flammen, die sich über die Jahre zu einem Feuer vereint hatten, »nicht auf dem roten Teppich oder bei glamourösen Promipartys, sondern in ruhigen, alltäglichen Momenten. Beim Partneryoga, bei gemeinsamen Saftkuren und Heilzeremonien.«

Danach sprach das Paar das Ehegelübde und tauschte die Ringe aus, worauf ein Gospelchor auf der Treppe der Villa auftauchte und begleitet von mehreren Perkussionisten Peter Gabriels *In Your Eyes* sang. Den ganzen Song über hielten Isabel und Dolfi Händchen und sahen einander tief in die tränennassen Augen. Das wiederum sorgte dafür, dass die versammelte Gästeschar gerührt vor sich hin schniefte. So etwas Romantisches hatte Lucie noch nie erlebt.

Der Gesang endete, doch die Perkussionisten spielten weiter, während Auden laut verkündete: »Hiermit erkläre ich euch zu Mann und Frau!« Unter Jubelrufen tanzten die Frischvermählten mit ihrem Gefolge im Takt der Trommeln den spiralförmigen Gang entlang. Die Sultana von Penang sprang auf und schloss sich spontan der ausgelassenen Polonaise an. Am Fuß der Treppe wartete eine antike Kutsche auf das Brautpaar. Beim Einsteigen drehte sich Dolfi um und grinste schelmisch in die Menge. »Okay, Leute, der offizielle Teil ist vorbei. Jetzt wird gefeiert!«

14

VILLA JOVIS
CAPRI, ITALIEN

»Das war wirklich eine bewegende Zeremonie, oder?« Charlotte und Lucie saßen in einem Golfcart, das sie hinauf zur Ruine der Villa Jovis brachte.

»Zu schön, um wahr zu sein«, seufzte Lucie. »Die Blumen, die Musik, das Gelübde, einfach alles!«

»Komm jetzt bloß nicht auf dumme Gedanken! Deine Mutter würde einen Herzinfarkt bekommen bei so einer Hochzeit!«

»Keine Angst, das wäre sowieso nichts für mich. Mir schwebt eine ganz einfache Zeremonie am Kai vom Dorset[1] vor. Vielleicht könnte mich Freddie in einem alten Chris-Craft-Motorboot zum Altar fahren.«

»Klingt reizend. Ich fand ja schon immer, dass das Dorset der perfekte Ort für eine – du liebe Zeit, welche Deko-Queen hat sich denn hier ausgetobt?«, japste Charlotte.

[1] Ein privater Jachtclub in den Hamptons, in dem Lucies Familie Mitglied ist.

Vor ihnen markierte ein gewaltiger gläserner Torbogen mit Ranken und Blüten aus mundgeblasenem Muranoglas den Eingang zur Villa Jovis, dem riesigen Palast, den Kaiser Augustus einst auf dem höchsten Punkt der Insel hatte erbauen lassen.

»Dabei dachte ich schon, dekadenter gehts nicht mehr. Dieses Teil ist ja mindestens sechs Meter hoch!«, flüsterte Charlotte ehrfürchtig, als sie aus dem Golfcart stiegen. Unter dem spektakulären Glasbogen wartete das Brautpaar mit seinem Gefolge. Wie hatte es Isabel nur geschafft, diese einzigartigen Momente so minutiös zu planen? Die Sonne ging gerade unter und tauchte die Ruinen in schimmerndes goldenes Licht – und unter dem venezianischen Glas des Bogens schillerten die Anwesenden, vor allem jedoch die Braut, in sämtlichen Farben des Lichtspektrums. Lucie und Charlotte stach sofort die traumhafte Halskette aus blauem Turmalin und Diamanten von Doris Hangartner ins Auge, die Isabel inzwischen angelegt hatte.

»Issie, du siehst einfach phänomenal aus! Das war wirklich die schönste Zeremonie aller Zeiten.« Lucie fiel erst der Braut und dann dem Bräutigam um den Hals.

»Ja, oder? Ich kann nicht fassen, dass unser Traum in Erfüllung gegangen ist.« Isabel strahlte.

Charlotte gab Isabel ein Wangenküsschen. »Glückwunsch, ihr beiden! Isabel, du musst mir unbedingt verraten, wer dein Kleid entworfen hat. Lucie schwört, es sei Vintage von Givenchy.«

»Da hat sie nicht ganz unrecht. Das Design stammt aus der Haute-Couture-Kollektion von 1955, aber ich konnte Monsieur Givenchy höchstpersönlich aus dem Ruhestand locken, damit er es für mich neu erfindet.«

»Ist nicht wahr!«, quietschten die Cousinen im Chor.

»O doch. Ich musste für die Anproben immer ins Le Jonchet.«[1]

Lucie und Charlotte schüttelten ungläubig den Kopf und gingen weiter, um den Familien der Frischvermählten zu gratulieren. Als sie das Gelände der Villa betraten, wurden ihnen zarte Flöten mit Prosecco und Holunderblütensirup gereicht, mit denen sie anschließend durch die Palastruinen flanierten. Nahezu alle ursprünglichen Schmuckelemente wie die überwältigenden Fresken, die der Legende nach sogar die aus Pompeji in den Schatten gestellt hatten, waren dem Zahn der Zeit oder Plünderern zum Opfer gefallen, doch die Grundrisse ließen noch immer erahnen, wie majestätisch der Schlosskomplex einst gewesen sein musste.

Auf dem Weg zur Klippe, wo sie den Ausblick genießen wollten, begegneten sie Olivia und Rosemary, die sich von einem Drohnenpiloten etwas auf seinem Monitor zeigen ließen.

»Was gibts denn da Interessantes zu sehen?« Neugierig, wie Charlotte war, warf sie einen Blick auf den HD-Bildschirm.

»Dieser junge Mann zeigt uns gerade, wo er seine Drohne hingesteuert hat«, erwiderte Olivia. »Super spannend!«

1 Nachdem Hubert de Givenchy sein Unternehmen 1988 an Louis Vuitton Moët Hennessy verkauft und sich 1995 zur Ruhe gesetzt hatte, verbrachte er die meiste Zeit im Le Jonchet, einem bezaubernden Renaissanceschlösschen aus dem 17. Jahrhundert. #Lifegoals

»Wir stehen hier direkt über dem Salto di Tiberio – dem Tiberius-Sprung«, erläuterte der junge Kameramann. »Hier hat der Kaiser unliebsame Untertanen und Diener in den Tod springen lassen.« Er steuerte die Drohne über die Klippe in Richtung der Felsen mehrere Hundert Meter weiter unten.

»Immerhin ein Tod mit Aussicht«, witzelte Olivia.

»So was könnte ich für ein paar meiner Hausangestellten auch gebrauchen«, meinte Rosemary.

Charlotte starrte sie entgeistert an.

»Hahaha! War doch nur ein Scherz. Ich liebe meine Angestellten.« Rosemary kicherte. »Wobei, bis auf Princess. Princess ist ziemlich faul geworden. Kein Wunder eigentlich bei dem Namen.«

»Komm, Lucie, wir haben dem Graf und der Gräfin noch gar nicht gratuliert.« Charlotte zerrte Lucie am Arm weiter und tat so, als würde sie erneut auf den Glasbogen zusteuern.

Charlotte schäumte. »Ich kann diese Frau einfach nicht ertragen. Ich weiß schon, andere Länder, andere Sitten, aber es tut mir leid, ich finde sie unausstehlich. Ihre Witze, ihre Prahlerei, ihre Unfähigkeit, sich auch nur annähernd schlicht zu kleiden.«

»Sehe ich genauso«, stimmte Lucie zu. Auch ihr ging Rosemary langsam auf den Geist.

»Hoffentlich laufen wir ihr nach diesem Wochenende nie wieder über den Weg«, sagte Charlotte. Sie gingen gerade an einem Tisch vorbei, auf dem fein säuberlich die Platzkärtchen mit den eingravierten Namen für das Bankett in der Villa Lysis angeordnet waren. »Ah, die Sitzordnung! Mal sehen, wo sie mich hingesetzt haben. Wenn ich dieses Weib an meinem Tisch habe, tausche ich die Kärtchen aus, das kannst du mir glauben. Ah, da ist sie ja. Gott sei Dank weit weg von mir.«

Lucie entdeckte ihren Namen an Tisch drei. Reflexartig überflog sie die restlichen Karten und fand George an Tisch acht. Verdammt, jetzt konnte sie sich schon wieder nicht mit ihm unterhalten! Sollte sie schnell die Kärtchen vertauschen, wenn Charlotte gerade nicht hinschaute?

Charlotte beugte sich über den Tisch, um die Namen genauer in Augenschein zu nehmen. »Ach, ich liebe Sitzordnungen. Die zeigen immer so schön, wen die Gastgeber für wichtig halten. Guck mal, dein Tisch ist einer der besten, weil er sich in unmittelbarer Nähe des Brauttisches befindet. Ich sitze an Tisch neunzehn, das ist ungefähr vergleichbar mit Sibirien. Gestern Abend hat man mich doch tatsächlich zwischen der zweiten Frau des Steuerberaters der De Vecchis und Isabels Hundepsychologin aus Ojai platziert.«

»Neben denen hätte ich tausendmal lieber gesessen als neben Mordecai von Ephrussí.« Mist, Charlotte hatte genau gesehen, wo sie sitzen sollte. Den Platzkartentausch konnte sie sich abschminken. Sie streiften eine Weile durch die Ruinen, bis Charlotte von Auden in eine Diskussion über Intervallfasten verstrickt wurde. Lucie nutzte die Gelegenheit und stahl sich rasch davon, um George heimlich an ihren Tisch zu verpflanzen, doch leider wurde die Sitzordnung bereits von anderen Gästen umringt.

Der Umtrunk war fast beendet, und nach und nach begaben sich alle zur Golfcartflotte, die sie zurück in die Villa Lysis bringen sollte. Als die Gästeschar sich endlich zerstreut hatte, war es zu spät. Georges Platzkarte war nicht mehr da, er musste sie bereits mitgenommen haben.

Vor der Villa Lysis wurde die Hochzeitsgesellschaft von einer Heerschar Diener empfangen, die in sizilianischen Kostümen des 19. Jahrhunderts gekleidet waren und brennende Fackeln in den Händen hielten. Auch das Innere der Villa hatte seit der Zeremonie vor einer Stunde eine vollständige Verwandlung durchgemacht. »Ich habe mich von Viscontis *Il Gattopardo* inspirieren lassen«, erzählte Isabel, nachdem sie einen dramatischen Auftritt hingelegt hatte und in einer Maßanfertigung von Valentino, die mit Seidenrosetten und bauschigen weißen Rüschen an das Kleid erinnerte, das Claudia Cardinale in dem legendären Film getragen hatte, die weinberankte Treppe hinuntergerauscht war.

Das war die Untertreibung des Jahrhunderts. Studio Peregalli, das berühmte Mailänder Designbüro, war beauftragt worden, das Filmset im Innern der Villa nachzubauen, und beim Betreten des Bankettsaals bot sich den Gästen ein atemberaubender Anblick: Gelbe Moiréseide vom Boden bis zur Decke, gigantische antike Tulpenvasen voller apricotfarbener Pfingstrosen und kostbares Porzellan aus dem Königshaus Bourbon-Sizilien. Von der Decke hingen funkelnde Kristalllüster mit Tausenden von Kerzen, und Kellner mit gepuderten Perücken und Livreen aus dem 19. Jahrhundert wieselten durch den Saal.

Lucie sah sich staunend um. Sie fühlte sich geradewegs in ihr Lieblingsmärchen *Die zertanzten Schuhe* hineinversetzt. Fast schwindelig von der ganzen Opulenz nahm sie an Tisch drei Platz.

»Na, du?«, ertönte eine Stimme zu ihrer Rechten, und George setzte sich neben sie.

Hastig warf sie einen Blick auf das Platzkärtchen in dem Silberhalter, und tatsächlich, da stand *Mr George Zao*.

»Moment mal! Hast du Plätze getauscht?«, fragte Lucie überrascht.

»Äh … sollte ich?«

»Nein, nein, ich meine … ich dachte nur, jemand anders würde neben mir sitzen.«

»Tja, tut mir leid.«

»So meinte ich das nicht.« Lucie war ganz durcheinander.

»Ich weiß«, entgegnete George mit einem entwaffnenden Lächeln.

»Oh.« Jetzt kam Lucie sich dumm vor.

»Wie gehts dir heute?«

»Gut«, erwiderte Lucie automatisch. Wie meinte er das? Hatte er das Wort »heute« angehängt, weil er wissen wollte, ob sie verkatert war? Was wollte er damit andeuten? O Gott, sie würde sich nie wieder betrinken. Sie beschloss, ihrem endlosen Gedankenkarussell ein für alle Mal ein Ende zu bereiten, kurz und schmerzlos. Sie holte tief Luft und sah ihm in die Augen. »Okay, ich muss das jetzt einfach wissen. Warst du gestern Abend auch auf der Jacht?«

George grinste. »Erinnerst du dich etwa nicht mehr?«

»Nur ganz vage … hattest du nicht irgend so ein komisches Fellkostüm an?«

»Musst du mit deinem Madonna-Outfit gerade sagen.«

»Ich weiß, was ich anhatte. Ich will bloß wissen, als was du dich verkleidet hast.«

»Ich war ganz ich selbst.«

»Ist irgendwas, na ja … passiert?«

»Was meinst du denn, was … passiert ist?« Ihr offenkundiger Gedächtnisschwund schien George zu amüsieren.

Lucie verzog genervt das Gesicht, und er beschloss, sie

zu erlösen. »Keine Sorge, Lucie, es ist überhaupt nichts Dramatisches passiert. Ich bin ziemlich früh nach Hause gegangen. Da warst du gerade mit den anderen auf der Tanzfläche.«

Lucie stieß einen Seufzer aus. Gott sei Dank hatte sie sich nicht zum Affen gemacht, zumindest nicht in seiner Gegenwart. Aber war sie wirklich erleichtert oder vielleicht sogar ein bisschen enttäuscht? Da fiel ihr das Neruda-Gedicht ein, aber gerade, als sie ihn danach fragen wollte, setzte sich eine hübsche, etwa dreißigjährige Frau neben George.

»Hallöchen! Ich bin die Petra *(Munich International School/London School of Economics/Barbara Brennan School of Healing/Omega Institute/Esalen Institute)*«, sagte sie mit deutschem Akzent.

»Hi Petra, ich bin George.«

»Kommst du aus Australien?«

»Nein, aus Hongkong, aber ich bin in Australien zur Schule gegangen.«

»Ja, das hört man gleich!«

»Und woher kommst du?«, fragte George höflich.

»Ursprünglich aus München, aber inzwischen führe ich ein Nomadenleben. Bali, Ibiza, Fort Lauderdale, Rhinebeck, Big Sur … Immer da, wohin Geist und Seele mich verschlagen.«

Lucie hätte am liebsten die Augen verdreht. Das war garantiert eine von Issies Hippieschnösel-Freundinnen aus Los Angeles. Diese New-Age-Tante sollte bloß nicht glauben, dass sie George für den Rest des Dinners in Beschlag nehmen konnte! Spontan tat Lucie etwas, das ihre Großmutter niemals gutgeheißen hätte. Sie beugte sich an George vorbei und streckte Petra die Hand hin. »Hi Petra, ich bin Lucie.«

»Hallo Lucie! Du kommst aus Malibu, oder?«

Lucie lachte. »Nein, aus New York.«

»Ach, dann hab ich dich verwechselt. Ich dachte, wir hätten uns schon mal beim Drum Circle in Topanga getroffen. Ich kenne Issie und Dolfi aus Malibu.«

Lucie lächelte. »Natürlich.«

Petra wandte sich wieder an George. »Ich liiiebe übrigens Australien, vor allem Byron Bay! Da gibt es einen ganz tollen *hoshindo sensei*. Hast du Erfahrungen mit Hoshindo?«

»Ist das so was wie Ayahuasca?«

»Nein, nein, ganz anders. Kein Mensch trinkt mehr Ayahuasca. Hoshindo ist Japanisch und bedeutet ›Bienengifttherapie‹. Ist so ähnlich wie Akupunktur, aber tausend Jahre älter. Die Technik wurde vor der Bronzezeit erfunden, als es noch keine Nadeln gab, deshalb wurden die Meridiane mit Bienengift stimuliert und der Körper dadurch geheilt.«

»Bienengift? Von lebendigen Bienen?«, mischte sich Lucie ein.

»Nein, die Bienen müssen sich für die Heilung leider opfern. Die Bienenstachel werden ihnen entfernt, und dann streicht man damit leicht über die Haut, um eine Immunreaktion hervorzurufen. Das reicht schon. Nach der Sitzung führe ich immer eine kleine Zeremonie zu Ehren der Bienen durch, um ihr Geschenk zu würdigen, das ist mir ganz wichtig. Ich bin Empathin und betreibe ganz viel Energiearbeit, deshalb ist mein Sensorium für Tiere auch sehr ausgeprägt. Für Orte übrigens auch. Die Energie dieser Villa zum Beispiel ist total negativ.«

»Wirklich, das kannst du spüren?«, fragte Lucie neugierig.

»Definitiv. Guck mal, ich hab richtig Gänsehaut an den Armen! Wenn ich nicht so nette Leute wie euch getroffen hätte, würde ich schon längst mit Krämpfen und Durchfall auf der Toilette sitzen.«

»Oje. Da bin ich ja froh, dass wir dir helfen können.« Lucie musste sich das Lachen verkneifen.

»Und was genau verursacht diese negative Energie?«, erkundigte sich George. »Die Lage und Ausrichtung?«

Petra wirkte überrascht. »Das Feng-Shui ist schon sehr ungünstig, aber das ist nicht der einzige Grund. Kennt ihr die Geschichte des Hauses nicht? Der ehemalige Besitzer, Jacques Fersen, ist hier gestorben. Ich kann seine Seele genau spüren. Schrecklich rastlos, der Arme.«

»Das wusste ich gar nicht«, sagte Lucie.

Petra holte tief Luft und schloss kurz die Augen. »Fersen war ein französischer Baron[1], der aus Paris verbannt wurde, weil er Affären mit Minderjährigen hatte. Das war ein Riesenskandal, weil auch Söhne hochrangiger Politiker und Aristokraten darunter waren. Daraufhin ist er nach Rom geflohen, wo er sich wiederum in einen Schuljungen verliebte, Nino. Mit dem hat er sich hier die Villa ge-

[1] Sein vollständiger Name lautete Baron Jacques d'Adelswärd-Fersen, schwedisch-französischer Erbe eines gewaltigen Stahlvermögens. Interessanterweise war er mit Axel von Fersen verwandt, der Marie-Antoinettes Liebhaber gewesen sein soll. (In dem großartigen Film *Marie Antoinette* von Sofia Coppola wird die Figur des Axel von Fersen übrigens von Jamie Dornan alias Christian Grey verkörpert.)

baut und rauschende Drogenpartys geschmissen. Unten im Keller gibt es eine versteckte Opiumhöhle, wo Fersen und Nino Orgien mit berühmten Künstlern und Schriftstellern feierten.«

»Im Ernst?«, fragte George.

»Ja, damals war diese Villa so was wie das Studio 54 von Capri.«

Lucie wusste nicht recht, ob sie Petra glauben sollte, doch die Geschichte war faszinierend. »Und wie ist Fersen gestorben?«

»Angeblich hat er in seiner Opiumhöhle einen tödlichen Cocktail aus Champagner und Kokain zu sich genommen. Aber seine Seele sagt mir, dass er sich niemals einfach so umgebracht hätte.«

Lucie und George ließen die Erzählung kurz sacken, und als George den Blick wieder hob, entdeckte er seine Mutter, die vom Nachbartisch aus versuchte, seine Aufmerksamkeit zu erlangen. George stand auf. »Entschuldigt mich kurz.«

Lucie lächelte Petra an. Trotz ihrer seltsamen Geisterstorys und dem ganzen Energie- und Heilungsgefasel war sie ihr sympathisch. Petra erwiderte ihr Lächeln. »Heute ist Vollmond. Alles ist möglich. Was bin ich froh, dass ich die Platzkarten ausgetauscht habe.«

Lucie fiel die Kinnlade runter. »Das warst du?«

»Ja. In der Villa Jovis habe ich gesehen, dass zwischen uns irgendein Joshua sitzen sollte. Das ging gar nicht, die Energie war völlig falsch. Georges Karte hat mich magisch angezogen, und als ich sie zwischen uns platziert habe, konnte die Energie sofort ungehemmt fließen. Lucie, George und Petra. Wir drei sind heute Abend füreinander bestimmt.«

Lucie sah sie verdattert an, was Petra zum Lachen brachte. »Du glaubst jetzt hoffentlich nicht, dass ich auf einen flotten Dreier aus bin? Nein danke, auf so was stehe ich nicht. Ich hab es für George und dich getan.«

»Ich kann dir nicht ganz folgen«, erwiderte Lucie hölzern.

»Ach, komm. Die Chemie zwischen euch beiden ist der Wahnsinn. Wenn ich euch nur angucke, öffnen sich alle meine Chakren!«

»Aber ich kenne ihn doch kaum.«

Petra lachte erneut. »Ihr beide kennt euch aus unzähligen früheren Leben. Ihr wisst es nur noch nicht.«

Ihr beide kennt euch aus unzähligen früheren Leben. Das ganze Fünf-Gänge-Menü über hallten diese Worte in Lucie nach. Diverse Chius und De Vecchis schwangen Reden, die Hochzeitstorte wurde angeschnitten und die *bomboniera* verteilt. Die Brautleute tanzten den ersten Tanz, während irgendein Eros[1] ihnen ein Ständchen sang und damit sämtliche Italiener ganz aus dem Häuschen brachte, und sogar jetzt, während sie allein durch die Ruinen der Villa Jovis schlenderte – die ganze Zeit über konnte Lucie Petras Worte nicht abschütteln.

Isabel und Dolfi hatten ihre engsten Freundinnen und Freunde zur Afterparty in die Villa Jovis eingeladen, die luxuriös mit Samt-Chaiselongues, Felldecken und bemalten Seidenlampions dekoriert worden war. In der Wandelhalle rauchten so ziemlich alle entweder Zigaretten oder

1 Natürlich nicht irgendein Eros, sondern Eros Ramazzotti höchstpersönlich.

Joints – typisch Italien –, deshalb hatte Lucie beschlossen, etwas frische Luft zu schnappen. Außerdem hatte George sie seit dem Bankett keines Blickes mehr gewürdigt und auch ohne sie hochzufrieden gewirkt, wie er da mit Daniella und Sophie in irgendeiner Ecke fläzte.

Lucie nahm den beleuchteten Pfad um die Außenmauern des Palasts zum Salto di Tiberio und entdeckte eine Treppe, von der ein schwacher Schein ausging und die ihr zuvor nicht aufgefallen war. Neugierig stieg sie die Stufen hinunter und trat durch eine schwere, verrostete Metalltür in einen kleinen, höhlenartigen Raum, der von Kerzen erhellt wurde. Er war direkt in den Felsen gehauen, und die Decke war mit der Zeit weggebröckelt, sodass man einen freien Blick auf den Sternenhimmel hatte. Außerdem gab es einen in den Stein geschlagenen Sitzbereich, und auf der gegenüberliegenden Seite öffnete ein kleines Fenster den Blick aufs Meer.

Lucie betrachtete das Wasser, das unter dem gigantischen Mond beinahe phosphoreszierend wirkte, und wünschte, sie könnte im Mondschein schwimmen gehen. Wie es wohl bei Vollmond in der sagenumwobenen Blauen Grotte aussah? Die musste sie sich morgen auf jeden Fall noch anschauen, komme, was wolle. Schließlich war es ihr letzter Tag auf Capri.

Schlagartig wurde ihr klar, wie albern ihre Schwärmerei für George gewesen war, schließlich würde sie ihn ja ohnehin nie wiedersehen. Petra hatte meilenweit danebengelegen – George war kein bisschen an ihr interessiert und hatte sie das auch die ganze Woche über deutlich spüren lassen. Immerhin war sie es gewesen, die auf der Piazzetta in Ohnmacht gefallen war, wie ein kleines Kind an seiner

Schulter geheult und sich ihm in Positano an den Hals geworfen hatte.

Zwar war er stets höflich gewesen, hatte sie danach aber im Grunde genommen völlig ignoriert. Im Kloster, auf der Jacht und jetzt auch hier. Wie hatte sie bloß auf die Idee kommen können, dass jemand wie er sich für sie interessierte, wo ihm oben in der Villa doch eine ganze Schar hübscher, kluger Frauen an den Lippen hing. Dieses ganze Hochzeitswochenende war ihr zu Kopf gestiegen, der zunehmende Mond, das romantische Capri.

Sie wollte die Höhle gerade wieder verlassen, als sie jemanden auf der Treppe hörte. Einen Moment später stand George vor ihr.

Irgendwie hatte sie es geahnt. »Stellst du mir etwa nach?«, witzelte sie, aber ihre Stimme zitterte.

»Ehrlich gesagt, ja.«

»Oh. Warum?«

»Weil ich dir noch etwas geben wollte.« George beugte sich ruckartig vor und küsste sie. Erst wich sie zurück, umfasste dann jedoch seinen Kopf, zog ihn an sich und erwiderte den Kuss.

»Isabel hat gestern Abend deutlich gemacht, dass du tabu bist«, flüsterte George und küsste ihren Hals. »Deshalb bin ich nach Hause.«

»Scheiß auf Isabel. Das galt für alle außer dir.« Ihre Worte überraschten sie, aber es stimmte. Sie wollte ihn, hatte ihn schon die ganze Zeit über gewollt, eigentlich seit sie ihn im Frühstücksraum des Hotels das erste Mal gesehen hatte, seit er am Beach Club wie ein junger Gott ins Meer gesprungen war, so sehr, dass sie kaum Luft bekam, nach Atem rang, als er die schwere Tür mit dem Fuß zuschob und sie gegen die uralte Steinwand drückte, ihren Hals küsste, ihren Nacken, die Lippen nicht mehr von ihr löste, während sie sich an ihn klammerte. Sie lagen auf der Steinbank und küssten sich eine gefühlte Ewigkeit. Schließlich fanden seine Hände und Lippen ihre Brüste, und unwillkürlich schob sie ihn weiter nach unten, immer weiter und weiter, bis er unter ihren durchscheinenden Rock tauchte und sie seine Bartstoppeln an den Oberschenkeln spürte, seine Zunge auf ihrer brennenden Haut. Sie hörte ihn *Bist du dir sicher?* murmeln und beantwortete seine Frage mit einem Stöhnen, öffnete sich ihm, gab sich ihm derart hemmungslos hin, dass sie fürchtete, in Ohnmacht zu fallen, hielt die Luft an und biss sich auf die Lippe, um nicht laut aufzuschreien, spürte ihr Herz bis zum Zerspringen in der Brust pochen, heftiger und heftiger, bis ein Schrei die Luft zerriss. Nicht ihrer und auch nicht Georges, sondern Charlottes Schrei.

Charlotte hämmerte an die Tür und schrie: »Stopp! Sofort aufhören! Die Drohne! Die Scheißdrohne filmt alles!«

Lucie schlug die Augen auf und entdeckte weit über ihnen eine Drohne, einen winzigen roten Lichtpunkt, der unermüdlich blinkte.

15

HOTEL BERTOLUCCI
CAPRI, ITALIEN

Lucie saß zusammengekauert in der Badewanne. Um ihre Gedanken zu übertönen, hatte sie die Dusche voll aufgedreht, und das Wasser prasselte heftig auf sie nieder. Trotzdem fühlte es sich an, als stecke ihr Kopf in einer Schraubzwinge, die mit jeder Sekunde enger wurde. Gleich würde er platzen, und sie würde nichts als eine Riesensauerei auf den blau-weiß bemalten Kacheln hinterlassen. Ihr einziger Beitrag zur Menschheitsgeschichte: ein Jackson Pollock in der Badewanne. Und nicht mal ein besonders gelungener. »Zu viel Rot«, würden die Kritiker bemängeln. »Schade um das kluge Köpfchen«, würde ihre Mutter sagen. Aber mal im Ernst, was würde ihre Mutter wirklich von der ganzen Sache halten? Sie wagte es sich nicht einmal auszumalen.

Sie hatte Mist gebaut, und zwar so richtig. Sie hatte versucht, jemand zu sein, der sie nicht war. Da war sie einmal im Leben wagemutig, unberechenbar und sorglos gewesen, und jetzt hatte sie den Salat. Isabel hatte recht. Sie war viel zu unschuldig, viel zu lieb, um derart mit dem Feuer zu spielen. Wie sollte sie sich jemals wieder der Öffentlichkeit stellen? Der Demütigung, ausgerechnet mit George Zao ertappt worden zu sein? Ertappt und bloßgestellt und dann auch noch auf so vulgäre Art und Weise. Ihr ganzes Leben lang war sie verantwortungsbewusst gewesen, tugendhaft, makellos, aber sie musste ja unbedingt das unartige Mädchen geben, die Frau von Welt. Und sofort war alles den Bach runtergegangen.

Charlotte hatte an die Tür gehämmert, und plötzlich hatte sich alles gleichzeitig in Zeitlupe und im Schnelldurchlauf abgespielt. Hastig hatten sie sich voneinander gelöst, George hatte der kreischenden Charlotte die Tür geöffnet und war aus der Kammer gestürmt, um die beiden Drohnenpiloten einzuholen. Die Typen verschwanden zwischen den Bäumen, und George mit ihnen. Lucie stolperte ebenfalls hinaus und rannte los, allerdings in die entgegengesetzte Richtung. Sie konnte Charlotte nicht in die Augen sehen. Nicht jetzt, und vielleicht nie wieder.

Irgendwann zwang Lucie sich, aus der Wanne zu steigen. Immerhin hatte der Dampf anscheinend ein bisschen geholfen. Sie warf sich den weichen weißen Bademantel über und tappte in ihr Zimmer, wo sie erschrocken zusammenzuckte. Charlotte saß auf ihrem Sessel.

»Du hast die Tür offen gelassen. Ich wollte nur nachschauen, ob alles in Ordnung ist.«

Lucie hatte die Hände zu Fäusten geballt. »Ja, alles in Ordnung.«

»Bist du sicher?«

»Ja, bin ich«, raunzte Lucie.

»Schon gut, ich wollte bloß sichergehen. Du musst dich vor mir nicht rechtfertigen. Ich bin auf deiner Seite.«

Charlotte gab sich alle Mühe, ruhig zu klingen, obwohl die Panik sie fest im Griff hatte.

»Tut mir leid, ich bin ein bisschen fertig mit den Nerven.« Lucie setzte sich auf die Bettkante.

Charlotte hob die Augenbrauen. »Das glaub ich dir aufs Wort.« Sie lehnte sich zurück, verschränkte die Arme, und vorbei war es mit der vorgeschobenen Sorge um Lucie. Charlotte verfiel wieder in ihre alte Rolle, genau wie Lucie befürchtet hatte. »O Lucie, meine arme Lucia. Was hast du dir dabei gedacht? Ich will ja nicht überreagieren, aber die Sache ist ernst. Richtig, richtig ernst.«

»Ich weiß selbst, wie ernst es ist. Das musst du mir nicht unter die Nase reiben.«

Charlotte stand auf und ging im Zimmer auf und ab. »Ich glaube, ich stehe noch unter Schock. Ich bin da im Halbdunkeln über das Gelände gestolpert und war praktisch schon high von dem ganzen Gras, das da geraucht wurde, und dann habe ich diese zwei Drohnenpiloten an ihrem Monitor entdeckt, die haben gekichert wie kleine Jungs. Ich hab mich angeschlichen und ihnen über die Schulter geschaut, und im ersten Moment dachte ich, die gucken irgendeinen Porno. Aber dann haben sie auf dein Gesicht gezoomt, und ich dachte, ich halluziniere. Wieso sieht das Mädchen Lucie so ähnlich, habe ich gedacht. Und was um alles in der Welt treibt der Junge da unter ihrem …«

»Ist ja gut, es reicht. Hör auf!« Lucie hielt sich die Ohren zu.

»Mir war von Anfang an klar, dass dieser Perversling von Drohnenpilot auf dich steht! Die ganze Woche hat der dich mit seiner Drohne verfolgt. Falls George die beiden nicht einholt und das Material löscht, müssen wir zu Plan B übergehen. Direkt zu Isabel.«

»Doch nicht in ihrer Hochzeitsnacht!«, protestierte Lucie.

»Das ist mir so was von egal! Deine Zukunft steht auf dem Spiel, und Isabel muss wissen, was ihre Leute treiben. Dann kann sich diese Gillian darum kümmern. Die sieht doch aus, als könnte sie denen ein Undercover-Mordkommando auf den Hals schicken, oder? Das gesamte Material muss zerstört werden, zusammen mit diesen beiden Perversen!«

Lucie rutschte das Herz in die Hose. Jetzt sollte sie sich auch noch vor Isabel bis auf die Knochen blamieren?

»Wo ist George überhaupt? Meinst du nicht, er sollte sich langsam mal melden?« Charlotte streckte abwechselnd den Kopf durch die Tür und aus dem Fenster.

»Kannst du dich bitte mal hinsetzen? Du machst mich ganz nervös«, stöhnte Lucie.

»Na, das tut mir aber aufrichtig leid. Entschuldige bitte, dass ich mich um deinen Ruf und deine Zukunft, ach was, dein ganzes Leben sorge, das er jetzt in seinen Händen hält.«

Lucie sah Charlotte skeptisch an. »Mein ganzes Leben?«

»Verstehst du nicht, was das bedeutet, wenn diese Aufnahmen ans Licht kommen? Fangen wir mal mit den Unis an – den Master an der Ivy League kannst du dir abschminken. Und dann stellt dich keine von den Fortune-100-Firmen mehr ein. Sämtliche guten Clubs bleiben dir verschlossen, und in eine richtige Familie kannst du ebenfalls nicht mehr einheiraten. Ach ja, und Präsidentin wirst du auch niemals!«

»Ich will dich ja nicht enttäuschen, aber das hatte ich sowieso nicht vor.«

»Das sagst du jetzt, aber man weiß nie. Michelle Obama hätte auch nicht gedacht, dass sie eines Tages Präsidentin wird.«

»Wovon redest du da? Michelle Obama kandidiert doch überhaupt nicht.«

»Also bitte, sie kandidiert mit Sicherheit nach Hillary und gewinnt das Ding. Ab 2016 haben wir zwei Wahnsinnspräsidentinnen hintereinander, du wirst schon sehen. Aber du – du hast deine Chance womöglich für immer vertan. Und soll ich dir verraten, was das Allerschlimmste ist?«

»Was denn?«

»Dein Name wird aus dem Buch gestrichen«, verkündete Charlotte unheilvoll.

»Aus welchem Buch?«

»Jetzt stell dich nicht dümmer, als du bist, Lucie. Es gibt nur ein einziges Buch, und zwar das *Social Register.* Das wäre eine Katastrophe!«

Lucie verdrehte die Augen. »Das *Social Register* geht mir am Arsch vorbei.«

»Sei nicht so vulgär! Jetzt kommt dir das vielleicht nicht wichtig vor, aber warte nur, bis die nächste Ausgabe erscheint und deine Mutter und Freddie aufgeführt werden, aber dein Name fehlt. Ich hatte Freunde, denen das passiert ist, sei es wegen Heirat, Scheidung oder Mord, und alle fühlten sich, als würden sie aufhören zu existieren. Als wären sie tot.«

Lucie ließ sich ermattet aufs Bett sinken. Warum konnte Charlotte nicht einfach verschwinden?

»Mir will nicht in den Kopf, wie du das zulassen konntest. Dein ganzes Leben lang hast du dir nicht einen

Fehltritt geleistet. Ich konnte ja nicht ahnen! Du und George Zao? Wie ist das überhaupt möglich? Ich dachte, du kannst ihn nicht ausstehen?«

Lucie schwieg.

Charlotte stieß einen tiefen Seufzer aus. »Irgendwo verstehe ich es ja auch. Immerhin ist er Chinese. Du hast es eben im Blut, in den rezessiven Genen. Ich habe mich schon immer gefragt, wann es passieren würde. Du bist gefangen zwischen zwei Kulturen, und egal, wo und wie du aufgewachsen bist, natürlich bist du dazu veranlagt, dich von jemandem wie ihm angezogen zu fühlen.«

Das war ein Schlag in die Magengrube. Charlotte hatte im Laufe der Jahre zwar schon viele unsensible, verletzende Kommentare vom Stapel gelassen, aber jetzt ging sie zu weit. Eigentlich hätte Lucie stinksauer auf ihre Cousine sein müssen, doch sie empfand nichts als Scham. Ein betäubendes Gefühl tief in ihrem Innern, das schon immer da gewesen war. Eine Scham, wie sie nur ein Familienmitglied in ihr hervorrufen konnte. Lucie war vollkommen hilflos, konnte sich nicht verteidigen. Plötzlich hörte sie lauter Stimmen in ihrem Kopf. Stimmen von Verwandten, Nachbarn, Kommilitonen, ehemaligen Klassenkameradinnen …

»Rate mal, wobei Lucie auf Capri erwischt wurde.«

»Lucie Churchill, die immer nur in der allerobersten Schicht verkehrt und sich zu gut für Stavros Theodoracopulos war, hat sich in einen Chinesen aus Hongkong verliebt! Wer hätte das gedacht?«

»Ein Chinese, der auch noch in Berkeley studiert!«

»Ich hab gehört, er trägt Speedos und Birkenstock-Latschen. Gleichzeitig!«

»Igitt!«

»Und hast du mal seine Mutter gesehen? Neureich ohne Ende.«

»Ist wahrscheinlich sowieso egal, dass sie sich in so einen verliebt hat. Sie wollte dem Piping Rock Club ja eh nie beitreten.«

»Bist du in ihn verliebt?« Auf einmal bemerkte Lucie, dass Charlotte schon die ganze Zeit über auf sie eingeredet hatte. »Jetzt sag schon, damit ich dir bei diesem Chaos helfen kann.«

Lucie schüttelte entschlossen den Kopf. »Ich bin nicht in ihn verliebt. Ich finde ihn nicht mal attraktiv. Das war alles ein Fehler. Ich war nicht ich selbst.«

Charlotte seufzte erleichtert. »Du warst immer so ein braves Engelchen, irgendwann musste es ja passieren. Deine Mutter hatte auch schon immer eine ungezügelte Ader, was ich ehrlich gesagt sogar recht erfrischend fand in unserer Familie. Anscheinend hast du doch etwas davon geerbt.«

Na also, dachte Lucie. Da war es ja, das zweischneidige Kompliment an ihre Mutter, das die Churchills alle so meisterhaft beherrschten. Selbst nach so vielen Jahren schwang stets die höflich verschleierte Anspielung mit, dass Marian Tang, die freigeistige Asiatin aus dem Nordwesten der USA, niemals ihren geliebten Reggie hätte heiraten sollen. Lucie wollte ihre Mutter verteidigen, wusste jedoch, dass sie momentan nicht dazu in der Lage war. Sie konnte ja nicht mal sich selbst verteidigen. »Das hat nichts mit meiner Mutter zu tun. Es liegt an dieser Hochzeit. Bei dem ganzen Trara sind einfach die Pferde mit mir durchgegangen.« Ein besseres Argument fiel ihr nicht ein.

»Ja, Capri vernebelt einem ganz schön die Sinne, oder? Die Hemmschwelle sinkt, und die Insel verführt einen zu den verrücktesten Schandtaten. Ich meine, ich hätte nie gedacht, dass ich in einer einzigen Woche so viele Kohlenhydrate zu mir nehme! Stell dir mal vor, was passiert wäre, wenn ich nicht nach dir gesucht hätte! Wenn ich diese beiden Ferkel nicht beim Filmen erwischt hätte?«

Lucie seufzte. »Was soll ich dazu sagen? Du *hast* aber nach mir gesucht.«

»Nicht auszudenken! Das Material würde längst im Internet rauf und runter laufen.«

»Ich bin nicht berühmt, Charlotte. Das interessiert doch kein Schwein.«

»Du bist eine Churchill! Unsere Vorfahren gehören zu den ersten Siedlern Amerikas, und zwei von ihnen haben die Unabhängigkeitserklärung unterzeichnet. Unser Ururgroßvater hat praktisch die Wall Street erfunden. Für die Presse ist das ein gefundenes Fressen. Du würdest sofort in den Klatschspalten auftauchen, als ›Prinzessin von der Park Avenue‹ oder als ›Churchill-Erbin‹ oder so.«

»Schön, dort wollte ich schon immer mal stehen«, bemerkte Lucie trocken.

»Lucie, mit so was macht man keine Witze! Unsere Familie ist seit Generationen skandalfrei, und ich lasse bestimmt nicht zu, dass du unseren Ruf ruinierst! Da kriegt Granny direkt einen Herzinfarkt. Aber selbst wenn das Filmmaterial zerstört wird, was machen wir mit George?«

»Wie meinst du das?«

»Wie halten wir ihn in Schach?«

»In Schach? Ich glaube nicht, dass das nötig sein wird.«

»Glaubst du etwa nicht, dass er mit seiner Eroberung angeben will?«

»Garantiert nicht.«

Charlotte bedachte Lucie mit einem mitleidigen Blick. »Du hast keine Ahnung, wie Männer wirklich sind. Für ihn bist du eine dicke Kerbe im Bettpfosten, das wird er seinen Freunden sofort aufs Brot schmieren.«

»So einer ist er nicht, glaub mir. Die Zeiten haben sich geändert. Heutzutage tritt doch jeder sein ganzes Leben im Internet breit, so schlimm ist das nun wirklich nicht.« Lucie wollte klingen, als mäße sie der Sache keine Bedeutung bei, dabei ahnte sie langsam, wie schlimm es wirklich war.

Charlotte schüttelte missbilligend den Kopf. Lucie mochte sich weniger um Etikette scheren als sie, doch sie war diejenige, die sich vor der Familie verantworten musste.

»Du tust so, als wäre ich von gestern. Von mir aus, dann habe ich eben Haare auf den Zähnen und bin zu altmodisch für deine Generation. Ich war noch nie auf einer Dating-App, und vielleicht übertreibe ich es mit deiner Tugend und deinem Ruf, aber nur deswegen bin ich doch überhaupt hier. Deswegen bin ich eingeladen worden, das weißt du genau. Und ich habe auf ganzer Linie versagt. Deine arme Mutter. Granny wird ihr die Schuld an allem geben.«

Am liebsten hätte Lucie laut aufgeschrien. War ja klar, dass ihre Cousine ihr wieder ein schlechtes Gewissen einreden wollte. »Wieso sollte meine Mutter überhaupt je irgendwas davon erfahren?«

»Na, wenn die Aufnahmen geleakt werden, zum Beispiel. Und selbst wenn nicht, ich dachte, du würdest ihr immer alles erzählen?«

»Aber doch nicht so was!«

»Ihr zwei seid ja praktisch Schwestern. Und mit Freddie habt ihr auch so eine freigeistige Vertrautheit, die mir schon immer suspekt war. Ich weiß noch, wie er deiner Mutter einmal gebeichtet hat, wie ihm irgendein Mädchen unter dem Tisch im Serafina einen runtergeholt hat. Da war er in der neunten Klasse.«

»Freddie ist ganz anders als ich. Ich erzähle meiner Mutter ganz bestimmt nicht so viel wie er, im Gegenteil. Sie macht sich sowieso viel zu viele Sorgen um mich.«

»Na, so kommt es mir aber nicht vor.« Charlotte schaute aus dem Fenster. Das Mondlicht glitzerte wunderschön auf dem Wasser. Was für eine tolle Aussicht – eine Aussicht, die an allem schuld war. Sie wünschte, sie könnte die Zeit zurückdrehen und den Zimmertausch ablehnen.

»Was willst du denn von mir, Charlotte? Soll ich dir schwören, dass ich für immer schweige, damit wir niemanden enttäuschen?«

Charlotte drehte sich langsam zu Lucie. »Das war eigentlich gar nicht meine Absicht, aber jetzt, wo du es sagst … Es wäre wahrscheinlich wirklich besser, wenn wir ein Schweigegelübde ablegen und diesen Zwischenfall für uns behalten.«

»Von mir aus.«

»Wir schwören, keiner Menschenseele davon zu erzählen.«

»Es bleibt unter uns«, schwor Lucie.

»Und morgen früh reisen wir ab.«

»Wie bitte? Das geht nicht, morgen ist doch noch der Brunch auf der Jacht von Issies Patenonkel.«

»Lucie, der Brunch ist mir gerade scheißegal. Wir müssen morgen abreisen, verstehst du das nicht? Wir können nicht riskieren, dass irgendwelche Gerüchte entstehen.«

»Das ergibt doch keinen Sinn! Glaubst du nicht, dass es viel verdächtiger ist, wenn wir einfach verschwinden, ohne uns zu verabschieden? Außer uns dreien weiß niemand, was passiert ist, und …«

In dem Moment hörte Charlotte, wie die Fahrstuhltüren aufglitten. Sie lief zur Tür und entdeckte George, der atemlos den Korridor entlangkam.

»Und?«

»Ich habe sie eingeholt. Den ganzen Weg runter bis zur Via le Botteghe musste ich ihnen hinterherrennen, aber dann habe ich sie gekriegt.«

»Oje, habt ihr euch geprügelt?«

»Wir haben verhandelt, alles ganz zivilisiert. Wir sind zum nächsten Geldautomaten gegangen, ich habe ihnen Geld gegeben, und sie haben mir die Drohne überlassen.«

»Wo ist sie jetzt?«

»Zerstört, inklusive Festplatte. Ich habe alles mit einem Stein zerschmettert und dann von der Klippe geworfen, deswegen hat es auch so lange gedauert.«

»Gott sei Dank.« Charlotte stöhnte erleichtert auf. »Was schulde ich dir?«

»Ist schon gut.« George spähte an Charlotte vorbei zu Lucie, die auf der Bettkante saß. Er wollte gerade etwas zu ihr sagen, doch Charlotte kam ihm zuvor.

»George, kommst du bitte kurz mit auf mein Zimmer? Wir müssen ein paar Dinge besprechen.« Mit einem Mal klang sie sehr geschäftsmäßig.

George nickte müde.

»Charlotte, was hast du vor?«, fragte Lucie misstrauisch.

»Pack deine Sachen, Lucie.«

Lucie geriet in Panik. »Bitte nicht!«

Doch Charlotte ließ nicht mit sich reden. Sie zog die Tür hinter sich zu und führte George Zao den Korridor hinab zu ihrem Zimmer.

2

New York

—— 2018 ——

1

METROPOLITAN MUSEUM OF ART

UPPER EAST SIDE, NEW YORK

»Sag mir, was du siehst. Sag mir, was dir daran gefällt.« Marian Churchill *(Seattle Country Day/Lakeside/Harvard/Columbia PhD)* stand mit ihrem Sohn Freddie vor Balthus' riesigem Gemälde *The Mountain* im Flügel für Moderne Kunst des Met.

»Unschuld, Subversion … und ein geiles Pärchen«, antwortete Freddie *(All Souls/Saint David's/Saint Paul's/Princeton '20)*.

Marian schlug ihm mit dem zusammengerollten Museumsführer auf den Arm. »Ich meins ernst! Immerhin hast du mich hierfür von meinem geliebten Vermeer weggeschleift.«

»Na gut. Das Mädchen in der Mitte ist Balthus' Neuinterpretation des Narziss. Guck dir mal die unterschiedlichen Perspektiven an, die versteckten Figuren und ihre jeweiligen Absichten. Der eklige Typ mit der Pfeife, das schlafende Mädchen, die geheimnisvollen Wanderer in der Ferne. In dem Bild steckt so viel Intrige, da könnte man glatt einen Roman drüber schreiben.«

»Gute Idee, mach das doch.« Marian kniff die Augen zusammen und inspizierte die beiden Figuren im Hintergrund. »Und du hast recht, die zwei da hinten sehen sich definitiv gerade nach einem geeigneten Platz für ein Schäferstündchen um.« Mutter und Sohn wurden von einem unkontrollierten Lachanfall geschüttelt, der ihnen böse Blicke der anderen Museumsbesucher bescherte.

Marian rang japsend nach Luft und wandte sich vom Bild ab, um sich wieder zu sammeln. »Oh, guck mal, Grant Wood! *The Midnight Ride of Paul Revere*. Grant Wood ist einer meiner Lieblingsmaler.«

»Wen der gute Paul wohl um Mitternacht geritten hat?«, sagte Freddie, und schon gackerten die beiden wieder los.

Dann sah Freddie auf die Uhr. »Mist, schon zwanzig nach drei, wir kommen zu spät!« Er nahm seine Mutter an der Hand, und gemeinsam eilten sie durch die Ausstellungsräume, vorbei am Rockefeller-Flügel, die Treppe hinunter und hinaus aus dem wenig benutzten Nebeneingang auf die Fifth Avenue.

»Cecil meinte, am besten gehen wir auf die andere Straßenseite und stellen uns auf die Treppe vor Adolfos altem Haus, von da aus hätten wir den besten Blick«, sagte Freddie. »Und wir sollen uns unauffällig verhalten.«

»Also, wenn jemand unauffällig ist, dann ja wohl ich. Ich gehe problemlos als asiatische Touristin durch.« Marian musterte den schicken blau-grün gestreiften Boating-Blazer ihres Sohnes. »Du allerdings hättest dir dein Jackett besser gespart.«

Die beiden standen unter dem Vordach der rot-weißen Beaux-Arts-Villa und sahen gespannt zu den berühmten

Eingangsstufen des Museums hinüber, auf denen sich wie jeden Samstag die Besucher tummelten, mit Freunden trafen, in der Sonne saßen, etwas aßen oder für Selfies posierten. Marian und Freddie wirkten auf Außenstehende wie zwei Studenten und fügten sich perfekt ins Bild ein.

Marians Haut war außergewöhnlich glatt, und mit ihrer zierlichen Figur, dem jungenhaften Pixie-Cut und dem lässigen Auftreten wirkte sie auf die meisten Leute wie Mitte zwanzig, dabei war sie doppelt so alt. Als Freddie noch klein gewesen war, hatte man sie ständig für sein Au-pair gehalten, weil er mit seinen eher kaukasischen Zügen und den dunkelblonden Locken so gar keine Ähnlichkeit mit ihrem chinesischen Äußeren hatte. Inzwischen glich er seiner Mutter etwas mehr – perfekte herzförmige Lippen, hohe Wangenknochen –, doch sein Haar trug er mittlerweile in einem kastanienbraunen Wuschelkopf, den sämtliche Mädchen im 10021er Postleitzahlengebiet (und so manches im 10010er) unwiderstehlich fanden.

»Meinte Cecil nicht, um halb vier geht es los? Jetzt ist schon zwanzig vor, und es ist immer noch nichts passiert«, sagte Marian.

»Wenn jetzt nicht bald Blair Waldorf auftaucht und Parkour auf der Treppe macht, will ich mein Geld zurück«, witzelte Freddie. »Aber echt mal, das ist typisch Cecil, oder?«

»Wie meinst du das?«

»Na, er ist einfach der Meister der Übertreibung. Bei ihm ist immer alles ›exklusiv‹, ›einzigartig‹ und ›Weltklasse‹. Heute meinte er: ›Freddie, bald hast du mich zum Schwager. Du bist wirklich der größte Glückspilz auf Erden, findest du nicht?‹«

»Das ist nicht sein Ernst, oder?« Marian kicherte. »Was hast du geantwortet?«

»›Wohl kaum.‹«

»Ist nicht wahr!«

»Doch, klar. Ich hab ihn gefragt, wieso mich das bitte zum größten Glückspilz auf Erden machen sollte. Und er meinte: ›Na, du bekommst Zutritt zu meinen Häusern, der Jacht, dem Flieger, meinen ganzen Clubs, und wenn wir erst mal verwandt sind, muss *Town & Country* dich einfach in die Liste der begehrtesten Junggesellen aufnehmen. Du wirst extrem vom Cecil-Pike-Effekt profitieren.‹«

»Haha! Als wärst du auf seine Hilfe angewiesen. Die Mädchen rennen uns doch die Bude ein, seit du fünf bist.«

»Ich sags ja nur ungern, aber Cecil plant schon einen gemeinsamen Silvesterurlaub auf St. Barths.«

»Nur über meine Leiche! Glaubt er wirklich, wir wollen mit irgendwelchen russischen Oligarchen und Beyoncé auf seinem überdimensionierten Boot rumhängen? Wir verbringen Silvester in East Hampton, wie immer.«

»Ich hab ihm gleich gesagt, dass du das nicht gutheißen wirst. Da meinte er bloß, du würdest es dir schon noch anders überlegen, wenn du seine neue Villa siehst.«

Marian verdrehte die Augen.

»Irgendein Peter, Peter Submarino oder so, hat die Villa entworfen. Arbeitet ausschließlich für Milliardäre und Könige, sagt zumindest Cecil.«

»Du meinst Peter Marino. Oh, da ist Cecil ja!«, rief Marian freudig.

»Leise, Mama! Hör auf, so rumzuhopsen, nachher verdirbst du noch alles.«

Auf der anderen Straßenseite stieg Cecil *(Kiddie Kollege*

Preschool[1]/South Elementary/Kinkaid/Aiglon/Oriel College, Oxford) gerade in einem eleganten dunkelblauen Maßanzug und rosa Hemd aus einem auf Hochglanz polierten Bentley Mulsanne in Meteor over Fountain Blue[2]. Die Ähnlichkeit zu Armie Hammer war verblüffend: eine perfekt sandblonde Tolle über perfekt eisblauen Augen, deren Perfektion von seinem perfekt markanten Kiefer und der perfekten Adlernase unterstrichen wurden – ein Kiefer und eine Nase, wie sie in Cecils Fall nur von einem äußerst kostspieligen Schönheitschirurgen im Wilshire Corridor stammen konnten. Cecil streckte die Hand aus und half Lucie galant aus dem Wagen, und gemeinsam erklommen sie die Stufen des Museums, als befänden sie sich auf einem Sonntagsspaziergang.

Doch dann drehte sich Cecil abrupt um und gestikulierte in Richtung des Hotdog-Stands. Lucie wirkte leicht irritiert, folgte ihm jedoch die Treppe hinunter zu den aneinandergereihten Imbissbuden. Plötzlich dröhnte wie aus dem Nichts *Señorita* von Shawn Mendes und Camila Cabello aus versteckten Lautsprechern. Die »wildfremden Museumsbesucher« auf den Stufen sprangen gleichzeitig auf und legten eine komplizierte Choreografie hin. Lucie schlug überrascht die Hände vors Gesicht.

»Flashmobs sind so was von lame«, stöhnte Freddie. »Haben wir 2010, oder was?« Er musste jedoch schnell

1 Ein Kindergarten in Odessa, Texas.

2 Kein Witz, das ist die offizielle Bezeichnung einer Farbkombination bei Bentley. Ich persönlich stehe ja eher auf »Silver Tempest over Damson«, aber ich dachte, da versteht ja wirklich kein Schwein, wovon ich rede.

feststellen, dass das Spektakel wesentlich mehr als nur ein Flashmob war. Eine Streetdance-Truppe stieg aus einem am Straßenrand parkenden Doppeldecker und gesellte sich zu den anderen. An allen vier Ecken der Treppe sprangen Tänzerinnen synchron in die Luft und ließen sich nach halsbrecherischen Salti von ihren Partnern auffangen, während eine Schar von Ballerinas in rosa Tutus aus dem Haupteingang strömte und auf dem Vorplatz Pirouetten drehte, als tanzten sie in *Schwanensee.*

»Boah, sag jetzt nicht, er hat das New York City Ballet engagiert!«, rief Marian.

»Und den Big Apple Circus gleich dazu«, ergänzte Freddie. »Guck mal nach oben!«

Auf dem Dach des Museums waren Akrobaten in goldenen, paillettenbesetzten Anzügen aufgetaucht und seilten sich nun an langen Seidenbändern von der eindrucksvollen Fassade ab. Cecil warf sich das strohblonde Haar aus der Stirn, schnappte sich einen Hotdog, reihte sich zwischen die Tänzer ein und schmetterte ins Hotdog-Brötchen, als wäre es ein Mikrofon: *»I love it when you call me señorita, I wish I could pretend I didn't need ya.«*

Marian runzelte die Stirn. »Moment mal … singt Cecil gerade, dass er drauf steht, wenn sie ihn Señorita nennt?«

Freddie verzog das Gesicht. »Ich fürchte, ja. Wär jetzt auch nicht meine erste Wahl für einen Antrag gewesen, aber gut, schlimmer als das Würstchen-Mikro gehts ja eh nicht.«

Marian prustete los. »Siehst du Lucies Gesicht? Dieser blöde Schirm am Bulgogi-Stand verdeckt mir die Sicht.«

Freddie lachte. »Lucie flippt gleich aus. Sie ist knallrot angelaufen.«

»Ist ihr wohl peinlich.«

»Extrem peinlich. Genial!«

Als wäre das Spektakel mit hundert Tänzern auf der Vortreppe noch nicht genug, bog nun eine Blaskapelle in voller Montur aus dem Central Park auf die Fifth Avenue und stimmte in den Song ein. Mit riesigen Blechblasinstrumenten marschierten sie um die Tänzer auf dem Museumsvorplatz, während scharenweise Touristen alles eifrig mit den Handys filmten. Als der Song zu Ende war, hoben sechs Tänzer in goldenen Paillettenanzügen den großen, aber erstaunlich schlanken Cecil hoch und wirbelten mit ihm die Stufen zu Lucie hinunter.

Cecil, der immer noch auf den Armen der Tänzer lag, fischte ein blaues Samtkästchen aus der Brusttasche seines Attolini-Anzugs und hielt es Lucie unter die Nase. Dann schnappte er sich mit der anderen Hand ein echtes Mikrofon und fragte mit seinem unverwechselbaren Akzent (eine wilde Mischung aus Zentraltexas, Draco Malfoy und hochnäsigem französischem Auktionator, die eigenen Angaben zufolge aus seiner Zeit am Aiglon-College in der Schweiz stammte): »Lucie, *mon ange, innamorata mia*, würdest du mir die Ehre erweisen, meine Señorita zu werden? Mrs Cecil Pike?«

»Verfluchter Mist, ich hätte meine Bottega-Stiefel anziehen sollen! Ich kann überhaupt nichts sehen. Was macht Lucie jetzt?«

»Sie hat die Hände vorm Gesicht, aber sie nickt. Sie sieht … überwältigt aus.«

»Das kann ich mir vorstellen!« Marian lachte.

Die Zuschauer jubelten begeistert, während Cecil sich verbeugte und rief: »Ich möchte mich bei allen Mitwirkenden bedanken, die mir dabei geholfen haben, diesen spektakulären Moment auf die Beine zu stellen. Vielen Dank an den Direktor des Met, den Vorsitzenden und alle Mitglieder des Stiftungsrats – allen voran meine Mutter. Dank gebührt auch dem Bürgermeister und allen im Rathaus, dem Gremium des New York City Ballet und vor allem Sarah Jessica Parker, dem Direktor der Alvin Ailey Dance Foundation, der Choreografin Yanira Castro, Telsey and Company Casting, Great Performances Catering und last but not least natürlich dem Juwelier Laurence Graff. Danke, vielen Dank!«

»Äh, und die Tänzer und die Blaskapelle hat er jetzt mal gepflegt unter den Tisch fallen lassen, oder was?«, fragte sich Freddie laut.

»Das darfst du nicht so eng sehen. Er ist bestimmt bloß nervös«, verteidigte ihn Marian, als sie die Straße überquerten, um den frisch Verlobten zu gratulieren.

»Du hast überhaupt nicht geweint, Mama. Ich hätte ja gedacht, dass du dir die Augen ausheulst.«

»Na ja, es war jetzt nicht gerade ein Mister-Darcy-kniet-sich-in-den-Schlamm-Moment«, konterte Marian, obwohl sie das ganze Spektakel insgeheim ziemlich berührt hatte. Wer hätte gedacht, dass Lucie einen so pompösen Antrag von einem Mann bekommen würde, den *Vulture*, *BuzzFeed* und *theSkimm* einhellig zum »Begehrtesten Gentleman auf dem Planeten« gekürt hatten? Allein bei dem Gedanken kamen ihr die Tränen. Wenn Reggie bloß hier sein könnte – vielleicht würden ihre Schwiegermutter und die ganzen Churchills jetzt endlich aufhören, ihre Eignung als Mutter infrage zu stellen.

»Mom! Freddie! Wart ihr etwa die ganze Zeit da?«,

quietschte Lucie begeistert und fiel den beiden um den Hals.

»Natürlich, das habe ich extra in die Wege geleitet, damit sie auch ja keine Sekunde unseres besonderen Moments verpassen«, verkündete Cecil mit stolzgeschwellter Brust.

Lucie sah sich um. »Ist deine Mom auch hier?«

»Sehr lustig, Lucie. Du weißt doch, dass sie gerade beim Fitting in Paris ist.«

»Stimmt, wie konnte ich das vergessen.« Lucie senkte den Blick.

Marian brach das unangenehme Schweigen und verkündete: »Ich habe Freddie seinen Lieblingsapfelstrudel im Café Sabarsky versprochen. Kommt ihr mit?«

»Ich hab eine bessere Idee … warum feiern wir nicht alle zusammen bei Champagner und Scones im Carlyle?«, schlug Cecil vor. »Da geht Lucie am liebsten hin.«

»Klar!«, willigten Marian und Freddie ein.

Die vier flanierten die Madison Avenue hinunter und saßen kurz darauf am, wie Cecil betonte, »besten Tisch« der Gallery, dem orientalisch-samtigen Schmuckkästchen des Carlyle Hotels.

»Meine Braut verdient den besten Tisch des Hauses! Von hier aus sehen wir jeden, der rein- und rausgeht, und noch wichtiger – alle sehen uns. Sitzen Sie auch bequem, Mrs Churchill?« Cecil versuchte, das Seidenkissen hinter Marian mit ein paar ungelenken Karateschlägen in Form zu knuffen.

»Sehr bequem, ja, vielen Dank«, erwiderte Marian. »Du kannst jetzt aufhören, das arme Kissen zu vermöbeln, Cecil.«

»Ist dieser Teesalon nicht reizend? Und diese bemalten Wände erst! Wussten Sie, dass er vom Speisesaal des Sultans im Topkapi-Palast in Konstantinopel inspiriert ist? Da hat sich Mongiardino selbst übertroffen. Meine Mutter wollte ihn ja für die Innenausstattung unseres ersten Fliegers engagieren, aber leider ist er vorher verstorben. Ein Glück haben diese Chinesen die Finger von der Gallery gelassen, als sie das Hotel gekauft haben.«

Cecil hielt einen Sekundenbruchteil inne, als befürchte er, seine Schwiegermutter in spe und seine Verlobte könnten die Bemerkung in den falschen Hals bekommen, überspielte jedoch seine Unsicherheit, indem er Afternoon Tea mit einer Riesenauswahl an Sandwiches, Scones und Petit Fours für alle bestellte, den richtigen Jahrgang Champagner von der Weinkarte auswählte und – ganz wichtig – dafür sorgte, dass alles auf seinem ganz persönlichen Geschirr serviert wurde. »Bitte räumen Sie dieses blau-goldene Service ab, das ist für Ihre gewöhnlichen Gäste. Fragen Sie Stephanie, die weiß, wo das handbemalte Limoges ist.«

»Cecil hat sein eigenes Service hier«, erklärte Lucie ihrem Bruder.

»Was passt dir denn nicht an diesem Geschirr?«, fragte Freddie.

»Also, hör mal, Freddie, zwischen diesen schnöden Teetassen und meinem französischen Second-Empire-Porzellan liegen Welten!«, belehrte ihn Cecil. »Aber noch viel wichtiger sind die formvollendeten Lippen deiner Schwester. Eine Mischung aus Andie MacDowell und Charlotte Gainsbourg, wie ich finde. Ich kann einfach nicht zulassen, dass diese kostbaren Lippen eine Teetasse berühren, deren Rand dicker ist als 1,3 Millimeter!«

Freddie starrte ungläubig auf den Mund seiner Schwester. »Was würde dann passieren?«

»Gar nichts, weil ich es selbstredend zu verhindern weiß!«, empörte sich Cecil. »Von nun an wird deine Schwester wie die himmlische Gebieterin behandelt, zu der sie geboren ist.«

Lucie musste kichern. »Schreibs dir hinter die Ohren, Freddie.«

Cecil wandte sich an Marian. »Mrs Churchill, Sie legen heute aber wirklich eine Engelsgeduld an den Tag.«

»Was meinst du?«, fragte Marian verwirrt.

»Ich weiß, Sie wollen bloß höflich sein, aber irgendwann müssen Sie doch den Verlobungsring bestaunen!«

»Ach ja, zeig uns doch mal deinen Ring, Lucie.« Das hatte Marian ganz vergessen, versuchte nun aber, ihrem zukünftigen Schwiegersohn zuliebe etwas mehr Begeisterung aufzubringen. Lucie streckte schüchtern die Hand aus, und ihr entging nicht, dass ihre Mutter fast unmerklich zurückzuckte. »Oh, wow, Lucie. Wow«, brachte sie mühsam hervor.

Freddie stieß einen Pfiff aus. »Was für ein fetter Klunker! Sieht fast aus wie ein Tumor. Wo ist Dr. Pimple Popper, wenn man sie braucht?«

»Haha, sehr witzig, Freddie.« Cecil klang gekränkt. Doch als er den Blick hob, wandelte sich sein Gesichtsausdruck urplötzlich zu dem eines Büßers, dem die Jungfrau Maria erschienen ist. Ein extrem schickes Frauentrio hatte mit einem süßen kleinen Mädchen in Reithose den Teesalon betreten.

»Ach, da sind ja Jackie, Martha, Alicia und Helena! Heilige Scheiße, sind heute etwa alle da?« Cecil sprang auf und verteilte Luftküsse an die Damen, ehe er der kleinen Helena den Kopf tätschelte, als würde er einen Basketball dribbeln.

»Ladys, darf ich euch meine ganz frisch Verlobte Lucie Churchill vorstellen? Sie ist die Tochter von Reggie Churchill und die Enkelin von Consuelo Barclay Churchill.«

»Wissen wir doch, Cecil. Außerdem ist sie auch die Tochter einer der führenden Genetikerinnen des Landes, Dr. Marian Tang Churchill«, erwiderte Jackie mit einem Zwinkern Richtung Marian.

»Äh, ja, ja, natürlich«, stammelte Cecil peinlich berührt. Diese außerordentlich glamourösen Damen hätte er im Leben nicht mit Marian in Verbindung gebracht.

»Kaum zu glauben, dass der begehrteste Playboy der Stadt jetzt offiziell vergeben ist«, witzelte Martha.

»Und ob! Hier ist der Beweis.« Cecil griff nach Lucies Hand und hielt sie den Frauen unter die Nase. Die drei keuchten gleichzeitig auf.

»Der ist ja der Wahnsinn! Verdura?«, fragte Martha.

»Danke für das Kompliment. Ist allerdings ein original Cecil Pike. Der Smaragd-Cabochon hat neunundvierzig Karat und gehörte dem Nizam von Hyderabad. Die Akzentrubine hat meine Mutter vor vielen Jahren bei der Patiño-Auktion ersteigert, und die zwölf Diamanten im Brillantschliff wurden von Laurence Graff persönlich als Seitensteine ausgewählt. Natürlich allesamt D-lupenrein.«

»So was könnte eine Infantin auf einem Velázquez tragen«, warf Alicia, die Kunsthistorikerin, ein.

»Genau das hatte ich im Sinn. Beim Entwurf hatte ich die Herzogin von Alba vor Augen, Gott hab sie selig«, erwiderte Cecil gerührt.

»Ich muss sagen, das ist dir wirklich gelungen!«, verkündete Jackie. »Der hätte Cayetana bestimmt gefallen.«[1]

Nachdem die Damen in den angrenzenden Salon geführt worden waren, wo es sich diskreter speisen ließ, sank Cecil hochzufrieden in seinen antiken Kelimsessel. »So, ehe die Sonne im Hudson versinkt, ist jeder, auf den es ankommt, im Bilde. Apropos …« Er zückte das Handy und scrollte durch seinen Instagram-Feed. »Heiliger Bimbam! Das Verlobungsvideo trendet! Schon 27084 Likes! Cornelia Guest hat es gerade gelikt! Und ein Repost von Prinz Joachim von Lichtenberg. Entschuldigt mich, aber das *muss* ich den anderen zeigen. Lucie, komm. Na los, beeil dich!« Cecil sprang auf und schleifte Lucie hinter sich her.

Marian zuckte mit den Schultern. »Tja, dann gehört Cecil jetzt also zur Familie.«

Freddie warf seiner Mutter einen schiefen Blick zu. »Sieht ganz so aus. Und unsere Kaffeebecher müssen wir wohl entsorgen.«

[1] Die Rede ist von der verstorbenen María del Rosario Cayetana Paloma Alfonsa Victoria Eugenia Fernanda Teresa Francisca de Paula Lourdes Antonia Josefa Fausta Rita Castor Dorotea Santa Esperanza Fitz-James Stuart, Silva, Falcó y Gurtubay, 18. Herzogin von Alba. Die Aristokratin mit den meisten Adelstiteln der Welt war fünffache Herzogin, achtzehnfache Marquise, achtzehnfache Gräfin, vierzehnfache Spanische Grande, Viscondesa sowie die 29. Lady von Moguer. Außerdem nahm sie einmal an einem Stierkampf in Sevilla teil. *Olé!*

IN BESTER GESELLSCHAFT

Sind das etwa Dreharbeiten auf den Stufen des Metropolitan Museum of Art? Welcher hippe Regisseur hat sich die Upper East Side jetzt als Kulisse für seinen nächsten Film ausgesucht? Solche Fragen kann man sich durchaus stellen, wenn Ballerinas, tollkühne Artisten, Broadwaytänzer und eine Blaskapelle den Verkehr auf der Fifth Avenue komplett zum Erliegen bringen. Doch das Spektakel hatte einen ganz anderen Grund: **Cecil Pike** machte seiner **Lucie Churchill** einen Heiratsantrag, dessen Budget locker mit dem des neuesten Marvel-Streifens mithalten konnte.

Cecil, bekannt für seinen umwerfenden Charme und den *GQ*-Covermodel-Look, wurde unlängst von sämtlichen Magazinen, Blogs und Social-Media-Kanälen zum begehrtesten Junggesellen der Welt gekürt – Leserinnen dieser Kolumne werden sich erinnern. Kein Wunder, ist er doch Erbe der Pike-Milliarden, die ihren Ursprung auf den Ölfeldern von Texas haben und von seiner *mamacita* **Renée Mouton Pike** – eine der führenden Investorinnen der Welt – exponentiell vermehrt wurden. Mit ihrem Gespür für vielversprechende Start-ups lässt Mutter Pike sich keine Gelegenheit für eine Investition entgehen, und dank ihres von India Mahdavi ausgestatteten Privatfliegers auch keine Party.

Den Society-Fernen unter uns ist Cecil womöglich eher von seinen Auftritten in der *Antiques Roadshow* bekannt, wo er den Gutachtern bei europäischen Antiquitäten aus dem 16. bis 18. Jahrhundert mit Rat und Tat zur Seite steht – immerhin studierte er in Oxford Klassische Altertumswissenschaft und taucht in seiner Freizeit nach spanischen Schiffswracks.

Mutter und Sohn besitzen zudem einen ausgeprägten Sinn für Ästhetik. Ihnen ist es zu verdanken, dass Buckley House in London wieder in alter Pracht erstrahlt – mithilfe des Innenausstatters Jacques Garcia und dem schlappen Sümmchen von einer halben Milliarde Pfund. Auch ein altes Fort in Nordrajasthan sollen sie angeblich erworben und restauriert haben.

Die glückliche Auserwählte Lucie, als Art Consultant derzeit in aller Munde, zeichnet sich nicht nur durch ihre exotische Schönheit, sondern auch durch ihren Stammbaum aus. Als Tochter von **Dr. Marian Tang** und **Reginald Churchill († 2003)** gilt sie als New Yorker Hochadel und zählt Generationen von Churchills, Barclays und anderen Stammgästen im Knickerbocker Club zu ihren Vorfahren. Alter Geldadel trifft frische Ölmilliarden – eine echte Society-Rarität. Wir freuen uns jetzt schon auf die Hochzeit des Powerpärchens! Achtung, *top secret*: Angeblich soll die Feier diesen Herbst an einem bescheidenen Örtchen im Persischen Golf stattfinden – dem Louvre Abu Dhabi.

– Geoffrey Madison Columbus

2

FIFTH AVENUE 821

UPPER EAST SIDE, NEW YORK

Selbst unter den exklusivsten der exklusiven Luxusmakler Manhattans – wo angesichts von 35-Millionen-Dollar-Objekten niemand auch nur mit der Wimper zuckte – galt die Fifth Avenue 821 als Heiliger Gral. Jede Wohnung in dem 1918 errichteten Luxusbau nahm eine ganze Etage ein – und derer gab es einundzwanzig. Doch nicht die Größe der edlen Wohnstätten in luftiger Höhe machte das Gebäude so berühmt, sondern die schnöde Tatsache, dass Nummer 821 zu den fünf exklusivsten Immobilien Manhattans gehörte. Zwei Botschafter, ein pensionierter Richter des Supreme Court, eine Pulitzer-Preisträgerin und sogar ein abgesetzter europäischer Monarch waren von der als extrem pingelig verschrienen Eigentümergemeinschaft höflich als Nachbarn abgelehnt worden.

Das mochte vor allem daran liegen, dass sich ein Großteil der Wohnungen seit 1918 in Familienbesitz befand und nur wenige Einheiten je den Eigentümer wechselten. Um es mit Patek Philippe zu sagen: Eine Wohnung in der 821 gehörte einem nie ganz allein, man bewahrte sie schon für die nächste Generation. Und so war das Gebäude bis ins 21. Jahrhundert eine höchst exklusive Bastion der bedeutendsten und einflussreichsten Familien der Ostküste geblieben, darunter Lucies Großmutter, Mrs John L. Churchill, in ihren erlauchten Kreisen besser bekannt als Consuelo Barclay Churchill *(Privatunterricht/Miss Porter's/Institut Villa Pierrefeu)*.

Consuelos Stammbaum war makellos. Als geborene Barclay kam sie aus einer Familie amerikanischer Großgrundbesitzer, die sich bis zu den Landvergaben durch König James I. zurückverfolgen ließ, und war auf mütterlicher Seite die letzte lebende Enkelin eines Eisenbahnmagnaten, der für den Bau der Northeast Atlantic Railroad verantwortlich war. Durch die Ehe mit John L. Churchill, Magnatenerbe und Direktor der Privatbank Churchill Brothers Averill & Co – eine der ältesten der Vereinigten Staaten –, nahm sie innerhalb New Yorks alter Garde die Poleposition ein, hatte jedoch keinerlei Ambitionen, in die Fußstapfen von Bunny, Jayne oder Brooke zu treten und ein Dasein als Society-Lady zu führen. Sie legte großen Wert auf Privatsphäre und war zudem von Geburt an so verhätschelt, dass sie darin schlichtweg keinen Sinn sah. Nachdem sie einst zwischen der Wohnung in der Fifth Avenue, einem Anwesen in Southampton sowie einem *Hôtel particulier* am rechten Seineufer in Paris hin und her gependelt war, weilte sie inzwischen den Großteil des Jahres in ihrem »Winterdomizil« in Hobe Sound, Florida, und kam nur zur Opernsaison im Herbst nach New York.

An diesem Abend hatte Consuelo jedoch eine Ausnahme gemacht und die Pforten ihrer Stadtwohnung für die Verlobungsfeier ihrer Enkelin geöffnet. So kam es also, dass Lucie in einem knöchellangen weißen Kleid mit Lochstickerei im Salon ihrer Großmutter stand, um die Freunde und Verwandten väterlicherseits zu begrüßen, die sich an diesem wunderschönen Frühlingsabend dort versammelt hatten und sich verblüfft fragten, wie es Lucie gelungen war, so einen berühmt-berüchtigten Mann an Land zu ziehen.

»Wie habt ihr euch noch gleich kennengelernt?«, fragte Teddy Barclay *(Rippowam/Phillips Exeter/Harvard)* seine Cousine unverblümt und bediente sich erneut an den Würstchen im Schlafrock, die eine uniformierte Hausangestellte ihm auf einem italienischen Istoriato-Renaissanceteller hinhielt.

»Vor fünf Jahren in Rom. Charlotte und ich haben ein Gemälde des heiligen Sebastian im Palazzo Doria-Pamphilj bewundert, da kam Cecil mit dem Besitzer des Palasts vorbei und hat uns das Bild näher erläutert – sogar der Prinz konnte noch was über seine eigene Kunstsammlung lernen. Mit italienischer Kunst kennt sich Cecil unglaublich gut aus.«

Teddy rieb sich wenig beeindruckt die Nase. »Und was macht er inzwischen so?«

»Ach, Cecil ist der meistbeschäftigte Mann, den ich kenne. Er hat so viele Projekte, da komm ich gar nicht mehr hinterher. Er finanziert mindestens dreißig Start-ups, sitzt im internationalen Stiftungsrat des Louvre, hat eine gemeinnützige Organisation ins Leben gerufen, die Fresken in Neapel restauriert, und dann …«

»Also, eine richtige Arbeit ist das aber nicht«, fiel Teddy ihr ins Wort, wobei er mit offenem Mund sein Würstchen im Schlafrock kaute.

»Jetzt reicht es aber, Teddy«, tadelte seine Frau Annafred *(Rippowam/Deerfield/Benenden/Saint Catharine's, Cambridge)*.

»Wieso, das ist doch erst mein drittes!«

»Ich meine nicht die Würstchen«, sagte Annafred ungehalten. »Lass Lucie in Ruhe. Was kümmert dich Cecils Arbeit?«

»Ein Cecil Pike braucht keinen Job.« Jetzt mischte sich Charlie Spencer Houghton *(Rippowam/Phillips Exeter/Harvard)*, ein Onkel auf der Churchill-Seite der Familie, ins Gespräch ein. »Die Milliardennials[1] von heute lassen sich sowieso in keinem Büro mehr blicken. Die jetten bloß mit ihren Laptops um die Welt. Wusstest du, wie viel sein Vater kassiert hat, als er Midland Gas an Texaco verkauft hat? Sieben Milliarden. In den Achtzigern, wohlgemerkt, und zwar bevor seine Mutter beschlossen hat, das ganze Geld in eine kleine Firma namens Google zu stecken.«

Teddy zog die Augenbrauen hoch. Anscheinend war er jetzt doch ein klitzekleines bisschen beeindruckt.

»Apropos Mutter«, meldete sich Lucies überaus selbstbewusste Cousine Caroline Cabot Churchill Reed *(Brimmer and May/Miss Porter's/Wellesley)* zu Wort, die von allen nur Cacky genannt wurde. »Stimmt es, dass sie nicht in die Park 740 und die Fifth 1040 reingekommen ist und stattdessen kurzerhand einen halben Block Townhouses zusammengelegt hat, der selbst den Gebäudekomplex der Königsfamilie von Katar in den Schatten stellt?«

»Äh, das kann ich dir nicht genau sagen. Cecils Mutter

[1] Milliardäre + Millennials = Milliardennials.

hat auf jeden Fall ein schönes Haus«, versuchte sich Lucie in einer möglichst diplomatisch-diskreten Antwort.

»Komm schon, Lucie, uns kannst du es doch verraten! Ziehst du in die texanische Botschaft? Ich hab gehört, da gibt es einen hauseigenen Friseursalon und im Keller einen Pool, der größer ist als der im University Club.«

Lucie tat die Frage mit einem gekünstelten Lachen ab. »Ich habe nicht vor, bei meiner Schwiegermutter einzuziehen. Cecil ist fast mit unserem Haus im West Village fertig.«

»Ach, im West Village, wie *idyllisch*! Da hab ich mal in einem niedlichen kleinen Theater ein Stück von Eugene O'Neill gesehen und hinterher in diesem tollen Art-déco-Restaurant mit dem sozialistischen Wandgemälde gegessen«[1], erzählte Cacky. »Aber jetzt mal ehrlich, ist Renée Pike wirklich königlicher als die Queen? Müssen wir uns verbeugen, wenn sie hier aufschlägt?«

»Wie kommst du denn darauf?«

»Charlotte meinte, sie wäre äußerst majestätisch.«

»Charlotte? Aber die kennt Renée doch überhaupt nicht.«

»Nicht? Es klang, als wären die beiden allerbeste Freundinnen. Wo ist Charlotte eigentlich? Immerhin haben wir das Ganze hier ihren Kuppelversuchen zu verdanken.«

»Sie ist letztes Jahr nach London gezogen, hast du das gar nicht mitgekriegt?«, antwortete Lucie. »Sie wollte wirklich gerne kommen, aber nachdem *Amuse Bouche* eingestellt wurde, hat sie ein tolles Projekt mit Mary Berry an Land gezogen, du weißt schon, die von *The Great British Baking Show*. Da laufen gerade die Dreharbeiten, deswegen konnte

1 Sie meint das Grange Hall, das schmerzlich vermisste Restaurant an der Ecke Bedford und Commerce Street.

sie unmöglich weg. Na ja, Renée wird dir jedenfalls bestimmt gefallen. Als majestätisch würde ich sie jetzt nicht gerade bezeichnen, oder, Mom?«

»Majestätisch? Nein. Prätentiös, ja«, gab Marian zurück.

Lucie stöhnte auf. »Mutter!«

»War doch nur Spaß! Renée ist supernett, aber manchmal ein bisschen einschüchternd. Sie sprudelt nur so vor Energie. Ziemlich klug und ein bisschen anstrengend. Ihr seht es ja gleich selbst – sie schmeißt sich immer in Schale, inklusive Gala-Make-up.«

Cacky zog eine Augenbraue hoch. »Das mit dem Gala-Make-up versteht sich ja von selbst, so gesellig und gastfreundlich, wie sie ist.«

Lucie war durchaus bewusst, dass »gesellig« und »gastfreundlich« für Cacky und ihren hochvornehmen Bostoner Freundeskreis zu den allerschlimmsten Beleidigungen überhaupt gehörten. Echte WASPs wie Cacky mussten keine Partys schmeißen, sich bei »Society-Events« fotografieren lassen oder Museumsflügel stiften, um ihre gesellschaftliche Position zu untermauern – weil sie von Geburt an privilegiert waren. Cacky musste es unheimlich fuchsen, dass Lucie derart reich heiratete und sie damit ausstach. Schon als Kind war ihre Cousine extrem ehrgeizig und auch ein bisschen gemein gewesen, hatte sie immer »Lucy Liu« oder »Shun Lee Lucie« genannt. Jetzt hatte Cacky sich auf Cecils Mutter eingeschossen und ließ einfach nicht locker. Lucie beschloss, die spitzen Kommentare zu ignorieren.

»Jedenfalls sehe ich sie ständig in diesen furchtbaren Klatschblättern bei meiner Fußpflege. Renée Pike lässt sich permanent mit irgendwelchen Präsidenten, europäischen Royals und Tech-Trillionären ablichten. Anscheinend verkehrt sie nur mit einem, wenn man Suchmaschinen besitzt, die sämtliche Datenschutzgesetze mit den Füßen treten, oder wenn man sich ganze hawaiianische Inseln leisten kann.«

»Also, als ich das letzte Mal nachgeschaut habe, standest du auf der Forbes-Liste noch ziemlich weit oben, Cacky. Gehört dir nicht halb Nantucket?«, warf Lucies Großtante Cushing *(Rippowam/Miss Porter's/Radcliffe)* ein. »Mit dir würde sie sich also gerade noch abgeben, haha. Mit mir hingegen leider nicht. Keine Bange, Lucie, ich halte mich vornehm im Hintergrund.«

Lucie sah Hilfe suchend zu ihrer Mutter, aber Marian hatte sich komplett ausgeklinkt – wie eigentlich immer in Gegenwart der Familie ihres verstorbenen Mannes – und zupfte konzentriert den Dill von ihrem Lachs-Crostini. Doch zum Glück sprang ihr Annafred erneut bei.

»Sei nicht albern, Tante Cushing. Renée legt vielleicht Wert auf diesen Society-Kram, aber sie tut auch wirklich viel Gutes. Die *Times* hat sie letztes Jahr zur wohltätigsten Person des Jahres gekürt. Apropos, Teddy, vielleicht können wir sie für den Prince's Trust gewinnen. Angeblich trägt sie nur Haute Couture und finanziert damit ganz allein den ältesten Spitzenklöppler Frankreichs.«

»Na, Lucie, ob unsere Outfits den Ansprüchen deiner neuen Familie genügen werden? Ich hoffe, wir blamieren dich nicht«, stichelte Cacky und zupfte die gekrempelten Ärmel ihres geblümten Carlisle-Blazers zurecht.

»Wer blamiert sich hier?« Lucies Großmutter betrat den Salon mit einem Gin Tonic in der Hand.

»Granny! Hübsches Kleid!«, rief Cacky.

Großtante Cushing befingerte den Kragen ihrer Bluse

aus Seidenjacquard. »Yves, nicht wahr? Sieht jedenfalls aus, als hätte es hunderttausend Dollar gekostet.«

»Zweihundert, um genau zu sein«, erwiderte Consuelo mit einem Seitenblick auf ihre Enkelin. »Ich mag zwar eine alte Schachtel mit Kleidung von anno dazumal sein, aber für Lucies neue Familie habe ich mich ausnahmsweise mal aufgebrezelt. Sie soll sich doch nicht für uns schämen, jetzt, wo sie reich heiratet.«

Freddie kam mit einem Lolli im Mund hereingeschlendert und lächelte Lucie an. »Chupa Chup?«, fragte er und hielt ihr seinen Lolli hin.

»Nein, danke, aber eine Schaufel würde ich nehmen.«

»Wozu?«

»Damit ich mir ein Loch graben kann.« Lucie seufzte. Sie schaute auf die Uhr. Wo zum Henker blieb Cecil, und wieso kam er zu spät zu seiner eigenen Verlobungsfeier?

Sechzehn Stockwerke weiter unten warf Renée Pike *(Saint Cecilia/Port Neches Middle School/Central Senior High/UT/Harvard Business School)* einen Blick auf das hübsche dunkelrote Vordach und wandte sich dann an ihren Chauffeur: »Fahren Sie noch einmal um den Block.« Dann lächelte sie ihren Sohn verkrampft an. »Ich will frühestens um Viertel vor sieben dort auftauchen.«

Cecil sah auf seine neue Uhr, die er eigens für diesen Abend bei Rexhep Rexhepi in Auftrag gegeben hatte. Erst kurz nach halb sieben. So nervös hatte er seine Mutter zuletzt vor ihrem TED-Talk erlebt. Sie fummelte am Verschluss ihres JAR-Armreifs mit pinkfarbenen Saphiren und Diamanten herum und ließ ihn dann in ihrer Handtasche von Moynat verschwinden.

»Der Hahnentritt-Hosenanzug von Oscar war auf jeden Fall die richtige Wahl«, sagte Cecil.

»Ja, danke für den Tipp. WASPs lieben Oscar, nicht? Zu Ehren von Lucies Familie trage ich auch gern mal ein Kleidungsstück, das schon zwanzig Jahre auf dem Buckel hat.«

»Standest du nicht auch vor zwanzig Jahren zum ersten Mal auf der International-Best-Dressed-Liste?«

»Stimmt! Du hast wirklich ein gutes Gedächtnis für Jahreszahlen.«

»Das weiß ich so genau, weil die *WWD* damals ein Foto von dir in diesem Anzug abgedruckt hat. Die Seite hab ich immer noch irgendwo.«

»Ist ja auch ein zeitloser Look, sehr dezent. Damit trete ich niemandem auf den Schlips, und sie können mir nicht vorwerfen, ich hätte Allüren.«

»Mutter, wenn hier einer Allüren hat, dann die da oben. Du kennst doch den alten Geldadel. Mit ihrem Vermögen können sie uns längst nicht mehr beeindrucken, also bleibt ihnen nur der Standesdünkel.«

Renée nickte. »Annette hat mich schon vorgewarnt. Sie meinte: ›Consuelo Barclay wird dich von Kopf bis Fuß taxieren, sobald du den Raum betrittst, und pass ja auf, dieser Frau entgeht nichts!‹«

»Die Großmutter kann ich nicht einschätzen, aber ich glaube nicht, dass irgendwem von denen auffallen wird, was du trägst. Ich kann die Mottenkugeln ja bis hier riechen! Letzten Sommer bei diesem schrecklichen Muschelessen am Strand in Bar Harbor hatte ich schon das zweifelhafte Vergnügen mit dem Großteil der Familie. Lucies Mutter – na ja, die Geschichte kennst du ja. Die restliche Sippe sieht aus, als hätte sie sich zuletzt neu eingekleidet, als Eisenhower noch an der Macht war, und ist auch noch stolz drauf.«

»Die müssen sich eben allergrößte Mühe geben, dass man ihnen das Privileg nicht an der Nasenspitze ansieht.« Renée stieß ein heiseres Lachen aus.

Cecil kicherte. »Lucie hat eine Cousine, die ausschließlich in diesem fürchterlichen Laden in Midtown eingekauft hat, der letztes Jahr dichtgemacht hat. Wie hieß der noch? Lord & Swift?«

»Lord & Taylor meinst du. Von denen war mein Abschlussballkleid.« Renée schüttelte ungläubig den Kopf. »Zwei Stunden ist meine Mutter damals mit mir zur Galleria in Houston gefahren. Das Kleid war pfirsichfarben mit bauschigen Rosen an der Schulter. So ein ähnliches hatte ich von Ungaro in der *Vogue* gesehen. Das hat meine Mutter zwei Monatslöhne gekostet, aber es war jeden Penny wert, ich wurde nämlich zur Ballkönigin gewählt. So ein Kleid hatte in Beaumont noch niemand gesehen.«

»Du hattest eben damals schon Stil!«

»An dem Abend hat Ronnie Gallen mich gefragt, ob ich mit ihm ausgehen will. Wenn Ronnie nicht gewesen wäre, hätte ich deinen Vater nie kennengelernt.«

Cecil wandte sich ab und sah aus dem Fenster auf die Park Avenue. Ihm war es immer leicht unangenehm, wenn seine Mutter von ihrer Vergangenheit erzählte. Er malte sich gern aus, sie wäre in einer eleganten Plantagenvilla in Louisiana zur Welt gekommen und ihre Wurzeln reichten bis zum französischen Königshaus Valois zurück. In Wirklichkeit war seine Mutter zwar in Lake Charles, Louisiana, geboren worden, nur leider als uneheliche Tochter von Charles Mouton, dem Besitzer dreier Conoco-Tankstellen, und Marcia Nuncio, einer Kassiererin, die aus einer Familie von Erdölraffineriearbeitern aus Corpus Christi stammte.

Meist verdrängte er die brisante Herkunft seiner Mutter, doch jetzt, bevor sie gleich Lucies Sippschaft gegenübertreten würden, musste er wieder daran denken. Plötzlich fielen ihm die hellen Strähnchen im toupierten Haar seiner Mutter auf, und er verfluchte insgeheim ihren Friseur Fabrice. Auch Cecil selbst war heute fast an seiner Frisur und Kleiderwahl verzweifelt und hatte nach mehreren Fehlversuchen einfach seinen ältesten Nadelstreifenanzug angezogen, den ersten, den er sich damals bei Huntsman hatte maßschneidern lassen, und dazu seine schlichteste Argenio-Krawatte. Die männliche Verwandtschaft sollte ja nicht glauben, er würde sich zu sehr ins Zeug legen. Außerdem hätten sie ohnehin keinen Sinn für den Rubinacci.

Wieso fühlten sich seine Mutter und er bloß so viel wohler unter ihren internationalen Jetset-Freunden als unter diesen reichen alten Säcken? Lag es daran, dass damals selbst die texanischen WASPs die Nase gerümpft hatten, als sie versuchten, in Lazy Lane Fuß zu fassen? Aber das war doch nun wirklich Schnee von gestern. Herrgott noch mal, er hatte über dreihunderttausend Follower auf seinen verschiedenen Social-Media-Accounts, vorgestern Abend hatten sie mit dem jordanischen Königspaar gespeist, und seine Mutter besaß die Handynummer des Papsts. Da würden sie ja wohl eine Cocktailparty bei den Churchills überleben. Der Bentley hielt erneut vor dem Gebäude.

»Bereit, Mutter?«

Renée zwinkerte ihrem Sohn zu. »Denen zeigen wir's!«

3

16. STOCK

FIFTH AVENUE 821, NEW YORK

Renée und Cecil stiegen aus dem Bentley auf den dunkelroten Teppich, während der Chauffeur ihnen die Wagentür aufhielt, und gingen durch die Drehtür in die dezent elegante Lobby im belgischen Jugendstil. Zwei Portiers, die in ihrem Uniformen aussahen, als wären sie gerade aus dem Deutsch-Französischen Krieg desertiert, taxierten sie von oben bis unten.

»Wir sind auf dem Weg zu Consuelo Barclay Churchill«, verkündete Cecil. »Ich bin Cecil Pike.«

Der ältere der beiden sah auf die Liste in seinem ledernen Protokollbuch, dann nickte er knapp. »Sechzehnter Stock. Ivan zeigt Ihnen den Weg.«

Hier sind sogar die Portiers hochnäsig, dachte Renée, während Ivan sie zum Aufzug begleitete. Vor vielen Jahren war sie einmal auf der Wohnungssuche an diesem Haus vorbeigekommen und erinnerte sich noch gut daran, wie beeindruckt sie von der herrlichen Fassade gewesen war …

Danielle, ihre Maklerin, schüttelte den Kopf. »Kommen Sie gar nicht erst auf Gedanken. Das hier ist ein gutes Haus.«

Renée war verwirrt. »Wenn es ein gutes Haus ist, wieso kommt es dann nicht infrage?«

»Das ist Maklerjargon für die wenigen Häuser in Manhattan, in denen die Eigentümergemeinschaft immer noch niemanden mit einem, äh, bestimmten Hintergrund zulässt.«

Renée ballte die Hände zu Fäusten. »Was soll das heißen, ›Hintergrund‹? Ich habe meinen MBA in Harvard gemacht und Empfehlungsschreiben vom Gouverneur von New York, Kardinal O'Connor UND Barbara Walters. Wollen Sie mir etwa sagen, dass wir damit nicht geeignet sind?«

»Mrs Pike, mit Ihrer Eignung und den Empfehlungsschreiben hat das nichts zu tun. Da spielen Sie ganz oben mit.«

»Und woran liegt es dann?«

Danielle senkte die Stimme. »Keine Juden, Mrs Pike. Und keine Leute mit hispanischem Hintergrund. Hier kommt nur rein, wer auf der Mayflower rübergesegelt ist.«

Renée prüfte ihr Äußeres ein letztes Mal im verspiegelten Aufzug. Sah man ihr die hispanischen Wurzeln trotz Balayage-Färbung und teuer bezahlter Nase etwa immer noch an?

»Ich bin so was von gespannt«, flüsterte Cecil seiner Mutter ins Ohr. »Ich wette, es sieht da drinnen aus wie im Bestattungsinstitut!«

Die Türen glitten auf, und sie standen in einer Eingangshalle, an deren Ende zwei gigantische assyrische Sphinxen eine Flügeltür aus leuchtend malachitgrünem und türkisem Stuckmarmor flankierten. Dahinter hörten sie die Stimmen der Gäste. Das hier war nicht die typische Mischung aus Sister Parish und Mark Hampton, mit der sie gerechnet hatten; vielmehr hatte das Dekor ein kostbares, exotisches Flair, das eine entspannte Würde verbreitete.

»Ist das zu fassen? Altes Geld mit Geschmack«, flüsterte Cecil seiner Mutter zu.

Renée sah sich verstohlen um und war insgeheim beeindruckt. Cecil dagegen versuchte, noch rasch ein paar Schnappschüsse unterzubringen. »Stell dich mal dort hin, Mutter. Ich mach schnell ein Foto, bevor uns jemand sieht.«

Anschließend räusperte er sich vernehmbar und fragte laut: »Wo sind denn alle?«

»Da seid ihr ja!« Die Erleichterung war Lucie deutlich anzuhören, als sie Cecil in der Tür zum Wohnzimmer entdeckte. Sie führte Cecil und seine Mutter zu ihrer Großmutter, die etwas abseits auf einem Hocker mit Knopfpolsterung saß und sich angeregt mit ihren Freundinnen Jeannette und Alex unterhielt. »Granny, das hier sind Cecil und seine Mutter, Renée Pike«, verkündete Lucie stolz.

Lucies Großmutter stand ruckartig auf; ihre Haltung war auch nach über acht Jahrzehnten immer noch kerzengerade. »Sehr erfreut.« *Wunderbar, Cecil ist größer, als ich dachte. Und seine Mutter trägt Oscar, aus einer der letzten Balmain-Kollektionen. Den Anzug hätte ich beinahe selbst gekauft. So viel hübscher als auf den Fotos. Kein Wunder, dass sie so einen dicken Fisch an Land gezogen hat.*

Renée lächelte strahlend weiß und erklärte in unverhohlen texanischem Akzent: »Mrs Churchill, endlich, was für eine Freude! Ich wollte mich schon seit über fünfzehn Jahren bei Ihnen dafür bedanken, dass Sie die Württemberger Wandteppiche gerettet und dem Cloisters-Museum überlassen haben.« *Die Oma sieht ja aus wie Vanessa Redgrave! Und sie trägt ein Kleid von Yves Saint Laurent mit … um Gottes willen, sind das Bergkristallarmbänder von Tina Chow?*

Damit hatte ich wirklich nicht gerechnet. Was für eine stylische Matriarchin.

Consuelo war leicht verwundert. »Sie wissen entschieden zu gut Bescheid, Renée. Das sollte eigentlich geheim bleiben.« *Gleich morgen lasse ich die gesamte Belegschaft des Met feuern.*

Cecil verbeugte sich feierlich. »Mrs Churchill, jetzt weiß ich endlich, wo Lucie ihre Kreativität herhat. Man muss sich nur einmal umschauen! Der moosgrüne gestempelte Samt an den Wänden! Und die Beistelltische von Giacometti! Darf ich mal ganz neugierig fragen, ob Geoffrey Bennison bei dieser Mise en Scène die Finger im Spiel hatte?«

Consuelo musterte ihn interessiert. »Ursprünglich war Stéphane[1] hierfür verantwortlich, aber ja, Sie haben recht, Geoffrey hat dem Ganzen in den späten Siebzigern eine kleine Frischekur verpasst.«

»Wunderbare Arbeit, gänzlich zeitlos. Das Porträt von Ihnen über dem Kamin, ist das von Magritte?« Cecil starrte fasziniert auf das Gemälde von Consuelos Gesicht, das zum Teil hinter Wolken verborgen war.

»In der Tat. Sein letztes Porträt, soweit ich weiß.« Consuelo hatte die gleiche Frage bereits hundert Mal beantwortet und klang entsprechend gleichgültig, was Cecils Ehr-

1 Stéphane Boudin war einer der einflussreichsten Innenausstatter des 20. Jahrhunderts. In seiner Funktion als Präsident des Pariser Innenarchitekturbüros Maison Jansen war er der kreative Kopf hinter der Restaurierung des Weißen Hauses unter Jacqueline Kennedy 1961. Außerdem war er für seine Arbeit für den Herzog und die Herzogin von Windsor, C. Z. Guest, die Agnellis und die Königsfamilien von Belgien und Iran bekannt.

furcht jedoch keinen Abbruch tat. Er konnte kaum glauben, dass er wirklich mit der Enkelin einer derart atemberaubenden Frau verlobt sein sollte. Er wollte Consuelo gerade fragen, ob sie nicht vielleicht kurz für sein Instagram zusammen vor dem Magritte posieren könnten, da schob sich ein stämmiger Mann mit buschigem, silbernem Schnurrbart vor ihn und umarmte Consuelo zur Begrüßung.

»Harry! Darf ich dir Lucies Verlobten vorstellen? Cecil Pike. Cecil, das hier ist Harry Stuyvesant Fish, ein guter Freund der Familie. Er wird demnächst als Botschafter nach Norwegen entsandt.«

»Herzlichen Glückwunsch, junger Mann. Ich war mit Ihrem Großvater bekannt!« Der illustre Botschafter in spe *(Rippowam/Groton/Harvard)* schüttelte Cecil beherzt die Hand.

»Ach ja? Auf welcher Seite?«

»Auf der Pike-Seite natürlich. Meine Familie hatte auch ein Häuschen in den Adirondacks, oben am Upper Saranac.«

»Tut mir leid, aber soweit ich weiß, war mein Großvater nie in den Adirondacks.«

»Nicht? Sind Sie etwa nicht Cecil Pike IV.?«

»Leider nicht.«

»Wo hat Ihre Familie denn die Sommermonate verbracht?«

»Normalerweise in Europa. Ein paarmal haben meine Eltern eine Villa gemietet, südlich von …«

Harry fiel ihm ins Wort. »Sie gehören also nicht zu den Pikes, die in die Livingstons eingeheiratet haben?«

Cecil errötete leicht. »Nein.«

»Hm. Na dann.« Harry drehte sich abrupt um und schnappte sich eine vorbeigehende Dame. »Helen! Dich habe ich ja seit Michael Kordas Vortrag im Century nicht mehr gesehen.«

Cecil fasste sich wieder und bemerkte, dass Consuelo ihn immer noch mit Adleraugen beobachtete. Bevor er jedoch etwas zu ihr sagen konnte, nahm sie sich eine Champagnerflöte, wandte sich an die versammelten Gäste und klopfte mit ihrem Elie-Top-Intaglioring gegen das Glas.

»Ruhe bitte! Ich möchte einen Toast aussprechen.« Consuelo wandte sich lächelnd Lucie zu. »Von dem Moment an, als ich Lucie zum ersten Mal sah – sie war gerade eine Woche alt und hatte zarte Pfirsichwangen und feine schwarze Wimpern –, war sie mein kleines Chinapüppchen. Sie weinte nie, war still und brav und wurde von mir in den schönsten orientalischen Seidenkostümen gekleidet, die mir meine liebe Freundin Han Suyin zuschickte. Oft gingen wir zusammen zum Mittagessen ins La Grenouille, wo man ihr jeden Wunsch von den Augen ablas, oder zum Tee zu Madame Chiang Kai-Shek. Madame Chiang meinte witzigerweise immer, mein kleines Chinapüppchen sähe nicht chinesisch genug aus. Schauen Sie sich nur mal die Sommersprossen an, hieß es da. Das ist doch kein chinesisches Kind! Nun, sie ist ja auch zur Hälfte eine Churchill, habe ich dann immer gesagt, aber Gott sei Dank ist sie von unserer Nase verschont geblieben. Ach, was haben wir gelacht damals! Ich wünschte, diese Zeit wäre nie vorbeigegangen. Aber Kinder werden erwachsen, und Lucie absolvierte ihr BWL-Studium an der Brown *magna cum laude*. Kein Wunder, die Intelligenz liegt bei ihrer Mutter ja in den Genen. Und jetzt hat sie sich hier in New York rasend schnell einen Namen als eine der begehrtesten Beraterinnen für moderne Kunst gemacht. Sie überrascht uns immer wieder aufs Neue, und ihr Vater wäre so stolz auf sie, wenn er heute hier sein könnte. In Cecil hat sie nun ihresgleichen gefunden. Ich höre, er galt als einer der begehrtesten Junggesellen des Landes und stammt aus einer beeindruckenden Familie, deren Name mittlerweile als Synonym für Multikulturalität und den philanthropischen Geist in diesem Land steht. Heutzutage kann man ja in kein Museum mehr gehen, ohne Mrs Pikes Namen an der Wand zu sehen! Cecil, ich habe Sie zwar gerade erst kennengelernt, aber sofort erkannt, dass Sie so kultiviert sind wie ein Rothschild, und ich vertraue darauf, dass Sie genau wissen, wie Sie mein geliebtes Chinapüppchen zu behandeln haben. Auf Lucie und Cecil und ein Leben voller Glück und Freude.«

Alle hoben die Gläser, und Freddie rief: »Darauf trinke ich!«

Renée strahlte stolz. *Toll hat mein Junge das gemacht. Diese Schweine an der Saint James School in Houston wollten ihn nicht zulassen, und jetzt heiratet er in die alleroberste Elite ein, wo kein Mensch je von Saint James gehört hat!*

Lucie blinzelte ein paar Tränen weg, doch keiner der Anwesenden – außer vielleicht ihrer Mutter – ahnte den wahren Grund. Nach ein paar Runden durchs Wohnzimmer schlichen sich Cecil und Lucie auf den Dachgarten, um etwas frische Luft zu schnappen.

Cecil starrte Lucie entgeistert an. »Ach du Scheiße. Am liebsten würde ich uns direkt einen Rettungshelikopter rufen.«

Lucie lachte auf. »Sag jetzt nicht, ich hätte dich nicht gewarnt.«

»Baby, du hast mich wirklich nicht ausreichend vorbereitet. Ich dachte ja schon, Charlotte wäre schlimm, aber mit derart grauenhaften Leuten habe ich mein Lebtag noch nicht zu tun gehabt. Wachsfiguren! Todlangweilig und schäbig gekleidet. Bist du wirklich mit denen verwandt? Ich fasse es nicht. Du bist der Schwan in einer Herde schnatternder Gänse. Der Diamant in einer Teergrube …«

»Wie lieb. Du weißt aber schon, dass ich diejenige in meiner Familie bin, die komisch aussieht? Cacky gilt immer als die Schönheit. Als sie noch am Wellesley College war, hat sie für Ford gemodelt.«

»Cacky? Ja, die sieht aus wie ein Ford, und zwar ein Bronco! Gott sei Dank hat deine Mutter eingeheiratet, sonst wärst du genauso inzestgeschädigt.«

»Haha. Du hörst dich an wie die Eltern meiner Mutter. Sie haben meine ›Züge‹ immer in den höchsten Tönen gelobt. Freddie und ich waren für sie die schönsten Wesen der Welt, und sie haben mich immer ganz stolz ihren Freunden präsentiert. Das war mir damals ganz schön peinlich. Aber mit ein paar von denen da unten war es genau andersherum. *Hmm, was stellen wir nur mit Lucie an?*«

Cecil schüttelte angewidert den Kopf. »Für mich bist du die Einzige, mit der nichts angestellt werden muss. Diese Annafred – was ist das überhaupt für ein Name? Ist die aus einem lesbischen Mennonitenkloster entflohen? Gibs zu, Annafred und Teddy sind in Wirklichkeit Geschwister, oder? Die können unmöglich verheiratet sein!«

Lucie bog sich vor Lachen. »Ich fand auch schon immer, dass die beiden einander wie aus dem Gesicht geschnitten sind, aber vor dir hat das noch nie jemand gesagt. Sie ist übrigens Annafred die Neunte. Ihre Vorfahren sind am Plymouth Rock gelandet.«

»Um Gottes willen, Pilger! Du bist mit den Pilgern verwandt! Kein Wunder, dass du mich auserkoren hast, um dich vor diesem erbärmlichen Haufen zu retten.«

»Du hast ja keine Ahnung. Freddie ist bei denen über jeden Zweifel erhaben, aber ich habe das Gefühl, ich bin immer noch auf Bewährung. Ich gehöre nur zur Familie, wenn sie sich nicht für mich schämen müssen.«

»Ha, ich glaube, du verwechselst da was. Du solltest dich für sie schämen!«

Lucie grinste. Endlich hatte sie einen Seelenverwandten gefunden. Sie waren wie zwei Außenseiter auf der hintersten Bank, die über ihre coolen Klassenkameraden lästerten.

»Und dieser Freund von deiner Großmutter, Botschafter Harry Stuyvesant Fish, aus welchem Jahrhundert stammt der eigentlich? Hat er mitbekommen, dass wir den Unabhängigkeitskrieg gewonnen haben?«

»Harry ist wirklich das Allerletzte. Als ich noch an der Brown war, hat er ständig fiese Kommentare vom Stapel gelassen. Eine ›Deponie für Nichtsnutze und den Abschaum gestürzter europäischer Monarchien‹ war das für ihn.«

»Und so einer soll Botschafter werden. Diplomatie ist doch ein Fremdwort für den. Erst hat er mich komplett stehen lassen, weil ich nicht von irgendwelchen vornehmen Pikes abstamme, mit denen er bekannt ist, aber als er dann meiner Mutter vorgestellt wurde und gerafft hat, dass ich *der* Pike bin, da hättest du mal sehen sollen, wie er vor ihr gekatzbuckelt hat. Wie so ein Trüffelschwein, mit dem roten Gesicht und dem Schmerbauch. Der sollte sich nicht in die Nähe von Hosenträgern wagen, aber das hat er wohl noch nicht begriffen. Er sieht aus wie dieser Kerl, wie hieß der noch gleich? Der war früher immer in diesen schrecklichen Werbespots für Haferflocken … Wilfred Ross?«

»Wilford Brimley!« Lucie lachte laut. Manchmal war Cecil einfach unglaublich lustig, besonders, wenn er sich auf den Schlips getreten fühlte.

»Und dann ging es die ganze Zeit in diesem affektierten Akzent weiter, dass er ja bald in Oslo antreten muss und immer noch keine Mieter für sein Anwesen in East Hampton gefunden hat, weil ›die richtigen Leute‹ noch nicht dabei waren. Keiner, der sich das Haus leisten könnte, ist gut genug für ihn. Private Equity, Öl und die Techbranche sind tabu, außerdem niemand aus New Jersey, Südkalifornien oder sonst irgendeinem Süden, und ›keine Lateinamerikaner, die tanzen zu viel‹. Das hat er vor meiner Mutter gesagt! Er meinte, das würde die Mahagonidielen aus dem 18. Jahrhundert in seinem ›Cissinghurst‹ ruinieren, das im Übrigen unter Denkmalschutz steht. Wem will er damit was vormachen? Ich kenne die Bude, die sieht aus wie ein viktorianischer Puff auf Drogen. Diese ganzen Türmchen und Tiffany-Fenster. Ein Schandfleck ist das! Am besten vermietet er es online auf Stundenbasis. Und wie kommt er überhaupt auf die Idee, es Cissinghurst zu nennen? Vita und Harold würden sich im Grab umdrehen!«

»Ursprünglich hat es seiner Mutter gehört, Cissie van Degan Fish. Anscheinend der Teufel in Muttergestalt«, erwiderte Lucie. »Aber vielleicht entsprechen ja die Ortiz-Schwestern seinen Ansprüchen. Die haben sich gerade per Mail bei mir erkundigt, ob es in den Hamptons was Gutes zu mieten gibt.«

»Die Ortiz-Schwestern? Sind die so was wie die Borromeo-Schwestern, die Miller-Schwestern, die Bograd-

Schwestern oder die Yeoh-Schwestern? Muss ich die kennen?«

»Du würdest sie auf jeden Fall mögen. Ich habe sie auf der Hochzeit von Isabel De Vecchi kennengelernt.«

»Ach ja, stimmt, zwei von deinen merkwürdigen Capri-Bekanntschaften, bevor sich unsere Wege in Rom gekreuzt haben.«

»Paloma und Mercedes sind zwar ein bisschen spießig, aber äußerst charmant. Und sie sind bei Weitem nicht die merkwürdigsten von allen.« Ein verträumter Schatten huschte über Lucies Gesicht.

»Filipinos tanzen doch auch gerne, oder? Ich bezweifle ja, dass der werte Herr Botschafter mit solchen Partymäusen einverstanden ist.«

»Die beiden sind über siebzig, Cecil. Und sie stammen aus einer der ältesten und angesehensten Familien der Philippinen.«

»Dann lass dich bitte nicht davon abhalten, Harry Stuyvesant Fish seine feuchten Society-Träume zu erfüllen. Aber darf ich jetzt endlich einen Helikopter rufen, der uns ins Daniel bringt?«

»Nichts lieber als das. Allerdings ist zwischen den Azaleen hier nicht genug Platz zum Landen, und wir müssen noch mindestens eine Runde drehen und deine Mutter retten. Übrigens glaube ich, meine Großtante Cushing hat ein Auge auf dich geworfen.«

»Ha, Großtante Cushing hat sich vorhin die Korbtasche mit diesen Miniquiches von William Poll vollgestopft. Muss sich wahrscheinlich einen Wintervorrat anlegen.«

»Oje. Ja, die Gute ist ganz groß im Hamstern. Letztes Jahr hat sie anscheinend eine riesige faltbare Nylontasche auf die Casita-Maria-Fiesta-Gala geschmuggelt, um möglichst viel Tischdeko mit nach Hause zu schleppen.«

»Das überrascht mich kein bisschen. Bitte, bitte zwing mich nicht noch mal da runter, Baby. Was für eine sterbenslangweilige Bagage. Müssen wir die eigentlich zur Hochzeit einladen? Deine Großmutter ist die Einzige mit Stil. Die ist einfach fabelhaft. Die Wohnung hat meine Erwartungen bei Weitem übertroffen. Sag mal, was glaubst du, wem sie den Magritte vermacht?«

»Komm bloß nicht auf dumme Gedanken, Cecil. Mir nämlich bestimmt nicht. Cacky ist ihre Lieblingsenkelin. Immerhin sieht sie aus wie eine junge Charlotte Rampling und lässt Granny beim Bridge immer gewinnen.«

»Cacky hat meiner Mutter auch Zucker in den Arsch geblasen wie blöde. Namedropping ohne Ende – Mandela, Macron, Marie-Josée.«

Lucie schüttelte in gespieltem Ekel den Kopf. »Schön, dass du sie durchschaut hast. Mein ganzes Leben lang hatte ich das Gefühl, mit ihrer absoluten Perfektion mithalten zu müssen.«

»Wie bist du denn auf die Idee gekommen, du müsstest dich an Cacky messen?«

»Das frage ich mich inzwischen auch. Aber als Kinder waren wir eben immer die armen Waisen, besonders nach Dads Tod und als Mom dann krank wurde. Ich dachte, es wäre meine Aufgabe, die Familie zusammenzuhalten, und deswegen musste ich in Grannys Augen immer perfekt sein.«

»Baby, du bist perfekt, genau so, wie du bist.« Cecil streichelte ihr liebevoll die Wange. »Du warst das Wunderschönste in der ganzen Wohnung. Deine Großmutter hat die falsche Enkelin auserkoren. Immerhin war ihre Ansprache toll. Wer es schafft, Han Suyin, Madame Chiang Kai-Shek und die Rothschilds in einer einzigen Rede unterzubringen, hat eine Medaille verdient, findest du nicht?«

»Doch, doch«, sagte Lucie leise. Sie brachte es nicht übers Herz, ihm die Wahrheit zu sagen. Jedes einzelne Wort in der Rede war eine versteckte Beleidigung gewesen. Eine Beleidigung ihrer Mutter, eine Beleidigung Cecils und Renées und ein Stich in Lucies Herz. Egal, wie anmutig sie auftrat, egal, was sie erreicht hatte, für Granny wäre sie auf ewig das arme kleine Chinapüppchen. Aber zum Glück spielte das jetzt keine Rolle mehr. Nach ihrer kleinen Lästerrunde hier im Dachgarten war sie sich noch sicherer, dass Cecil der richtige Mann für sie war. Klar, er hatte seine Eigenheiten, aber damit würde sie zurechtkommen. Und Hauptsache, sie hatte denen da unten, die sie bemitleideten, auf sie herabsahen und sie unterschätzten, eine deutliche Botschaft zukommen lassen: *Bald bin ich Mrs Cecil Pike, und ab sofort ist mir scheißegal, was ihr von mir denkt.*

4

OUTLOOK AVENUE

EAST HAMPTON, LONG ISLAND

Auden trat ein paar Schritte zurück und studierte die Leinwand aus der Entfernung. »Erstaunlich, Lucie. Ganz erstaunlich. Hast du deine Bilder schon mal Galeristen oder Kuratoren gezeigt?«

»Nein, ich will das strikt auseinanderhalten«, erwiderte Lucie, die in einer Ecke des kleinen Gebäudes stand, das sie als Atelier nutzte. »Die Branche schätzt mich als Beraterin, da will ich niemanden mit meinen eigenen Arbeiten belasten. Das wäre einfach unangebracht.«

»Stattdessen willst du diese Meisterwerke einfach hier verstauben lassen?«

»Jetzt übertreibst du aber. Das sind doch keine Meisterwerke. Ich hab bloß ein bisschen experimentiert. Aber ich verschenke sie gern an Freunde. Wenn du möchtest, such dir eins aus.«

»Puh, wie soll ich mich da entscheiden? Die sind alle gut. Darf ich sie mir nach dem Mittagessen noch mal genauer anschauen?«

»Klar, ich lasse alles so, wie es ist. Aber jetzt gehen wir

wirklich besser erst mal zurück, bevor meine Mutter einen Suchtrupp losschickt.«

Sie nahmen den Gartenpfad hinauf zu dem weitläufigen Haus im Cape-Cod-Stil, von dessen Rundumveranda man eine wunderschöne Aussicht auf Sedge Island und die Gardiners Bay hatte. Auden blieb einen Augenblick stehen und sah hinaus auf das stille Wasser, in dem sich der knallblaue Himmel spiegelte. »Alle finden den Meerblick immer so spektakulär, dabei ist die Bucht eigentlich viel schöner. Für mich die beste Aussicht in ganz East Hampton.«

»Finde ich auch.« Lucie seufzte. »Ich wünschte, ich könnte den ganzen Sommer hier verbringen, so wie früher. Achtundvierzig Stunden Auszeit von der Tretmühle in der Stadt reichen mir nicht. Ich komme mir vor wie ein Workaholic.«

»Na, immerhin hast du einen himmlischen Ort für deine Auszeiten. Ist wirklich eins der wenigen Häuser, deren ursprünglicher Charme nicht totsaniert wurde.«

»Mein Urgroßvater hat es damals als Rückzugsort vom großen Haus in Southampton gekauft, und meine Eltern haben nichts daran verändert. Cecil findet es allerdings nicht besonders toll. Er will mich ständig überreden, ein Haus am Georgica Pond zu kaufen oder zumindest über eine Renovierung nachzudenken.«

»Hoffentlich hat er nicht vor, Kelly Wearstler auf dieses Schmuckstück loszulassen.«

»Nicht ganz. Er steht gerade total auf so einen belgischen Innenarchitekten, der dieses Wabi-Sabi-Ding voll durchzieht und alles in Schlammfarben dekoriert. Bei dem sieht jede Wand aus wie ein verregneter Tag in Antwerpen. Cecil will das Haus mit Antiquitäten vollstellen, die aussehen, als wären sie tausend Jahre alt, und dann müssen wir in Holzclogs und Jutesäcken rumlaufen, als hätten wir Winterdepressionen. Für ein Landhaus wäre das angeblich ein total cooler Look.«

»Und was hältst du davon?«

»Ich finde die Vorstellung ganz interessant, würde aber spätestens nach einer Woche Mordgelüste entwickeln. Na ja, das sind sowieso alles nur Gedankenspiele, das Haus gehört ja gar nicht uns, sondern Freddie. Seit vier Generationen wird es von einem männlichen Churchill an den nächsten vererbt.«

»Wie … äh, klassisch.« Auden seufzte.

»Das Gute daran ist, dass Freddie es so liebt, wie es ist. Er wird garantiert nichts daran verändern.«

»Bis seine Frau es in die Finger bekommt.«

»Freddie und Heiraten? Das kann ich mir überhaupt nicht vorstellen, aber irgendwann ist es wohl so weit. Hoffentlich hat seine Zukünftige den gleichen Geschmack wie er. Knarzendes Parkett, sonnengebleichte Korbmöbel, Dads Muschelsammlung.«

Sie betraten die Terrasse am Pool, wo Marian und Freddie bereits an einem alten französischen Emailleklapptisch saßen.

»Da seid ihr ja!«, rief Marian. »Ich dachte schon, ihr hättet über der ganzen Fachsimpelei unser Mittagessen vergessen.«

»Tut mir leid, ich war einfach so überwältigt von Lucies neuen Bildern, dass ich die Uhr nicht im Blick hatte«, entschuldigte sich Auden.

Freddie hatte sein Hummerbrötchen bereits zur Hälfte vertilgt. »Sorry, ich musste schon anfangen, ich war am Verhungern. Hab den ganzen Vormittag Tennis gespielt.«

»Oh, ist das alles von der Circle Pond Farm?« Auden bewunderte die aufgetischten Köstlichkeiten. Es gab Hummerbrötchen, Makkaronisalat, Curryhühnchen, Grünkohlsalat, Brownies und eiskalte Himbeerlimonade. »Und du, Freddie, willst also dieses Jahr deinen Titel beim Tennisturnier im Dorset verteidigen?«

»Auf jeden Fall. Wird nicht einfach. Angeblich sind die Iselin-Brüder extra nach Florida ins Tenniscamp von so einem Typen gefahren, der früher mal Nadal trainiert hat. Zum Glück hat Kip seinen Freund mitgebracht, ein echtes Tennis-Ass, der hat uns gute Tipps gegeben. Ist übrigens auch Harrys neuer Mieter in der Lily Pond Lane.«

Lucie wollte gerade in ihr Hummerbrötchen beißen, hielt jedoch inne. »Wie bitte? Harry Stuyvesant Fish hat einen neuen Mieter? Cissinghurst sollte doch an die Ortiz-Schwestern vermietet werden!«

»Hat wohl nicht geklappt. Jedenfalls wohnt dieser Typ jetzt da. Ist letzte Woche eingezogen.«

»Du musst da was verwechseln, Freddie. Ich habe doch letzten Monat selbst alles mit Harry abgeklärt.«

»Nein, wirklich. Der Typ meinte, er ist in Harrys Haus gezogen, und es ist viel zu groß für ihn und seine Mom.«

»Da hat Harry mal wieder seine Meinung geändert, hm?« Marian schnaubte. »Unglaublich, wie pingelig er mit diesem Haus ist. Es gehörte seiner Mutter, und jetzt behandelt er es, als wäre es ein Museum. Der Arme wird nachts wahrscheinlich immer noch von ihr heimgesucht.«

»Wie heißt der neue Mieter denn?«, fragte Lucie.

»George. Den Nachnamen hab ich vergessen.«

»Vielleicht ist er ja ein Enkel von Paloma oder Mercedes«, gab Auden zu bedenken.

»Die zwei wollten aber erst Mitte Juni einziehen. Ich kann mir nicht vorstellen, dass sie schon hier sind und sich nicht gemeldet haben.« Lucie spießte etwas Grünkohl auf ihre Gabel.

»Jedenfalls ist dieser George echt cool«, sagte Freddie. »Ich glaube, er ist in Australien zur Schule gegangen, zumindest hat er einen Akzent wie ein australischer Surfer.«

Auden lächelte. »Wir kennen auch einen George mit australischem Akzent, stimmts, Lucie? Der war mit uns auf Capri, ein ganz netter Kerl. George Zao.«

»Genau! So heißt er!«, rief Freddie.

Auden warf Lucie einen ungläubigen Blick zu. »Das kann nicht sein. So ein Zufall!«

Lucie war wie erstarrt. Das musste nichts bedeuten. Es gab bestimmt Tausende von George Zaos. »Freddie spinnt. Das ist unmöglich. Die Ortiz-Schwestern haben doch das Haus gemietet.«

»Frag halt Cecil. Immerhin ist er mit George befreundet.«

»Cecil?« Jetzt war Lucie vollends verwirrt.

»Ja, hat er zumindest behauptet. Sorry, ist mir gerade erst wieder eingefallen. Du weißt doch, dass mein Hirn nicht funktioniert, wenn ich Hunger habe.« Freddie griff nach den Brownies. »Mama, haben wir noch was von dem Sant-Ambroeus-Eis?«

»Das Schokoeis hab ich gestern Abend beim *The OA*-Marathon vernichtet, aber Pistazie müsste noch da sein«, erwiderte Marian. »Willst du was?«

»Woher kennt Cecil diesen George denn?« Lucies Alarmglocken schrillten immer lauter.

»Keine Ahnung. Das war kein Kaffeeklatsch, wir haben bloß Tennis gespielt.«

Marian wandte sich an Lucie. »Was für ein Durcheinander. Wo ist Cecil überhaupt?«

»In Venedig.«

»Na, dann ruf ihn am besten mal an, wenn du mehr wissen willst«, schlug Marian vor.

»Entschuldigt mich.« Lucie stand auf und ging ins Haus. Freddie rief ihr hinterher: »Bring das Pistazieneis mit, ja?«

Lucie setzte sich auf den Korbsessel mit Blick auf die Terrasse und wählte Cecils Nummer. Nach ein paarmal Klingeln ging er dran. »Baby! Ich war gerade auf einer überragenden Ausstellung im Palazzo Fortuny. Die Retrospektive eines koreanischen Künstlers, von dem ich noch nie was gehört hatte, Yun Hyong-keun. Er malt so ähnlich wie du, direkt auf die unbehandelte Leinwand. Die Bilder sind einfach großartig. Erinnern ein bisschen an den frühen Rothko. Garantiert genau dein Fall!«

»Schick mir mal den Namen, dann guck ich ihn mir an.«

»Ich hab dir den Katalog gekauft. Nachher gehe ich noch mit den Pinaults und ein paar echt netten Leuten aus Mexiko-Stadt essen. Schau mal in einer halben Stunde auf Instagram, ich lad gleich Bilder hoch.«

»Cecil, klär mich auf … wer ist George Zao?«

»George wie?«

»Zao. Anscheinend wohnt er den Sommer über in Harry Stuyvesant Fishs Haus?«

»Ach ja! Haha. Das ist zu gut. Du weißt ja, dass ich Harry nicht ausstehen kann, dieses blasierte Arschloch. Der will sein Haus doch nur an ›die Richtigen‹ vermieten, die ihren Stammbaum exakt bis zu dem Zeitpunkt zurückverfolgen können, als ihre Vorfahren in Mrs Astors Ballsaal in der Fifth Avenue standen. Also habe ich beschlossen, ihm einen kleinen Streich zu spielen, und ihm George Zao empfohlen. Und offensichtlich hat es geklappt, denn jetzt hausen in seinem Bordello di Cissinghurst genau die Leute, die er verabscheut. Das ist echt das merkwürdigste Pärchen, das ich je gesehen habe.«

»Was meinst du mit merkwürdig?«

»George ist eigentlich ganz in Ordnung, aber warts ab, bis du seine Mutter triffst. Das ist die ordinärste Person, die mir je untergekommen ist. Zieht sich an wie eine bessere Dragqueen.«

Lucie lief ein Schauer über den Rücken. *Ja, das waren die Zaos.*

Ihr Magen verkrampfte sich schmerzhaft. Seit jener schicksalhaften Nacht auf Capri hatte sie George nicht mehr gesehen. »Und woher kennst du diese Leute?«

»Das ist ja das Lustige! Ich kenne die beiden überhaupt nicht. Ich hab sie in der Frick Collection am Springbrunnen getroffen, auf der Suche nach dem Modigliani-Porträt, das jedes Mal woanders hängt. Rosemary saß auf einer Steinbank und hat sich irgendeine stinkende Salbe auf die Füße geschmiert. Wir sind ins Gespräch gekommen, weil ich mir einen Kommentar zu ihrem Turban nicht verkneifen konnte – so ein irres Liz-Taylor-Ding. Und da hat sie mich gefragt, ob ich einen Tipp für sie hätte, sie wollten ein Haus in den Hamptons mieten, weil ihr Sohn wohl gerade für irgendeinen B-Architekten in der Stadt arbeitet. Stell dir vor, sie hat mich doch ernsthaft gefragt, ob man Grey Gardens mieten könnte. Sie liebt den Film und die Beales und die Kennedys natürlich auch. Also habe ich ihr von einem noch besseren Haus erzählt und Harry sofort eine Nachricht geschickt. Hab behauptet, die Zaos wären ›asiatischer Adel‹, Freunde meiner Mutter und direkte Nachfahren des letzten Kaisers, der nach Hongkong geflohen ist. Das hat er mir im Ernst abgekauft! So was von gutgläubig, unfassbar. Ein Glück, dass er nach Norwegen beordert wurde und nicht in ein Land, wo wir jemanden mit mehr als drei Hirnzellen brauchen. Jedenfalls hoffe ich, Rosemary bevölkert Cissinghurst mit streunenden Katzen. Das wäre diesem Harry Fish eine Lehre. Diese elitären Arschlöcher habens nicht anders verdient!«

»Komm schon, Cecil, als wären deine Freunde nicht elitär.«

»Da verwechselst du was, Baby. Das sind geniale Selfmade-Milliardäre, die haben nichts mit dem Gehabe eines Harry Fish gemein. Die hätten jeden Grund, arrogant zu sein, sind es aber nicht. Genau wie mein Vater, der ohne ein vernünftiges Paar Schuhe in Terlingua, Texas, aufgewachsen ist und sich den Arsch abgerackert hat, bis er mit sechzig Jahren mit einer Hirnblutung tot umgefallen ist. Leute wie Harry dagegen haben immer auf meinen Vater herabgeschaut, selbst als er sich schließlich John Lobbs leisten konnte.«

Lucie stöhnte. Auf diese Diskussion hatte sie gerade wirklich keine Lust. »Aber Cecil, du wusstest doch, dass ich den Ortiz-Schwestern das Haus angeboten habe. Das war ein Riesenkrampf, zwischen zwei so anspruchsvollen Parteien zu vermitteln. Die Schwestern wollten sogar einen Nachweis über die Wasserqualität, weil sie offenbar einen bestimmten pH-Wert für ihr Vollbad brauchen. Das hab ich für die beiden auch alles gern getan, aber jetzt hast du das mit deinem albernen Rachefeldzug gegen Harry zunichtegemacht. Und zu allem Überfluss bin ich mit den

Zaos bekannt, genau wie die Ortiz-Schwestern, das macht das Ganze noch viel peinlicher!«

»Ach, gehören die Zaos etwa auch zu dieser bescheuerten Capri-Gang?«

»Ja. Das sind Verwandte von Isabel.«

»Na klar. Alles eine Mischpoke, diese reichen Asiaten.«

»Warum hast du mir nicht eher davon erzählt? Wir sind verlobt, Cecil. Hättest du mich nicht wenigstens warnen können?«

Cecil schwieg. Ihm dämmerte erst jetzt, wie dämlich seine Aktion gewesen war. »Tut mir leid, Baby. Ich wollte bloß, dass du auch was zu lachen hast.«

Lucie atmete tief durch, um nicht vor Wut zu platzen. »Manchmal verstehe ich dich wirklich nicht, Cecil. Ich fühle mich echt hintergangen.«

»Ich dachte, du würdest dich freuen!«

»Ja, total.« Lucie legte auf.

5

THE PREPPIE GURU LOUNGE
AMAGANSETT, LONG ISLAND

Das Herzstück der neuen Preppie Guru Lounge kurz vor Amagansett bildete das kreisrunde Yogastudio mit spektakulärer Aussicht auf das friedliche Sumpfgebiet, das sich bis hinunter zur Napeague Bay erstreckte. Audens Puppy-Yoga-Masterkurs am Samstagmorgen war mit einer Warteliste von zwei Jahren der mit Abstand beliebteste, und auch heute hatten sich wieder Groupies aus aller Welt versammelt, um ihre kohlenhydratentzogenen Körper zu Füßen ihres unnatürlich fotogenen Gurus zum Sonnengruß zu verrenken.

Lucie war schon seit Audens erstem Pop-up-Kurs in East Hampton vor vier Jahren großer Fan. Sie war es gewohnt, dass er auf Präzision bestand und ihren Körper an seine Grenzen und darüber hinaus brachte, aber heute war es richtig schlimm. Gnadenlos ließ er sie die unmöglichsten Haltungen einnehmen, und zu allem Überfluss war es auch noch außergewöhnlich schwül, sodass Lucie sich vorkam wie ein kaputter Rasensprenger. Außerdem hatte das Tierheim heute einen neuen Satz Welpen zur Verfügung gestellt, für die Zen offensichtlich ein Fremdwort war.

Während im Hintergrund leise *Akaal* von Ajeet Kaur und Trevor Hall lief, versuchte Lucie krampfhaft ihre *pungu mayurasana*, den einarmigen Pfau, zu halten, obwohl ein Bulldoggenwelpe an ihrer verschwitzten Achsel schleckte. Als sie dann vom einarmigen Pfau in die *sirsa padasana,* die Fuß-an-Kopf-Haltung, wechseln wollte, verbiss sich ein Corgi-Chihuahua-Mischling in ihr Tanktop und zerrte entschlossen an ihr. *Lass los, du blöder Köter!*, setzte Lucie zu einem inneren Mantra an. *Äh, ich meine, Mitte finden, atmen, om gam ganapataye namaha.* Beim Positionswechsel nahm sie aus dem Augenwinkel mehrmals einen langhaarigen Hippie hinter sich wahr, der alle Haltungen völlig mühelos einzunehmen schien. Wie schaffte er es bloß, diese kleinen Monster auszublenden?

Alle atmeten erleichtert auf, als Auden ihnen endlich erlaubte, sich in der *shavasana* zu entspannen, und vom Drill Instructor zu seinem normalen Selbst zurückkehrte. »Und jetzt lass dich in den Boden sinken. Spür die sanfte Umarmung von Mutter Erde. Lass deinen Körper mit dem weichen Gras verschmelzen, in die fruchtbare Erde sickern, immer tiefer und tiefer hinein in den Boden, schlage Wurzeln, verbinde dich mit dem magischen Baum im Zentrum des Universums. Lass deinen Atem von deinen Fußsohlen bis hinauf ins Kronenchakra fließen, spüre den Sauerstoff in jeder Zelle deines Körpers, jedem Strang deiner DNA, und stell dir beim Ausatmen vor, wie du kostbare Lebenskraft durch die Wurzeln in den Baum des Lebens schickst, Mutter Gaia, der Baum, der uns alle verbindet. Eeein und aaaus, eeein und aaaus. Spüre, wie die Lebenskraft durch deinen Körper fließt und dich nach Hause trägt, spüre, wie dein drittes Auge pulsiert …«

Da zwickte der Corgi-Chihuahua-Mix dem Mädchen neben Lucie in die Ferse. Die Arme erschreckte sich so sehr, dass ihr ein lauter Furz entwich, worauf ein paar Kursteilnehmerinnen sofort loskicherten. Lucie jedoch biss sich auf die Lippe und schämte sich für das Mädchen, befürchtete aber gleichzeitig, jemand könnte denken, sie wäre es gewesen. Auden läutete mit dem Friedensmantra das Ende der Stunde ein, und Lucie setzte sich auf und drehte sich zu dem Hippie um. Mit dem Rücken zu ihr rollte er seine Yogamatte auf, und Lucies Blick wurde magisch von seinem muskulösen Hintern angezogen, der sich durch den glänzenden Stoff seiner ausgeblichenen orangefarbenen Shorts abzeichnete. Auf einmal drehte der Typ sich um, ihre Blicke begegneten sich, und Lucie schnappte nach Luft. Das war kein Hippie, das war George. George mit langer Surfermähne. Kein Wunder, dass sie ihn nicht gleich erkannt hatte.

»Hey«, sagte er mit einem Schmunzeln.

»H-hi«, stotterte Lucie. *Er denkt definitiv, dass ich das mit dem Pups war.*

»George!« Auden kam zu ihnen und umarmte ihn fest. »Ist das schön, dich zu sehen! Ich hab letzte Woche schon deine Mutter bei Nick & Toni's getroffen, und da meinte sie, du würdest auf jeden Fall mal in der Lounge vorbeischauen. Lucie, ist das nicht super? Ein Wiedersehen nach so langer Zeit!«

»Äh, ja, total super.« Lucie hatte sich immer noch nicht gefangen.

»Darf ich euch auf einen Drink an unserer ayurvedischen Saftbar einladen?«, fragte Auden. »Wir haben uns bestimmt einiges zu erzählen.«

»Gern!«, erwiderte George unbekümmert.

»Ich, äh, ich muss los. Ich bin mit meiner Mutter zum Mittagessen verabredet.«

»Ach, schade. Aber grüß sie von mir.« Auden legte George den Arm um die Schultern und begleitete ihn zur Tür. Lucie hörte ihn gerade noch sagen: »Mensch, das war wirklich beeindruckend eben. Du solltest den Kurs leiten!«

»Findest du? Du hast mich damals auf Capri angefixt. Seitdem mache ich regelmäßig Yoga.«

Lucie bereute sofort, dass sie die Einladung abgelehnt hatte. Was konnte es bitte schaden, nach dem Kurs einen Saft mit Auden und George zu trinken? Schließlich hatten sie sich seit fünf Jahren nicht gesehen. Sie überlegte, ob sie ihnen doch noch folgen sollte, entschied sich aber dagegen. Außerdem musste sie wirklich nach Hause zu ihrer Mutter. Als ihr Blick auf die Spiegelwand vor dem Yogaraum fiel, erschrak sie. Ihre neue taubengraue Yogahose war vom Schritt bis zu den Knien schweißgetränkt. *Na toll. Jetzt denkt George nicht nur, ich hätte gepupst, sondern mir auch noch in die Hose gemacht.*

Auf der Heimfahrt in ihrem Mini Cooper beruhigte sich Lucie wieder. Sie fuhr mit offenem Verdeck den Old Montauk Highway entlang, der Ozean glitzerte in der Sonne, und eine kühle Brise umhüllte sie wie eine Decke. Die frische Luft pustete den Yoga-Nebel fort, und sie konnte endlich wieder klar denken. Sie hatte ja gewusst, dass sie George früher oder später in die Arme laufen würde, aber in ihrer Vorstellung war es immer im passenden Augenblick geschehen – am Spielfeldrand bei einem Tennismatch im Dorset Club zum Beispiel oder auf der Charity-Sommerparty des Watermill Center –, vor allem aber im passenden

Outfit. Das Treffen heute hatte sie total überrumpelt. Sie war völlig unvorbereitet gewesen, und nur deshalb hatte sie sich aufgeführt wie ein Teenie bei einem BTS-Konzert. Hätte Auden sie nicht geschlagene fünfundsiebzig Minuten lang gefoltert und sie deswegen nicht ausgesehen, als hätte sie sich in ihre dämliche Yogahose gemacht – die würde zu Hause sofort im Müll landen –, dann wäre sie niemals so nervös gewesen. Es gab ja auch überhaupt keinen Grund zur Nervosität. George war doch bloß ein Urlaubsflirt auf Capri gewesen, und das vor Jahren. Sie hatten sich gerade mal eine Woche gekannt und waren beide dem Charme der Insel zum Opfer gefallen, genau, Opfer, die sich von der ganzen geschichtsträchtigen Schönheit des Ortes und den schrecklich romantischen Instagram-Momenten von Issies Hochzeit hatten mitreißen lassen. Dieser ganze hedonistische Feiermarathon war doch nur dazu da gewesen, unschuldige Gäste zu verführen! Aber jetzt war sie wesentlich älter und reifer. Sie hatte einen Brown-Abschluss in der Tasche, zählte laut Artcom in der Kunstbranche zu den dreißig führenden Köpfen unter dreißig, und außerdem war sie mit Cecil Pike verlobt, Herrgott noch mal. Wer war George Zao bitte verglichen mit ihm? Ihr doch egal, wenn er nach einer schweißtreibenden Puppy-Yogastunde immer noch aussah wie frisch vom Laufsteg, während sie sich fühlte wie ein nasser Hamster. George Zao ging ihr am Allerwertesten vorbei.

Lucie bog auf die Kieseinfahrt, parkte hinter dem zwanzig Jahre alten Oldsmobile Bravada und lief die Stufen zur Eingangstür hinauf. Wo sie und ihre Mom wohl heute essen gehen würden? Plötzlich hatte sie Riesenappetit auf das Eiweißomelett im Babette's. Kaum war sie durch die Tür, schlug ihr ein heftiger Geruch ins Gesicht. Fermentierte chinesische Fischsoße. Diesen Duft kannte sie eigentlich nur aus dem Haus ihrer Großmutter Tang in Seattle.

»Mom, bist du da?« In der Küche bot sich ihr ein völlig ungewohnter Anblick – ihre Mutter stand am Herd und rührte hektisch in einem Topf. Ihre Köchin Mary stand daneben und spähte mit einer Mischung aus Neugier und Entsetzen über Marians Schulter, bereit, jeden Augenblick einzuschreiten.

»Siehst du, man muss rühren, bis das Eiweiß aussieht wie eine Blume«, erklärte ihre Mutter gerade.

»Mom? Was ist denn hier los?«

»Lucie!«, ertönte eine durchdringende Stimme hinter ihr.

Lucie wirbelte herum und sah Rosemary Zao mit ausgestreckten Armen auf sich zukommen. Sekunden später erstickte sie fast in einer Satinwolke, während Rosemary fröhlich auf sie einplapperte. »Na so was! Du bist ja noch hübscher, als ich dich in Erinnerung hatte! Ein bisschen zugelegt hast du auch, oder? Gut, gut, du warst sowieso viel zu dürr.«

»Mrs Zao!«, platzte Lucie hervor. Was tat diese Frau in ihrer Küche?

Marian drehte sich um. »Ist das nicht witzig, Lucie? Ich habe Mrs Zao heute Morgen nach dem Joggen in der Circle Pond Farm gesehen und mich ihr einfach mal vorgestellt. Während wir so plauderten, haben wir ganz schnell festgestellt, dass es in den Hamptons weit und breit kein anständiges chinesisches Essen gibt, und weißt du was? Da hab ich sie einfach zum Mittagessen eingeladen. Ob du es glaubst oder nicht, deine Mama steht am Herd! Dank

Po Pos[1] Kochbuch gibt es gleich Eiersuppe mit Mais und knusprige Flunderfilets mit Knoblauchsoße, und Mrs Zao zaubert uns frittierten Stinkenden Tofu und Nudeln mit Rindfleisch und Eiersoße auf kantonesische Art. Weißt du noch, wie gern ihr das gegessen habt, als wir in Hongkong waren?«

»Wir nehmen allerdings frische Linguine, weil wir im Stop & Shop keine Reisnudeln bekommen haben«, warf Rosemary ein. »Und Marian, hör bitte auf, mich Mrs Zao zu nennen, sonst komme ich mir steinalt vor. Ich heiße Rosemary!«

»Ich springe erst mal unter die Dusche.« Lucie ging rückwärts aus der Küche. Zwei Zaos an einem Tag waren entschieden zu viel.

Ihre Mutter rief ihr hinterher: »Ich bin gleich fertig mit kochen. Chinesisches Essen muss heiß gegessen werden, also nicht trödeln!«

»Genau«, bestätigte Rosemary. »Ich habe gerade George geschrieben, er kommt auch zum Essen. Der wird vielleicht blöd aus der Wäsche gucken, wenn er dich wiedersieht.«

Oder auch nicht, dachte Lucie.

1 »Großmutter« auf Kantonesisch.

6

OUTLOOK AVENUE
EAST HAMPTON, LONG ISLAND

Lucie trat erfrischt und mit einem Plan aus der Dusche. George war inzwischen sicher eingetroffen, also wollte sie ihr feuchtes Haar zu einem hohen Ballerinadutt binden und den ärmellosen weißen Jumpsuit von The Row anziehen, den sie immer bei wichtigen Meetings trug, um Eindruck zu schinden. Das Outfit war konservativ und trotzdem verführerisch, und außerdem wirkte es, als hätte sie sich nicht großartig Gedanken darüber gemacht. Das sollte ihren verschwitzten Anblick von heute Morgen endgültig aus seinem Gedächtnis verbannen.

Rasch schlüpfte sie in ihre Lieblingssandalen aus Capri, rannte die Treppe hinunter und verlangsamte erst kurz vor dem Esszimmer ihre Schritte. Da saß er, in demselben schwarzen Tanktop und den orangefarbenen Shorts, die er vorhin beim Yoga getragen hatte. Unmöglich, dass er nicht mal den Anstand besaß, sich fürs Mittagessen umzuziehen.

»Lucie!«, rief Rosemary, kaum dass sie um die Ecke gebogen war, und wandte sich dann an George. »Erinnerst du dich noch an Lucie?«

»Klar, Mom. Wir haben uns heute Morgen schon gesehen«, erwiderte George ungerührt.

Rosemary sah Lucie verdattert an. »Ach ja?«

»Ja, wir waren zusammen beim Puppy-Yoga.«

»So, jetzt, da Prinzessin Lucie uns mit ihrer Anwesenheit beehrt, können wir ja endlich reinhauen!« Freddie schnappte sich einen Servierlöffel und attackierte den Nudelberg mit Rindfleisch und Eiersoße.

»Freddie, denk dran, in China bekommt der Gast zuerst«, tadelte Marian.

Der Löffel schwebte bereits über Freddies Teller, aber er kriegte gerade noch die Kurve und lud ihn mit einer schwungvollen Bewegung auf Rosemarys Teller ab. »Weiß ich doch, Mama.«

»Gerade noch so.« George zwinkerte Freddie zu.

»*Mhou haakhei*[1], Marian. Nehmt euch, bevor es kalt wird!« Rosemary wandte sich an Lucie. »So, dann erzähl uns mal, was du in den letzten fünf Jahren alles getrieben hast.«

»Hm, ich habe meinen Abschluss an der Brown gemacht …«

»*Magna cum laude*, übrigens«, warf Marian ein.

»… und arbeite seit zwei Jahren als Art Consultant.«

»Bei der besten Agentur der Welt«, ergänzte Marian.

»Art Consulting, was habe ich mir darunter vorzustellen?«, fragte Rosemary.

»Lucie hat den wichtigsten Job der Welt«, meinte Freddie mit vollem Mund. »Sie sagt irgendwelchen neureichen

1 »Lassen wir das mit der Höflichkeit« auf Kantonesisch.

Emporkömmlingen, was sie sich an die Wand hängen sollen.«

»Nicht ganz. Ich helfe Sammlern dabei, eine ausgewogene Kunstsammlung aufzubauen.«

»Indem du ihnen sagst, was sie sich an die Wand hängen sollen. Damit Fotos von ihrem Haus es in die richtigen Zeitschriften schaffen, sie mit den richtigen Leuten abhängen können, in die richtigen Clubs aufgenommen werden, für die richtigen Firmen arbeiten, die richtigen Leute heiraten, mit ihnen die richtigen Babys bekommen, die sie dann auf die richtigen Schulen schicken, auf dass das Ganze von vorne losgeht.«

»Ziemlich zynische Weltanschauung, Freddie«, sagte Lucie.

»So sieht deine Welt doch aus.«

»Deine etwa nicht? In wie vielen Eating Clubs bist du noch gleich in Princeton?«

»Jetzt hört mal auf, ihr zwei«, rügte Marian, während sie Freddie etwas von dem Stinkenden Tofu auftat. »Dein Bruder will dich doch bloß provozieren. Freddie, ich weiß ja, dass du dich nicht für die richtigen Leuten interessierst, aber richtig benehmen darfst du dich trotzdem.«

»Bäh!« Freddie verzog das Gesicht, als ihm der penetrante Geruch des Tofus in die Nase stieg.

»Probier doch mal«, ermunterte Marian ihn. »Der schmeckt dir bestimmt.«

Freddie rümpfte die Nase. »Da wär ich mir nicht so sicher.«

Marian sah Rosemary betreten an. »Tut mir leid, meine Kinder sind wohl zu westlich erzogen. Sie wissen authentisches chinesisches Essen einfach nicht zu schätzen.«

»*Aiya*, wem sagst du das? George weigert sich, Hühnerfüße zu essen. Keine Angst, Freddie, du wirst hier zu nichts gezwungen. Aber wenn du dich traust, dann tunk den Tofu doch mal in die süße Chilisoße.«

Todesmutig dippte Freddie ein Stückchen Tofu in die Soße und steckte es sich in den Mund, worauf die Skepsis sofort aus seinem Gesicht verschwand. »Riecht zwar wie Käsefüße, schmeckt aber ziemlich gut.«

Marian grinste ihn triumphierend an. »Siehst du? Aber jetzt zurück zu Lucie. Die macht nämlich auch selbst ganz tolle Kunst. Ihre Werke gehören in eine Galerie.«

»Quatsch.« Wie peinlich, dass ihre Mutter auf einmal zur asiatischen Angebermutter mutierte!

Marian stieß einen spitzen Schrei aus. »Das Wichtigste hätte ich ja beinahe vergessen. Lucie ist verlobt!«

Rosemary strahlte Lucie an. »Ja, das haben wir schon gehört. Herzlichen Glückwunsch! Aber wo ist denn dein Ring?«

»Oh, den habe ich gerade nicht an«, erwiderte Lucie leicht verlegen.

»Wie auch? Das Ding ist größer als ein Ziegenhoden«, witzelte Freddie.

»Freddie, also wirklich«, schimpfte Marian, bevor sie sich wieder an Rosemary wandte. »Der Ring ist wunderschön.«

Rosemary räusperte sich. »Das glaube ich sofort. Etwas anderes hätte ich bei Cecil auch nicht erwartet. So ein netter Mann. Immerhin hat er uns Shittinghurst vermittelt.«

Lucie, Freddie und Marian prusteten los.

Rosemary runzelte die Stirn. »Stimmt was nicht?«

»Cissinghurst, Mom, es heißt Cissinghurst«, erklärte George geduldig.

»Oje, tut mir leid. Englisch ist nicht meine Muttersprache.«

»Dafür musst du dich doch nicht entschuldigen«, meinte Marian. »Dein Englisch ist wunderbar. Sehr charmant.«

»Mrs Churchill, die Flunder in der scharfen Knoblauchsoße ist einfach fantastisch«, sagte George. »So etwas Gutes habe ich in meiner ganzen Zeit in New York noch nicht gegessen.«

Marian strahlte. »Danke, George. Und ganz schnell gemacht! Ich gebe dir gern das Rezept. Das ist eins der wenigen Gerichte, die ich überhaupt kann, aber jetzt habe ich richtig Lust bekommen, wieder öfter chinesische Gerichte auszuprobieren.«

Rosemary hatte eine riesige Auswahl exotischer Früchte mitgebracht, die sie eigens aus Asien hatte einfliegen lassen. Zum Nachtisch bedienten sich alle an thailändischen Mangos, japanischen weißen Erdbeeren, Nashibirnen und Honigmelonen aus Korea, und Marian blickte zufrieden in die Runde. »Das letzte richtige chinesische Mittagessen bei uns ist schon Jahre her. Ich komme mir vor wie in einem Wong-Kar-Wai-Film.«

Rosemary riss die Augen auf. »Wie bitte? Du kennst Wong Kar-Wai? Ich liebe seine Filme!«

»Wen?«, fragte Freddie.

»Das ist ein Regisseur aus Hongkong, einer der Großmeister des asiatischen Autorenfilms«, klärte George ihn auf.

»Ach je, ich habe damals alle seine Filme gesehen, sobald sie in Hongkong ins Kino kamen. Ich konnte einfach nicht genug bekommen und wollte genau wie Faye Wong sein.« Rosemary steckte sich seufzend eine Erdbeere in den Mund.

»Ich auch!«, sagte Marian. »Ich habe seine Filme für mich entdeckt, als ich für meine Facharztausbildung im St. Vincent's hergezogen bin. Ich hatte zu den unmöglichsten Zeiten Dienst und habe oben in Morningside Heights gewohnt, deshalb bin ich in den Pausen nicht nach Hause, sondern ins Film Forum.«

Rosemary nickte beifällig. »*Days of Being Wild* hätte ich mir tausendmal angucken können. Leslie Cheung war großartig, was für ein herber Verlust![1] Welcher ist dein Lieblingsfilm?«

Marian lutschte gerade an einem Mangokern. »Muss ich mich da jetzt wirklich entscheiden? *Chungking Express* könnte ich jeden Abend schauen, und *In the Mood for Love* ist ein absolutes Meisterwerk. Aber für *Fallen Angels* habe ich eine echte Schwäche, hauptsächlich wegen Takeshi.«

Rosemary schlug auf den Tisch. »O mein Gott! Takeshi! Mit dem wollte ich Kinder kriegen!«

»Da hättest du dich erst mit mir anlegen müssen«, lachte Marian.

Freddie kam nicht mehr mit. »Wer ist das jetzt schon wieder?«

»Na, Takeshi Kaneshiro! Er hat in ein paar Wong-Kar-Wai-Filmen die Hauptrolle gespielt.[2] Ein Bild von einem

[1] Ein extrem talentierter Sänger, Songschreiber und Schauspieler, der es in Asien vom Teeniestar zur Popikone schaffte und die Hauptrolle in Wong Kar-Wais *Days of Being Wild* und *Ashes of Time* spielte, wofür er jeweils als Bester Schauspieler ausgezeichnet wurde. 2003 nahm er sich das Leben.

[2] Genau genommen spielte Takeshi Kaneshiro nur in *Fallen Angels* und *Chungking Express* mit.

Mann«, schwärmte Marian. »Moment mal, findest du nicht, dass George ihm ziemlich ähnlich sieht?«

»Mein George? Auf keinen Fall! Der sieht zwar gut aus, aber so gut nun auch wieder nicht.«

»Ach … da wäre ich mir nicht so sicher«, erwiderte Marian.

»Takeshi war ein Bad Boy, ein Sexgott! Willst du etwa behaupten, mein Sohn sieht aus wie ein Sexgott?«

George war das Gespräch sichtlich unangenehm. »Vielleicht könnten wir dann jetzt das Thema wechseln.«

»Also wirklich.« Freddie lachte. »Ich wusste gar nicht, dass Mama auf junge Männer steht.«

Marian wandte sich lächelnd an Lucie. »Zeig George doch mal deine Bilder.«

Lucie funkelte ihre Mutter an. »Äh, ich weiß ja nicht, ob er die jetzt unbedingt sehen will.«

»Liebend gern!« George sprang auf, als hätte er nur auf die Gelegenheit gewartet.

Die beiden gingen durch die Terrassentür und folgten dem moosbewachsenen Pfad, der sich am Poolhaus vorbeischlängelte. Vor dem Atelier am anderen Ende des Gartens blieb Lucie stehen. »Erwarte aber bitte nicht zu viel. Meine Mutter hat ganz schön übertrieben.«

»Ich erwarte überhaupt nichts.«

Lucie schob die Tür auf. Durch mehrere Dachfenster ergoss sich Tageslicht in den Raum. Vor ihnen stand eine eins fünfzig mal eins fünfzig große Leinwand, die Lucie vor Kurzem fertiggestellt hatte.

»Das ist mein neuestes Bild, und dahinter …«

George legte ihr eine Hand auf den Arm. »Moment.«

»Oh, entschuldige.«

George trat ein paar Schritte zurück und ließ das Bild einige Minuten auf sich wirken, während Lucie unbehaglich danebenstand.

»Okay, jetzt bin ich bereit fürs nächste«, verkündete er schließlich.

Lucie stellte das Bild beiseite, und darunter kam die nächste Leinwand zum Vorschein, nach ein paar Minuten dann die nächste und wieder die nächste. Warum nahm George ihre Bilder so genau in Augenschein, untersuchte jeden Pinselstrich bis in den letzten Winkel? War sein Interesse bloß aufgesetzt? Wollte er sie veräppeln?

Sie musterte ihn, während er ihre Bilder musterte, nahm die Veränderungen in seinem Gesicht wahr – die Züge wirkten fast noch markanter als damals, genau wie sein ausgeprägter Trizeps, der Ansatz seiner Brustmuskeln unter dem weiten Shirt. Der nussbraune Teint seiner Jugend war zu einem hellen Marmorton verblasst, und der schlaksige Schwimmerkörper war nun der eines echten Athleten. Kurz stellte sie sich vor, ein Porträt von ihm zu malen.

»Wie lange arbeitest du schon in diesem Stil?«, fragte er.

Lucie zuckte erschrocken zusammen. Hatte er etwa gemerkt, wie sie ihn angestarrt hatte? »Oh … seit meinem ersten Jahr an der Uni.«

»Das hier ist echt toll.« George zeigte auf ein kleineres Bild. Lucie ging zu ihm, um es sich aus seiner Perspektive anzuschauen. Sie standen schweigend nebeneinander, und es war so still, dass sie ihn atmen hören konnte. Sie roch den getrockneten Schweiß aus dem Yogakurs, spürte die Hitze, die von ihm ausging. Er übte eine unerwartete Anziehung auf sie aus, und als sich ihre nackten Schultern kurz berührten, durchzuckte sie ein Stromstoß. Hastig trat sie zur Seite.

George schien von alledem nichts mitbekommen zu haben. »Ja, das gefällt mir wirklich am besten.«

Lucie hatte sich noch nicht wieder gesammelt. »Das ist, ähm, noch nicht ganz stimmig, finde ich. Unvollendet.«

»Na ja, wie solltest du es auch je vollenden? Trauer verlässt einen doch nie ganz, oder?«, fragte George leise.

Lucie war wie vom Donner gerührt. Sie spürte genau, wie er sie anstarrte, und mied seinen Blick. Wer wusste, was sonst passieren würde. Stattdessen ging sie zur Leinwand, um sie wieder wegzuräumen.

Da klopfte es an der Tür, und Freddie kam hereingeschlendert. »Lust auf eine kleine Ausfahrt, George? Perfektes Segelwetter heute.«

»Klar.«

»Lucie, kommst du mit?«

»Nein, ich bleibe lieber hier und räume noch ein bisschen auf.«

»Tu, was du nicht lassen kannst.« Freddie legte George den Arm um die Schulter, und gemeinsam verließen sie das Atelier.

Lucie nahm das Bild von der Staffelei und stellte es zurück zu den anderen. Gerade wollte sie eine andere Leinwand davorstellen, da ging sie auf die Knie und betrachtete das Bild eine Weile. Im Chaos der weißen Pinselstriche auf weißem Hintergrund stürzte auf einmal eine Erinnerung aus ihrem neunten Lebensjahr auf sie ein …

Sie stand im Flur ihrer Wohnung in der Park Avenue, während die Rettungssanitäter sich über ihren Vater beugten, der auf dem weißen Marmorboden lag. Sie drückten ihm einen Defibrillator auf die Brust.

»Weg vom Patienten. Achtung, Defibrillation! Bleiben Sie bei

mir. Okay, noch mal. Achtung, Defibrillation«, sagte der Sanitäter ruhig.

»Reggie, bitte verlass mich nicht, bitte, bitte nicht«, wimmerte ihre Mutter, während einer der Sanitäter sie zurückhielt.

»Schaff doch endlich einer das Kind raus«, sagte irgendwer.

Ehe Lucie wusste, wie ihr geschah, packte sie ein Mann unter den Achseln und zog sie hoch, raus aus dem Flur, für immer fort von ihrem Vater.

Lucie lag auf dem Boden, betrachtete das Bild, und Tränen kullerten ihr über das Gesicht. Auf einmal verstand sie, warum sie in Capri fluchtartig losgerannt war, als der Mann auf der Piazza einen Herzinfarkt erlitten hatte. George war damals dort gewesen. Er war der Einzige, der ihre Panik miterlebt hatte, ihren Schmerz, als der Mann um sein Leben kämpfte, und er war der Einzige, der ihre Bilder je mit ihren Augen gesehen hatte.

7

DITCH PLAINS

MONTAUK, LONG ISLAND

Jeden Sonntag joggte Lucie bei Sonnenaufgang an der Küste entlang bis nach Ditch Plains, einem kleinen Strand, der direkt an eine spektakuläre Sumpflandschaft grenzte. Dann holte sie sich einen Kaffee bei Ditch Witch – einem Food Truck am Parkplatz – und setzte sich auf die Felsen, um die Surfer und die Einheimischen zu beobachten, die dort frühmorgens ihre Hunde ausführten. Heute hatte sie einen Surfer entdeckt, der die Wellen wesentlich geschickter manövrierte als die meisten anderen Verrückten vor der Küste. Als er an Land kam, stellte sie fest, dass es George war, der sein Haar zum Pferdeschwanz gebunden hatte.

Warum muss er aber auch in allem so verdammt gut sein? Lucie beschloss, ihm freundlich zuzuwinken.

George kam zu ihr, zog den Reißverschluss seines Neoprenanzugs herunter und trocknete sich den Oberkörper ab. »Morgen«, sagte er leicht außer Atem.

»Und, gute Wellen da draußen?« Lucie versuchte angestrengt, nicht auf die Tropfen zu starren, die ihm über die Bauchmuskeln rannen.

»Nee.« George ließ sich neben ihr in den Sand fallen.

»Kein Vergleich zu Bondi Beach, hm?«

»Kein Vergleich zum Rest der Welt. Ich hatte ja zumindest auf etwas stärkeren Wellengang gehofft, aber in der Not frisst der Teufel Fliegen.« George zuckte mit den Schultern.

Lucie verdrehte die Augen. »Tut mir leid, dass unser Strand nicht deinen Ansprüchen entspricht.«

»Das hab ich doch gar nicht behauptet. Ich habe bloß deine Frage ehrlich beantwortet.«

Mann. Wieso musste ich gleich wieder so überreagieren? Lucie machte einen Versöhnungsversuch. »Dann vermisst du bestimmt auch die Strände in Kalifornien …«

»In Berkeley war ich eigentlich nur selten surfen. Keine Zeit. Aber die Strände in Sydney vermisse ich, und die North Shore.«

»Oahu?«

»Ja, da haben wir ein Haus.«

»Genau, das hat deine Mutter mal erzählt. Wie oft bist du da?«

»Inzwischen höchstens noch einmal im Jahr, wenn überhaupt.«

»Wieso bist du überhaupt nach New York gezogen? Du hättest bestimmt auch irgendwo einen Job gefunden, wo es bessere Strände gibt.«

»Für diese Firma wollte ich schon immer arbeiten. Wir entwickeln bezahlbare und trotzdem nachhaltige Wohnräume in Arbeitervierteln. Kannst du vermutlich nicht nachvollziehen.«

Lucie runzelte die Stirn. »Wie kommst du denn darauf? Meinst du, ich arbeite nur für Reiche?«

George schmunzelte. »Das hast du gesagt, nicht ich.«

»Meine Klienten sind vielleicht reich, aber von irgendwas müssen Künstlerinnen schließlich leben. Meine Aufgabe besteht hauptsächlich darin, Sammler und junge, aufstrebende Künstler zusammenzubringen, vor allem Frauen und Angehörige von Minderheiten. Deren Werke vermittle ich an die bedeutendsten Sammlerinnen und Sammler, die ich kenne, damit ihre Arbeit hoffentlich bald die Anerkennung bekommt, die sie verdient.«

»Tut mir leid, dann habe ich Freddies Aussagen neulich beim Essen wohl falsch interpretiert«, meinte George zerknirscht.

»Freddie redet meinen Job gern klein. Er ist ein richtiger Salonbolschewist. Bin mal gespannt, was er aus seinem Leben macht.«

»Wie meinst du das?«

»Na, er genießt tausend Privilegien, die ich nie haben werde.«

»Zum Beispiel?«

»Zuallererst ist er ein Mann. Außerdem hat er ja wohl den genetischen Jackpot geknackt. Haare wie Keanu Reeves und die Gesichtszüge meines Vaters, da merken die meisten Leute gar nicht, dass chinesisches Blut in seinen Adern fließt. Und dann noch die Churchill-Privilegien. Ich meine, die gesamte Stadt ist auf Männer wie ihn ausgerichtet. Durch seinen Familienbonus war seine Aufnahme in Princeton quasi gesetzt, und alle elitären Herrenclubs reißen sich um ihn.«

»Gibt es echt immer noch Privatclubs in New York, die keine Frauen aufnehmen?«

»Aber hallo! Vor einer Weile wurde ein altehrwürdiger

Herrenclub gezwungen, endlich Frauen aufzunehmen, und weißt du, was sie gemacht haben? Sie haben die Speisekarte so verändert, dass alle Gerichte, die Frauen ansprechen könnten, ekelhaft waren. Salate, Fisch, Hühnchen, alle leichten Speisen waren absichtlich ungenießbar, in der Hoffnung, dass es die Frauen abschreckt. Die Steaks und Burger für die echten Kerle waren natürlich weiterhin lecker.«

»Boah, wie perfide. Aber Freddie ist trotzdem ein Guter. Ich glaube, der wird diese miefigen Altherrenclubs ordentlich aufmischen.«

»Auf jeden Fall. Ich liebe meinen Bruder, aber einfach ist es nicht, mit so einem Charmeur verwandt zu sein. Einmal kamen wir aus dem Fitnessstudio und sind zu Hause in den Fahrstuhl. Ich hatte noch meine Sportklamotten an und eine große Papiertüte mit Essen im Arm, das wir uns unterwegs geholt hatten. Da stieg eine Frau ein, anscheinend war sie zu Besuch bei irgendwem, lächelte und fragte mich allen Ernstes: ›Verdienen Sie denn auch gut am Trinkgeld?‹«

»Was meinte sie damit?«

»Das hab ich auch erst begriffen, als Freddie laut losgelacht hat. Die Frau dachte, ich würde Essen von irgendeinem Chinarestaurant ausliefern. So geht es mir ständig, aber Freddie würde das nie passieren.«

George schüttelte entgeistert den Kopf. Da fiel ihm etwas ein. »Hey, kennst du vielleicht einen Künstler, der ein großes Wandgemälde im Freien machen könnte? Wir gestalten gerade einen Spielplatz in der Bronx neu, und ich dachte, wir könnten da was machen, das auf einer Hausmauer anfängt und sich über den Boden bis zur Skaterampe erstreckt. Wir haben kein Riesenbudget, aber das wäre ja vielleicht auch ganz gute Werbung für den Künstler.«

»Machst du Witze?«, rief Lucie. »Ich kenne bestimmt hundert, die interessiert wären.«

»Super. Dann stell ich den Kontakt her.«

Eine Weile sahen sie aufs Meer hinaus, bis Lucie das Wort ergriff. »Ich wollte mich noch entschuldigen. Tut mir leid, wenn ich vorhin etwas schroff war ... Ditch Plains bedeutet mir einfach so viel. Mein Vater war immer mit mir hier, als ich klein war. Er war mit dem Besitzer des East Deck Motel befreundet, so ein hübsches altes Hotel gegenüber vom Parkplatz, deshalb waren wir oft hier am Strand. Hier hat er mir auch das Schwimmen beigebracht ...«

»Tut mir leid, wenn ich deinen Strand beleidigt habe. Mein Pa hat mir das Schwimmen auch im Meer beigebracht, in Coogee.«

Lucie holte tief Luft, um auszusprechen, was ihr schon die ganze Woche auf der Seele lag. »Neulich im Atelier hast du etwas über eins meiner Bilder gesagt, was mich wirklich kalt erwischt hat.«

»Das weiße?«

»Genau. Als ich es hinterher angeschaut habe, hatte ich einen richtigen Flashback zum Tod meines Vaters. Er hatte einen Herzinfarkt, zu Hause, und ich war dabei, aber das hatte ich offensichtlich komplett aus meinem Gedächtnis gelöscht. Bis vor ein paar Tagen.«

George sah ihr tief in die Augen. »Wie alt warst du da?«

»Acht.«

»Mein Vater ist gestorben, als ich sechzehn war. Er war schon lange krank, aber es war trotzdem schrecklich mitanzusehen, wie er am Ende immer weniger wurde. Ich habe

Jahre gebraucht, um darüber hinwegzukommen – wenn man das überhaupt so sagen kann. Ich kann mir gar nicht vorstellen, wie schlimm das für dich als Kind gewesen sein muss.«

»Ich habe es einfach total verdrängt. Ich wusste zwar, dass er einen Herzinfarkt hatte, aber nicht, dass ich dabei war.«

George dachte über ihre Worte nach, dann sah er sie überrascht an. »O Mann, kein Wunder, dass dich das damals auf der Piazzetta in Capri so mitgenommen hat.«

Lucie schloss kurz die Augen und schwieg. So saßen sie eine ganze Weile da, und während Lucie die Wellen beobachtete, schiefergrau vor dem blitzblauen Himmel, sagte sie beiläufig: »Der Ausblick ist hier zwar nicht so gut wie von Casa Malaparte, aber mir gefällt er trotzdem. Hier habe ich surfen gelernt.«

George drehte sich erstaunt zu ihr um. »Moment mal, du kannst surfen?«

»Klar.«

»Echt? Warum hab ich dich dann noch nie hier gesehen?«

Lucie sah zu ihm auf. »Willst du mich verarschen? Da könnte ich auch gleich auf dem Ententeich im Central Park surfen gehen. Damit verschwende ich doch nicht meine Zeit. Man müsste schon Malibu-Barbie sein, um hier eine Welle zu reiten.«

George lachte.

»Apropos …« Lucie deutete mit dem Kopf auf eine hübsche Blondine, die auf ihrem Brett zurück Richtung Strand paddelte.

Das Mädchen entstieg dem Wasser wie ein Bond-Girl

und schlenderte mit dem Surfbrett unterm Arm auf sie zu. George stand auf, gab ihr einen Kuss auf die Wange und reichte ihr sein Handtuch.

»Lucie, das ist Viv.«

»Hi«, begrüßte Lucie sie verdattert und betrachtete das verschlungene Drachentattoo auf ihrem Arm.

»Hallo«, sagte Viv mit starkem schwedischem Akzent.

»Und woher kennt ihr euch?«, wollte Lucie wissen.

»Wir haben uns vor ein paar Wochen am The Point kennengelernt, da hatte Viv ein Shooting für *Harper's Bazaar.*«

»Ein Bikinishooting«, fügte Viv hinzu.

Lucie schmunzelte. »Klar.«

»Lucie ist, ähm, eine alte Freundin«, sagte George zu Viv.

»Alte Freunde sind etwas Schönes.« Viv lächelte Lucie an, dann wandte sie sich an George. »Kommst du mit nach Hause? Frühstücken?«

»Klar.« George nickte Lucie zum Abschied zu, ehe er sein Surfbrett unter den Arm klemmte und mit Viv an der Seite verschwand.

8

SAINT LUKE'S PLACE
GREENWICH VILLAGE, NEW YORK

Aufgeschnappt im Kanalzimmer …

»Cecil Pike, Sie sind ein echter Visionär. Ich komme mir vor wie in einem futuristischen Venedig! Wenn Carlos de Beistegui noch am Leben wäre, hätte er Schaum vorm Mund vor lauter Neid!«

»Ein echter Kanal in einem Townhouse im West Village! Auf so eine Idee kommst auch nur du, Cecil. Ich dachte, ich bin auf Pilzen, als die Gondel aus eurem Wohnzimmer in den Garten gefahren ist.«

»Cecil! Das ist die fantastischste Einweihungsparty aller Zeiten. Ist das Samin Nosrat, die da kocht? OMG, ich bin ihr größter Fan.«

»Comme cette maison est illustre, Cecil. C'est exquis! Le summum du chic! J'emménage immédiatement.«

»Mon dieu, quel compliment venant de vous, chére comtesse. J'en suis profondément honoré!«

»Also, so etwas Originelles habe ich seit der Hilma-Ausstellung im Guggenheim nicht mehr gesehen.«

»Spätestens, wenn die Kinder kommen, zieht ihr aber

um! Ich sehe schon vor mir, wie mein zukünftiger Neffe kopfüber in den Kanal fällt.«

»Keine Sorge, Freddie, deshalb arbeiten die Gondolieri Vollzeit bei uns. Die sind alle als Rettungsschwimmer ausgebildet.«

»Ein Infinity-Mirror-Puderraum von Yayoi Kusama! Wie um alles in der Welt hast du das angestellt, Cecil?«

»Und Sie sind also Lucie? Cecil hat mir erzählt, dass Sie die Kunst hier kuratiert haben. Wirklich genial, wie Sie den Kehinde Wiley in der Bibliothek dem Lucian Freud gegenübergehängt haben! Sollen wir uns auf Instagram folgen?«

»Cecil, wie viel müssen wir Ihnen bieten, damit wir eine Fotostrecke über das Haus bringen dürfen?«

»Zu freundlich, Martina, aber Sie wissen doch, wie diskret meine Familie ist. Wir lassen unsere Häuser grundsätzlich nicht fotografieren.«

Aufgeschnappt im Mezzanin-Vorführraum …

»O mein Gott, Lucie, Martina will eine Fotostrecke vom Haus in der *Cabana* bringen!«

»Echt? Das ist ja cool.«

»Ich lasse sie noch etwas zappeln. Von mir aus kann sie es gern machen, aber nur mit mir auf dem Cover!«

»Dagegen hat sie bestimmt nichts.«

»Wobei, eigentlich sollten wir zusammen aufs Cover. In diesem Zimmer. In der Gondel!«

»Äh, da reden wir später drüber, okay?«

»Sag mal, unterhält sich deine Mutter da gerade mit Hanya Yanagihara?«

»Ja, wieso?«

»Sei so gut und lock sie weg, bevor sie was Dummes

sagt. Weißt du, was sie vorhin zu Bruce Weber meinte? ›Oh, ich liebe das Foto, das Sie von Lucie gemacht haben! Das hab ich mir sofort an den Kühlschrank gehängt.‹«

»Was soll daran so schlimm sein? Sie wollte ihm doch bloß ein Kompliment machen.«

»Da könnte sie genauso gut zu Michelangelo sagen: ›Ich habe Ihre hübsche kleine Skulptur zu meinen Gartenzwergen gestellt!‹«

»Cecil, sei nicht so fies.«

»Ich bin doch nicht fies. Ich will deiner Mutter bloß die Blamage ersparen.«

Aufgeschnappt in der Bibliothek …

»Weißt du, was ich an Neureichen liebe? Auf deren Partys gibt es immer den besten Wein, weil sie auf Teufel komm raus Eindruck schinden wollen. Und du kennst ja meine Devise: Ich trinke nur extrem teuren Wein, und das auch nur, wenn jemand anders bezahlt.«

»Hohoho! Mordecai, du bist unmöglich! Aber du hast recht, der Château d'Yquem ist fantastisch.«

»Und dieser kleine Vuillard erst! Macht sich einfach perfekt auf der kaputten Staffelei.«

»Nur wieso ist die kaputt?«

»Na, weil Robert sie kaputt gemacht hat, was denn sonst? Du kennst ihn doch. Seine Räume müssen aussehen, als wären sie nicht gestaltet, sondern verunstaltet worden, und zwar am besten von irgendwelchen schwindsüchtigen Adligen, denen vor einem halben Jahrhundert das Feuerholz ausgegangen ist.«

»Sag bloß, die Kaffeeflecken auf dem Uşak sind nicht echt?«

»Wo denkst du hin? Robert hat den besten Kaffeeverschütter weit und breit. Diego – absolutes Genie, sag ich dir. Da sieht jeder Fleck so aus, als wäre er schon ewig da. Sein Spezialgebiet sind Hundeflecken auf altem Chintz. Damit es aussieht, als hätte dein Rhodesian Ridgeback jahrelang auf deine Chaiselongue gesabbert.«

»Hmm, ich wusste gar nicht, dass Robert auch die Finger im Spiel hatte. Ich dachte, das wäre alles von Axel.«

»Axel hat die Küchen, das Spa und das unvergleichliche Kanalzimmer gestaltet, François den Vorführraum und die Schlafzimmer, und Robert den Salon und die Bibliothek.«

»Cecil hat gleich drei der teuersten Innenarchitekten der Welt engagiert?«

»Vier, wenn man meine Wenigkeit mitzählt. Ich bin natürlich für alles aus der kykladischen Epoche verantwortlich.«

»Na, hoffentlich hast du dir damit eine goldene Nase verdient. Auf dich, Mordecai!«

»Und auf Lucie Churchill, die Glückliche. Ich wusste vom ersten Augenblick an, dass sie mal eine gute Partie machen würde, damals auf Capri. Allerdings hatte ich auf das falsche Pferd gesetzt …«

»Ooh, erzähl mir mehr!«

Aufgeschnappt in der Küche …

»Wo sind denn die ganzen Geräte, Cecil? Eure Küche sieht aus wie ein Zengarten.«

»Das ist die Showküche, meine liebe Marian, und nicht die richtige Küche. Gekocht wird im Keller. Hier ist alles nach den Grundsätzen des Wabi-Sabi ausgerichtet, dem Einssein mit den Dingen. Siehst du diesen schwarzen Flussfindling aus Wajima? Einmal mit der Hand über den Spalt wedeln, *et voilà*!«

»Ach, du liebe Zeit, was kommt denn da aus dem Boden? Ist das die Spülmaschine?«

»Nein, ein Trüffelschrank. Die Spülmaschinen hat Axel im Geschirrzimmer untergebracht.«

»Mein lieber Schwan, wenn Charlotte das sieht! Ladet ihr uns ein, wenn sie wieder da ist?«

»O Gott, Charlotte kommt zurück nach New York?«

»Nur zu Besuch. Nächsten Monat, wusstet ihr das nicht?«

»Jetzt sag bitte nicht, dass sie dann auch bei euch in East Hampton wohnt!«

»Wo denn sonst?«

»Dann werde ich mich wohl äußerst rarmachen.«

»Mom, muss Charlotte wirklich bei uns übernachten? Du weißt doch, dass sie Cecil auf den Magen schlägt. Als sie uns in London dieses neue tolle Restaurant in Maida Vale zeigen wollte, hat er sogar Ausschlag gekriegt.«

»Und ihr seid euch sicher, dass das keine Lebensmittelallergie war?«

»Ich kriege zwar grundsätzlich Migräne, wenn ich aus der Zone 1 rausmuss, aber auf Charlotte Barclay bin ich definitiv allergisch. Nicht ganz so schlimm wie auf südafrikanische Weine, aber trotzdem.«

Aufgeschnappt im Geschirrzimmer …

»*Wah!* Drei Spülmaschinen für unterschiedliche Geschirrsorten. Was für ein Haus!«

»Genau genommen sind es drei Häuser in einem, Mrs Zao.«

»Das dachte ich mir schon. Das ist bestimmt das größte Haus in ganz New York, oder?«

»Groß ist es schon, aber es gibt bestimmt noch größere. Das Problem mit den Superreichen ist doch, dass sie immer mehr menschenfreien Platz brauchen.«

»Du weißt aber auch alles, Freddie. Drei Spülmaschinen! Drei Häuser! Und ich finde nicht mal ein einfaches Apartment in New York.«

»Ich wusste gar nicht, dass Sie was in der Stadt suchen.«

»Ja, jetzt, wo George befördert wurde und einen neuen Apartmentkomplex in Queens aus Recyclingmüll entwerfen soll, bleibt er wohl noch eine Weile hier. Im Winter will ich nicht allein in diesem riesigen Shittinghurst-Kasten sitzen, und in seiner Wohnung kann ich auch nicht ewig bleiben … Wie soll er je eine Freundin finden, wenn seine Mutter die ganze Zeit mit auf dem Sofa hockt?«

»Da sagen Sie was, Mrs Zao. Ist bei uns auch nicht ganz einfach, wenn ich Mädchen mit nach Hause bringe. Die wollen sich immer mit meiner Mutter unterhalten! Was für eine Wohnung haben Sie denn im Sinn?«

»Ich mag diese alten Gebäude hier, wie dieses Dakota-Haus, wo John Lennon gewohnt hat. Wie nennt man die noch gleich? Weltkriegsbauten?«

»Sie meinen die Vorkriegsbauten.«

»Genau. Muss auch nicht groß sein. Vier, fünf Schlafzimmer reichen mir vollkommen.«

»Wussten Sie, dass in unserem Haus bald eine Wohnung verkauft werden soll? Die Eigentümerin wohnt seit den Dreißigerjahren dort, hat die letzten fünfundzwanzig Jahre allerdings lieber im Beth Israel Hospital verbracht, dabei ist sie kerngesund. Die Wohnung ist toll, eine echte Zeitkapsel! Ich hab mich letzte Woche reingeschlichen, als die Maklerin da war und ein paar Fotos gemacht hat.«

»Wirklich? Das wäre natürlich großartig!«

»Zufälligerweise habe ich die Visitenkarte der Maklerin dabei, hier, bitte.«

»Also, Freddie, du könntest wirklich mal ein neues Portemonnaie gebrauchen. Das Ding fällt ja fast auseinander.«

»Ich weiß. Aber ich kann mich nicht davon trennen. Das hat meinem Vater gehört.«

Aufgeschnappt im Poolraum …

»Schau mal, George, alles umweltfreundlich und rein biologisch. Das System ist in sich geschlossen: Der Fischkot im Koi-Teich dient als Dünger für die Wasserpflanzen im Reflexionsbecken, die wiederum biologische Filter bilden, die das Wasser im Langschwimmbecken sauber halten.«

»Ja, so was kenne ich.«

»Du wirkst irgendwie nicht so beeindruckt.«

»Doch, bin ich, Lucie. So einen riesigen Infinity-Pool über drei Ebenen habe ich noch nie gesehen, und dann ist er auch noch unterirdisch.«

»Cecils ganzer Stolz. Ein ganzes Jahr hat er daran rumgetüftelt. Der gläserne Boden war seine Idee, damit man in den Weinkeller gucken kann.«

»Clever, dein Verlobter. So kann er beim Kraulen seine Pinot Noirs bewundern.«

»Oder wir laden Viv ein, dann kannst du ihre Tattoos beim Rückenschwimmen bewundern.«

»Viv war früher in der schwedischen Nationalmannschaft. Sie würde den Pool bestimmt gern mal ausprobieren.«

»Das war ein Scherz. Mir ist schon klar, dass dir das Haus nicht gefällt.«

»Wie kommst du denn darauf?«

»Guck doch mal in den Spiegel. Du bist völlig entgeistert.«

»So ein Quatsch, Lucie. Das liegt bloß daran, dass ich so was noch nie gesehen habe. Ich meine, hallo? Ein venezianischer Kanal im Wohnzimmer?«

»Also gefällt dir das Haus?«

»Du musst doch hier wohnen. Gefällt es dir denn?«

»Na klar, sehr sogar. Sag mal, wie lange bist du eigentlich schon mit Viv zusammen?«

»Wir sind kein Paar, sie ist bloß ein Surf-Buddy.«

»Ist klar.«

Aufgeschnappt im Aufwärmraum …

»Also, Cecil, das ist wirklich mein Lieblingsraum. Ich kann mich gar nicht entscheiden, was ich am liebsten mag, den Adlerholzduft, die Feuerstelle oder die Samt-Chaiselongues, die wie Sonnenstrahlen angeordnet sind. Wofür benutzt ihr ihn eigentlich – für Séancen?«

»Blödsinn, Mutter. Hier kann man sich aufwärmen, bevor man in die Infrarotsauna, das Kaltwassertauchbecken oder einen der Spa-Räume geht.«

»Toll! Darauf freue ich mich schon. Die Party ist jedenfalls ein Riesenerfolg, mein Schatz. Alle sind hin und weg von eurem Haus. Weißt du, was Mordecai von Ephrussí mir erzählt hat? Er ist so begeistert von deiner Vision, dass er dich für den Rome Prize nominieren will.«

»Mon dieu!«

»Und Lucie schlägt sich gut heute. Richtig gut. Ehrlich gesagt hatte ich so meine Zweifel, ob sie der Situation gewachsen ist. Ich kann sie mir ja nur schlecht ohne ihre Jutebeutelsammlung und dieses abgenutzte schwarze Haargummi vorstellen, mit dem sie sich immer ihren Pferdeschwanz bindet. Aber das Valentino mit meinen Carnet-Ohrringen? Alle Achtung! Erinnert mich ein bisschen an mich selbst, muss ich sagen.«

»Meine Rede, Mutter, ihr seid euch ähnlicher, als du denkst. Und die Kunstsammlung ist eingeschlagen wie eine Bombe, hast du das mitbekommen? Jeffrey Deitch hat sie vom Fleck weg engagiert, und die Spraggs wollen eine komplett neue Sammlung für ihre Familienstiftung.«

»Ja, Lucie ist wie der Koh-i-Noor-Diamant, so einen entdeckt man nur alle tausend Jahre. Natürlich und unverdorben, aber gleichzeitig mit absolut makellosem Hintergrund.«

»In ihren Adern mischt sich das Blut der Ming-Kaiser mit dem der alten New Yorker Garde und des britischen Adels«, verkündete Cecil. »Stell dir nur mal vor, wie unsere Kinder aussehen werden. Viertelasiaten sind die schönste Spezies der Welt – da muss man sich bloß Prinz Nikolai zu Dänemark anschauen. Der modelt inzwischen für alle erstklassigen Designer. Unsere Kinder werden niemals altern!«[1]

»Am besten verlegen wir die Hochzeit vor! Ich kanns kaum erwarten, meine entzückenden Enkelchen im Arm zu halten.«

[1] Prinz Nikolai zu Dänemark hat einen dänischen Vater und eine Mutter mit englischen, tschechischen, österreichischen und chinesischen Wurzeln.

Nachdem sich alle Gäste verabschiedet hatten, nahm Lucie den Aufzug in die Mastersuite im vierten Stock. Sie ärgerte sich, weil sie das Gespräch mit George im Poolraum nicht aus dem Kopf bekam. Warum musste sie ihm auch eine Führung anbieten? Warum hatte sie ihn nach seiner Meinung gefragt? Warum hatte sie sich kritisiert gefühlt? Und warum um alles in der Welt hatte sie Viv mit reingezogen? Glaubte er jetzt, sie sei eifersüchtig? Aber was interessierte sie das überhaupt? Vielleicht reagierte sie auch einfach über, weil sie so erschöpft war. Gesellschaftliche Anlässe verlangten ihr alles ab, im Gegensatz zu Cecil, der bei solchen Gelegenheiten regelrecht aufblühte.

Im Schlafzimmer lümmelte Cecil bereits auf dem Bett herum und scrollte neugierig durch die Instagram-Party-Posts seiner Freunde. »Whitney hat ein Foto von sich in der Gondel gepostet. Und das, was Rezi von uns beiden neben dem Richard Serra im Dachgarten gepostet hat, ist auch toll. Die Arme hat echt nicht viele Follower, das Bild hat gerade mal dreitausendfünfhundert Likes.«

Lucie versuchte, den Rückenverschluss ihres Kleids zu öffnen, das Cecils Mutter ihr extra für diese Gelegenheit gekauft hatte. »Dieses Ding ist unmöglich. Hilfst du mir mal?«

»Na klar. Ich gucke bloß noch schnell, ob Patricks Fotos schon online sind«, antwortete Cecil.[1] »Scheiße, immer noch nicht. Der soll mal seinen faulen Arsch in Bewe-

[1] Er meint natürlich den legendären Partyfotografen Patrick McMullan, der seit vierzig Jahren das New Yorker Nachtleben dokumentiert. Wenn es keine Fotos von Patrick gibt, hat die Party nicht stattgefunden.

gung setzen!« Er ging zu Lucie und öffnete sorgfältig einen winzigen Knopf nach dem anderen. »Danke übrigens. Ich weiß, dass du eigentlich das kleine schwarze Mouret anziehen wolltest.«

»Gern geschehen, und du hattest natürlich recht. Das Kleid passt perfekt zum Rotton in dem Richter, und ich habe jede Menge Komplimente bekommen. So knallige Farben trage ich sonst nicht.«

»Du sahst atemberaubend aus, und mit der Meinung bin ich nicht allein. Mutter will, dass du sie im Januar zu den Schauen begleitest.«

»Echt? Aber ich kann mir wirklich nicht vorstellen, so viel Geld für Kleider auszugeben …«

»Keine Sorge, mein Schatz, Mutter zahlt. Sie will dich einfach unbedingt ihren ganzen Designern vorstellen und dir was Gutes tun. Sag mal, habt ihr eigentlich eine Familientiara?«

»Ob du es glaubst oder nicht, meine Großmutter hat eine. Ein altes Erbstück mit Diamanten im Old Mine Cut. Ich kenne sie nur von Fotos, aber angeblich liegt sie bei ihr im Tresor.«

»Supi.«

»Aber Cacky erbt alles, das hab ich dir doch schon erzählt. Weißt du, was sie gemacht hat? Post-its mit ihrem Namen hinter alle Bilder in der Wohnung geklebt, die sie haben will.«

»So dreist muss man erst mal sein. Ich überrede deine Großmutter schon noch, mach dir mal keinen Kopf. Aber bevor der Magritte und die Tiara dir gehören, brauchst du eine eigene. Meint zumindest meine Mutter. Sie will bei Mellerio in Paris eine mit dir kaufen gehen. Oh, vielleicht finden wir ja sogar eine aus China, vielleicht was mit Jade?«

»Cecil, wofür brauche ich denn bitte eine Tiara?«

»Na, für die Hochzeit, Baby! Außerdem sind Mutter und ich ständig bei Hof eingeladen, wenn wir in Europa sind. Die von Habsburgs, von Auerspergs, von Hohenlohes, eigentlich alle Vons erwarten formale Abendgarderobe beim Dinner. Da könntest du mich genauso gut fragen, wofür du Sauerstoff brauchst.«

Lucies Kleid fiel zu Boden, als Cecil das letzte Knöpfchen öffnete, und sie beugte sich vor, um es aufzuheben.

»Also, diese Höschen von Ludovic de Saint Sernin gehören verboten! Mein Zeiger ist gerade von sechs Uhr auf Mitternacht gesprungen. Was bückst du dich denn auch so vor mir?«

»Was lässt du das Kleid denn auch so fallen?«, konterte Lucie kichernd.

Cecil zog sie an sich und küsste erst ihren Hals und dann die empfindliche Stelle hinter ihrem Ohr. Lucie stöhnte leise auf.

»Äh … könntest du bitte Lady Mary für mich machen?«

»Okay.« Lucie räusperte sich und holte ihren besten britischen Akzent raus: »Um Himmels willen, was machen Sie denn hier? Sir, ich glaube wirklich nicht, dass es sich schickt, so einfach in mein Schlafgemach zu platzen.«

»Ich konnte nicht anders, ich musste Sie einfach sehen. Bitte, lassen Sie sich in meinem Serail verwöhnen und bis an die Pforten des Paradieses bringen«, flehte Cecil mit angedeutetem Omar-Sharif-Akzent.

»Aber meine Kammerzofe! Sie könnte uns jeden Augenblick überraschen.«

»Keine Bange, ich habe Anna etwas zugesteckt, damit sie sich heute Nacht fernhält. Sie pimpert ohnehin lieber im Dienstbotentrakt mit diesem Krüppel Bates, als Ihre Lustschreie zu vernehmen.«

»Wenn Sie sich da mal nicht täuschen. Anna hat stets ein Auge auf mich.«

»Nun lassen Sie erst mal mich ein Auge auf Sie werfen.« Cecil öffnete Lucies BH. Als sie sich zu ihm umdrehte, starrte er sie mit offenem Mund an.

»Halt still«, flüsterte er wie gebannt von ihrem Anblick. Er fuhr mit dem Finger die Rundung ihrer Brüste nach und murmelte: »Ich kann nicht fassen, dass du mir gehörst. Du bist einfach perfekt. Perfekter als die Venus von Milo.«

Er vergrub das Gesicht zwischen ihren Brüsten, während Lucie begann, seine makellos gebügelte Dormeuil-Hose aufzuknöpfen.

»Mr Pamuk!« Sie riss in gespielter Empörung die Augen auf. »Haben Sie etwa wieder am Turkish Delight genascht?«

»Sorry, Lady Mary macht mich heute nicht richtig an. Können wir zu Alexandra wechseln?«

Lucie hätte fast die Augen verdreht. Sie spielte gern Lady Mary, hatte aber schon damit gerechnet, dass Cecil nach Alexandra verlangen würde – so wie immer.

Cecil schien ihren Widerwillen zu spüren. »Das ist das letzte Mal für diesen Monat, versprochen.«

»Nun, wenn das so ist …« Lucie schenkte ihm ein schelmisches Lächeln, holte tief Luft und verpasste ihm eine saftige Ohrfeige.

Cecil japste, dann breitete sich ein Grinsen auf seinem Gesicht aus. »O ja, das Beef Wellington wär dann jetzt so weit.«

»Nikolaus Alexandrowitsch, du warst mal wieder sehr ungezogen!« Lucie traf mit ihrer Agentin-Amasova-Imitation genau ins Schwarze.[1]

»Womit habe ich Euch diesmal enttäuscht, Alexandra Fjodorowna? Ist das neue Zigarettenetui von Fabergé nicht nach Eurem Geschmack?«

»Was soll ich mit einem Zigarettenetui? Erstens verursacht Rauchen Krebs, und zweitens sind diese ordinären Diamanten auf dem Etui einfach …«

»Moment, Baby, auf dem Fabergé-Etui sind keine Diamanten. Das ist vergoldetes Silber auf lavendelfarbener Guilloche-Emaille, schon vergessen?«

»Wag es ja nicht, mich zu unterbrechen, du jämmerlicher Wurm! So ein Zigarettenetui würde der Fürst Felix Jussupow seinen niedersten Lakaien schenken!«

»Vergebt mir, meine Kaiserin. Ich habe Euch enttäuscht.«

»Mal sehen … womit werde ich dich heute bestrafen?«

»Guck dir mal mein königliches Zepter an, Baby.«

»Du ungehobelter Bauer!«, brüllte Lucie entrüstet. »Wie kannst du es wagen, mich mit deinem … deinem dreckigen Rasputin zu beleidigen!«

»Oooh, oooh!«, stöhnte Cecil entzückt. »Ich hab es nicht besser verdient, meine Königin!«

»Ich bin nicht deine Königin, sondern deine kaiserliche Majestät! Erbärmliches Spottbild von einem Mann!

[1] Mein Lieblings-Bond-Girl aus der Ära Roger Moore. Major Anya Amasova (alias Triple X) war eine russische KGB-Agentin in *Der Spion, der mich liebte*, gespielt von der unvergleichlichen Barbara Bach.

Wie willst du uns je gegen die Revolutionäre verteidigen? Hörst du nicht, wie sie vor den Toren von Zarskoje Selo nach unseren Köpfen verlangen?«

»Ich verachtenswerter Narr, bestraft mich!«

Lucie musste sich auf die Lippe beißen, um nicht loszuprusten. So was von grotesk! Sie konnte nicht fassen, wie sehr ihn dieser Quatsch anmachte. »Die Revolutionäre stehen vor den Toren des Palasts! Und du willst dich mit diesem mickrigen juwelenbesetzten Dolch verteidigen?«

»Beschreib mir den Dolch, Baby, wie sieht er aus?«, stieß Cecil zwischen zusammengebissenen Zähnen hervor. Sein Atem beschleunigte sich.

»Wie ein orientalischer Krummsäbel, mit einer Scheide aus Lapislazuli mit Bernsteinintarsien. Der Griff ist mit Goldfiligran und antiker burmesischer Jade verziert. Die rasiermesserscharfe Klinge wurde aus Meteoreisen handgeschmiedet und durch jahrhundertelangen Einsatz in der kaukasischen Steppe gehärtet.«

»Aaaah!« Cecil bebte vor Lust, drückte Lucie an sich und begann, an ihrer Schulter zu schluchzen wie ein kleiner Junge. »Alexandra Fjodorowna, ich liebe Euch.«

»Ich dich auch, Nikolaus«, sagte Lucie leise.

»Nenn mich Alexei«, wimmerte Cecil.

»Alexei. Alexei Nikolajewitsch«, flüsterte Lucie und wiegte ihn in ihren Armen. Warum er bloß immer wie der tragische, an Hämophilie leidende Zarensohn genannt werden wollte? Sie streichelte Cecil das weiche Haar im Nacken, doch plötzlich stellte sie sich vor, es gehörte George, und er würde sie zärtlich küssen. Sie erinnerte sich lebhaft an seine Lippen auf ihrem Körper, mal wild, mal sanft.

9

JACHTCLUB DORSET
SAG HARBOR, LONG ISLAND

Am Mitgliedereingang war auf einem Messingständer ein diskretes laminiertes Schild angebracht mit der Aufschrift:

ERINNERUNG AN DIE HAUSREGELN
Bitte teilen Sie Ihren Gästen mit, nicht in
unangemessener Kleidung zu erscheinen
oder sich in der Garderobe umzuziehen.
gez. Das Club-Komitee

Cecil und Lucie fuhren in dem Ferrari Dino 246 GTS[1], Baujahr 1973, vor, den Cecil erst vor Kurzem erworben hatte. Das Auto war in dem äußerst seltenen Farbton Bianco Polo Park lackiert, weswegen Cecil darauf bestanden hatte, dass Lucie das weiße Etuikleid von Schiaparelli trug,

[1] Das Modell ist nach Enzo Ferraris verstorbenem Sohn Alfredo, Spitzname »Dino«, benannt. Der offene Sportwagen mit 2,0-Liter-V6-Motor wurde von Pininfarina höchstpersönlich designt und kostet im Originalzustand locker über 400000 Dollar.

ebenfalls ein Geschenk seiner Mutter. Er selbst trug eine passende weiße Hose aus Pima-Baumwolle, einen schneeweißen Kaschmirpullover und maßgefertigte Wildlederslipper von Corthay, Modell »Cannes«.

Dorset war unbestreitbar der hochnäsigste private Jachtclub an der gesamten Ostküste. Die Mitglieder stammten von den ältesten Familien der Hamptons ab, und die Räumlichkeiten waren auffällig abgenutzt, was von den Mitgliedern nur zu gerne unterstrichen wurde. Mag sein, dass ein Aston Martin in der Garage auf der Further Lane oder der Captains Neck Lane schlummerte, doch zum Dorset fuhr man in schmutzigen Jeeps, auf deren Rückbank Handtücher voller Hundehaare lagen, oder in uralten Land Rovern mit gesprungenen Heckscheiben und verblassten Mondale/Ferraro-Aufklebern auf der Stoßstange. Die Männer trugen möglichst fadenscheinige Peter-Elliot-Seersucker-Sakkos zu ausgeblichenen roten Shorts von Vineyard Vines, während die sonst ausgesucht schicke Damenwelt ganze Schränke mit Klamotten »ausschließlich für Dorset« besaß, in denen sich nur die altbackensten Kleider von J. McLaughlin und Lilly Pulitzer und abgetragene Espadrilles von Jacques Cohen befanden.

Unter normalen Umständen wäre es Lucie viel zu peinlich gewesen, in so einem Angeberauto aufzutauchen, aber mittlerweile hatte sie sich an Cecils Stil gewöhnt und es aufgegeben, etwas daran ändern zu wollen. Cecil war äußerst stolz auf seine Garderobe und pflegte zu sagen: »Mein Vater war WASP, aber das überspringt bei uns anscheinend eine Generation.« Er stieg aus und reichte dem Parkdienst den Schlüssel, strich sich die Hose glatt und umrundete das Auto, um seine hübsche Verlobte ins Clubhaus zu geleiten. Er konnte es kaum erwarten, sich und Lucie in den Après-Beach-Outfits auf dem instagramwürdigen Privatanleger zu fotografieren. Im Foyer ging Lucie zur Anmeldung, um sich einzutragen. Die rotgesichtige Empfangsdame musterte Cecil kurz, dann sagte sie: »So darf er nicht rein, Miss Churchill. Kein Kragen.«

»Mist, das habe ich ganz vergessen. Männer müssen beim Essen Hemden mit Kragen tragen, Cecil.«

Cecil starrte die beiden Frauen ungläubig an. »Aber das ist absurd. Mein Outfit ist äußerst elegant, besonders für ein Mittagessen im Freien.«

»Tut mir leid, Sir, so will es der Dresscode. Ihr Oberteil hat keinen Kragen.«

»Oberteil, das ist doch kein Oberteil! Das ist ein Henley mit V-Ausschnitt von einem der besten Designer Belgiens. Ein sehr scheuer Mensch übrigens, den hat seit dreißig Jahren niemand mehr vor die Linse bekommen. Feinster Kaschmir von freilaufenden weißen Zalaa-Jinst-Zicklein aus der mongolischen Steppe.[1] Handgeknüpft von einer alten Italienerin mit Arthrose und Krampfadern in einem wunderschönen Atelier am Comer See, direkt neben der Villa von George und Amal Clooney.«

»Und es hat keinen Kragen«, erwiderte die Empfangsdame.

[1] Für diesen Roman kamen keine Zalaa-Jinst-Zicklein zu Schaden. Cecils Pullover wurde aus der langen, feinen Winterwolle ausgewachsener Tiere geknüpft. Die Hirten kämmen sie von Hand aus, da das Scheren für die Tiere zu aufreibend ist. Für einen Zalaa-Jinst-Kaschmirpullover wird in der Regel die Wolle von vier Tieren benötigt.

»Das ist doch lachhaft! Zum Abendessen in Königspalästen war ich schon legerer gekleidet! Ich sehe doch die kleinen Jungs in Shorts und Flip-Flops in Ihrem Speisesaal.«

»Mit Kragen am Hemd.«

»Wollen Sie etwa behaupten, dass der kleine Junge mit dem grauenhaften Schneemann auf dem Hemd passender gekleidet ist als ich?«

»Das ist kein Schneemann, das ist Olaf aus der *Eiskönigin*«, berichtigte ihn die Empfangsdame.

»Selbst wenn es Ólafur Elíasson wäre, das sieht grausam aus.«

»Cecil, wir müssen doch jetzt keine Diskussion anfangen«, sagte Lucie.

Cecil war jedoch voll in Fahrt. »Wie viel verdienen Sie eigentlich im Monat? Ich wette, mein Outfit kostet zehnmal so viel! Wir reden hier von Kleidung im Wert von zwanzigtausend Dollar. Hundertfünfzigtausend, wenn wir die Nautilus mitzählen. Und Sie wollen mir weismachen, das reicht nicht für diesen elenden Club?«

Lucie stieg die Schamesröte ins Gesicht. Hatte Cecil das wirklich gerade zu der Angestellten gesagt?

Die Frau seufzte. »Ich verdiene hier fünfzehn Dollar die Stunde, und ich habe mir die Regeln nicht ausgedacht. Sie können entweder nach Hause fahren und sich umziehen, oder dieses Polohemd hier kaufen. Auf dem Schild am Eingang steht zwar, dass Sie sich nicht im Club umziehen dürfen, aber ausnahmsweise würde ich ein Auge zudrücken.«

Sie holte ein hellblaues Strickpolo mit dem Clublogo aus Tau und Anker unter der Theke hervor.

»Wo wurde das hergestellt?«

»Keine Ahnung.« Die Empfangsdame schaute auf das Etikett. »Myanmar.«

»Nur über meine Leiche.«

»Vielen Dank«, sagte Lucie rasch. »Setzen Sie es bitte auf meine Rechnung.«

Cecil war bestürzt. »Ich fass es nicht. Soll ich mich jetzt wirklich in einer Toilette mit ranziger Tapete und verfaulten Holzdielen in diesen Myanmar-Fetzen schmeißen?«

»Unsere verfaulten Holzdielen sind äußerst begehrt, Sir«, empörte sich die Angestellte. »Hier kommen regelmäßig Innenausstatter vorbei, die den gesamten Boden aufkaufen wollen.«

Lucie steuerte ihn zur Herrentoilette. »Zieh dich einfach um, Schatz. Wir sehen uns gleich im Speisesaal. Mom und Freddie sind mittlerweile bestimmt schon beim Nachtisch.«

Widerwillig ging Cecil sich umziehen, und Lucie eilte in den Speisesaal. Ihre Mutter und Freddie saßen auf der Terrasse mit Blick auf den Privathafen.

»Wo warst du denn so lange?«, fragte Marian.

»Sorry, wir hatten ein kleines Problem mit der Garderobe. Kein Kommentar zu Cecils T-Shirt bitte«, warnte Lucie und ließ sich erschöpft auf einen der Liegestühle sinken.

Zwei Minuten später erschien Cecil im Dorset-Jachtclub-Polohemd, das er über der Baumwollhose trug.

Freddie konnte nicht widerstehen. »Cooles Polo, Alter.«

Cecil musterte missbilligend Freddies ausgeblichenes Lacoste-Shirt. »Danke, ich finde es auch ganz nett. Mein Bizeps kommt gut zur Geltung, oder, Lucie?«

»Absolut.«

»Cecil, du siehst toll aus.« Marian fand tatsächlich, dass

das Polohemd eine angenehme Abwechslung zu seinen üblichen Designerfummeln war.

»So, nehmen wir dann heute alle das Hummerbüfett?«, fragte Lucie.

»Charlotte hat mir gerade geschrieben«, sagte Marian. »Ihr Flug ist früher gelandet als erwartet, und sie kommt direkt mit dem Bus hierher.«

»Erst die Kragentante und jetzt auch noch die«, murrte Cecil. Die anderen taten so, als hätten sie ihn nicht gehört.

Kurz darauf erschien Charlotte auch schon am Tisch, ganz außer Atem und voll bepackt mit Shoppingtüten. Alle standen auf, um sie zu begrüßen, nur Cecil blieb sitzen.

»Tut mir leid, Marian, ich hab doch ein Taxi genommen und leider nur britische Pfund dabei. Hast du ein bisschen Trinkgeld für den Fahrer? Er wartet draußen.«

»Moment, ich schau nach.« Marian kramte in ihrer Handtasche. »Ich hab leider nur Kleingeld.«

»Sonst jemand?«

Alle schüttelten den Kopf.

»Sorry, wer hat denn heutzutage noch Bargeld dabei?«, fragte Freddie. »Ich gehe mal Frankie fragen.«

»Wieso hast du das Trinkgeld nicht einfach auf die Kreditkarte gesetzt?«, wollte Lucie wissen.

»Da hab ich vor lauter Jetlag nicht dran gedacht. Außerdem müsste ich dann doch mehr Steuern zahlen, oder?«

Marian schüttelte ungläubig den Kopf. Wie viel war Charlottes Treuhandfonds inzwischen wert? Das Family Office der Barclays hatte gerade erst protzige neue Räumlichkeiten in den Hudson Yards bezogen.

Freddie kehrte mit einem Zwanzig-Dollar-Schein zurück, den er beim Oberkellner bekommen hatte.

»Oh, das ist aber ein bisschen viel, findest du nicht?«, sagte Charlotte. »Vielleicht kann uns den noch jemand kleinmachen.«

»Freddie, gib ihn einfach dem Fahrer«, befahl Marian.

»Typische Spaßbremsenaktion«, murmelte Freddie und lief davon.

Charlotte bot mit einem halben Dutzend Einkaufstüten an jedem Arm einen ziemlich grotesken Anblick. »Ich habe mein Gepäck vorne bei der netten Dame gelassen, aber die Geschenke aus dem Duty-free-Shop habe ich lieber mitgenommen. Nicht, dass die ihr versehentlich abhandenkommen«, erklärte sie atemlos und verteilte ihre Schätze. »Marian, hier ist die Handcreme von Boots, die du dir gewünscht hast. Lucie, dir habe ich deinen Lieblingstee und die Kekse mit Salzkaramell von Fortnum & Mason mitgebracht. Freddie, danke, dass du dich um den Taxifahrer gekümmert hast. Ich dachte, die englische Schokolade hier ist bestimmt was für dich.« Sie reichte ihm einen überdimensionierten Schokoriegel, den man auch in jedem x-beliebigen Deli auf der Lexington Avenue kaufen konnte. »So, Cecil, für dich habe ich das neue Buch von Mary Berry signieren lassen. Wo hab ich das denn hingepackt?«

»Charlotte, jetzt setz dich doch erst mal«, sagte Marian. »Die Bescherung können wir auch später noch machen. Sollen wir uns alle was am Hummerbüfett holen, oder wollt ihr à la carte essen?«

»Mir egal, solange ich hinterher ein paar von den Kokosmakronen bekomme«, meinte Freddie.

»Moment, ich muss mir vorher noch eben schnell die Hände waschen.« Charlotte stand wieder auf.

»Verdammte Scheiße«, murmelte Cecil und warf seine

Serviette auf den Tisch. »Der Herzog und die Herzogin von Ravenscourt sind dieses Wochenende zu Besuch bei Arcadia Mueffling. Die hat ein tolles Haus auf der Gin Lane, designt von Atelier AM. Da könnte ich jetzt anständigen Champagner trinken und mich von José Andrés bekochen lassen.«

Lucie, Freddie und Marian wussten nicht, wie sie auf diesen Ausbruch reagieren sollten.

»Cecil, tut mir leid, dass du das hier über dich ergehen lassen musst«, sagte Marian schließlich. »Aber Charlotte ist gerade erst aus London angekommen, natürlich ist sie da ein bisschen durch den Wind. Wenn du lieber zu deinem royalen Mittagessen gehen willst, lass dich von uns bitte nicht aufhalten.«

Cecil wurde klar, dass er zu weit gegangen war, und rang sich ein Lächeln ab. »Schon gut, Marian. Tut mir leid, falls ich unhöflich war, ich bin bloß am Verhungern.«

»Geh doch ruhig schon mal zu Arcadia, ich stoße dann später dazu«, schlug Lucie vor.

»Nein, Baby, ich warte auf dich.«

Charlotte hockte gerade freischwebend über der Toilette, als sie hörte, wie die Tür aufging und jemand die Nachbarkabine betrat. Am kräftigen Plätschern des Strahls erkannte sie, dass es sich um einen Mann handeln musste.

»Entschuldigung, das hier ist die Damentoilette«, sagte sie laut.

»Ups, sorry. Vorne an der Tür war ein Segel, ich dachte, das wäre für Männer.«

»Ja, wenn man sich hier nicht auskennt, ist das verwirrend«, räumte Charlotte ein und bemühte sich, möglichst leise zu pinkeln. »Das Segel ist für die Damen. Die Männer haben ein Tau an der Tür.«

Als sie sich die Hände wusch, kam der Mann aus der Kabine, und ihre Blicke trafen sich in dem großen Korbspiegel.

Charlotte schnappte erschrocken nach Luft. »George Zao!«

George, weitaus weniger überrascht, lächelte freundlich. »Oh, hallo.«

»Was machst du denn hier?«

»Ich bin mit Freddie zum Tennis verabredet.«

»Wie bitte? Du bist mit Freddie befreundet? Weiß Lucie, dass du hier bist?«

George runzelte die Stirn. »Keine Ahnung. Vielleicht.«

»Was machst du überhaupt in Sag Harbor?«

»Ich arbeite in der Stadt, und wir haben uns hier ein Sommerhaus gemietet«, erklärte George, während er sich dic Hände wusch.

»Wer ist wir? Bist du verheiratet?«

»Nein, ich bin übers Wochenende immer mit meiner Mutter hier.« George schien sich darüber zu amüsieren, wie verwirrt Charlotte wirkte. Auf dem Weg zur Tür sagte er: »Ich glaube, wir sehen uns später noch mal. Meine Mutter hat für heute Abend alle zum Essen eingeladen. Ihr neuer Koch aus Vancouver macht Pekingente.«

»Oh.« Charlottes Gedanken rasten. Langsam und mit bemüht beherrschten Gesichtszügen ging sie wieder zum Tisch und setzte sich.

»Wir haben abgestimmt und gehen jetzt alle ans Büfett«, verkündete Marian und sprang zeitgleich mit Freddie auf, um sich am Hummer zu bedienen.

Lucie wollte ebenfalls gerade aufstehen, doch Charlotte packte sie am Arm. »Er ist hier«, raunte sie. »Ich habe ihn auf der Damentoilette getroffen.«

»Wen?«

»George Zao!«

»George war auf dem Damenklo?«

»Aus Versehen. Wieso hast du mir nicht gesagt, dass er hier ist?«

»Was gibt es da schon groß zu sagen? Er wohnt jetzt in New York und East Hampton.«

»East Hampton? Das ist doch viel zu nah! Ich dachte, vielleicht in Hampton Bays oder Quogue, wo sich dieses ganze Sommergesindel rumtreibt. Und seine grauenhafte Mutter ist auch hier?«

»Ja. Mom hat sich mit ihr angefreundet.«

»Das war ja klar. Die will sich bei deiner Mutter beliebt machen. Ist dir das nicht unangenehm? Wo genau wohnen sie denn in East Hampton?«

»Cecil hat sie in Cissinghurst untergebracht.«

»Cecil? Woher kennt er die denn jetzt schon wieder?«

»Lange Geschichte.«

»Um Gottes willen, stellt George dir etwa nach? Ist er deswegen in East Hampton?«

»Charlotte, das hat damit überhaupt nichts zu tun«, erwiderte Lucie genervt.

»Weiß Cecil denn, was zwischen dir und George vorgefallen ist?«

»Natürlich nicht.«

»Oh, meine arme Lucie. Das muss dir ja unglaublich peinlich sein. Hoffentlich kommen da nicht zu viele schreckliche Erinnerungen hoch. Du warst doch noch fast ein Kind damals, jung und leicht zu beeindrucken, da hast du dich eben von deinem ersten exotischen Urlaubsflirt davontragen lassen.«

Lucie schüttelte genervt den Kopf. Wieso musste Charlotte derart überreagieren? Gleichzeig spürte sie, wie Scham in ihr aufstieg.

»Du hättest mir sagen müssen, dass er wieder aufgetaucht ist. Ich kann dir helfen.«

»Charlotte, lass gut sein. Capri ist ewig her. Ich bin verlobt, außerdem interessiert sich George kein bisschen für mich. Er ist mit so einem schwedischen Model zusammen, blond und Beine bis zum Hals.«

»Tatsächlich?« Charlotte schwieg kurz. »Aber was wäre, wenn …«

Lucie stand abrupt auf. »Charlotte, hör auf. Ich will jetzt endlich meinen Hummer. Kommst du mit oder nicht?«

10

CISSINGHURST

EAST HAMPTON, LONG ISLAND

Rosemarys Koch präsentierte den an der Tafel versammelten Gästen gerade zwei glänzende Pekingenten, als Cecil zur Dinnergesellschaft stieß. Als Gastgeschenk für Rosemary hatte er eine Kiste Mazis-Chambertin-Burgunder von Dugat-Py dabei.

Nach der Begrüßung wandte er sich an Marian und Charlotte. »Tut mir leid, dass ich heute Mittag so schlechte Laune verbreitet habe.« Schief lächelnd überreichte er den beiden zwei gewaltige Blumensträuße.

»Pfingstrosen, wie hübsch!«, sagte Marian.

»Moment, da kommt noch mehr.« Cecil zauberte zwei Pralinenpackungen hervor.

»Ooh, Trüffel von Maison du Chocolat! Meine Lieblingspralinen!«, rief Marian. »Schon vergeben und vergessen.«

Freddie stibitzte ihr blitzschnell eine Praline und stopfte sie sich in den Mund.

»Danke, Cecil«, sagte Charlotte, während sie insgeheim überlegte, an wen sie die teuren Pralinen am besten weiterverschenken konnte. »Auch wenn ich gar nicht weiß, wofür du dich eigentlich entschuldigst.«

Auden Beebe, der ebenfalls anwesend war, beugte sich zu Freddie und raunte: »Was war denn heute Morgen los?«

»Ach, Cecil war einfach Cecil«, flüsterte Freddie zurück und grinste mit schokoladenverschmierten Zähnen.

»Schatz, kommst du mal eben mit?«, wandte sich Cecil an Lucie.

»Ja, klar.« Lucie stand auf und folgte Cecil ins eichenvertäfelte Wohnzimmer, das von drei riesigen Tiffany-Kronleuchtern und venezianischen Revival-Möbeln dominiert wurde. Dort setzten sie sich auf das Knole-Sofa, und Cecil räusperte sich vernehmlich.

»Schatz, ich wollte dir noch erklären, warum ich heute Morgen so überreagiert habe. Als meine Familie aus Midland nach Houston gezogen ist, wurden wir von Geschäftspartnern meines Vaters zum Essen eingeladen. Sie wollten Dad einen Gefallen tun und uns in einen der exklusivsten Country Clubs in Houston einschleusen. Wir haben uns alle in Schale geschmissen – mein Vater trug einen neuen Anzug von Barneys, meine Mutter hatte sich extra ein Kleid aus der Yves-Saint-Laurent-Boutique in der Galleria gekauft und war mit mir bei Neiman gewesen. Ich war sieben und fand mich supercool in meinem gestreiften Hemd und der Anzughose von irgendeiner italienischen Marke, die ich nicht aussprechen konnte.[1] Aber als wir dann am Club waren, stellte meine Mutter sofort fest, dass wir mit unseren Outfits vollkommen danebenlagen. Der

[1] Ermenegildo Zegna. Nicht nur für Siebenjährige ein Zungenbrecher.

Anzug meines Vaters war zu elegant, das Yves-Saint-Laurent-Kleid zu auffällig, und noch schlimmer, Sakko und Krawatte waren Pflicht, und ich stand ohne da. Ich war sieben, verdammt noch mal. Wer hätte das denn ahnen sollen? Der Mann an der Garderobe wollte uns helfen und hat mir ein Sakko und eine Krawatte geliehen. Aber das Sakko sah an mir aus wie ein Mantel, und die Krawatte war eine stinkende, popelgrüne Scheußlichkeit aus den Siebzigern. Aber ich hatte keine Wahl. Ich erinnere mich noch genau an die Blicke der anderen Jungs in ihren schicken Navy Blazern von Brooks Brothers. Es war so demütigend.«

»Oh, Cecil …« Lucie hatte ein furchtbar schlechtes Gewissen.

»Natürlich wurden wir nicht aufgenommen, und inzwischen weiß ich auch, dass das nichts mit unserem Aufzug zu tun hatte. Wir waren zu neureich, mein Vater war nicht mit den anderen Mitgliedern auf die Schule gegangen, und meine Mutter war einen Tick zu exotisch.«

Lucie sah ihn verwirrt an. »Zu exotisch? Aber deine Mutter sieht doch aus wie Robin Wright.«

»Du hast meine Mutter ja auch erst kennengelernt, nachdem sie einiges hat machen lassen. Vorher sah sie aus wie Salma Hayek. Wunderschön, aber das war diesen Leuten egal. Damals hat sich meine Mutter vorgenommen, eine der bestangezogenen Frauen der Welt zu werden, und das ist ihr auch gelungen.«

Lucie nickte. »Deine Mom ist wirklich die eleganteste Frau, die ich kenne.«

»Ich weiß, es klingt albern, aber heute Morgen im Dorset kam das alles wieder hoch. Ich habe mich gefühlt wie der letzte Außenseiter. Egal, wie viel Geld man besitzt, egal, was man erreicht hat, solche Leute werden einem immer das Gefühl geben, nicht dazuzugehören.«

»Das verstehe ich nur zu gut. Bei der Familie meines Vaters geht es mir genauso, das hast du ja selbst miterlebt. Da werde ich auch nie dazugehören.«

»Ich weiß. Deshalb sind wir ja füreinander bestimmt. Du bist tausendmal schöner als der Rest deiner Familie, und weißt du was? Die sind doch bloß neidisch. Das habe ich ihnen bei der Verlobungsfeier sofort angesehen. Die sehen uns als Bedrohung. Ich danke Gott jeden Tag für das bisschen Latino- und königlich-französische Cajun-Blut in meinen Adern. Wir sind unglaublich fotogen, haben einen ausgesucht guten Geschmack, sind unter den richtigen Leuten anerkannt und leben in Saus und Braus. Aber das werden die nie verstehen. Das soll allerdings keine Entschuldigung für heute Mittag sein, ich habe mich echt danebenbenommen. Kannst du mir noch mal verzeihen?«

»Natürlich.« Lucie umarmte ihn. »Tut mir leid, dass du das meinetwegen noch mal durchleben musstest. Wir hätten einfach gehen sollen.«

Cecil zog ein Samtkästchen aus der Tasche. *O Gott, bitte nicht noch ein Ring*, dachte Lucie unweigerlich.

»Hier, ein kleines Geschenk für dich. Das habe ich gestern auf der Newton Lane entdeckt und konnte nicht widerstehen.«

Lucie öffnete das Kästchen. Darin lag eine Minifernbedienung. »Wofür ist das?«

»Komm mit vor die Tür.« Cecil führte sie nach draußen auf die kreisrunde Einfahrt, wo ein brandneues platinweißes Aston-Martin-DB11-Volante-Cabrio mit riesiger pink-silberner Schleife auf der Motorhaube stand.

»Dein Mini Cooper ist doch inzwischen fast zehn Jahre alt. Höchste Zeit, dass du auf was umsteigst, das deinem Status entspricht.«

»Oh, das wäre doch nicht nötig gewesen.« Lucie seufzte. Das protzige Auto war ihr jetzt schon peinlich.

Inzwischen waren alle neugierig nach draußen geströmt, und Cecil präsentierte stolz sein Geschenk.

Freddie pfiff durch die Zähne. »Schicke Karre! Ihr solltet euch öfter mal streiten.«

»Ach du meine Güte.« Mehr brachte Marian nicht heraus.

Auden strich über das Armaturenbrett. »Du bist wirklich mit Glück gesegnet, Lucie.«

»Ich weiß.« Lucie gab sich Mühe, dankbar zu klingen.

George schwieg, aber Rosemary fiel Lucie begeistert um den Hals. »Du Glückspilz! Cecil, wie viel musstest du dafür springen lassen?«

»Knapp über zweihundertfünfundzwanzig.«

»*Wah*, so billig? In Hongkong kostet das mindestens eine halbe Million.«

»Na, dann kaufen Sie sich lieber hier eins«, erwiderte Cecil.

»Gute Idee. Aber mit so einem Teil kann ich ja schlecht bei Garagenflohmärkten auftauchen. Da kann ich meine Schnäppchen vergessen.« Rosemary lachte.

»Kommt, wir gehen wieder rein, die Ente wird kalt«, mahnte Marian.

»Mist!« Freddie stürmte sofort zurück ins Esszimmer.

»Moment!«, rief Cecil. »Ich will noch ein Foto von mir und Lucie vor ihrem neuen Auto. George, wärst du so lieb?«

»Klar.« George nahm Cecils Handy, während dieser sich

auf die Motorhaube legte, die Arme hinter dem Kopf verschränkte wie Ferris Bueller und Lucie Anweisungen gab. »So, Lucie, ein bisschen weiter nach rechts, und dann lehnst du dich an mich. Beine breit, so wie ein Bond-Girl. Komm, denk an die S-Kurve. Nein, das ist doch ein L, kein S.«

Lucie verrenkte sich an der kalten Motorhaube und wäre am liebsten im Boden versunken. Ob sich so wohl die Bikinimodels aus der *Sports Illustrated* fühlten, wenn sie sich auf Sanddünen rekelten und versuchten, sexy auszusehen? Oder waren das für Frauen wie Viv ganz natürliche Posen?

»Wo ist eigentlich dein Surf-Buddy Viv?« Lucie zwinkerte George zu.

»In Miami.«

»Beim nächsten Bikinishooting?«

»Vermutlich.«

»George, kannst du mal in den Beauty Mode schalten und das Handy höher halten?«, fragte Cecil. »Ja, genau, der Winkel ist super!«

»Lächeln, Lucie«, rief George.

»Aber nicht zu breit, sonst ist es nicht mehr sexy.« Cecil neigte seinen Kopf fast unmerklich zur Seite.

Lucies Lächeln gefror. Sie spürte, dass sie rot wurde, und versuchte angestrengt, Georges Blick zu meiden, so peinlich war ihr das Ganze. Vor allem aber schämte sie sich für Cecil.

Nach dem spontanen Fotoshooting gingen die drei zurück ins Haus, wo die anderen sich bereits die knusprige Ente schmecken ließen, die mit süßer Bohnensoße in köstliche Reismehlpfannkuchen eingerollt war. Cecil blickte angeekelt auf seinen Teller. »In meiner Tortilla ist nur Entenhaut.«

Freddie lachte. »Das ist keine Tortilla, das ist ein chinesischer Pfannkuchen.«

»Die Haut ist das Beste an der Pekingente«, erklärte Marian. »Die Ente wird zweiundsiebzig Stunden luftgetrocknet, mit Gewürzen glasiert und schließlich geröstet, bis die Haut perfekt golden und knusprig ist. Eine echte Delikatesse.«

»Sorry, ich kann keine Tierhaut essen.«

»*Aiya*, dann iss halt ein paar Nudeln mit Entenfleisch.« Rosemary häufte ihm geschmorte E-fu-Nudeln mit Ente auf den Teller. »Du bist ja genauso wie diese Freundin von George, das Lesbenmodel! Die hat die Haut auch nicht angerührt, weil sie meinte, die macht dick.«

Freddies Neugier war geweckt. »Reden wir hier von einem lesbischen Model oder modelt sie für Lesbenmagazine?«

»Keine Ahnung. Beides, glaube ich«, antwortete Rosemary. »Viv heißt sie. Kennst du sie gar nicht?«

»Leider nicht.« Freddie warf George einen Blick zu und stellte fest, dass auch seine Schwester ihn seltsam ansah.

Cecil zückte sein Handy und rief: »Das Aston-Foto hat schon über sechzehntausend Likes! Kein Wunder, immer wenn du mit drauf bist, gehen die Likes durch die Decke.«

»Freut mich für dich«, sagte Lucie.

Cecil räusperte sich. »Eine Überraschung habe ich noch. Der Herzog und die Herzogin haben einen Film mitproduziert, und ich habe ein paar Tickets für die Vorabpremiere morgen Abend in East Hampton ergattert. Die offizielle Premiere ist erst beim Toronto Film Festival. Morgen sind sogar einige Schauspieler dabei.«

»Cool! Wie heißt der Film?«, wollte Lucie wissen.

»*Der flüchtige Schimmer des Mondes* oder so.«

»Ach, ist das eine Verfilmung von Edith Wharton?«, fragte Auden.

»Keine Ahnung«, antwortete Cecil. »Soll jedenfalls ein bahnbrechender Streifen sein. Die Regisseurin kommt aus England, aber die beiden Hauptdarsteller stammen aus Indien.«

»Aus Indien? Das ist ja spannend«, meinte Lucie.

»Ich fahre morgen leider für ein Live-Interview mit Nima Elbagir auf CNN International in die Stadt, sonst wäre ich gern mitgekommen«, sagte Auden.

»Worum geht es denn beim Interview?«, fragte Charlotte.

»Um die Rolle von Achtsamkeit in der Lösung globaler Konflikte.«

»Rosemary, Charlotte und ich wollten morgen einen koreanischen Wellness-Abend veranstalten«, meldete Marian sich zu Wort. »Dann seid ihr Kids unter euch, ist doch auch mal schön.«

Freddie wirkte nicht begeistert. »Klingt ziemlich schnarchig, der Film. Eigentlich wollten George und ich uns den neuen *Jurassic World* anschauen.«

»Ach komm, *Jurassic World* läuft doch nicht weg«, meinte George.

CBC Originals
und
ITV Studios
präsentieren gemeinsam mit
Channel Four Films
und
Canal+
eine Produktion von
Ravenswood Pictures
und
Smart Tomato:

Der flüchtige Schimmer des Mondes
ein Film von Olivia Lavistock

»O mein Gott, Olivia Lavistock! Die kenne ich«, flüsterte Lucie Cecil aufgeregt ins Ohr, als der Vorspann über die Leinwand des East Hampton Cinema auf der Main Street lief.

»Woher denn?«

»Von der Hochzeit auf Capri. Sie hat auch eine Doku über Dolfis Poloteam gedreht.«

»Was zum Naschen?« Freddie bot George seine Box mit Milk Duds an, der sie an Lucie zu seiner Rechten weiterreichte. Dabei streifte er ihren Arm, und Lucie zuckte zurück.

»Nein, danke.« Lucie hielt einen Moment inne, dann fragte sie George leise: »Also ist Viv wohl wirklich nur ein Surf-Buddy, was?«

»Hab ich doch gesagt.«

Der Film entpuppte sich als Crossover aus Bollywood

und italienischem Neorealismus und spielte in der Toskana. Merle, ein umwerfend hübsches britisch-indisches Mädchen (gespielt von Naomi Scott), trifft bei der Hochzeit ihrer gemeinsamen Freunde, den unglaublich reichen Kundaris, auf Devendra, einen gut aussehenden indischen Maharadschasohn (gespielt von Avan Jogia).

Doch weil Merle nur zur Hälfte Inderin ist und einer anderen Kaste angehört, wird ihnen die Beziehung von Devendras Tante, Prinzessin Gayatri (gespielt von Mindy Kaling), strikt verboten. Die erste Hälfte des Films verbringen die beiden damit, sich bei dekadenten Hochzeitsfeierlichkeiten in luxuriösen toskanischen Villen eine Woche lang schöne Augen zu machen.

Während das unglücklich verliebte Paar noch gegen seine Gefühle ankämpft, entspinnt sich beim legendären Palio-Pferderennen auf der Piazza del Campo in Siena eine Tanznummer mit Hunderten indischer und italienischer Tänzerinnen und Tänzer in voller Montur.

Cecil kicherte in Lucies Ohr. »Ein Dance-Battle zwischen Indern und Italienern, das ist so absurd, dass es schon wieder lustig ist!«

Lucie war wie gebannt von der spektakulären Tanzszene, gleichzeitig aber auch ein bisschen genervt. Der Film entsprach zwar genau der Art seichter Rom-Com, die sie mochte, doch irgendetwas daran stimmte nicht. In der nächsten Szene wurde es ihr schlagartig klar. Merle und Devendra stehlen sich im Getümmel von der Hochzeitsfeier und steigen auf einen der berühmten Geschlechtertürme in San Gimignano. Die unerträgliche Spannung zwischen den beiden entlädt sich in einer explosiven Szene, in der sich die jungen Liebenden vor beeindruckender

Feuerwerkskulisse zum ersten Mal küssen. Der Kuss wird immer leidenschaftlicher, bis Devendra schließlich unter Merles Abendkleid greift, ihr das Höschen vom Leib reißt und unter ihrem Rock abtaucht. Doch plötzlich erscheint eine Drohne am Abendhimmel und filmt das heimliche Liebesspiel, und einen Moment später hämmert jemand an die Tür. Die Tante des Prinzen schreit von der anderen Seite: »Stopp! Sofort aufhören, ihr werdet gefilmt!«

»Ach du Scheiße! Mindy, die Retterin in der Not!« Cecil brüllte vor Lachen.

Lucie war wie versteinert. Sie wagte es weder zu atmen noch konnte sie zu George hinüberschauen. Aus dem Augenwinkel erkannte sie sein Profil, er starrte ausdruckslos auf die Leinwand. Ein merkwürdiges Gefühl überkam sie – eine Kombination aus Schock, Panik und Verlangen. Sie versuchte, ruhig dagegen anzuatmen. Den Rest des Filmes bekam sie kaum mit, und als das Licht anging und das Publikum die Produzenten mit Standing Ovations feierte, flüsterte sie Cecil ins Ohr: »Ich geh kurz auf die Toilette.«

Sie schob sich durch die Sitzreihe an George vorbei, und für einen Sekundenbruchteil begegneten sich ihre Blicke. Im Korridor lief Lucie an der Toilette vorbei zum Notausgang und ins Freie. Sie brauchte frische Luft. Sie musste nachdenken. *Ogottogottogott. Wie soll ich George gleich gegenübertreten? Unmöglich, das geht einfach nicht. Vielleicht kann ich unbemerkt abhauen? Schnell ein Uber rufen? Soll ich mit Cecil darüber reden? Oder soll ich einfach so tun, als wäre nichts?*

Da öffnete sich quietschend die schwere Metalltür, und George trat nach draußen.

Scheiße, Scheiße, Scheiße!

Lucie sah kurz zu ihm, dann wandte sie sich wortlos ab.

Sie standen in einer Gasse hinter dem Kino, den Blick auf eine sorgfältig gestutzte Hecke gerichtet. George lehnte an der Wand, schweigend wie immer.

Schließlich fasste sich Lucie ein Herz. »Ich hatte nichts damit zu tun. Ich habe Olivia nichts erzählt.«

»Ich weiß.«

»Aber woher kannte Olivia dann alle Details? Hast du etwa mit ihr darüber gesprochen? Oder mit deiner Mutter?«

George sah sie an, als wäre sie verrückt geworden.

»Wer soll es denn sonst gewesen sein?«, fragte Lucie vorwurfsvoll.

»Ich habe es jedenfalls niemandem erzählt.«

Plötzlich ging Lucie ein Licht auf. »Charlotte! Diese Heuchlerin!« Sie war stinksauer. »Mich zum Schweigen verdonnern und selbst alles rausposaunen.«

»Wir gehen besser wieder rein.« George drehte sich zur Tür, aber Lucie packte ihn am Arm.

»Warte.«

»Was denn?«

Lucie wusste nicht, was sie sagen sollte. Sie hielt seinem Blick stand, und die Spannung zwischen ihnen war mit Händen greifbar. *Tus nicht, tus nicht, tus nicht.* Wie in Zeitlupe drückte George sie sanft gegen die Wand und küsste sie.

»Stopp!« Sie schob ihn von sich.

Überrascht trat George einen Schritt zurück. »Sorry, ich dachte …«

»Falsch gedacht!«, schnaubte Lucie und rauschte durch die Tür.

George blieb verdattert zurück. Plötzlich flog die Tür

wieder auf, und Lucie zog ihn an sich, küsste ihn gierig, heftig, seine weichen Lippen verschmolzen mit ihren, und seine Zunge schickte Stromstöße bis in den letzten Winkel ihres Körpers. Wieso waren seine Küsse so unvergleichlich? Sie bekam nicht genug von ihm, fühlte sich, als würde sie gleich in Flammen aufgehen, und mit einem Mal war es, als stünden sie wieder in den sanft beleuchteten Ruinen der Villa Jovis, und über ihnen drehte sich der Sternenhimmel, während sie sich ihm hingab. Sie presste sich an ihn, spürte, wie hart er war. Heftige Lust überkam sie, und sie fasste ihm in die Jeans, wollte ihn hinter die Hecke zerren, ihm die Kleider vom Leib reißen und seinen vollkommenen Körper anspringen, ihn in sich spüren. »O Gott, bitte fick mich!«, stöhnte sie. *Stopp*, sagte da eine Stimme in ihrem Kopf. Charlottes Stimme. *Stopp, du solltest dich was schämen*. Lucie riss sich aus Georges Armen los und rannte um das Kino herum zum Eingang.

Dort standen Cecil und Freddie unter dem kleinen Vordach und sahen sich suchend um.

»Da bist du ja!«, sagte Freddie. »Hast du Lust auf ein Eis?«

»Drinnen war es so voll, da bin ich durch den Notausgang raus«, keuchte Lucie.

Kurze Zeit später kam George aus dem Haupteingang und trocknete sich die Hände an einem Papierhandtuch ab.

Cecil sah Lucie und George neugierig an. »Na? Habt ihr euch von der Romanze mitreißen lassen?«

Lucies Herz hämmerte in ihrer Brust. *O Gott, er weiß alles. Er kann es mir an der Nasenspitze ablesen.*

Cecil verdrehte die Augen. »Jetzt spuckt es schon aus! Was haltet ihr von dem Film eurer Bekannten?«

»Oh, ach so.« Lucie atmete auf. »War ganz okay, fand ich. Waren ein paar lustige Szenen dabei.«

»Also, ich geb ihm eine Zwei minus«, verkündete Cecil. »Die Kulisse war natürlich großartig, und die Schauspieler sahen gut aus, aber die Kostüme waren grausam – der Kostümbildner gehört gefeuert. Eine Hochzeit mit superreichen Indern, und der Schmuck sieht einfach nur billig aus!«

Lucie nickte und kicherte nervös, während Cecil weiterwetterte. »Die Inder haben die sagenhaftesten Juwelen der Welt, das weiß doch jeder! Da hätte man viel mehr rausholen können. Aber mit diesen Tanznummern und den miserablen Schauspielern könnte er als Bad-Taste-Klassiker in die Geschichte eingehen. Von dem haarsträubenden Plot mal ganz zu schweigen.«

Freddie nickte. »Am schlimmsten war diese Nebenstory mit den Drohnenpiloten, die das Pärchen erpressen wollten. So was von bescheuert. Noch bescheuerter war eigentlich nur die Sexszene – erst machen die beiden einen auf unschuldig, und als es im Turm endlich zur Sache geht, fällt er direkt auf die Knie und leckt sie? Sorry, aber das würde im echten Leben nie passieren – der Mann kommt immer zuerst. So was glaubt doch keiner, oder, George?«

»Ja, so was glaubt einem wirklich keiner.«

11

OUTLOOK AVENUE
EAST HAMPTON, LONG ISLAND

»I feel the earth move under my feet,
I feel the sky tumbling down, a'tumbling down …«

Zu Hause erwartete Lucie, Freddie und Cecil ein denkwürdiger Anblick: Drei Frauen, deren Gesichter mit koreanischen Gesichtsmasken zugekleistert waren, tanzten laut grölend durchs Wohnzimmer, während Carole Kings Album *Tapestry* auf dem alten McIntosh-Plattenspieler lief. Nach einem kurzen Blick auf Charlotte und Marian, die im Bademantel auf dem Sofa rumhüpften, machte Cecil wortlos kehrt und verschwand nach oben in Lucies Zimmer.

»Na, das haben wir gern, Kinder! Heimlich Party machen ohne unsere Erlaubnis? Ab ins Bett, Mama! Aber vorher erklärt ihr mir bitte noch, was das hier ist!« Freddie hielt vorwurfsvoll eine leere Flasche des 2016er Mazis-Chambertin Grand Cru in die Höhe.

»Ein sehr guter Wein.« Rosemary kicherte wie ein kleines Mädchen. »Ich hab mal gegoogelt, der kostet 859 Dollar die Flasche. Drei Stück haben wir davon geköpft.« Sie saß mit einer revitalisierenden Eselsmilchmaske[1] auf dem Sessel und badete die Füße in einem Holzzuber mit einer heißen dunkelbraunen Flüssigkeit, die nach Hustensaft roch. Hinter ihr stand eine koreanische Masseurin in einem blassrosa Kittel und bearbeitete ihre Schultern mit ihren knochigen Ellbogen.

»Au, aua, ja, genau da!«, stöhnte Rosemary.

Marian sprang vom Sofa und grinste sie durch ihre rissige 24-Karat-Goldfolienmaske an. »Das ist die beste Wellness-Pyjamaparty aller Zeiten! Hast du Hunger, Freddie? Wir haben noch ganz viel koreanisches Barbecue über.«

»Gibts auch *kimchi* dazu?«

»Aber sicher.«

»Ist es denn scharf genug? Du weißt, dass ich ohne anständiges *kimchi* nichts Koreanisches runterkriege.«

»Das *kimchi* ist so scharf, das brennt dir ein Loch in die Hose. Von den *mandu* sind auch noch welche da. Ich glaube, Mary ist schon ins Bett gegangen, aber tu das Fleisch einfach fünfundvierzig Sekunden in die Mikrowelle, dann schmeckt es wie frisch vom Grill.«

»Vergiss es.« Freddie ließ sich aufs Sofa plumpsen.

»Ach, du faule Socke! Komm, ich helf dir.«

Lucie sah erleichtert zu, wie Marian mit Freddie im Schlepptau in der Küche verschwand. Jetzt musste sie nur

[1] Eselsmilch ist reich an Vitamin C, Proteinen und Fettsäuren und bietet eine Vielzahl an Anti-Aging-Eigenschaften. Es heißt, Kleopatra habe in Eselsmilch gebadet, um ihre legendäre Schönheit zu bewahren, und was gut für die Königin des Nils war, kann unsereinem ja nicht schaden.

noch Rosemary loswerden. Innerlich wappnete sie sich bereits dafür, Charlotte zur Rede zu stellen, aber das ging nur unter vier Augen. Ihr schwirrte der Kopf vor lauter … ja, was eigentlich? Scham? Sehnsucht? Verachtung? Sie wusste nur eines – Charlotte war an allem schuld. Sie hätte sich heute Abend niemals George an den Hals geschmissen, wenn Charlotte die ganze Geschichte nicht brühwarm an Olivia weitergetratscht hätte, die natürlich sofort einen Film draus machen musste.

»Wie wars im Kino?« Charlotte knabberte vorsichtig an einer Praline, damit ihre Maske aus Schneckenschleim und Bienengift keine Risse bekam.

»Lustig, dass du fragst«, erwiderte Lucie zuckersüß. »Der Film war nämlich von deiner lieben Freundin Olivia Lavistock.«

»Olivia?« Rosemary klang erstaunt. »Die Engländerin, die auf Capri die ganze Woche über nur Schwarz getragen hat?«

»Genau die«, bestätigte Lucie.

»Da lief tatsächlich Olivias Film? Hätte ich das gewusst, wäre ich mitgekommen. Als ich das letzte Mal mit ihr gesprochen habe, war er noch nicht geschnitten.« Charlotte stellte die Füße in einen der Holzzuber, und eine zweite Masseurin goss etwas von der geheimnisvollen braunen Brühe hinein.

»Du wusstest, dass Olivia einen Film dreht?«, fragte Lucie erbost.

»Ja klar. Sie arbeitet seit zwei Jahren Tag und Nacht daran.«

»Der Film wurde vor zwei Jahren gedreht?«

»Oder noch mehr. Der indische Kameramann war wohl

ein absoluter Albtraum. Olivia meinte, er hätte Material geklaut und wollte es nicht wieder rausrücken.«

»Also, das hat dem Film jedenfalls nicht geschadet. Spektakuläre Aufnahmen, vor allem in der Szene, in der die beiden Hauptdarsteller – eine Halb-Inderin und ein indischer Prinz – Sex auf einem Turm in Italien haben und über ihnen eine Drohne schwebt, die alles filmt.« Lucie funkelte Charlotte an.

»Eine Drohne?«, fragte Rosemary. »Solche Dinger flogen bei Issies Hochzeit doch auch überall rum. Haha … witzige Idee!«

Charlotte riss entsetzt den Mund auf, und der Schneckenschleim fing an zu bröckeln.

»Aus der Küche duftet es ganz schön verräterisch. Ich glaube, das Fleisch ist fertig.« Lucie stürmte davon und verließ sich darauf, dass Charlotte ihr folgen würde.

Wie erwartet kam diese wenig später mit gewaschenem Gesicht hereingeschlendert und lehnte sich nonchalant an den Küchentresen, wo Freddie sein Rinds-Galbi hinunterschlang und seiner Mutter den Film nacherzählte.

»Und dann haben die beiden Italiener versucht, den jungen Maharadscha mit dem Filmmaterial zu erpressen! Dazwischen kommt noch eine Tanzszene auf dem Dach einer Villa, bei der massenhaft hübsche Mädchen Pirouetten drehen und irgendwelche halb nackten italienischen Muskelmänner mit ihren Saris auspeitschen.«

Marian schlug sich auf den Oberschenkel und heulte fast vor Lachen.

Charlotte meldete sich zaghaft zu Wort. »Lucie, wenn du nichts isst, dann komm doch mal mit und probier das Fußbad aus. Das wirkt total entspannend.«

Lucie rutschte vom Barhocker, schob Charlotte in die Bibliothek und knallte die Tür hinter ihnen zu. »Ein entspannendes Fußbad, Charlotte, wie nett von dir. Ich fürchte nur, mit der Entspannung ist es aus und vorbei, sobald der Film Premiere in Toronto feiert.«

Charlotte sackte auf dem Chesterfield-Sofa zusammen. »Ich glaubs ja nicht. Ich glaubs einfach nicht!«

»Wenn du es nicht glaubst, gucks dir doch an. In HD!«, zischte Lucie und setzte sich Charlotte gegenüber in einen Clubsessel, als wollte sie ihre Cousine verhören. »Wie konntest du nur, Charlotte? Wie konntest du es an Olivia ausplaudern, nachdem du mir das Versprechen abgenommen hast, niemandem auch nur ein Sterbenswörtchen zu erzählen.«

»Aber das hab ich doch gar nicht!«

»Willst du etwa behaupten, Olivia Lavistock könnte hellsehen?«

»Nein, ich meine, das war doch schon vorher, direkt nachdem ich George und dich erwischt habe. Ihr seid beide weggerannt, da bin ich total aufgelöst zurück auf die Party und hab sie um Hilfe gebeten. Ich wusste einfach nicht, was ich machen sollte.«

»Du hast behauptet, du hättest niemandem etwas gesagt!«

»Seitdem habe ich ja auch keiner Menschenseele davon erzählt, ehrlich wahr! Olivia war die Einzige, und ich dachte, sie wäre meine Freundin. Wie um alles in der Welt konnte ich ahnen, dass sie die Geschichte in ihrem blöden Film verwendet?«

»Tja, offensichtlich hat Olivia kein Fünkchen Fantasie. Der komplette Film ist aus Capri zusammengeklaut.«

»O meine arme Lucie, das tut mir so leid!«

Lucie schnaubte. »Du wiederholst dich. Aber meinst du es auch wirklich ernst?«

Charlotte brach in Tränen aus. »Natürlich! Ich rede nie wieder ein Wort mit Olivia!«

»Auf die Idee wärst du besser mal früher gekommen.«

»Was hat sie sich bloß dabei gedacht?«, jammerte Charlotte kopfschüttelnd. »Wenigstens hat sie Inder aus den Figuren gemacht.«

Lucie verdrehte die Augen. »Ja, immerhin. Wieder mal ein Paradebeispiel kultureller Aneignung.«

»Ich meine doch nur, dass niemand dich oder George im Verdacht haben wird.«

»Außer den vierhundert Hochzeitsgästen. Überleg doch mal, was Mordecai von Ephrussí sagt, wenn er den Film sieht! Der guckt sich den garantiert an.«

»Dieser unerträgliche Schleimscheißer!«

»Aber das ist noch nicht mal das Allerschlimmste. George war mit im Kino.«

»O Gott, das hatte ich ja ganz vergessen.«

»Den ganzen Scheißfilm über saß ich zwischen ihm und Cecil!«

Charlotte sah Lucie ängstlich an. »Und wie hat George reagiert?«

»Wie er reagiert hat? Er ist mir nach dem Film vor die Tür gefolgt, hat mich gegen die Wand gedrückt und mir die Zunge in den Hals gerammt, so hat er reagiert!«, rief Lucie melodramatisch.

Charlotte schlug die Hände vors Gesicht. »Um Gottes willen, Lucie! Und wie geht es dir jetzt?«

»Gut. Ich hab mich sofort von ihm losgemacht.«

»Was ist nur in diesen Jungen gefahren? Das ist jetzt schon das zweite Mal, dass er dich verführen will. Wahrscheinlich ist er nie über dich hinweggekommen.«

»Aber was erlaubt der sich? Hat er immer noch nicht begriffen, dass ich bald Mrs Cecil Pike bin?« Lucie gab sich alle Mühe, entrüstet zu klingen.

»Hast du Cecil davon erzählt?«

»Bist du verrückt? Natürlich nicht.«

»Gott sei Dank! Wie ich Cecil kenne, hätte er George sofort zu einem Duell aufgefordert.«

Lucie schwieg, aber vor ihrem inneren Auge sah sie Cecil in schneeweißem Fechtanzug mit Helm und Säbel in der Hand. »Das ist kein Säbel, Lucie, das ist ein Degen«, hörte sie ihn sagen, während er sich in makelloser Fechthaltung vor George aufbaute, der sein übliches schwarzes Tanktop mit Surfshorts trug. Während Cecil bedrohlich mit dem Degen herumwedelte, setzte George zu einem kurzen Tritt an, der Jean-Claude Van Damme alle Ehre gemacht hätte, und Cecil ging augenblicklich zu Boden.

»Wo ist George jetzt?« Charlotte riss Lucie aus ihrem Tagtraum.

»Der ist direkt danach Richtung Manhattan verschwunden.«

»Ich hoffe doch, mit eingezogenem Schwanz!«

Plötzlich wurde Lucie von der Vorstellung überwältigt, wie George ihre Beine packte, spreizte und sie mit seinen Fingern verwöhnte, mit seiner Zunge, seinem unfassbar harten … Stopp, Stopp, sofort aufhören! Wo kamen bloß diese schrecklich obszönen Gedanken her? War das nicht fast schon wie Fremdgehen? Das konnte sie Cecil nicht antun. Das konnte sie sich selbst nicht antun. Sie konnte doch nicht ihr ganzes Leben wegen einer unerklärlichen Besessenheit aufs Spiel setzen. Ja, genau das war es, das konnte sie sich mittlerweile eingestehen. Sie war besessen, vollkommen besessen von George Zao, und das war durch und durch falsch. Seit sie erfahren hatte, dass er der neue Mieter von Cissinghurst war, quälte sie sich, machte sich komplett verrückt. Die ganze Geschichte hatte ihr Leben auf den Kopf gestellt. Sie hatte keinen Appetit mehr, ihr war permanent schlecht, und ihre Träume waren durchsetzt von den abstrusesten heidnischen Liebesritualen mit ihm in irgendwelchen Höhlen. Solche Träume waren doch nicht normal, geschweige denn solche Gefühle für jemanden, den sie nicht einmal mochte. George war das genaue Gegenteil von den Männern, auf die sie sonst stand. Er kam nicht aus New York. Er war weder weltmännisch noch kultiviert. Er konnte sich nicht anständig anziehen. Er sah Cary Elwes in *Die Braut des Prinzen* kein bisschen ähnlich. Er entsprach nicht annähernd dem Bild des Ehemannes, den sie sich immer ausgemalt hatte. Stattdessen hatte er sie seit ihrer ersten Begegnung im Bertolucci in den Wahnsinn getrieben und nichts als Chaos in ihrem Leben und ihrem Kopf angerichtet. Und wenn sie eins hasste, dann Chaos! Perfektion war bei ihr Programm. Sie war an der Brearley zur Schule gegangen und dort immer beliebt gewesen, Lucie Tang Churchill, die coole Halbchinesin. Ihren Abschluss an der Brown hatte sie mit Auszeichnung gemacht. Sie hatte ihren Traumjob bei der angesagtesten Firma der Stadt ergattert und würde einen gut aussehenden, gebildeten Gentleman heiraten, der sogar vom *Esquire* zum »Begehrtesten Typen des Planeten« gekürt worden war. Sie würden in einem einzigartigen Townhouse im

West Village wohnen, den Sommer in East Hampton verbringen und sich vielleicht auch noch ein Häuschen in der Provence kaufen. Sie würden beide dem Kuratorium des Brooklyn Museum of Art und des PS1 angehören, womöglich sogar dem des Dia. In exakt viereinhalb Jahren würden sie bildhübsche, hochintelligente Kinder bekommen (erst einen Jungen, dann ein Mädchen), die an die Saint Bernard beziehungsweise die Brearley gehen würden, gefolgt von Harvard, Brown oder Bard – obwohl, nein, Brearley-Absolventinnen gingen nicht aufs Bard-College. Sie würden von allen vergöttert, ganz besonders von Granny und dem Rest der Churchills. Und wenn alles nach Plan lief, würden irgendwann auch Cecil und ihre gemeinsamen Kinder neben ihrem Namen im *Social Register* auftauchen, und damit wäre Cecil der glücklichste Mann der Welt. Unter keinen Umständen würde sie sich dieses fabelhafte Leben, das sie bereits im Alter von acht Jahren minutiös geplant hatte, von George nehmen lassen. Ihr Glück, ihre Zukunft, die Zukunft ihrer Familie und ihrer Kinder – alles stand auf dem Spiel. George musste aus ihrem Leben verschwinden, und zwar schleunigst.

Lucie stand auf und verkündete entschlossen: »Morgen früh fahren wir zusammen in die Stadt und machen George Zao ausfindig. Du bist für diesen Spuk verantwortlich, jetzt setzt du ihm gefälligst ein Ende! Ein für alle Mal.«

12

THREE LIVES & COMPANY
WEST VILLAGE, NEW YORK

»Warum treffen wir uns eigentlich in einer Buchhandlung mit ihm?«, fragte Charlotte, als sie mit Lucie auf die rote Flügeltür von Three Lives & Company am Waverly Place zusteuerte.

»Sein Büro ist im South Street Seaport, das war mir zu weit«, erwiderte Lucie. »Und in der Upper East Side will ich erst recht nicht mit ihm gesehen werden. Das hier ist sozusagen neutrales Terrain, hier kennt uns niemand.«

Sie betraten den urigen kleinen Buchladen, der von grünen Leselampen in gemütliches Licht getaucht wurde, und Lucie drehte eine Runde auf der Suche nach George. Doch stattdessen traf sie in der hintersten Ecke des Ladens ausgerechnet Cecils Mutter, die mit einer Ausgabe von Alan Hollinghursts *Des Fremden Kind* in der Hand an einem Regal lehnte.

»Lucie! Ich wusste gar nicht, dass du heute in der Stadt bist!«

Lucie gelang es mehr schlecht als recht, ihre Überraschung zu kaschieren. »Renée, hi! Ich, äh … ich bin auf dem Weg zu einem Klienten.« Etwas Besseres fiel ihr auf die Schnelle nicht ein.

»Und eine Begleitung hast du auch dabei«, sagte Renée, als sie Charlotte entdeckte. »Arbeitet ihr im Team?«

Lucie sah sie an wie ein Reh im Scheinwerferlicht.

Charlotte sprang ihr zur Seite. »Mrs Pike! Schön, Sie endlich mal kennenzulernen. Ich bin Charlotte Barclay, Lucies Cousine. Einen tollen Blazer haben Sie an! Ist der von Off-White?«

»Nein, Alexander McQueen Couture.«

»Natürlich, wie konnte ich das verwechseln? Und was führt Sie so weit in den Süden, Mrs Pike?«

»Oh, nennen Sie mich doch bitte Renée. Ich war zu früh dran für die Stiftungsratssitzung von God's Love We Deliver, und da dachte ich, ich stöbere hier noch ein bisschen rum.«

»Ach, God's Love ist so eine tolle Organisation! Ich habe an Thanksgiving mal in deren Küche ausgeholfen«, sagte Charlotte. »So, Lucie, hast du das Buch für Cecil gefunden? Wir kommen noch zu spät.«

»Welches Buch willst du ihm denn kaufen?«, fragte Renée.

»Hm, ich hab schon geguckt, aber sie scheinen es nicht zu haben.« Lucie kochte innerlich. Warum musste Charlotte sie noch tiefer reinreiten?

Renée ließ nicht locker. »Hast du schon Toby gefragt? Wie heißt denn der Autor?«

Lucie schielte ins Regal hinter Renée und pickte den erstbesten Namen heraus. »Maira Kalman.«

»Oh, ich bin ein Riesenfan von Maira! Aber hat Robert das Buch schon genehmigt?«

»Genehmigt?« Lucie sah sie fragend an.

»Na, du weißt doch, dass Robert nur Bücher mit abgestoßenem Rücken in Cecils Bibliothek erlaubt. Ein brandneuer Einband zerstört das Gesamtbild.«

»Ach stimmt, das hatte ich ganz vergessen.«

Endlich entschloss sich Charlotte dazu, Lucie aus der Bredouille zu helfen. »Ich unterbreche ja nur ungern, aber wir kommen wirklich zu spät!« Sie hatten es schon fast zum Ausgang geschafft, da ging die Tür auf, und eine Blondine in kamelfarbenem Kurzmantel betrat den Laden mit einem flachsblonden Jungen an der Hand.

»Lucie Tang Churchill! Lange nicht gesehen.«

Lucie schnappte nach Luft. »Lief! Was machst du denn hier?«

»Wir haben einen guten Freund von mir besucht. Und immer wenn ich hier bin, nutze ich die Gelegenheit, um William mit den neuesten Kinderbüchern zu versorgen.«

Charlotte räusperte sich. »Und wer ist das nun wieder?«

»Oh, Entschuldigung. Lief, das ist meine Cousine Charlotte. Lief war meine Tennispartnerin im Dorset.«

Da schoss Renée hinter einem Regal hervor. »Lief, bist du das?«

»Renée! Was machst du denn hier?«, quietschte Lief. An Lucie und Charlotte gewandt erklärte sie: »Ich habe Renée erst heute Morgen beim Qigong getroffen. Unsere Schwingungen stimmen heute wohl überein!«

»Tja, und wir müssen jetzt leider die Hufe schwingen!« Charlotte packte Lucie an der Schulter und schob sie aus dem Laden. Kaum waren sie um die Hausecke, stöhnte Charlotte entnervt auf. »Was um alles in der Welt hat dich geritten, ausgerechnet so eine niedliche Buchhandlung auszusuchen? Konntest du dir nicht denken, dass sich da dein halber Bekanntenkreis rumtreibt? Was, wenn Renée dich mit George sieht? Wir brechen die Mission besser ab.«

»Zu spät«, sagte Lucie grimmig, als sie George über die West 10th Street auf sie zugehen sah.

»Hey«, begrüßte er sie freudig. »Sollen wir reingehen?«

»Nein!«, riefen die beiden wie aus einem Mund.

George runzelte die Stirn. »Warum haben wir uns dann hier verabredet?«

»Herrgott noch mal!« Charlotte scheuchte Lucie und George die Straße hinunter, bog nach rechts in die Greenwich Avenue und dann in den Jefferson Market Garden. Dort angekommen, setzte sie sich auf eine zwischen Sträuchern versteckte Bank am Seerosenteich und sah die beiden erwartungsvoll an. »So, da wären wir.«

Lucie richtete den Blick auf ihre Fußspitzen. Jetzt musste sie nur noch allen Mut zusammennehmen.

George sah sie gelassen an. »Ich gehe davon aus, du willst mit mir über Olivias Film reden?«

Lucie schüttelte den Kopf. »Nein, über das, was nach dem Film passiert ist. Wobei, eigentlich will ich über gar nichts reden. Versprich mir einfach, dass du nie wieder einen Fuß in mein Haus in East Hampton setzt.«

»Das geht leider nicht.«

»Wieso nicht?«

»Na, das Haus gehört doch deinem Bruder, oder? Er hat mich für Samstagabend zum Pokern eingeladen.«

»Genau genommen ist es Freddies Haus, ja, aber ich verbringe jeden Sommer dort. Und ich will dich nie wieder sehen.«

»Warum nicht?«

»Weil du gestern Abend zu weit gegangen bist. Mein Verlobter war keine fünfzig Meter entfernt, und du besitzt die Dreistigkeit, mich zu küssen.«

»Ich hatte nicht den Eindruck, dass du es schlimm fandst.«

Da platzte Charlotte der Kragen. »Ich glaub, ich hör nicht richtig! Du hast dich an ihr vergangen, du Monster! Du kannst froh sein, dass wir dich nicht anzeigen!«

George starrte Charlotte entgeistert an. »Das hat sie dir erzählt?« Er drehte sich verwirrt zu Lucie um.

Charlotte schlug einen sanfteren Ton an. »Wir wollen dir nur helfen, George. Du scheinst nicht wahrhaben zu wollen, dass deine Avancen unangebracht und unerwünscht sind.«

George schnaubte. »Unangebracht und unerwünscht? Lucie, wenn ich mich recht entsinne, hast *du* mich in Positano geküsst. *Du* hast mir gestern Abend die Hand in die Hose gesteckt und mich angebettelt, dich zu ficken.«

Charlotte starrte Lucie an, die knallrot anlief, aber trotzdem zur Offensive ansetzte. »Du hast dich unmöglich benommen. Mir und meinem zukünftigen Mann gegenüber. Du musst doch einsehen, dass mich deine Nähe in große Bedrängnis bringt, nach allem, was passiert ist. Das gilt übrigens auch für deine Mutter.«

»Nach allem, was passiert ist? Das hört sich ja an, als hätten wir eine Riesentragödie durchlebt. Wir haben geknutscht, Lucie.«

»Es war keine Tragödie, aber ein Fehler. Ein Riesenfehler. Auf Capri war ich noch jung und dumm, aber für gestern Abend gibt es keine Entschuldigung. Ist dir denn ganz egal, dass ich bald eine verheiratete Frau bin?«

George stieß einen tiefen Seufzer aus. »Wenn du jemand anders heiraten würdest, hätte ich dich niemals geküsst. Aber ausgerechnet Cecil? Das kann nicht dein Ernst sein!«

»Wieso nicht?«

»Weil er dich nicht liebt!«

»Was redest du da? Woher willst du das überhaupt wissen?«

»Ich sehe doch, wie Cecil ist. Er hat keinen blassen Schimmer, wer du wirklich bist. Dich würden keine zehn Pferde in einen Aston Martin kriegen! Er ist in eine Fantasie-Lucie verliebt, in die Vorstellung von dir – eine Lucie, mit der er tolle Fotos machen kann und möglichst viele Likes bekommt. Er liebt deine Social-Media-Version und dass du sein Image aufpolierst. Ihm geht es nur um Sex und Eitelkeit, mehr nicht! Er kann dich unmöglich so lieben, wie du es verdienst, weil er dich nicht als Mensch sieht, nicht als Frau. Ich dagegen schon. Ich sehe deine innere Schönheit, aber auch deine Traurigkeit, deine Ängste, deine Fehler. Ich sehe dich so, wie du bist, und genau dafür liebe ich dich. Ich habe dich vom ersten Augenblick an geliebt. Ich liebe deine Familie, ich liebe deine Klugheit und deine Kunst. Ich will für dich da sein, dir helfen, alle deine Träume zu erfüllen. Ich will alles über dich wissen, damit ich alles an dir lieben kann.«

Lucies Kehle war wie zugeschnürt, aber sie blieb stur. »Da gibt es nur ein Problem. Ich will das nicht von dir.«

»Das glaube ich dir nicht.«

»Mir doch egal, was du glaubst!«, schrie Lucie plötzlich.

Charlotte legte Lucie beruhigend die Hand auf die Schulter. »Lucie, bitte …«

»Hör auf, Charlotte! Meinst du nicht, du hast schon

genug angerichtet?« Lucie wandte sich wieder an George. »Ich liebe einen anderen und werde ihn im September heiraten. Also, bitte … bitte verschwinde einfach. Lass uns in Frieden.«

»Hör dir doch mal selbst zu! Du bringst es nicht mal über dich, seinen Namen auszusprechen.« George stöhnte frustriert auf und sah Charlotte Hilfe suchend an. »Glaubst du ihr das? Willst du wirklich, dass sie jemanden wie Cecil heiratet?«

»Ich … ich bin hier, um Lucie zu unterstützen«, stammelte Charlotte. »Und jetzt ist es wohl das Beste, ihr beide beruhigt euch erst mal.«

George legte Lucie die Hände auf die Schultern und sah ihr tief in die Augen. »Sag es mir ins Gesicht. Sag mir, dass du mich nicht liebst.«

Lucie wandte den Blick ab und kämpfte mit den Tränen. Sie konnte ihr Leben nicht einfach so wegwerfen, nicht mal für ihn. »Ich liebe dich nicht.«

Ein Schatten huschte über Georges Gesicht. Dann drehte er sich abrupt um und ging wortlos davon.

»George! Stopp! Komm zurück!«, rief Charlotte ihm hinterher.

Lucie funkelte sie böse an, als wollte sie sagen: *Jetzt reiß dich gefälligst zusammen!*

Charlotte hatte Tränen in den Augen. Nachdem sie Georges Worte gehört und seine Blicke gesehen hatte, war ihr schlagartig klar geworden, dass sie einen Riesenfehler gemacht hatte. Sie hatte sich in ihm getäuscht. Sie hatte sich von Anfang an in ihm getäuscht.

13

DOUBLES
FIFTH AVENUE, NEW YORK

Die geschmackvolle Lobby des Sherry-Netherland Hotel bildete mit den diskreten, aber aufmerksamen uniformierten Angestellten, den stilvollen Louis-XV.-Bergère-Sesseln und der Gewölbedecke mit neoklassizistischem Fresko eine Ruheinsel abseits der geschäftigen Fifth Avenue. Auf der linken Seite der Lobby befand sich ein Samtpaneel in der Wand, das nachgab, wenn einer der wenigen Eingeweihten darauf drückte. Dahinter verbarg sich eine schmale, mit rotem Teppich ausgelegte Treppe – der Geheimgang in einen der legendärsten Schlupfwinkel New Yorks.

Ein Stockwerk weiter unten befand sich das Doubles, ein privater Dinnerclub, der zur Mittagszeit seine Pforten öffnete, und wo das High-Society-Leben tobte, bis spät am Abend die allerletzte Duftkerze erlosch. Vom Teppich bis zur Decke waren sämtliche Oberflächen des exklusiven Untergeschosses bordellrot, und die verspiegelten Wände verstärkten diesen Eindruck. Doch spätestens nach zwei Minuten fiel einem das omnipräsente Rot im stets voll besetzten Innern des Clubs nicht weiter auf, verlieh ihm doch die Klientel erst seinen wahren Anstrich. Zu den Gründungsmitgliedern zählten die Rockefellers und die Whitneys sowie Society-Ikonen wie Nan Kempner und die viel zu früh verstorbene Entertainerin Joan Rivers.

Lucie war schon als Kind regelmäßig hier gewesen. Die Churchills gingen ins Doubles wie andere zu McDonald's – weil es eben um die Ecke lag und einem nichts Besseres einfiel. Als sich Lucie heute jedoch durch die plaudernde Menge zu ihrem Tisch schob, stand ihr der Sinn nicht nach Geselligkeit. Der Streit mit George lag erst wenige Tage zurück, und obwohl sie das nie zugegeben hätte, war sie immer noch völlig durch den Wind. Sie hatte seither zahllose Pralinen vertilgt und nachts kein Auge zugetan, sondern den Schlagabtausch immer und immer wieder im Geiste abgespult.

Zu allem Überfluss ging Cecil ihr heute extrem auf die Nerven. Das Doubles hatte sich in letzter Zeit zu seinem Lieblingslokal gemausert, und es war sein Vorschlag gewesen, hier mittagzuessen. Vorher musste sie ihm zuliebe allerdings zweimal das Outfit wechseln, bevor er ihr schließlich ein neues Couturekleid von Chanel aufdrängte – wie immer ein Geschenk seiner Mutter. Jetzt mussten sie an jedem zweiten Tisch stehen bleiben, um auch noch die letzte Society-Lady zu begrüßen, bis Lucie es satthatte und ohne Cecil weiterging.

»Bitte hier entlang, Miss Churchill.« Die Kellnerin führte Lucie zu einem Tisch in der Ecke, an dem Charlotte bereits auf sie wartete.

»Ist das voll hier!«, begrüßte Charlotte sie. »Was ist bloß los heute?«

»Ist Mom noch nicht da?«

»Bisher keine Spur.«

Lucie runzelte die Stirn. Das sah ihrer Mutter überhaupt nicht ähnlich.

»Wo ist denn Cecil?«, fragte Charlotte.

»Der dreht noch seine Runden.«

Charlotte lachte. »Ja, ja, ein echter It-Boy, dein Cecil.«

»Bah, bitte nenn ihn nie wieder so. Ich hasse dieses Wort.«

»Aber es passt perfekt zu ihm! Er hat es nicht nötig zu arbeiten, jettet für Partys um die Welt und ist hier wesentlich beliebter, als du es je sein wirst.«

»Das trifft alles genauso auf Freddie zu, und den würdest du auch niemals It-Boy nennen«, erwiderte Lucie. In diesem Augenblick teilte sich die Gästeschar wie das Rote Meer, um einen Weg für Freddie quer durch den Raum vom Nachtischbüfett zu ihrem Tisch freizumachen. Er hielt seinen Teller in die Höhe und schenkte alle paar Meter einer Bekannten ein charmantes Lächeln, die sich daraufhin unweigerlich auf ihn stürzte, um ihm ein Küsschen auf die Wange zu drücken.

»Freddie versucht aber nicht, irgendwelche gesellschaftlichen Leitern hochzuklettern oder es in den nächstbesten Stiftungsrat zu schaffen«, erwiderte Charlotte. »Er ist einfach nur der Junge von nebenan, mit dem jede ins Bett will.«

Lucie verdrehte die Augen. Sie wollte gerade etwas erwidern, da hatte es Freddie – diverse Lippenstiftabdrücke im Gesicht – endlich zu ihnen geschafft. Auf seinem Teller türmte sich der größte Berg Mousse au chocolat mit Schlagsahne, den Lucie je gesehen hatte.

»Fängst du etwa mit dem Nachtisch an?«, fragte Charlotte.

»Wieso nicht, ich bin am Verhungern. Wo ist Mom?«

»Hinter dir.«

Marian hatte sich durch die Menge bis zu ihnen gekämpft. »Tut mir leid, aber ich musste noch schnell ein Krisentelefonat führen. Freddie, bitte sag mir, dass du das nicht alles vorm Hauptgang essen willst.«

»Das ist mein Hauptgang.«

Marian schüttelte entgeistert den Kopf. »Deine armen Nieren.«

»Hat wieder mal ein Laborassistent Mist gebaut?«, erkundigte sich Lucie.

»Schön wärs«, seufzte Marian. »Du weißt doch, dass dieses Jahr die Jubiläumsspendengala für den Animal Rescue Fund von Long Island stattfinden soll, die größte, die wir je geplant haben. Wir hatten Jane Goodall als Ehrengast eingeladen, und alle haben sich schon unglaublich auf sie gefreut, aber jetzt musste sie absagen, weil es irgendeinen Notfall mit den Schimpansen in Tansania gab.«

»O nein«, meinte Charlotte. »Hoffentlich nichts Schlimmes.«

Marian stieß einen weiteren tiefen Seufzer aus. »Wie sollen wir bloß eine Woche vor der Gala einen Ersatz finden?«

»Vielleicht hat Leo ja Zeit«, meinte Freddie.

»Ha! Wohl kaum!«

Da bequemte sich Cecil endlich an ihren Tisch. »Wohl kaum was?«

»Jane Goodall fällt als Ehrengast bei Moms Benefizgala aus, und Freddie hat als Ersatz Leonardo DiCaprio vorgeschlagen«, erklärte Lucie.

»Ha! Wohl kaum!«, sagte Cecil. »Du, Lucie, kommst du mal kurz mit? Ich will dir Prinzessin Marie-Laure de Polignac vorstellen. Sie isst gerade mit Elizabeth Merchant und Lord Ivory zu Mittag.«

»Können wir vielleicht erst mal bestellen?«, fragte Lucie.

»Marie-Laure muss unbedingt deinen Verlobungsring sehen.«

»Aber den trage ich heute gar nicht.«

Cecil stöhnte auf. »Wie bitte? Ich hatte dir doch extra gesagt, dass du ihn zum Mittagessen anstecken sollst!«

»Cecil, ich muss gleich noch zu Soho Art Materials. Mit dem Ring am Finger kann ich unmöglich Leinwände und Farben schleppen.«

»Wieso musst du überhaupt irgendwas schleppen? Ich hab dir doch schon tausendmal gesagt, dass es bei Pike Projects jede Menge Handlanger gibt, die so was für dich erledigen können. Sag ihnen einfach, was sie dir besorgen sollen, und du bekommst es bis vor deine Ateliertür in East Hampton geliefert.«

»Aber ich muss das Material doch selbst aussuchen, Cecil. Die können mir schlecht einfach irgendwelche Farben und Pinsel kaufen.«

»Wie auch immer. Wo ist dein Ring denn? Dann schicke ich eben eine meiner persönlichen Assistentinnen zu euch in die Wohnung, soll die ihn dir bringen. Ist eine Sache von fünfzehn Minuten.« Cecil zückte sein Handy und tippte wie wild darauf herum.

»Willst du das deiner armen Assistentin wirklich zumuten?«

»Na klar. Das ist doch das Schöne am Milliardärsein – du hast eine eigene Armee von Sklaven, die nach deiner Pfeife tanzen. Meine Mutter hat eine Angestellte, die nur für ihre Retouren zuständig ist.«

»Muss deine Bekannte den Ring denn unbedingt sofort sehen?«

»Aber sicher. Alle Welt redet über meinen Ring, und Marie-Laure besitzt eine der erlesensten *joyaux*-Sammlungen überhaupt. Wenn ihr der Ring gefällt, kommt sie vielleicht sogar zur Hochzeit!«

»Wer ist das noch mal?« Lucie legte den Kopf schief.

»Baby, ihrer Familie gehört das Imperial Hotel in Gstaad, und sie ist eine liebe Freundin von meiner Mutter. Von jetzt an sehen wir sie jede Saison in Gstaad, immer im Februar.«

Freddie blickte von seinem Teller auf. »Ach, ich wusste gar nicht, dass du Ski fährst, Cecil.«

»Ich rede doch nicht von der Skisaison. Ich meine die Ballsaison!«

Lucie gab auf. Sie wusste, dass Cecil nicht lockerlassen würde, ehe er seinen Willen bekam. »Der Ring ist in meinem Highboy in der linken oberen Schublade, hinter den Sonnenbrillenetuis. Mom, könntest du bitte Tony anrufen und ihm sagen, dass jemand vorbeikommt?«

Marian sah sie skeptisch an. »Aber Mary hat heute frei, also ist niemand da. Sollen wir wirklich jemand Fremdes in die Wohnung lassen?«

Jetzt mischte sich Charlotte ein. »Vertraust du denn deiner Assistentin, Cecil?«

»Zu hundert Prozent!«

Marian holte das Handy aus ihrer dreißig Jahre alten Coach-Handtasche. »Wie heißt deine Assistentin? Ich muss Tony den Namen durchgeben, dann lässt er sie hoch.«

»Keine Ahnung.«

Marian sah Cecil ungläubig an. »Wie, du kennst nicht

mal den Namen der Assistentin, die du in meiner Wohnung nach einem mehrere Millionen teuren Ring herumwühlen lassen willst?«

»Die wechseln alle naselang, da kann man doch nicht erwarten, dass ich mir die Namen merke. Rose, Kirk, Lili, Emile, was weiß ich? Aber von denen würde garantiert keine riskieren, sich wegen so was feuern zu lassen. Die haben alle einen Ivy-League-Abschluss und sind extrem überbezahlt. Außerdem ist der Ring versichert, und alles andere im Haus lohnt sich ja wohl kaum zu stehlen.«

Freddie prustete seine Mousse au chocolat auf den Teller.

»Was war daran jetzt wieder lustig?«, blaffte Cecil.

»Nichts«, antwortete Freddie leichthin. »Wo bleibt denn die Kellnerin? Wollen wir nicht langsam mal bestellen?«

Lucie schäumte innerlich, während Marian und Charlotte unbehaglich schwiegen. Wie sollten sie das Dilemma jetzt lösen?

»Wisst ihr was? Wenn ihr meinen Ivy-League-Lakaien nicht traut, fahr ich halt selbst hin und hol den Ring.« Cecil sprang auf und rauschte ab. In dem Augenblick trat die Kellnerin an ihren Tisch.

»Ach kommt, wir bestellen einfach«, beschloss Marian. »Ich hab keine Lust, jetzt noch auf Cecil zu warten.«

Nachdem alle bestellt hatten, schlug Charlotte vor: »Wie wärs, wenn wir berühmte Tierrechtsaktivisten googeln? Vielleicht finden wir ja einen neuen Ehrengast für deine Gala, Marian.«

»Super Idee, mit wem fangen wir an?«, fragte Marian.

Charlotte scrollte durch ihr Handy. »Moment, ich hab hier schon eine Liste. Wie wärs mit … Paul McCartney?

Nee, den kriegen wir eh nicht. Penélope Cruz? Oh, die war so toll im letzten Almodóvar-Film.«

Marian überlegte. »Hmm, ich weiß nicht, ob sie die Richtige für unser Zielpublikum ist.«

»Dann Jared Leto.«

»Jared Leto ist super, aber auch nicht der Richtige«, meinte Lucie.

»Oh, wie wärs mit Bea Arthur?«

Freddie zog die Augenbraue hoch. »Die ist doch tot.«

»Was? Seit wann das denn?«, rief Charlotte.

»Äh, seit Jahren?«

»Wie traurig! Das hab ich gar nicht mitbekommen. Moment, die hier könnte nach Long Island passen – Wendy Williams.«

»Keine schlechte Idee. Sonst noch jemand?«

Charlotte schnappte nach Luft. »Jetzt weiß ich's! Cornelia Guest!«

»O ja, perfekte Wahl«, pflichtete Marian ihr bei.

Charlotte hielt die PETA-Werbung mit Cornelia hoch: Eine lange blonde Mähne verdeckte ihre üppigen Kurven, und daneben prangten die Worte: *Lieber nackt als im Pelz*.

Freddie stieß einen Pfiff aus. »Ganz schön heiß.«

»Heiß, also wirklich«, tadelte Charlotte. »Sie ist viel mehr als das! Hör dir das an: Sie ist Schauspielerin, setzt sich für tiergerechte Mode ein, hat eine eigene vegane Handtaschenlinie, eine vegane Cateringfirma und unzählige adoptierte Tiere. Und sie stammt aus Long Island!«

Marian klatschte begeistert in die Hände. »Mehr als perfekt!«

»Ich glaube, Cecil kennt sie sogar«, meinte Lucie.

»Echt? Dann ist der schwierigste Part ja schon erledigt! Normalerweise muss ich mich monatelang mit PR-Beratern, Agentinnen und Managern herumschlagen, bis ich endlich an einen Promi rankomme.«

Als Cecil wieder auftauchte, sahen ihn alle erwartungsvoll an. Lucie fasste ihn am Arm. »Cecil, wir haben Moms Problem gelöst, während du weg warst. Cornelia Guest!«

»Was ist mit ihr?«

»Mom will sie als Ehrengast für ihre Tierschutzgala gewinnen.«

»Keine Chance.«

Lucie war verwirrt. »Ich dachte, du bist mit ihr befreundet.«

»Bin ich ja auch … aber ich kann sie unmöglich fragen.«

»Wieso nicht?«

Cecil hielt kurz inne. »Weil ich genau weiß, dass sie Nein sagt.«

»Und warum das?«, fragte Marian.

»Das klingt jetzt hart, aber ich fürchte, sie gibt sich nicht mit dem Pöbel ab.«

»Pöbel?« Marian schaute ihn verblüfft an.

Charlotte runzelte die Stirn. »Aber Cornelia setzt sich doch sehr für Tierrechte ein und ist auch noch auf Long Island aufgewachsen!«

»Aber doch nicht in *dem* Teil von Long Island. Sie stammt aus Old Westbury, und das ist bekanntlich WASP-Land, wie es im Buche steht. Außerdem ist sie mittlerweile fast nur noch in L. A., weil sie ständig neue Filmprojekte hat.«

»Aber unser Publikum wäre begeistert«, meinte Marian. »Die Spenden würden in Strömen fließen. Bitte, Cecil, gib dir einen Ruck! Oder muss ich erst vor dir auf die Knie fallen?«

»Ach komm, Cecil, fragen kostet doch nichts. Mom zuliebe«, bettelte Lucie.

»Lucie, Cornelia Guest war in den Achtzigern Debütantin des Jahrzehnts. Andy Warhol war ihr bester Freund und der Herzog und die Herzogin von Windsor ihre Taufpaten. Sie ist die Tochter von Pololegende Winston Guest und C. Z. Guest, die Eleganteste unter Capotes Schwänen. Royaler gehts ja wohl kaum! Nie im Leben spielt sie den Ehrengast auf so einer schäbigen Benefizveranstaltung, und ich denke nicht im Traum daran, mein mühsam gesponnenes soziales Netzwerk für so eine Frage zu beschmutzen.«

Alle waren wie vom Donner gerührt. Schließlich brach Charlotte die unangenehme Stille mit einem Räuspern. »Also, vielleicht könnte ich den Kontakt zu Wendy Williams herstellen. Ich setze mal mein PR-Team in London darauf an.«

Cecil nickte. »Sehr gut. Wendy Williams ist garantiert die richtige Wahl, wer auch immer das sein soll. So, Lucie, und jetzt steck bitte endlich meinen 26,5-Millionen-Dollar-Ring an, ich will dich der Prinzessin vorstellen.«

Lucie knirschte wutentbrannt mit den Zähnen. Sie rammte den Ring an ihren Finger und stand auf.

»Warte, wo ist die Jacke, die meine Mutter dir geschenkt hat?«

»An Freddies Lehne.«

»Ja, jetzt zieh sie schon an! Die ist Chanel-Couture, das rührt Marie-Laure bestimmt zu Tränen, immerhin ist sie gut mit Karl befreundet.«

Freddie, Marian und Charlotte sahen schweigend zu, wie Lucie das schwarz-weiße Bouclé-Jäckchen anzog und Cecil hinterhertrottete, der sich souverän durch die Menge schlängelte.

14

ROCKEFELLER CENTER
MIDTOWN MANHATTAN, NEW YORK

Nach dem Essen verstreuten sie sich in alle Himmelsrichtungen. Marian musste zurück ins Labor an der Columbia University, Charlotte war auf dem Weg zur »Leberfleckenkontrolle« alias Botoxbehandlung beim Hautarzt, Freddie wollte sich noch mit einer Freundin im Cha-An zum Tee treffen, und Cecil hatte seinen allwöchentlichen Termin beim Wohlstandspsychologen.

Lucie, die sich bei Christie's für einen Klienten einige Hockneys anschauen wollte, beschloss, die zehn Blocks zum Rockefeller Center bei dem schönen Wetter zu Fuß zu gehen. Da Freddie ins East Village musste, konnte er seine Schwester noch ein Stückchen begleiten.

Seite an Seite gingen die beiden die Fifth Avenue hinunter, während Freddie in bester Eingeborenenmanier mit gesenktem Blick auf seinem Handy herumtippte und trotzdem nicht mit den Massen an Touristen, Hunden, Kinderwagen und sonstigen Hindernissen kollidierte. Lucie dagegen schaute stur geradeaus, ohne auch nur einmal Blickkontakt mit Passanten aufzunehmen.

»Ha, geschafft!«, verkündete Freddie stolz. »Hab gerade mal vier Nachrichten gebraucht.«

»Wofür?«, fragte Lucie automatisch.

»Um Cornelia Guest für Moms Gala zu engagieren.«

Lucie blieb wie angewurzelt stehen. »Sie hat zugesagt? Wie hast du das hingekriegt?«

Eine Frau im Hosenanzug musste den beiden ausweichen. »Scheiß Chinatouris!«, schimpfte sie im Vorbeigehen, aber die Geschwister nahmen keine Notiz von ihr.

»Ich hab meiner Freundin Sloane geschrieben, die wiederum ihrer Freundin Chai geschrieben hat, die mit Penelope an der Brearley war und offensichtlich mit Cornelia verwandt ist. Und gerade hat Cornelia sich bei mir gemeldet, guck: ›Ich fühle mich sehr geehrt und komme gern!‹«

Lucie schüttelte verdattert den Kopf und ging weiter. »Warum bin ich nicht selbst auf die Idee gekommen, meine Brearley-Kontakte anzuzapfen? Bei dir wirkt immer alles so einfach.«

»Nach außen hin vielleicht, aber ich habe das ganze Essen über an dem Plan gefeilt. Es gibt doch diese Theorie, dass jeder jeden auf diesem Planeten über sechs Ecken kennt. Also musste ich nur die sechs richtigen Leute finden, über die ich mit Cornelia verbunden bin. Von ihrem Instagram weiß ich, dass sie sich auch noch für Kunst und Mode interessiert, also bin ich meine modeverrückten WASP-Freundinnen durchgegangen und auf Sloane gekommen. Die macht gerade ein Praktikum in der Fashion-Requisite[1] der *Vogue* und kennt ungefähr jeden. Neulich ist denen in letz-

[1] Auf keinen Fall zu verwechseln mit der Accessoire-Requisite oder der Beauty-Requisite.

ter Minute ein Riesenshooting in der Armory geplatzt, da hat Sloane ihrer Mutter geschrieben, und die wiederum hat es gerade mal einen Anruf gekostet, den MoMA-Skulpturengarten schließen zu lassen, damit sie das Shooting dorthin verlegen konnten. Deswegen habe ich sie zuerst kontaktiert und dann wohl einfach Glück gehabt.«

»Siehst du, du wurdest schon als Glückspilz geboren. Ich habe mein ganzes Leben nicht annähernd so viel Glück gehabt wie du.«

Freddie schnaubte. »Ich? Als Glückspilz geboren?«

»Mein Gott, Freddie, guck doch mal in den Spiegel! Oder hier, guck in dieses Schaufenster.«

Freddie warf einen kurzen Blick ins Fenster von Bergdorf. »Oh, schau mal, das Leinensakko mit Bambusprint. Meinst du, das steht mir?«

»Dir steht alles, Freddie, genau das meine ich doch! Du bist die perfekte Mischung aus asiatisch und WASP, deshalb vergöttert dich Granny ja so.«

»Dich doch auch.«

»Nein, das stimmt nicht. Sie *schätzt* mich inzwischen. Ihre Worte, nicht meine. Weißt du noch, als ich klein war und Mom und Dad mich im Sommer immer zu ihr nach Florida geschickt haben? Da hat sie ununterbrochen versucht, mich geradezubiegen. Benimmstunden, Logopädie, und ständig musste ich irgendwelche absurden viktorianischen Haltungsübungen machen. Ihre Hausmädchen haben stundenlang an mir rumgezupft, bevor ich mich in ihren Clubs blicken lassen durfte. Oonagh war die Schlimmste. Die hat meine Haare so brutal gebürstet, dass mir die Kopfhaut blutete. Alle dachten, ich hätte Riesenspaß in den Sommerferien, dabei war es die reinste Folter.«

»Scheiße, warum hast du mir das nie erzählt? Wobei, ich weiß noch, wie Granny öfter zu mir gesagt hat: ›Ein Glück, dass du die Augen deines Vaters hast.‹ Das fand ich damals schon bescheuert. Aber wer zuletzt lacht, lacht am besten, immerhin hast du jetzt die schönsten Haare der Welt. Das sagen alle.«

»Danke, da steckt aber auch jede Menge Arbeit dahinter, während du direkt nach dem Aufstehen aussiehst wie ein Aveda-Model. Außerdem bist du genau zum richtigen Zeitpunkt geboren. Du erinnerst dich gar nicht mehr an Moms Depressionen, oder? Damals kam sie kaum aus dem Bett.«

Freddie schüttelte den Kopf.

»Du warst gerade mal vier, als Dad gestorben ist. Aber ich habe die volle Breitseite abbekommen – ich habe mich um dich gekümmert und dich von allem abgeschirmt, bis du aus dem Gröbsten raus warst, und dann war Mom schon so gut auf ihre Medikamente eingestellt, dass du nichts mehr davon mitbekommen hast. Du weißt gar nicht, was für ein Glück du hast.«

»Da hast du vermutlich recht.« Freddie blieb stehen und schloss Lucie fest in die Arme.

»Womit habe ich das denn verdient?«, fragte Lucie.

»Mein größtes Glück ist, dich als große Schwester zu haben.«

Lucie lächelte. »Tut mir leid, dass du das jetzt alles abgekriegt hast. Ich konnte einfach nicht fassen, wie schnell du Cornelia für Moms Spendengala an Land gezogen hast.«

Schweigend gingen sie weiter bis zur 49th Street. »Okay, ich muss hier abbiegen«, sagte Lucie.

»Warte mal.« Freddie suchte nach den richtigen Worten.

»Weißt du, du glaubst zwar, du hättest kein Glück in deinem Leben, aber ich habe dich immer beneidet.«

»Ach ja? Nenn mir drei Gründe.«

»Das ist leicht. Du durftest Zeit mit Dad verbringen. Ich habe zwar seine Sachen geerbt, aber kaum Erinnerungen an ihn. Und du bist eine tolle Künstlerin. Ich kriege nicht mal mit einem Lineal eine gerade Linie zustande.«

»Okay, das sind aber erst zwei Gründe. Was ist der dritte?«

»Hmm, mal überlegen … du bist die zukünftige Mrs Cecil Pike!«

»Igitt«, platzte es unvermittelt aus Lucie heraus.

Bruder und Schwester sahen sich einen Sekundenbruchteil an, dann prusteten sie los. Eine ganze Weile standen sie an die graue Kalksteinfassade von Michael Kors gelehnt da und kriegten sich kaum wieder ein. Als sie sich endlich gesammelt hatten, ging Freddie auf der Fifth Avenue weiter, und Lucie bog in die 49th Street Richtung Christie's. Sie hatte das Auktionshaus noch nicht erreicht, da blieb sie stehen, zückte ihr Handy und tippte mit zitternden Fingern eine Nachricht an Cecil.

15

TEA & SYMPATHY
WEST VILLAGE, NEW YORK

»Warum wolltest du mich hier treffen? Im St. Regis oder im Mandarin hat der Afternoon Tea wesentlich mehr Glamour«, monierte Cecil.

»Dafür gibt es hier die besten Scones. Außerdem erinnert es mich immer an die kleinen Landcafés, in denen ich früher mit Dad war, als wir ein Jahr in England gewohnt haben. Und es liegt ganz in der Nähe von deinem Haus.«

Eine Kellnerin trat an ihren Tisch am Fenster und fragte sie mit Cockney-Akzent nach ihrer Bestellung.

»Ich nehme einmal den Cream Tea mit Assam, bitte. Und könnte ich extra Clotted Cream zu meinen Scones bekommen?«

»Natürlich. Und für Sie, Sir?«

»Nichts, ich habe keinen Hunger.«

»Tut mir leid, aber Sie müssen etwas bestellen, wenn Sie hier sitzen wollen. Hausregel.«

»Dann nehm ich halt einen Macchiato.«

»Ich kann Ihnen Filterkaffee anbieten, oder eine von unseren siebenunddreißig verschiedenen Teesorten.«

»Herrgott noch mal, dann bringen Sie mir einen Darjeeling. Und den Sticky Toffee Pudding.«

»Kein Grund, gleich unhöflich zu werden, Cecil. Sie hat doch bloß ihren Job gemacht.«

»Unhöflich? Wenn hier jemand unhöflich war, dann ja wohl sie. Was gibts denn da zu lachen?«

»Nichts.«

»Guck mal, die Frau da draußen. Meinst du, dieser krasse Ansatz ist Absicht? Oder ist die einfach zu geizig für einen anständigen Friseur?«

»Vielleicht gefällt es ihr ja.«

»Als ob solche Haare irgendwem gefallen könnten! Nie im Leben würde ich mich so aus dem Haus trauen. Was soll ich denn jetzt mit dem Ring?«

»Ich gebe ihn dir zurück.«

»Hatte Mutter also doch recht, er gefällt dir nicht. Sie hatte schon im Gefühl, dass er vielleicht eine Nummer zu Avantgarde für dich ist.«

»Das Design ist sehr originell, aber ich kann ihn nicht mehr tragen.«

»Stimmt schon, für deine zarten Finger ist der Smaragd-Cabochon nicht ideal. Aber der Stein ist so besonders. Vielleicht können wir ihn ja in einen Kettenanhänger umarbeiten lassen und dir einen etwas klassischeren Verlobungsring kaufen. Gibs zu, du warst schon immer auf einen Diamanten von Tiffany aus! Klar, irgendwann fruchtet die jahrzehntelange Gehirnwäsche mit Audrey Hepburn eben.«

»Cecil, ich gebe dir den Ring zurück, weil … weil ich dich nicht heiraten kann.«

»Na schön, dann gehen wir eben zu Tiffany, wenn du unbedingt willst. Wobei, vielleicht fliegen wir lieber nach

Paris und lassen Joel was ganz Klassisches für dich entwerfen.«

»Hör mir doch mal zu, Cecil! Ich kann dich nicht heiraten.«

»Ich dachte, das war ein Scherz.«

»Nein.«

Die Kellnerin brachte eine Schale Sticky Toffee Pudding mit warmem Custard darüber, einen Teller mit frisch gebackenen Scones und zwei Schälchen Clotted Cream sowie hausgemachte Marmelade. Daneben stellte sie zwei unterschiedliche Teetassen sowie ein Teekännchen in Form eines Doppeldeckerbusses und eins mit dem Konterfei von Prinz William und Kate Middleton.

»Entschuldigung, hätten Sie vielleicht eine Tasse mit etwas dünnerem Rand für ihn?«, fragte Lucie. »Vielleicht die mit dem Blumenmuster da oben rechts?«

»Äh, klar.«

Die Kellnerin nahm die Blumentasse vom Regal und stellte sie Cecil hin.

»Danke, Lucie. Du bist so lieb, das verwirrt mich jetzt bloß noch mehr. Warum willst du unsere Verlobung lösen?«

»Tut mir leid, Cecil. Ich … mir ist einfach klar geworden, dass wir nicht zusammenpassen. Wir würden nicht glücklich miteinander werden, zumindest nicht auf lange Sicht.«

»Wie bitte? Was redest du denn da? Wir passen perfekt zusammen. Das sagen alle. Sogar *Town & Country* – die wollen eine Coverstory über unsere Hochzeit bringen!«

»Wenn du mich wirklich kennen würdest, wüsstest du, dass ich das gar nicht will.«

»Okay, es muss ja nicht *Town & Country* sein, aber ein kleiner Artikel im Hochzeitsteil der *Times* ist Pflicht.«

»Siehst du? Du hörst mir überhaupt nicht zu.«

»Aber du bist doch das Kostbarste, was ich besitze!«

»Genau das meine ich, Cecil. Für dich bin ich nur ein Objekt. Wie deine Jacht oder einer deiner Rothkos.«

»Du bist doch kein Objekt! Du bist mein Augenstern, der einzige Mensch, der mich versteht.«

»Aber du verstehst mich nicht.«

»Wie kannst du das sagen? Nach allem, was wir in den letzten fünf Jahren gemeinsam erlebt haben. Niemand versteht und schätzt dich so wie ich.«

»Dann würdest du nicht andauernd versuchen, mich zu ändern. Meine Frisur, meinen Kleidungsstil, mein ganzes Leben.«

»Ich dachte, du liebst Mode.«

»Tu ich ja auch. Aber mein Stil ist eben ganz anders als deiner oder der deiner Mutter. Ich will keine Couture tragen, und dieser Statement-Schmuck, den deine Mom so liebt, ist auch nichts für mich.«

»Du musst doch nichts tragen, was dir nicht gefällt. Meinetwegen kaufe ich dir den kleinsten Diamanten der Welt, wenn dich das glücklich macht. Sind drei Karat klein genug? Und natürlich kann ich auch damit leben, wenn du es nie auf die International-Best-Dressed-Liste schaffst. Ich wollte nur nicht, dass du dich ausgeschlossen fühlst, weil Mutter und ich doch beide schon in der Best Dressed Hall of Fame sind.«

»Das kommt noch dazu, Cecil. Du und deine Mutter, ihr steht euch so nahe, und damit habe ich auch überhaupt kein Problem. Im Gegenteil, das ist sogar eine deiner besten Eigenschaften. Aber hast du je darüber nachgedacht, dass ich meiner Familie auch sehr nahestehe? Und dass du auch mir wehtust, wenn du sie vor den Kopf stößt?«

»Wann habe ich denn bitte deine Familie vor den Kopf gestoßen? *Die* haben dir doch wehgetan, diese miesen Snobs.«

»Ich spreche nicht von den Churchills und den Barclays. Ich meine Mom und Freddie.«

»Das verstehe ich jetzt nicht.«

»Cecil, du hast dich geweigert, deine Freundin anzurufen, obwohl meine Mutter dich praktisch auf Knien angefleht hat. Das hat sie verletzt.«

»Ich wollte doch bloß nicht, dass deine Mutter hinterher enttäuscht ist. Cornelia hätte ihr garantiert eine Abfuhr erteilt, die Peinlichkeit wollte ich ihr ersparen.«

»Aber das stimmt nicht. Sie hat zugesagt.«

»Wie bitte?«

»Freddie hat sie kontaktiert. Und sie hat zugesagt.«

»Das glaub ich ja nicht. Wie hat er das geschafft?«

»Er hat einfach nett gefragt.«

»Dieser Freddie! Was er ihr wohl für Lügen aufgetischt hat?«

»Wieso denn Lügen? Mein Bruder lügt nicht. Außerdem war ich dabei. Er hat ihr einfach eine SMS geschickt, und sie hat Ja gesagt. Das kommt auch noch dazu – du hast Freddie nie richtig gemocht, und meine Mom auch nicht, da musst du dich gar nicht rausreden. Ich weiß, dass du die ganzen Jahre versucht hast, mit ihnen warm zu werden, aber ich sehe doch, dass dich das nicht glücklich macht. Und du hast es verdient, glücklich zu sein. Nur ist meine Familie eben ein wichtiger Teil meines Leben. Wir standen uns schon immer sehr nahe, und das wird sich auch nie ändern. Ich will Silvester nicht auf St. Barths verbringen und den Sommer nicht auf deiner Jacht vor Saint-Tropez. Ich will im Sommer bei meiner Familie in East Hampton sein und über die Feiertage in der Stadt. Ich will an Heiligabend in die All Souls Church gehen und das chinesische Neujahr im Congee Village feiern, so wie immer. Und du kannst chinesisches Essen nicht ausstehen.«

»Wieso, diese eine Vorspeise mag ich doch … diese Wan Tans mit Surimi und Frischkäse.«

»Das ist doch nicht chinesisch! Ich meine nur, wenn man mal genau hinschaut, haben wir kaum etwas gemeinsam. Und ich weiß, dass du mir das jetzt nicht glauben wirst, aber früher oder später würden wir in unserer Ehe schrecklich unglücklich sein. Du hast eine Frau mit mehr als acht Instagram-Posts verdient. Eine Frau, die bei Haute-Couture-Schauen in Paris gern mit dir in der ersten Reihe sitzt und sich mit ihrem Riesensmaragdklunker auf deiner Superjacht sonnt. Eine Frau, die dich an die Gondel in deinem Townhouse fesselt und die Ringkampfszene aus *Tod in Venedig* mit dir nachstellt. Ich weiß genau, dass es irgendwo da draußen so jemanden gibt. Jemanden, der perfekt für dich ist und dich genauso liebt, wie du bist, Cecil.«

»Aber ich dachte … ich dachte, dieser Jemand … wärst du.«

»Eine Zeit lang dachte ich das auch, aber inzwischen weiß ich es besser.«

Die Kellnerin trat mit einem Wasserkocher an den Tisch.

»Soll ich Ihren Tee noch mal aufgießen? Alles in Ordnung, Sir? Brauchen Sie ein Taschentuch?«

»Nein. Ich meine, ja, danke.«

»Es tut mir leid, Cecil. Wirklich.«

»Können wir wenigstens Freunde bleiben?«

»Natürlich. Du bist mir sehr wichtig, und es macht mir keinen Spaß, dich leiden zu sehen. Aber ich weiß ganz genau, dass du mir irgendwann dankbar sein wirst. Deine Seelenverwandte ist irgendwo da draußen, deine Zwillingsflamme, und du findest sie bestimmt früher, als du denkst.«

»Du wirkst plötzlich so verändert, wie ein völlig neuer Mensch.«

»Wie meinst du das?«

»Ich kann es nicht richtig greifen. Als hätte sich deine Energie gewandelt, auch deine Stimme klingt ganz anders, so klar und leidenschaftlich.«

»Was willst du damit sagen? Ich hoffe, du glaubst nicht, ich hätte mich in einen anderen verliebt.«

»Nein, so habe ich das nicht gemeint.«

»Oder dass ich dich betrüge …«

»Das käme mir niemals in den Sinn.«

»Aber du hast doch gesagt, ich wäre wie verwandelt. Damit willst du doch garantiert andeuten, ich hätte mich in irgendein Abenteuer gestürzt.«

»Lucie, jetzt entspann dich mal, ich wollte überhaupt nichts andeuten.«

16

JACQUELINE KENNEDY ONASSIS RESERVOIR
CENTRAL PARK, NEW YORK

Lucie hatte gehofft, der morgendliche Lauf ums Reservoir würde ihr Klarheit verschaffen, doch Fehlanzeige. Sie hatte zwar ganze vier Stunden geschlafen – im Vergleich zu den Nächten davor erstaunlich viel –, aber ihr Kopf fühlte sich trotzdem an wie Watte. Außerdem wurde sie dieses komische Gefühl einfach nicht los. Was war es eigentlich? Angst? Schlechtes Gewissen? Reue? Nichts davon beschrieb richtig, wie ihr zumute war.

Nachdem sie den Rundweg um das Reservoir mit seinem spektakulären Blick auf die Skyline von Manhattan zweimal entlanggejoggt war, bog Lucie zum Auslaufen auf den Reitweg hinter dem Metropolitan Museum of Art. Als sie an einer Gruppe tibetanischer Mönche in gold-roten Roben vorbeikam, die die Kirschblüte bewunderten, winkte ihr plötzlich jemand zu. Sie schaute genauer hin. Auden Beebe.

»Tut mir leid, ich wollte dich nicht aufhalten.« Audens hellgraue Robe betonte seine strahlend blauen Augen.

»Kein Problem, ich bin eh gerade fertig.« Lucie beugte

sich vor und stützte die Hände auf die Knie, um wieder zu Atem zu kommen. »Und was treibt dich her?«

»Ich zeige der Delegation vor dem Frühstück mit dem Dalai-Lama noch schnell den Park.«

»Du triffst den Dalai-Lama?«

»Klar. Wir treffen uns eigentlich immer, wenn er in der Stadt ist.«

»Oh …« Lucie war ein klein wenig beeindruckt.

»Ach, da fällt mir was Lustiges ein: Gestern Abend habe ich eine E-Mail von den Ortiz-Schwestern bekommen. Wusstest du, dass die beiden nächste Woche hier sind?«

»Ach, wirklich?«

Auden fischte sein Handy aus seinem gestrickten Hanfbeutel. »Ja, schön, oder? Hör dir das an, Paloma schreibt:

Mercedes und ich haben es uns die letzten zwei Monate in Spanien gut gehen lassen. Nachdem es mit Cissinghurst nichts geworden ist, konnten wir glücklicherweise eine wunderhübsche riesige Villa in Tossa de Mar an der Costa Brava mieten. Durch die herrliche Küstenlage in unmittelbarer Nähe zu Barcelona wurden wir natürlich von Kindern und Enkeln nur so belagert, sodass der Aufenthalt nicht ganz so erholsam war wie erhofft, aber dennoch ein großer Spaß! Nächste Woche fliegen wir von Barcelona nach New York, wo wir uns mit allem eindecken wollen, was wir für unsere Expedition in die Mongolei brauchen. Du hast richtig gelesen, Mercedes und ich erfüllen uns einen Lebenstraum und reisen in die Mongolei, wo wir die Adlerjäger besuchen wollen, die Berkutschi, und die Rentiernomaden, die Dukha. Zu den Sommerlagern der Dukha ist es ein Viertagesritt, und ich hoffe inständig, dass unsere alten Knochen die lange Zeit im Sattel brav mitmachen. (Im Notfall kann man wohl immer noch einen Hubschrauber oder eine Cessna chartern.) Wir planen, drei Wo-

chen in der Mongolei zu verbringen und, wenn alles gut geht, anschließend von Ulaanbaatar nach Urumtschi in China zu fliegen, wo wir uns einen dicken, bequemen Land Rover kaufen wollen, um damit die Seidenstraße entlangzufahren. Wir möchten auf den Spuren Marco Polos wandeln und uns sagenumwobene Städte wie Taschkent, Samarkand und Buchara anschauen.«

Auden lachte. »Ist das zu fassen? Die Schwestern wollen auf Pferden die Mongolei erkunden und dann knapp zehntausend Kilometer durch fünf Länder fahren! Ich würde ihnen glatt zutrauen, dass sie es bis nach Venedig schaffen, wie Marco Polo.«

Lucie lächelte. »Toll! Ich hoffe, ich bin in dem Alter auch noch so abenteuerlustig.«

»Ganz bestimmt, vor allem jetzt, nachdem du dich von allem freigemacht hast.«

Lucie sah Auden misstrauisch an. »Wie meinst du das?«

Auden schwieg peinlich berührt. »Oh, ich hoffe, ich bin dir nicht zu nahe getreten. Freddie hat es mir erzählt … das mit dir und Cecil.«

»Gestern Abend beim Klangschalenbad, oder was?« Lucie war genervt.

»Nein, ich hab ihn im Serendipity getroffen. Da hat er sich gerade mit einer äußerst hübschen Rothaarigen ein riesiges Bananensplit geteilt.«

»Und der Zuckerschock hat mal wieder seine Zunge gelöst, typisch Freddie.«

»Ach was, er hat es mir unter dem Siegel der Verschwiegenheit anvertraut, weil er sich Sorgen um dich macht. Er hat das Gefühl, dass das in letzter Zeit alles etwas viel für dich war.«

»Echt? Das hat Freddie gesagt?«

»Lucie, das Ende einer Beziehung – egal, wie richtig sich die Entscheidung anfühlen mag – hinterlässt immer eine tiefe Wunde in der Seele.«

Lucie funkelte ihn an. »Meiner Seele gehts super. Besser als je zuvor.«

»Fantastisch! Trotzdem würde ich dir gern eine Sitzung geführte Meditation und Atemkraft anbieten, gratis natürlich. Jederzeit, sag einfach Bescheid. Dein Atem hat ungeheure Heilkräfte, und wenn du ihn auf den richtigen Bahnen durch deinen Körper lenkst, kannst du deine Chakren öffnen und Blockaden oder innere Konflikte lösen.«

»Danke, Auden, das weiß ich zu schätzen, aber glaub mir, zum ersten Mal in meinem Leben fühle ich mich absolut frei von inneren Konflikten. Mit der Trennung von Cecil habe ich sämtliche Konflikte in meinem Leben ausgeräumt.«

Auden lächelte. »Das ist schön zu hören. Und jetzt kannst du mit George ganz neu anfangen.«

Lucie sah Auden entgeistert an. »George? Was hat der denn damit zu tun?«

»Oh, tut mir leid, ich dachte nur, du hättest dich von Cecil getrennt, um –«

Lucie fiel ihm ins Wort. »Tja, falsch gedacht!«

Nachdem sie sich hastig verabschiedet hatte, joggte Lucie weiter. Was war nur in Auden Beebe gefahren? Wie kam er bloß auf die Idee, sie wäre an George interessiert? Wutentbrannt verließ sie den Park durch den Eingang an der 79th Street und lief geradewegs zurück nach Hause, um sich Freddie vorzuknöpfen. Für die Portiers in der imposanten Lobby der Fifth Avenue 999 hatte sie nur ein flüchtiges Lächeln übrig, stattdessen steuerte sie direkt auf den Fahrstuhl zu und hämmerte ungeduldig auf den Knopf.

Der linke Aufzug öffnete sich, und heraus trat eine Frau mit perfekter blonder Föhnfrisur in Begleitung einer stilvollen asiatischen Dame.

»Hi Lucie!« Die Dame lächelte sie freundlich an.

»Hallo«, erwiderte Lucie höflich, konnte die Frau jedoch nicht einordnen.

»Ich bins, Rosemary!«

Lucie riss die Augen auf. Rosemary war nicht wiederzuerkennen. Ihr übliches Elizabeth-Taylor-Vogelnest[1] hatte sie zu einem dezenten tief sitzenden Dutt gebändigt, dazu trug sie einen makellosen cremefarbenen Hosenanzug von Carolina Herrera, eine einreihige Perlenkette und nur einen Hauch von Make-up.

»Haha, du hast mich nicht erkannt, oder?«

»Stimmt. Sie sehen aber auch völlig verwandelt aus, Mrs Zao.«

»Das ist Dolly, meine Maklerin. Wir kommen gerade vom Gespräch mit dem Vorstand.«

»Was für ein Gespräch?« Lucie war verwirrt.

»Ach, wusstest du das noch gar nicht? Ich habe ein Angebot für Apartment 9A abgegeben!«

Lucie lief es eiskalt den Rücken hinunter. *Nein, nein, nein, das darf nicht wahr sein!*

»Toi, toi, toi, Mrs Zao.« Dolly klopfte dreimal auf die Holzverkleidung der Aufzugtür.

[1] Am eindrucksvollsten zu bestaunen in ihrer »White Diamonds«-Parfümwerbung.

»Drück mir die Daumen, Lucie. Jetzt müssen sie nur noch all meine Empfehlungsschreiben lesen. Lief doch ganz gut, oder, Dolly?« Rosemary zwinkerte Lucie zu. »Dolly hat mir genau gesagt, was ich anziehen und sagen soll.«

Die Maklerin nickte. »Sie waren begeistert. Vor allem die Vorsitzende, Ms Ferrer. Die ist für ihre hohen Ansprüche berüchtigt.«

»Wirklich? Ms Ferrer war begeistert?« Jetzt schrillten endgültig alle Alarmglocken bei Lucie.

»Ja. Sie ist anscheinend großer Fan der Gedichte meines Vaters.«

»Welcher Gedichte?«

»Mein Vater war Dichter.«

»Keine falsche Bescheidenheit, Mrs Zao.« An Lucie gewandt, sagte die Maklerin: »Ihr Vater war einer der beliebtesten Dichter Chinas. In Yale werden regelmäßig Seminare zu seinen Werken angeboten.«

»Oh, wie schön das wird, wenn wir erst Nachbarn sind!«, quietschte Rosemary, umarmte Lucie und rauschte mit ihrer Maklerin davon.

Auf dem Weg nach oben war Lucie noch immer wie versteinert. Kaum waren die Fahrstuhltüren aufgeglitten, entdeckte sie bereits Charlotte, die im Foyer die Orchideen mit einer Plastiksprühflasche benebelte.

»Also, Mary wird auch immer fauler. Sie muss eure Orchideen wirklich öfter abstauben und einsprühen. Schau dir dieses Häufchen Elend an!«

Lucie packte Charlotte am Arm und zerrte sie durch den Flur in ihr Zimmer.

»Was ist denn jetzt schon wieder los?«, flüsterte Charlotte, obwohl weit und breit niemand zu sehen war.

Lucie schloss die Tür und sah Charlotte entnervt an. »Wusstest du, dass Rosemary Zao eine Wohnung hier im Haus kaufen will?«

»Wirklich?«

»Ja! Ich habe sie gerade mit ihrer Maklerin in der Lobby getroffen.«

»Ach, da würde ich mir keine Sorgen machen. Mit den verrückten Kaftanen fällt sie beim Vorstand doch sofort durch. Macht diese Ferrer aus dem dritten Stock nicht einen auf Katharina die Große und regiert mit eiserner Hand über dieses Haus?«

»Eben in der Lobby hätte Mrs Zao glatt als Angehörige des schwedischen Königshauses durchgehen können. Sogar ihr Make-up war dezent. Und Ms Ferrer ist ein großer Fan ihres Vaters. Der ist angeblich irgendein berühmter Dichter.«

»Warum muss es denn ausgerechnet dieses Haus sein?«, fragte Charlotte. »Ich kann sie mir eher in diesen grässlichen Glaswolkenkratzern an der 57th vorstellen, wo die ganzen anderen Superreichen aus dem Ausland mit ihren Fantastillionen wohnen.«

»Sag mal, bist du wirklich so schwer von Begriff? Jetzt, wo ich mit Cecil Schluss gemacht habe, will sie mir George aufdrängen, und anscheinend glaubt sie, es würde helfen, wenn sie hier einzieht. Sie wollte uns doch von Anfang an verkuppeln, schon damals auf Capri.«

Charlotte musste sich das Grinsen verkneifen. »Ach komm, Liebes, sie kann dich ja wohl schlecht zwingen. Aber weißt du was, eigentlich finde ich sie auch gar nicht mehr so schlimm. Sie ist wirklich sehr großzügig, denk nur an den koreanischen Wellness-Abend …«

»Mir war nicht klar, dass du so leicht käuflich bist.«

»Darum gehts doch gar nicht. Sie ist wirklich witzig. Was sie uns für Männerstorys aus Hongkong erzählt hat, zum Totlachen, sag ich dir. Nein, sie ist auf jeden Fall was ganz Besonderes.«

Lucie stand am Fenster und sah nachdenklich hinaus auf den Central Park. »Warum glauben bloß alle, ich hätte mich wegen George von Cecil getrennt? Erst muss ich mir das im Park von Auden Beebe anhören, und dann rückt mir auch noch Mrs Zao auf die Pelle! Wer weiß, was die Leute denken, wenn die Trennung erst offiziell bekannt wird. Wobei, wahrscheinlich hat es längst die Runde gemacht – Freddie hat sich bestimmt schon die komplette Madison Avenue runtergetratscht. Ich wette, inzwischen wissen es sogar die drei Typen aus dem 3 Guys Restaurant[1].«

»Lucie, meinst du nicht, du übertreibst?«

»Kein bisschen! Weißt du was? Am besten tauche ich eine Weile ab. Die Ortiz-Schwestern wollen in der Mongolei zu den Rentiernomaden reiten und dann die Seidenstraße hinunterfahren, von China bis nach Italien, wie Marco Polo. Die könnten bestimmt noch eine dritte Fahrerin gebrauchen, und ich kann es als Geschäftsreise von der Steuer absetzen. Wer weiß, was für aufstrebende Künstler ich unterwegs entdecke.«

[1] Ein Diner auf der Madison Avenue zwischen der 75th und 76th Street. 3 Guys Restaurant gilt nicht umsonst als New Yorks »mächtigstes Diner«, immerhin ist es das Lieblingslokal zahlreicher New Yorker Businesstitanen wie Michael Bloomberg, Lloyd Blankfein, Jamie Dimon und natürlich Freddie Churchill.

»Ich glaube nicht, dass eine Reise in die Mongolei die Lösung ist«, meinte Charlotte zaghaft. Sie machte sich langsam Sorgen, dass Lucie sich in irgendetwas hineinsteigerte.

Lucie lief im Zimmer auf und ab. »Doch, ich glaube, das ist genau die Lösung. Ich fahre weg, und wenn ich wiederkomme, ist Gras über die Sache gewachsen.«

»Ich verstehe dein Problem nicht. Wozu die Geheimniskrämerei? Du tust ja so, als wärst du irgendein Schuft aus dem 19. Jahrhundert, der ein armes Mädchen ins Verderben stürzt, indem er die Verlobung löst. Du hast Cecil abserviert. Punkt. Und ich wette, die Frauen stehen bei ihm Schlange, sobald das bekannt wird.«

»Ich will George und seine Mutter einfach nicht auf dumme Gedanken bringen. Und außerdem soll bloß niemand in unserer Familie glauben, ich wäre an George Zao interessiert.«

»Was wäre daran so dramatisch?«

Lucie starrte sie ungläubig an. »Ich kann nicht fassen, dass ich dir das erklären muss. Begreifst du das denn nicht? Die Verlobung mit Cecil war schon schlimm genug. Kannst du dir nicht vorstellen, was passiert, wenn ich jemanden wie George mit nach Hause bringe? Ich kann die spitzen Kommentare von Teddy und Cacky schon förmlich hören.«

»Mein Gott, was kümmern dich diese Gestalten?«

»Jetzt mach aber mal halblang! Damals auf Capri warst du doch diejenige, die ein Problem mit George hatte, schon vergessen?«

Charlotte schwieg und versuchte, sich eine möglichst diplomatische Antwort einfallen zu lassen. »Capri ist doch Schnee von gestern. Du weißt hoffentlich, dass ich nichts gegen George habe. Klar, als du neunzehn warst und die Gefahr bestand, dass das Drohnenvideo im Internet landet, hatte ich meine Bedenken, aber jetzt? George ist wirklich ein netter Kerl.«

»Aber wieso hast du dann zu mir gesagt, ich könne nichts dafür, dass ich mich zu ihm hingezogen fühle, das läge bloß an meinen rezessiven Genen?«

Charlotte sah sie entsetzt an. »So etwas Schreckliches habe ich gesagt? Oje, das ist zum Glück Ewigkeiten her …«

»Das sind ja ganz neue Töne! Mein ganzes Leben lang habt ihr Barclays und Churchills mir das Gefühl gegeben, ich wäre kein vollwertiges Familienmitglied, sondern irgendein kleiner Troll auf dem Dachboden.«

»Das stimmt doch überhaupt nicht.«

»Warum musst du dann jedes Mal, wenn du mich jemandem vorstellst, haarklein unser Verwandtschaftsverhältnis darlegen? Unsere rassistische Großmutter macht das übrigens genauso. Als würde euch sonst niemand abnehmen, dass ich eine Churchill bin, eine waschechte Mayflower-Knickerbocker-Social-Register-Churchill!«

»Also, Lucie, unserer Großmutter kann man vieles nachsagen, aber sie ist doch keine Rassistin! Sie ist ein schrecklicher Snob und ein Opfer ihrer Umstände, genau wie ich in gewisser Weise auch.«

Lucie schüttelte heftig den Kopf. »Natürlich ist Granny eine Rassistin. Tut mir leid, das ist einfach eine Tatsache.«

»Aber Granny liebt dich doch«, beharrte Charlotte.

»Ist dir nicht klar, dass man jemanden lieben und ihn unbewusst trotzdem rassistisch behandeln kann? Spätestens nach der Geschichte mit deinem jüdischen Liebhaber solltest du das doch begriffen haben!«

Charlotte ließ sich auf Lucies Bett sinken, sichtlich getroffen. Innerhalb ihrer privilegierten Blase war sie nie auch nur auf die Idee gekommen, ihre eigenen Probleme mit denen ihrer Cousine zu vergleichen. »Wusstest du, dass Granny kurz nach dem Tod deines Vaters ein paar von uns zum Mittagessen zusammengetrommelt hat? Uns war durchaus bewusst, dass es gerade in unseren Kreisen eine Menge hochnäsiger, engstirniger Menschen gibt. Und als dein Vater nicht mehr da war, um seine schützende Hand über dich und deinen Bruder zu halten, wollte Granny, dass die Familie zusammenrückt und diese Aufgabe übernimmt. Wir wollten dich nur beschützen.«

»Aber genau das hat dazu geführt, dass ich mich wie der letzte Freak gefühlt habe.«

Charlotte seufzte tief. »Das war nie unsere Absicht, wirklich. Ich meine, herrje, was würde ich für deine Haut geben! Ich bin erst zweiundvierzig und sehe aus wie eine Krokoleder-Birkin-Bag.«

»Charlotte, du bist neunundvierzig.«

»Psst! Ich will doch nur sagen, wenn ich je unsensibel war, dann tut es mir aufrichtig leid. Du bist seit jeher meine Lieblingscousine. Nie im Leben würde ich mit Cacky verreisen.«

»Wenn ich wirklich deine Lieblingscousine bin, dann hilf mir bitte. Ich rufe jetzt die Ortiz-Schwestern wegen der Mongoleireise an und erwarte volle Rückendeckung, falls Mom sich querstellt. Jetzt muss ich nur noch Freddie erwischen, bevor er heute Nachmittag im R&T[1] ist.«

[1] Der Racquet and Tennis Club ist ein privater Sport- und Herrenclub auf der Park Avenue, der mit einem exquisiten Zigarrensa-

Auf dem Weg zu Freddie kam sie am Arbeitszimmer ihrer Mutter vorbei. Durch den Türspalt fiel ihr ein weißer Umschlag in der Drahtablage ins Auge, die ihre zwanghaft organisierte Mutter für ausgehende Post benutzte. Darauf prangte die Aufschrift »An den Vorstand der Eigentümergemeinschaft«. Neugierig öffnete sie den unversiegelten Umschlag. Hatte sie es sich doch gedacht – ein Empfehlungsschreiben für Rosemary Zao. Ein überaus begeistertes Empfehlungsschreiben, das den Vorstand sicher überzeugen würde.

Nein, nein, nein, sie ertrug den Gedanken einfach nicht, dass Rosemary im selben Haus wohnen könnte, nur wenige Stockwerke entfernt, und sie permanent damit rechnen müsste, ihr und George im Aufzug zu begegnen. Sie wollte nicht, dass Rosemary ständig bei ihrer Mutter vorbeikam, die plötzlich ihre Leidenschaft für chinesisches Essen wiederentdeckt hatte. Lucie zog es unwillkürlich an den Schreibtisch ihrer Mutter. Sie klappte den Laptop auf und machte sich daran, einen neuen Brief zu entwerfen. Ihr Herz hämmerte im Takt der Tastatur. Als sie fertig war, druckte sie die neue Version auf das Briefpapier ihrer Mutter, fälschte deren Unterschrift und legte den Umschlag zurück in die Ablage.

lon und einer der eindrucksvollsten Umkleidekabinen diesseits des Atlantiks aufwartet. Außerdem ist es einer der wenigen Privatclubs in New York, der bis heute keine weiblichen Mitglieder zulässt.

DR. MARIAN TANG CHURCHILL

FIFTH AVENUE 999, APT. 12B, 10021 NEW YORK (212)358-9880

14. Juli 2018

An den Vorstand der Eigentümergemeinschaft

Es ist mir eine große Freude, Ihnen Rosemary Zao als Bereicherung für unsere Hausgemeinschaft zu empfehlen. Ich habe sie diesen Sommer als Mieterin unseres guten Freundes Harry Stuyvesant Fish in East Hampton kennengelernt, und trotz der relativen Kürze unserer Bekanntschaft haben wir uns rasch angefreundet und gemeinsam zahlreiche interessante Erfahrungen gesammelt.

Mit großer Bewunderung habe ich in den letzten Monaten verfolgt, wie unermüdlich Rosemary ihrer Leidenschaft als Gastgeberin frönt. Dank ihrer allwöchentlichen Mottopartys ist sie bereits jetzt eine Legende in East Hampton. Ganz besonders in Erinnerung geblieben ist hierbei die »animalische« SM-Party, zu deren Ehrengästen dreizehn Boa constrictors, ein Lemur, ein Gepard sowie ein Domina-Zwillingspaar aus Berlin gehörten. (Unglaublich, was die Dominas mit den Schlangen angestellt haben!) Rosemary ließ es sich nicht nehmen, sämtliche Flure des denkmalgeschützten Holzhauses mit Abertausenden mittelalterlichen Kerzen zu schmücken. Nicht zuletzt diese stimmungsvolle Beleuchtung machte den Abend zu einem Erfolg, und sie kündigte an, auch in ihrer neuen Bleibe in Manhattan zweimal im Monat ähnliche Soireen zu veranstalten.

Rosemary ist ein extrem fürsorglicher und höflicher Mensch. Dies konnten mir auch Freunde bestätigen, die seit Jahren mit ihrem humanitären Engagement vertraut sind. Ihre Häuser rund um den Globus sind stets ein sicherer Hafen für Menschen in Not. So kümmerte sie sich etwa um islamische Dissidenten nach der Entlassung aus Guantanamo Bay ebenso wie um obdachlose junge Apalachees, die mit Drogenproblemen kämpften. Nachdem sie auf einer Veranstaltung der UNO zwei schwangere syrische Flüchtlinge kennenlernte, bot Rosemary ihnen an, das letzte Trimester bei ihr zu verbringen, und finanzierte ihnen sogar die Hausgeburt.

Für diese Großzügigkeit und Umsicht ist Rosemary bekannt. Bei der Umgestaltung ihrer Hongkonger Wohnung vor vielen Jahren gingen die Renovierungsarbeiten mit größtmöglicher Rücksicht auf die Nachbarn vonstatten. Nachdem die neunundsechzig Schichten des auberginefarbenen Lacks im Wohnzimmer aufgetragen waren, ließ sie für die zweiwöchige Trocknungszeit spezielle LKW mit Industrieventilatoren vor dem Haus aufstellen, um die Miteigentümer vor etwaiger Geruchsbelästigung und Gesundheitsbeeinträchtigungen durch die Ausdünstungen zu bewahren. (Und die Mühe muss sich gelohnt haben. Der Anstrich soll eine ähnlich atemberaubende Wirkung gehabt haben wie Mario Buattas Renovierung der Langerford-Wohnung vor deren tragischem Doppelselbstmord.) Ich bin mir sicher, dass Rosemary auch ihr neues Heim entsprechend verwandeln und sich harmonisch in unsere Hausgemeinschaft einfügen wird.

Mit freundlichen Grüßen
Marian Tang Churchill

17

SOMMERGALA DES ANIMAL RESCUE FUND
SOUTHAMPTON, LONG ISLAND

Marian, Freddie, Lucie, Charlotte, der Spendenausschuss sowie sämtliche Mitarbeiter und Mitarbeiterinnen der Tierauffangstation von Long Island hatten sich vor dem Haupthaus des spektakulären, zwölf Hektar großen Reiterhofs an der Küste Southamptons versammelt. Um 17:40 Uhr bog ein Chevy Suburban durch das prächtige Tor auf die lang gezogene Kieseinfahrt, und Cornelia Guest *(Green Vale/Foxcroft/Wheatley/Professional Children's School)* stieg auf der Fahrerseite aus. In ihrem ausgeblichenen gelben T-Shirt, den Lilly-Pulitzer-Shorts, Flip-Flops und der Strickjacke um die Schultern sah sie aus wie ein kerniges Mädchen vom Land.

Sie umrundete den SUV, öffnete den Kofferraum, und heraus sprangen eine Deutsche Dogge, ein nicht minder großer Neufundländer, ein Pyrenäenberghund, ein Jack Russell, ein weißer West Highland Terrier, ein Chihuahua, zwei undefinierbare Mischlinge und eine neugierige schwarze Ente. »Ich dachte, es wäre doch lustig, wenn ich meine Hunde mitbringe.«

Das Empfangskomitee bestaunte die bunte Menagerie, während die stellvertretende Vorstandsvorsitzende, die ihr Hundert-Millionen-Dollar-Anwesen für die Gala zur Verfügung gestellt hatte, und Marian – bereits in ihrem lila Seiden-*cheongsam* für die Party gekleidet – ihre VIP begrüßten. »Ms Guest, was für eine Ehre!«, rief Marian. »Ihretwegen ist unsere kleine Spendengala Stadtgespräch. Tausend Dank für Ihre Hilfe.«

»Ach was, Sie haben doch die ganze Arbeit, ich komme ja bloß zur Party. Ich bin froh, wenn ich bei einem guten Zweck helfen kann.«

»Darf ich fragen, was es mit der Ente auf sich hat?«, wollte Marian wissen.

»Das ist Lucky. Er glaubt, er wäre ein Hund, und trennt sich niemals vom Rudel. Wo kann ich mich umziehen?« Cornelia nahm ihr Gepäck aus dem Wagen.

Freddie trat in seinem schicken neuen Leinensakko mit Bambusprint von Etro und der passenden Leinenhose vor. »Warten Sie, ich helfe Ihnen.«

»Bist du der süße Kerl, der mich rumgekriegt hat?«, fragte Cornelia und reichte ihm ihre Taschen.

»Gut erkannt!«

»Genau, das ist mein Sohn Frederick, und das hier ist meine Tochter Lucie.«

Lucie gesellte sich in ihrem rosa Rüschen-Cocktailkleid von Alexandre Vauthier mit schwarzer Satinschleife um die Taille zu ihnen und schüttelte Cornelia leicht ehrfürchtig die Hand, bevor sie und Freddie ihr eine der Gästesuiten zeigten, wo sie sich umziehen konnte.

»Was für eine tolle Familie ihr seid«, meinte Cornelia auf dem Weg dorthin.

Um halb sieben war die Party bereits in vollem Gange. Marian hatte sich dieses Jahr für das Motto »China« entschieden, und die herausgeputzten Gäste, die im Licht der untergehenden Sonne über den gepflegten Rasen flanierten, nippten Mai Tais und aßen köstliche Dim-Sum-Häppchen. Der Innenhof war mit Eisskulpturen in ein Märchenland verwandelt worden, das an die chinesische Stadt Harbin erinnerte, und Isabel und Dolfi De Vecchi hatten großzügigerweise gewaltige, bunt beleuchtete Eis-Pavillons einfliegen lassen, obwohl sie selbst leider nicht an der Veranstaltung teilnehmen konnten, da sie bei einem Tantra-Retreat am Titicacasee weilten. Hier und da ragten Eisblöcke mit Arrangements seltener Blumen in den Himmel – Kreationen des japanischen Künstlers Azuma Makoto – und schmolzen allmählich in der Abendsonne.

Trotz des atemberaubenden Dekors waren die Tiere der Auffangstation natürlich die größte Attraktion. In luxuriösen Einzelboxen mit Klimaanlage und Kronleuchter wurden die niedlichen Hunde und Katzen – sogar ein paar Miniaturpferde waren dabei – für die spätere Charity-Auktion präsentiert und entlockten den Gästen immer wieder entzückte Ausrufe.

Cornelia hatte es in unter einer halben Stunde vom Landei zur Modegöttin geschafft und hielt in einer silbern schimmernden asymmetrischen Robe von Oscar de la Renta Einzug in den Innenhof, wo sie sich sogleich fröhlich unter die Gäste mischte. Derweil spielte eine chinesische Band in adretten weißen Seidensmokings Schanghaier Jazzklassiker der Dreißigerjahre.

Schüchtern ging Lucie auf Cornelia zu und reichte ihr einen Mai Tai. »Ihr Mund ist bestimmt schon ganz trocken vom vielen Reden, da dachte ich, Sie könnten einen Drink gebrauchen.«

»Wie lieb von dir, danke!«

»Stimmt es eigentlich, dass Sie mit Andy Warhol befreundet waren?«, fragte Lucie, wohl wissend, dass auch Keith Haring und Jean-Michel Basquiat zu Cornelias Freunden gezählt hatten.

»Ja, Andy war ein ganz Lieber.«

»Ich hoffe, ich trete Ihnen mit der Frage nicht zu nahe«, setzte Lucy an, »aber bei der Warhol-Retrospektive im Whitney ist mir aufgefallen, dass unter den ganzen Siebdruckporträts Ihres das Einzige war, das, äh … nicht ganz jugendfrei war.«

»Ich war oben ohne«, sagte Cornelia geradeheraus.

»Genau. Wollte er das so oder Sie?«

»Ich war neunzehn. Ich wollte meine Mutter ärgern.«

Sie lachten immer noch, als Freddie mit leicht gehetztem Blick angerannt kam. »Lucie, kannst du mal kurz kommen?«

»Jetzt? Cornelia und ich haben gerade …«

»Ja, jetzt«, stieß Freddie durch zusammengebissene Zähne hervor.

»Alles in Ordnung?«, erkundigte sich Cornelia.

»Alles super!« Freddie schenkte ihr ein strahlendes Lächeln und zerrte Lucie über den Rasen.

»Was ist denn passiert?«, fragte Lucie besorgt.

Freddie führte sie in die Küche, wo mehrere Köchinnen und Küchenhilfen mit Cornelias riesigen Hunden rangen.

»Die Tiere haben sich irgendwie in die Küche geschlichen, und jetzt ist die Hälfte der Miniburger mit Wagyu-Rinderhack für die Gäste weg.«

»Ach du Scheiße!« Lucie musste hysterisch kichern.

»Hör auf zu lachen! Hilf mir lieber, diese Biester irgendwie in die Reithalle zu bekommen. Mom und Charlotte sind schon mit dem Westie, dem Chihuahua und der Ente unterwegs.«

Nachdem Lucie todesmutig dabei geholfen hatte, die großen Hunde in die Reithalle zu bugsieren, ging sie auf die Damentoilette im Haupthaus, um sich frisch zu machen. Während sie noch vor dem großen Spiegel stand und vergeblich versuchte, die Millionen von Hundehaaren von ihrem Kleid zu bekommen, betrat eine große, Ehrfurcht gebietende Dame um die siebzig das Bad.

»Ach, hallo Lucie«, grüßte sie herzlich.

Lucie hob den Blick und war erstaunt, ihrer Nachbarin aus der Fifth Avenue 999 gegenüberzustehen. »Oh, hi, Ms Ferrer.«

»Meine Güte, was hast du denn angestellt? Mit einem Eisbären gekämpft?«

»So ähnlich. Mit einem Pyrenäenberghund.«

»Warte, ich helfe dir. Nicht mit den Händen, nimm lieber trockene Papierhandtücher, das geht besser.« Ms Ferrer wischte gekonnt die Haarbüschel von Lucies Rüschen.

»Wow, woher kennen Sie denn den Trick?«

»Ich habe über zehn Jahre bei *Life* gearbeitet, Liebes. Es gibt kein Problem auf dieser Welt, das nicht irgendwann bei einer unserer Modestrecken aufgetaucht wäre.«

»Echt nett von Ihnen, dass Sie gekommen sind. Ich wusste gar nicht, dass Mom jemandem aus dem Haus davon erzählt hat.«

»Hat sie auch nicht, aber Mrs Zao war so gut, mir Bescheid zu sagen.«

»Rosemary ist auch da?« In Lucies Kopf schrillten mal wieder die Alarmglocken.

»Ich habe sie noch nicht gesehen, aber ich gehe davon aus, ja.«

»Wie läufts mit ihrer Bewerbung? Haben wir bald eine neue Nachbarin?« Lucie konnte sich die Frage nicht verkneifen.

»Oh, dazu kann ich nichts sagen, das ist streng vertraulich.«

»Tut mir leid, das verstehe ich natürlich.«

Ms Ferrer beugte sich zu ihr. »Aber ganz unter uns – deine Mutter hat uns doch sehr überrascht.«

»Wie das?«, fragte Lucie nervös.

»Sie hat ein völlig überzogenes Empfehlungsschreiben eingereicht.«

»Ach ja?« Lucie bekam es plötzlich mit der Angst zu tun.

»Der Brief war zum Schießen! Ich konnte es kaum fassen, der ganze Vorstand hat am Boden gelegen vor Lachen. Wer hätte gedacht, dass deine Mutter so lustig sein kann? Ach, stimmt, ich muss mich noch bei ihr bedanken.«

Lucie fühlte Panik in sich aufsteigen. Was, wenn nicht nur ihre Mutter herausfand, dass sie den Brief gefälscht hatte, sondern ihr ganzer Plan nach hinten losging? »Ms Ferrer, es gibt da noch ein paar Dinge, die Sie über Rosemary Zao wissen sollten!«, platzte sie hervor.

»Ach ja? Was denn?«

»Sie ist nicht die, für die Sie sie halten.«

»Wie meinst du das? Ich dachte, eure Familien wären befreundet?«

»So würde ich das nicht gerade nennen. Rosemary hat

sich den ganzen Sommer über an meine Mutter rangeschmissen, und Sie wissen ja, wie höflich die ist.«

»Das stimmt. Deine Mutter ist wirklich sehr höflich.«

»Wissen Sie, Mrs Zao ist *sehr* unternehmungslustig. Als ich sie in Italien kennengelernt habe, hat sie mir von den ausschweifenden Partys in Lan Kwai Fong erzählt.« Lucie beschloss, die Grenzen der Wahrheit etwas zu dehnen.

»Lan Kwai Fong? Was ist das?«

»Hongkongs Rotlichtviertel.«[1]

»Ach du meine Güte! War Rosemary etwa eins von diesen Suzie-Wong-Partygirls?«

»Das weiß ich nicht, aber sie hat auf jeden Fall Partys gefeiert. Wilde Partys!«

»Das kann ich mir gar nicht vorstellen. Sie wirkt so beherrscht und auf dezente Weise elegant.«

»Ich will Ihnen mal was zeigen, Ms Ferrer.« Lucie zückte ihr Handy und suchte das Gruppenfoto vom Pekingentenessen vor ein paar Wochen heraus. Sie zoomte an Rosemary heran, die mit einem ihrer knallbunten Paillettenkaftane und einer theatralischen Pose wie immer herausstach.

»Das ist Mrs Zao?« Ms Ferrer starrte ungläubig aufs Display.

»Allerdings.«

»Warum trägt sie denn Kabuki-Schminke?«

[1] Lucie erzählt Quatsch. Lan Kwai Fong ist ein Nobelvergnügungsviertel, das besonders bei Ausländern und Touristen beliebt ist und nichts mit Wan Chai zu tun hat, dem wesentlich wilderen Viertel mit Bars, Bordellen und Nachtclubs, die ebenso beliebt bei Ausländern und Touristen sind.

»Tut sie gar nicht. Das ist ihr Alltagslook.«

»Was du nicht sagst! Und dieser Christbaumschmuck, mit dem sie behängt ist? War das wirklich keine Mottoparty?«

»Nein, nur ein einfaches Familienessen. Das ist auch kein Baumschmuck, Ms Ferrer, das sind echte Rubine und Diamanten. So kleidet sich Rosemary immer, wenn sie nicht gerade zu einem Bewerbungsgespräch geht.«

»Das ist ja hochinteressant …«

In dem Augenblick ertönte die Toilettenspülung in einer der Kabinen hinter ihnen, und Cornelia Guest kam durch die Tür. Sie schenkte den beiden ein flüchtiges Lächeln, wusch sich die Hände und verließ hastig das Bad.

Ms Ferrer fuhr fort. »Also, Lucie, ich bin wirklich baff. Danke, dass du mich in Kenntnis gesetzt hast.«

»Gerne doch, Ms Ferrer. Aber wäre es möglich, dass das unter uns bleibt?«

»Natürlich. Ich nehme meine Pflichten als Vorsitzende sehr ernst und behandle alle Informationen vertraulich.«

»Auch meiner Mutter gegenüber?«

»Natürlich.« Ms Ferrer tätschelte Lucie die Hand und ging.

Lucie lehnte sich ans Waschbecken und stöhnte auf. *Scheiße, Scheiße, Scheiße! Wie viel hatte Cornelia wohl mitbekommen? Was dachte sie jetzt bloß von ihr?*

Lucie sammelte sich und verließ das Bad, um Schadensbegrenzung beim Ehrengast zu betreiben. Sie musste verhindern, dass ausgerechnet Cornelia einen falschen Eindruck von ihr bekam. Doch im Wohnzimmer des Haupthauses stand sie plötzlich Rosemary Zao und Ms Ferrer gegenüber.

Das darf doch nicht wahr sein!

»Lucie! Wir haben gerade über dich gesprochen«, quietschte Rosemary so überkandidelt wie eh und je.

»Äh … ach ja?« Lucie fiel sofort auf, dass Rosemary immer noch ihren neuen Look trug. Zu ihrem raffinierten und dennoch dezenten champagnerfarbenen Hosenanzug von Akris hatte sie eine wunderschöne einfache Bernsteinkette kombiniert.

»Aber ja! Sagen Sie, Ms Ferrer, würden Sie uns einen Augenblick entschuldigen? Ich muss etwas Wichtiges mit Lucie besprechen.«

»Natürlich.« Ms Ferrer runzelte die Stirn.

Sie zogen sich ins Nebenzimmer zurück, und nachdem Rosemary sich auf einem Sessel niedergelassen hatte, bedachte sie Lucie mit einem traurigen Blick. »Ich möchte dich etwas fragen. Und sei bitte ganz ehrlich zu mir …«

Lucie holte tief Luft und wappnete sich innerlich. »Okay?«

»Haben George und Freddie sich gestritten?«

Gott sei Dank, ich dachte schon, Ms Ferrer hat mich verpfiffen. »Freddie und George? Nicht dass ich wüsste, wieso?«

»George hat sich geweigert, mich zur Gala zu begleiten. Und er ist jetzt schon das zweite Wochenende in Folge nicht nach East Hampton gekommen. Normalerweise kann er es freitags kaum erwarten und fährt direkt nach Feierabend los. Er behauptet, er sei zu eingespannt bei der Arbeit, aber das glaube ich ihm nicht.«

»Warum nicht? Vielleicht hat er wirklich viel zu tun.« *Sie weiß es nicht. Sie hat keine Ahnung, was zwischen George und mir passiert ist.*

»Aber dass er nicht mal dieses Wochenende kommt? Das

passt gar nicht zu ihm. Er hat sich doch so auf die Charity-Gala deiner Mutter gefreut. Wusstest du, dass er die Jazzband engagiert hat? Das ist die Band des Peace Hotel in Schanghai, die hat er extra einfliegen lassen, First Class, und den Auftritt bezahlt er auch.«[1]

»Das wusste ich gar nicht.« *Warum macht er das alles für Mom?*

»Er ist noch schweigsamer als sonst. Irgendwas stimmt nicht, das spüre ich, aber ich weiß nicht, was. Deshalb dachte ich, es hätte vielleicht mit Freddie zu tun. Die beiden sind so gute Freunde geworden. Neulich waren sie sogar zusammen Nacktbaden in irgendeinem Teich. Auden Beebe war auch dabei.«

»Ich wünschte, ich könnte Ihnen helfen, Mrs Zao, aber ich weiß leider auch nicht, was mit ihm los ist.«

»Falls du mit George sprichst, kannst du ihm dann bitte mal auf den Zahn fühlen?«

»Ich würde Ihnen wirklich gern helfen, aber ich fliege nächste Woche in die Mongolei. Wahrscheinlich bin ich nicht vor Weihnachten zurück.«

»Nicht vor Weihnachten?«, fragte Rosemary erstaunt. »Und Cecil kommt auch mit?«

[1] Die Jazzband des Peace Hotel in Schanghai gehört zu den beliebtesten der Stadt und wird oft als »die älteste Jazzband der Welt« bezeichnet. Keins der adretten Mitglieder ist unter sechzig, und der ehemalige Trompeter Zhou Wanrong mit neunundneunzig Jahren der Älteste. Xiao Xueqiang, Saxofonist und Manager der Band, berichtet: »Manchmal tritt er noch mit uns auf, auch wenn er inzwischen nur noch die Maracas schwingt.«

»Entschuldigen Sie, aber ich muss noch schnell etwas für meine Mutter erledigen.« Mit dieser Ausrede stand Lucie auf und ergriff die Flucht.

Sie musste Cornelia unbedingt noch vor dem Essen finden, doch die war weder im Haus noch draußen, und auch in den Ställen war keine Spur von ihr. Lucies Nervosität wuchs. Schließlich wurde sie in der Reithalle fündig, wo Cornelia mit ihren Hunden spielte.

»Hi Cornelia!«, flötete Lucie.

»Oh, hi.« Cornelia gab ihrem Westie Olive einen dicken Kuss. »Tut mir leid, dass ihr hier eingesperrt seid, aber ihr wart heute sehr, sehr unartig.«

»Ich, äh … wollte nur erklären …«, stammelte Lucie.

Cornelia blickte mit einem diplomatischen Lächeln zu ihr auf. »Lucie, das geht mich nichts an. Du bist mir keine Erklärung schuldig.«

»Oh, okay. Ich meine bloß, falls Sie sich darüber gewundert haben, was ich gesagt habe … Es ist nicht so, wie es klang.«

»Schon gut, Lucie. Kommst du mit zum Essen?«

»Ja, klar.«

»Der Dinnerpavillon ist am Strand aufgebaut, oder?«

»Genau, ich kann Ihnen den Weg zeigen. Wissen Sie, vorhin wollte ich bloß meiner Mutter helfen«, fuhr sie fort. »Ich will sie nur vor dieser Frau beschützen, die …«

Cornelia setzte Olive auf den Boden, stand auf und sah Lucie in die Augen. »Lucie, ich will mich wirklich nicht einmischen, aber du lässt ja nicht locker. Willst du mich für dumm verkaufen? Das war eine astreine Schmierkampagne. Ich wohne zwar nicht in eurem Haus und kenne auch keine der Beteiligten, aber bitte hör auf, mich zu verarschen. Die Einzige, der du etwas vormachst, bist du selbst. Und eins kann ich dir sagen: Deine Mutter ist am Ende garantiert stinksauer auf dich.«

Mit diesen Worten ging Cornelia davon, und Lucie blieb knallrot und sprachlos zurück.

18

MONTAUK HIGHWAY

THE HAMPTONS, LONG ISLAND

»Ich sags ja nur ungern, aber ein Gutes hatte deine Verlobung mit Cecil. Dieses Auto.« Marian saß am Steuer des Aston Martin, mit dem sie den Montauk Highway entlangsausten. Sie hatten den Tag in Manhattan verbracht, sich zum Mittagessen mit den Ortiz-Schwestern im Colony Club getroffen und noch ein paar letzte Besorgungen für Lucies große Reise erledigt.

»Ich bin froh, dass überhaupt jemand damit fährt. Dass ausgerechnet du das sein würdest, hätte ich allerdings nicht gedacht«, erwiderte Lucie abwesend. Ihr wurde jetzt erst bewusst, welche Tragweite ihre Entscheidungen der letzten Wochen hatten. *Wieso habe ich George gesagt, ich wolle ihn nie wiedersehen? Wieso habe ich ihm das Herz gebrochen?*

»Von selbst wäre ich auch nicht auf die Idee gekommen, aber das Teil fährt sich wirklich butterweich. Außerhalb der Hamptons wäre es mir peinlich, aber das Leben ist kurz. Wieso soll ich da nicht mit einem Sportwagen durch die Gegend kurven, wenn ich Lust darauf habe? Habe nicht auch ich das Recht auf eine Midlife-Crisis?«

»Klar hast du ein schönes Auto verdient, Mom«, sagte Lucie. *Wieso habe ich den Brief an den Vorstand gefälscht? Wieso habe ich Ms Ferrer angelogen? Wieso habe ich Rosemary angelogen?*

»Bist du sicher, dass Cecil es nicht zurückhaben will? Chad wächst mir langsam richtig ans Herz.«

»Chad? Du hast das Auto Chad getauft?«

»Findest du nicht, dass es aussieht wie ein Chad? So hieß meine Highschoolflamme. Ein Basketballer.«

Igitt, muss Mom mir wirklich von ihren Highschoolliebschaften erzählen? Wieso kriege ich George nicht aus dem Kopf? »Keine Ahnung. Ich fand es schon immer komisch, Maschinen zu vermenschlichen.«

»Komisch oder nicht, hoffentlich holt Cecil sich meinen Chad nicht zurück.«

»Wie oft soll ich es dir noch sagen? Er holt sich Chad … ich meine, das Auto nicht zurück. Er hat gesagt, ich soll es als Trennungsgeschenk betrachten.«

»Ganz schön großzügiges Geschenk!«

»Für Leute wie Cecil ist so ein Auto, was für uns eine Tüte Chips ist.«

»Deswegen konnten die Ortiz-Schwestern wohl auch nicht verstehen, wieso Cecil dich auf eurer Expedition nicht besuchen kommt, immerhin hat er einen Privatjet. Warum sagst du ihnen nicht einfach, dass ihr euch getrennt habt? Die ahnen das sowieso schon, das habe ich Mercedes an der Nasenspitze angesehen. Sie redet zwar nicht so viel wie Paloma, aber ihr entgeht nichts.«

»Ich erzähle es ihnen, sobald wir aus New York raus sind.« *Wieso reise ich vier Monate lang mit zwei netten Damen durch Zentralasien, die ich gerade noch angelogen habe? Wieso kriege ich Cornelia Guests Worte einfach nicht aus dem Kopf? ›Die Einzige, der du etwas vormachst, bist du selbst.‹*

»Wozu die Geheimniskrämerei? Du hast Cecil endlich abserviert, das gehört gefeiert. Ich fand sowieso, dass du viel zu jung bist zum Heiraten.«

»Das ist mir auch klar geworden. Ich will mein Leben genießen, solange ich noch keine dreißig bin. Mit fünfundzwanzig bekomme ich ja auch Zugriff auf den Churchill-Treuhandfonds, vielleicht kaufe ich mir damit eine Wohnung in L. A.« *Die Einzige, der du etwas vormachst, bist du selbst.*

»Was willst du denn bitte in L. A.? Da gibt es weder Kultur noch Jahreszeiten.«

»Das stimmt nicht. Die Foodszene ist am Explodieren, genau wie die Kunstszene.[1] Ich kenne richtig viele Künstler, die nach L. A. gezogen und ganz begeistert sind. Ich freue mich schon drauf.« *Die Einzige, der du etwas vormachst, bist du selbst.*

»Du willst deine Treuhandkröten für eine Wohnung in einer Stadt ausgeben, in der es ständig brennt und die Erde bebt? Schlau, Lucie, sehr schlau. Aber das ist wohl der Preis dafür, dass wir Cecil los sind.« Marian seufzte.

»Ich war ewig mit Cecil zusammen. Wieso hast du mir kein einziges Mal gesagt, dass du ihn nicht ausstehen kannst?«

»So schlimm war es nun auch wieder nicht. Er ging mir zwar gewaltig auf den Keks, aber ich habe doch gesehen,

1 Sogar die *New York Times* musste 2018 zugeben, dass Los Angeles sich zur »besten und spannendsten Restaurantszene Amerikas« gemausert hat.

dass er sein eigenes Päckchen zu schleppen hatte. Sein Vater hat ihm offensichtlich übel mitgespielt. Und was hätte es auch genützt? Du mochtest ihn, und er lag dir zu Füßen. Ich wollte euch nicht im Weg stehen.«

»Aber als chinesische Mutter ist das doch deine Pflicht!«

»Ha, du weißt doch genau, dass ich mir größte Mühe gegeben habe, eben nicht die typisch chinesische Mutter zu sein.«

»Warum eigentlich?«

»Wie bitte? Wär es dir lieber, wenn ich so eine Tigermutter wäre, die dich jeden Samstag zum Mandarinunterricht nach Chinatown schleppt und dir klassisch chinesische Tanzstunden aufbrummt? Dir Übernachtungspartys und Handys verbietet und dich nicht mit Weißen ausgehen lässt, bevor du dreißig bist?«

»Wow, da haben Freddie und ich ja noch mal Glück gehabt.«

»Allerdings. Mit eurer schlechten Mutter habt ihr das große Los gezogen.«

Auf der Main Street in East Hampton bog Marian plötzlich nach rechts in die Dunemere Lane ein.

»Wo fahren wir hin?«

»Charlotte hat mir geschrieben, als wir gerade los sind. Sie hat sich im Maidstone mit einer Freundin getroffen und wollte mit uns zurückfahren.«

»Aber wir haben doch gar keinen Platz.«

»Die paar Minuten kannst du dich bestimmt hinten auf den Notsitz quetschen.«

»Soll Charlotte sich doch ein Taxi rufen wie jeder andere auch. Wie kann man so geizig sein? Dabei hat sie mehr Geld als wir alle zusammen.«

»Spar dir das Gejammer. Wir sind eh gleich da, und ich habe es ihr versprochen.«

»Können wir dann wenigstens das Verdeck aufmachen?«, fragte Lucie.

»Nur zu, wenn du den richtigen Knopf findest.«

»Wie viele Doktortitel hast du noch gleich?« Lucie betätigte einen Schalter an der Mittelkonsole. Das Verdeck schnurrte auf höchst elegante Art und Weise zurück und öffnete den Blick auf die Umgebung. Als sie an Cissinghurst vorbeikamen, erspähte Lucie durch die Hecke mehrere Umzugswagen in der Auffahrt. Ein paar Männer trugen Goyard-Koffer aus dem Haus. Panik breitete sich in Lucie aus, doch sie schwieg.

Marian hielt vor dem gediegenen Eingang des Maidstone Club. »Sei so gut und hol Charlotte«, bat Marian.

Lucie stieg aus und lief ins Clubhaus, brauchte allerdings nur eine Minute. »Keine Spur von Charlotte. Da ist so gut wie keiner drin, die bereiten gerade alles fürs Abendessen vor.«

»Na toll. Wo ist sie dann?« Marian tippte eine Nachricht auf ihrem Handy.

»Vielleicht hat ihre Freundin sie nach Hause gebracht.«

»Dann hätte sie mir bestimmt Bescheid gesagt«, erwiderte Marian. »Wahrscheinlich ist sie rüber nach Cissinghurst, um Rosemary Hallo zu sagen und ein bisschen rumzuschnüffeln. Du kennst sie doch. Wir können ja mal gucken gehen.«

»Nein, wir bleiben besser hier«, meinte Lucie nervös. »Vielleicht ist Charlotte bloß auf der Toilette.« Rosemary war die Letzte, der sie über den Weg laufen wollte.

»Dann schau du doch mal auf der Toilette nach, und ich

fahr schnell nach Cissinghurst und gucke, ob sie dort ist, einverstanden?«

Dem konnte Lucie nichts entgegensetzen. Sie stieg aus, und Marian fuhr davon. Ein paar Minuten später kehrte Marian mit einem Stirnrunzeln zurück. »Fehlanzeige«, erklärte sie. »Aber weißt du, was seltsam ist? Das Haus war voller Umzugshelfer, die Rosemarys Sachen einpacken. Viel habe ich aus denen nicht rausbekommen, bloß, dass sie auszieht.«

»Rosemary zieht aus?«, fragte Lucie in gespielter Überraschung.

»Sieht so aus. Dabei hatte sie das Haus doch für ein Jahr gemietet. Echt merkwürdig. Hast du Charlotte gefunden?«

»Nein.«

»Dann komm, wir hauen ab. Wir haben genug gewartet.«

Als sie erneut an Cissinghurst vorbeikamen, sagte Marian: »Ich hoffe bloß, dass nichts passiert ist. Wieso zieht sie so überstürzt aus? Am Samstag auf der Gala hat sie davon keinen Ton gesagt. Hoffentlich bleibt sie wenigstens in New York, das wäre ja zu traurig. Wir haben uns wirklich gut angefreundet, und ich habe zum ersten Mal seit Jahrzehnten das Gefühl, dass ich meinen chinesischen Wurzeln wieder etwas näher komme.«

Lucie hatte ein furchtbar schlechtes Gewissen. Sie wusste nicht, was sie dazu sagen sollte, doch da rettete sie das Handy ihrer Mutter mit einem Piepsen.

»Das ist bestimmt Charlotte«, sagte Marian. »Guckst du bitte mal?«

Lucie überflog die Nachricht. »Anscheinend ist Charlotte irgendwie in der Preppie Guru Lounge in Amagansett gelandet und wünscht jetzt von dort abgeholt zu werden.«

»Das darf doch nicht wahr sein«, seufzte Marian. »Typisch Charlotte Barclay.«

19

THE PREPPIE GURU LOUNGE
AMAGANSETT, LONG ISLAND

Auf der Suche nach Charlotte durchstreifte Lucie das Heilzentrum und schaute dabei kurz in alle Räume. Doch weder in der großen Lotus-Lounge, wo gerade der Ashtanga-Nachmittagskurs stattfand, noch bei der Fünf-Elemente-Akupunktursitzung in der Chakra-Lounge oder der Saftbar war Charlotte zu finden. Wo konnte sie bloß sein? Lucie ging durch den Korridor bis zu den Personalbüros, wo Stimmen aus Audens Privatlounge drangen. Sie steckte den Kopf durch die Tür und sah Charlotte entspannt auf einem Flag Halyard Chair sitzen.

»Lucie! Komm rein.« Charlotte winkte sie heran.

Lucie betrat den Raum und rechnete damit, dass Auden auf seinem üblichen Platz auf dem Sofa saß, doch stattdessen entdeckte sie dort Rosemary.

»Oh, hi!« Lucie wich unmerklich zurück.

»Rosemary ist vor den Möbelpackern geflohen, da hab ich ein Uber genommen, um ihr ein bisschen Gesellschaft zu leisten.«

»Ich hoffe, ich störe euch nicht.«

»Überhaupt nicht, Lucie. Überhaupt nicht«, sagte Charlotte, wobei ein merkwürdiger Ausdruck auf ihrem Gesicht lag.

»Äh … Mom wartet draußen im Auto.«

»Na, dann geh ich besser mal.« Charlotte stand widerwillig von ihrem bequemen Sessel auf.

Lucie wollte ihr zur Tür folgen, aber Charlotte versperrte ihr den Weg. »Nein, nein, du bleibst schön hier.«

»Was?«, fragte Lucie entsetzt.

»Wir können Rosemary doch nicht alleine lassen.« Schmunzelnd verließ Charlotte den Raum.

Als Charlotte am Auto ankam, seufzte Marian erleichtert auf. »Ein Glück, Lucie hat dich gefunden.«

»Ja, danke, dass ihr mich abholt.« Charlotte stieg ins Cabrio.

»Aber wo ist Lucie?«

»Lucie kommt nicht mit. Wir fahren schon mal vor.«

»Hm? Was hat sie jetzt wieder vor?«

»Keine Sorge, die ist jedenfalls eine Weile beschäftigt.«

»Was macht sie denn? Ich fahr garantiert nicht noch mal hier raus und hole sie ab. Was denkt sie sich dabei?«

»Mit dem Denken hat sie es in letzter Zeit nicht so. Aber Rosemary wird ihr den Kopf schon wieder geraderücken.«

»Rosemary? Was macht Rosemary denn in der Preppie Guru Lounge?«

»Fahr einfach los, Marian, ich erklärs dir unterwegs.«

Nachdem Charlotte verschwunden war, drehte sich Lucie ängstlich zu Rosemary um. Natürlich musste sie die Suppe, die sie sich eingebrockt hatte, irgendwann auch wieder auslöffeln, aber doch nicht jetzt! Wahrscheinlich hatten Charlotte und Rosemary sich ausgetauscht, und jetzt war die Kacke so richtig am Dampfen.

Doch Rosemary wirkte nicht wütend, sondern traurig. »Lucie, das fällt mir wirklich nicht leicht zu sagen, aber es tut mir leid. Sehr sogar. Ich schäme mich richtig.«

Lucie war verwirrt. »Wofür denn?«

»Für meinen Sohn. Sonntagmorgen hat er mir endlich alles gebeichtet. Dass er dich liebt. Dass er dich verletzt und in Bedrängnis gebracht hat. Ich hatte ja keine Ahnung! Ich wusste nicht mal von eurer kleinen Romanze auf Capri und erst recht nichts von dieser schrecklichen Drohnengeschichte. Das hat Charlotte mir gerade erzählt. Oje, was du alles durchmachen musstest, nur wegen meinem dummen Sohn.«

»Schon okay, Mrs Zao. Das ist ja ewig her.« Lucie wunderte sich ziemlich über Rosemarys Worte.

»Und dass George dich dann in East Hampton schon wieder umwerben musste, obwohl du verlobt bist! Keine Manieren, der Junge. Wie unangenehm das für dich und Cecil gewesen sein muss. Ich schäme mich so, und ich bin auch noch schuld an allem.«

»Warum denn das?«

»Ich habe George immer dazu erzogen, seine Träume zu verfolgen. Seine Leidenschaften auszuleben. Ich hätte nur niemals gedacht, dass er dir dabei wehtun würde. Deshalb ist es besser, wenn ich wegziehe.«

»Sie ziehen weg?«

»Ja, das Umzugsunternehmen ist bereits in Shittinghurst, und mein Angebot für die süße kleine Wohnung in eurem Haus habe ich auch zurückgezogen. Der Vorstand hätte mich sowieso nie akzeptiert. Das ist so ein nettes Haus, da wollen sie garantiert keine zweite chinesische Familie.«

Lucie ließ sich ratlos auf den Wegner-Sessel sinken. Ihre Mission, die Zaos loszuwerden, war geglückt, doch jetzt plagte sie auf einmal das schlechte Gewissen. »Aber wo wollen Sie denn hin?«

»Mach dir um mich keine Sorgen, ich habe genug Häuser. Wahrscheinlich gehe ich erst mal nach Hongkong zurück und schaue dann, wohin es George verschlägt.«

»Wie meinen Sie das, wohin es ihn verschlägt?«

»George hat heute Morgen gekündigt.«

»Nein!«

»Doch, er will sich woanders einen neuen Job suchen. Er meint, hierzubleiben sei zu schmerzhaft.«

Lucie sprang auf. »Nein, nein, nein. Können Sie ihn nicht davon abhalten? Er kann doch nicht einfach seinen Job schmeißen.«

»Die Entscheidung steht fest.«

»Aber es gefiel ihm doch so gut da. Und sollte er nicht gerade mit dem großen neuen Projekt in Queens anfangen? Die Wohnungen aus Müll?«

»Das steht nicht mehr zur Debatte, Lucie. Wie sollte er auch hierbleiben, nach allem, was er dir angetan hat?«

»Aber es macht mir doch gar nichts aus, Mrs Zao. Wirklich. Außerdem gehe ich sowieso weg. Die nächsten vier, fünf Monate bin ich mit den Ortiz-Schwestern unterwegs. Wir fliegen in die Mongolei und fahren danach die Seidenstraße entlang von China nach Italien. George muss seinen Job nicht aufgeben. Das darf er einfach nicht!« Lucie tigerte im Raum auf und ab. Sie war so verzweifelt und wütend auf sich selbst, dass sie fast hyperventilierte. Was, wenn sie zu allem Überfluss auch noch Georges Karriere zerstört hatte?

»Wieso willst du denn von China nach Italien fahren? Ich dachte, Cecil hat einen eigenen Flieger? Und müsst ihr nicht allmählich die Hochzeit planen?«

»Die Hochzeit ist gestrichen, Mrs Zao.«

»Wieso? Wollt ihr etwa nach Vegas durchbrennen?«

»Cecil und ich werden nicht heiraten«, platzte Lucie heraus.

»Wie bitte?!«

»Ich habe mich letzte Woche von ihm getrennt.«

Rosemary fiel die Kinnlade runter. »Letzte Woche?«, fragte sie leise.

»Ja.«

»Jetzt verstehe ich auch, wieso Cecil nicht bei der Gala war. Und ich dachte, er hätte Angst vor Cornelia Guest.«

»Haha, vor der habe ich auch Angst, aber daran lag es nicht.«

»Ja, aber … Jetzt bin ich verwirrt. Wieso hast du dich überhaupt von Cecil getrennt? Du hast dich doch so auf die Feier in Abu Dhabi gefreut.« Lucie konnte Rosemary förmlich ansehen, wie es in ihrem Hirn ratterte.

»Mir ist klar geworden, dass ich Cecil nicht liebe und nie das perfekte Anhängsel sein werde. Ich will ein neues Leben anfangen, ich will reisen. Nach Los Angeles ziehen und Galeristin werden. Deshalb kann George auch gerne hierbleiben. Und Sie auch, Mrs Zao. Warum sollten Sie meinetwegen Ihr gemütliches Haus in East Hampton aufgeben? Außerdem würden Sie meiner Mutter sehr fehlen.« Lucie kämpfte mit den Tränen.

»Sie wird mir auch fehlen. Aber wir haben schon genug

Schaden angerichtet. Es wäre bestimmt unangenehm für dich, wenn wir uns ständig über den Weg laufen.«

»Überhaupt nicht, Mrs Zao. Wirklich nicht!«

»Ach ja? Warum hast du ihm dann gesagt, dass du ihn nie wiedersehen willst? Warum musste er dir versprechen, dich in Ruhe zu lassen?«

»Das hat er Ihnen erzählt?«

»Ja, er hat gesagt, du hättest ihm verboten, je wieder einen Fuß in dein Haus zu setzen.«

»Aber so habe ich das doch gar nicht gemeint.«

»Wie hast du es denn dann gemeint? Er hat dich beim Wort genommen, Lucie. So ist er. Er hält seine Versprechen und würde niemals jemandem absichtlich wehtun. Erst recht nicht dir. Der arme Junge ist immer noch bis über beide Ohren in dich verliebt. Ich sehe doch, wie er leidet. Jeden Tag.«

Da brach Lucie endgültig in Tränen aus.

»*Aiya*, warum weinst du denn jetzt?«

Lucie schluchzte so heftig, dass sie nicht antworten konnte.

Rosemary runzelte die Stirn. »Gibt es da etwa einen winzigen Teil von dir, der doch etwas für meinen Sohn empfindet?«

»Ja, natürlich.«

»Was denn, Mitleid?«

»Nein, kein Mitleid«, schluchzte Lucie. »Ich liebe ihn!«

Rosemary neigte skeptisch den Kopf. »Wirklich? Du liebst meinen Sohn?«

»Schon seit ich ihn das erste Mal gesehen habe!« Es tat zwar schrecklich weh, aber gleichzeitig war es unglaublich erleichternd, das endlich auszusprechen.

»Warum hast du dann behauptet, du würdest nichts für ihn empfinden? Wieso musstest du meinem Jungen unbedingt das Herz brechen?«

Lucie sackte auf dem Sofa zusammen. »Keine Ahnung. Ich war so durcheinander und habe mich geschämt. Ich hatte Angst, was meine Familie dazu sagen würde.«

»Deine Familie? Meinst du deine Mutter?«

»Meine Mutter auch, aber vor allem meine erweiterte Familie. Sie wissen ja nicht, wie das ist. Meine Mutter wollte immer schon, dass ich mich ausschließlich mit der Familie meines Vaters umgebe – als würde sie sich für ihre chinesischen Wurzeln schämen. Meine Großeltern mütterlicherseits kenne ich kaum. Die Hochzeit mit meinem Vater war ein Akt der Rebellion gegen ihre Eltern, deshalb dachte ich, dass es ihr nicht recht wäre, wenn ich mich in einen chinesischen Jungen verliebe. Und ich dachte, die Familie meines Vaters wäre enttäuscht, wenn ich keinen Milliardär heirate. Mein ganzes Leben lang hatte ich das Gefühl, es niemandem recht machen zu können. Meine chinesischen Verwandten behandeln mich wie das letzte Einhorn, als wäre ich zu gut für sie, und meine WASP-Verwandten behandeln mich, als wäre ich nicht gut genug.«

Rosemary umarmte Lucie, die noch immer weinte. »Du armes, verwirrtes Ding. Du bist ja rassistisch dir selbst gegenüber. Und deine Mutter ist stärker, als du denkst. Sie schämt sich kein bisschen für ihre asiatischen Wurzeln. Weißt du, was sie vor ein paar Wochen gesagt hat? Wir saßen abends lange zusammen am Strand, und da hat sie mir erzählt, dass sie damals ihre eigene Familie zugunsten der deines Vaters geopfert hat, damit du und Freddie so viel Zeit wie möglich mit der Churchill-Seite verbringen könnt. Sie fand, ihr chinesischer Einfluss zu Hause würde ausreichen, und wollte nicht, dass ihr die tiefe Verbundenheit zu eurem Vater verliert. Sie ist unendlich traurig darüber, dass ihr nur so wenig Zeit mit ihm hattet, und macht sich schreckliche Vorwürfe, dass sie damals so krank war und euch nicht helfen konnte, seinen Tod zu verarbeiten.«

Lucie war wie vom Donner gerührt. »Warum hat sie mir das nie gesagt?«

»Keine Ahnung.« Rosemary seufzte. »Manche Dinge erzählen sich Mütter und Kinder eben nicht.«

Schweigend saßen sie nebeneinander, bis sich Lucie irgendwann die Tränen abwischte.

»Mrs Zao, jetzt bin ich an der Reihe, mich bei Ihnen zu entschuldigen. Es tut mir so leid, was ich Ihnen und George angetan habe. Ich wollte ihm nie wehtun, und ich hoffe, er kann mir verzeihen.«

»Das wird er, ganz bestimmt.«

»Ich liebe Ihren Sohn, und ab jetzt ist mir scheißegal, was alle denken.«

»Niemand wird irgendwas denken, mein Kind. Alle werden dich genauso lieben wie vorher, und ich bin mir sicher, dass sie auch meinen Sohn lieben lernen. Es macht mich so traurig, dass du dir so lange eingeredet hast, das wäre unmöglich.«

Lucie lächelte. Cornelia Guest hatte recht gehabt. Sie hatte sich etwas vorgemacht, und zwar nicht erst seit diesem Sommer. Sie hatte sich etwas vorgemacht, seit sie vor all den Jahren mit George an der Villa Jovis erwischt worden war. Dieser Augenblick hatte alles verändert. Ihre ganze Welt war ins Wanken geraten, und sie gleich mit. Sie hatte unbewusst ihren Körper und ihre Seele abgeschottet und sich in einen sicheren Hafen geflüchtet. Zu Cecil Pike, einem Mann, der ihr auf keinen Fall das Herz brechen konnte.

»Ich weiß auch nicht, was in mich gefahren ist, Mrs Zao. Ich habe das Gefühl, ich bin in einer Blase gefangen, eigentlich schon seit Capri, und als würde ich seitdem durch mein Leben schlafwandeln.«

»Das verstehe ich. Auf Capri ist etwas Schicksalhaftes passiert, das dich und George für immer verändert hat.«

Lucie setzte sich auf und sah Rosemary unbehaglich an. »Es gibt da noch etwas, wofür ich mich entschuldigen muss …«

»Ich weiß, die Sache mit dem Empfehlungsschreiben.«

»Sie wissen davon?«

»Ja, Ms Ferrer saß bei der Gala neben mir, und wir haben uns lange unterhalten. Sie wollte alles über meine Zeit als Prostituierte in Lan Kwai Fong wissen.«

3

Capri

Mai 2019

Von: Charlotte Barclay
An: lucietangchurchill@gmail.com
Betreff: Lange nichts gehört!

Liebe Lucie,

vielen Dank für die schöne Postkarte! Da bekomme ich direkt Fernweh, aber leider habe ich viel zu wenig Zeit zum Verreisen. Apropos, rate mal, wozu ich deine Mutter überredet habe. Nachdem ihr chinesischer Kochkurs mit Rosemary letzten Herbst in der Preppie Guru Lounge so ein Erfolg war, haben wir die beiden im Sommer für London gebucht! Es wird höchste Zeit, dass die Londoner authentische chinesische Hausmannskost kennenlernen, und dank meines lieben Freundes Yotam Ottolenghi habe ich ihnen auch schon eine tolle Location gesichert. Ich kann es kaum erwarten, die beiden hier in Aktion zu erleben.

Ich weiß nicht, wie viel du noch mitbekommst, wo du doch so viel zu tun hast, aber Cecils wilde Romanze bzw. der internationale Skandal ist ein gefundenes Fressen für die Klatschpresse in den USA und hier in England. Jedenfalls hat er auf den Schauen in Paris eine hübsche Prinzessin aus Nahost kennengelernt, Ihre königliche Hoheit Sheika Kiza[1], und sie aus den Klauen ihres schreck-

1 Bevor sie einen der reichsten Adligen der Welt heiratete, zum Islam konvertierte und einen arabischen Namen annahm, war Ihre

lichen Mannes gerettet. Anscheinend war sie so beeindruckt von Cecils Wissen über Judy Chicago und feministische Kunst, dass ihre innere Göttin erwacht ist und sie sich mitten in der Nacht davongestohlen und sich auf Cecils Superjacht geflüchtet hat, die versteckt im Golf von Aden vor Anker lag. Derzeit halten sie sich in London auf, sie hat die Scheidung eingereicht und das alleinige Sorgerecht für den kleinen Prinzen beantragt. Die Anwälte von Cecil und seiner Mutter werden das schon schaukeln. Außerdem hat er Mordecai beauftragt, seinen Townhousekomplex für die Prinzessin umzudekorieren, und Olivia will eine Doku über die ganze Sache drehen. Ach ja, wie läuft eigentlich ihr Filmprojekt mit George?

Mit der Preppie Guru Lounge in Shoreditch geht es gut voran. Auden und ich hoffen, dass wir sie im September eröffnen können, und ab dann arbeite ich nicht mehr Vollzeit für Mary Berry, sondern nur noch projektbezogen. Dann kann ich Auden besser dabei helfen, in London Fuß zu fassen. Er ist derzeit in New York und unterrichtet einen Blumenessenztherapiekurs, und so sehr ich ihn mag, es ist doch schön, die Wohnung mal ein paar Tage lang für mich zu haben (wie man das Handtuch richtig aufhängt, trainieren wir noch). Wir sollten bald wissen, ob wir dich im Juli besuchen können. Ich weiß, das sage ich immer, aber es hängt von mehreren Deadlines ab.

Das Beste habe ich mir allerdings bis zuletzt aufgehoben: Neulich beim Luncheon der Central Park Conservancy bin ich Cacky

königliche Hoheit Sheika Kiza mit zwei der reichsten Männer Asiens verheiratet. Das arabische »Kiza« bedeutet übrigens »Kätzchen«.

begegnet (den Hut hättest du sehen sollen!), und natürlich musste sie ganz beiläufig fallen lassen, dass sie im Sommer eine Audienz beim Papst hat, dank ihrer neuen Busenfreundin Renée Pike. Sie will Granny in den Vatikan mitnehmen und danach dich und Prinz George auf Capri besuchen. Ob du's glaubst oder nicht, Granny will George besser kennenlernen, weil ihr irgendeine norwegische Gräfin aus dem Bridgeclub in Hobe Sound erzählt hat, er würde in direkter Linie von den Kaisern der Qing-Dynastie abstammen. Ich habe dich gewarnt.

Alles Liebe,
Charlotte

Von: Lucie Churchill
An: charlotte@preppieguru.com
Betreff: Re: Lange nichts gehört!

Liebe Charlotte,

unglaublich, dass dieses bescheuerte Gerücht über George immer noch kursiert. Dafür können wir uns bei Cecil bedanken. Gibt Harry Stuyvesant Fish also immer noch auf Kosten des Steuerzahlers bei extravaganten diplomatischen Banketten in der Botschaft in Norwegen mit seinen Mietern an? Falls Cacky und Granny tatsächlich nach Capri kommen, wird George jedenfalls bestimmt den roten Teppich ausrollen, er hat einfach ein zu gutes Herz. (Ich bin mir da noch nicht so sicher.)

Danke, dass du mich auf dem Laufenden hältst! George und ich haben ja eine Social-Media-Pause eingelegt, deswegen bin ich kaum noch online und kriege nichts mehr mit. Die Tage vergehen wie im Flug, da ich die meiste Zeit einfach nur male. Herrlich! Halt dich fest, aber meine neuen Bilder sind für meine Verhältnisse richtig bunt. George meint, ich sei in meiner »Rosa Periode«.

Das Leben auf Capri inspiriert und belohnt mich auf so vielfältige Weise, und ich bin unendlich dankbar, dass George und ich trotz anfänglicher Bedenken die Gelegenheit beim Schopf gepackt haben. Für ihn war es leichter, weil er ja sowieso schon gekündigt hatte, aber mir kam es erst unverantwortlich vor, für ein paar Jahre ohne echten Plan auf eine winzige Mittelmeerinsel zu ziehen. Aber ich denke immer wieder an das Zitat von Audens Freundin Gemma Rose, das in seinem Büro in Amagansett hängt: *Wenn wir unser wahres Selbst finden, ist alles möglich.*

George kommt mit seinen Renovierungsarbeiten an Issies und Dolfis Villa ordentlich voran und kann sie hoffentlich abschließen, bevor ihr Baby Nummer zwei kommt. Alles sieht jetzt schon so toll aus, und anscheinend wird es das erste nachhaltige, LEED-zertifizierte Haus auf der Insel. Außerdem haben Dolfis Eltern George mit einem streng geheimen Projekt in Rom betraut, das die Stadt von Grund auf verändern wird. Olivia dokumentiert seine Arbeit fein säuberlich. Du musst ihr wirklich ein verdammt schlechtes Gewissen eingeredet haben! Sie ist unglaublich nett zu uns und glaubt offensichtlich immer noch, sie müsse für ihren grauenhaften Film büßen. Ich bin jedenfalls sehr gespannt darauf, was sie aus Georges neuestem Projekt macht. Er hat so viel Talent – damit beeindruckt er mich jeden Tag aufs Neue. Und er ist wirklich eins mit der Natur. So glücklich habe ich ihn noch nie erlebt.

Apropos glücklich, hast du Freddies Fotos gesehen? Unglaublich, erst hat er die Ortiz-Schwestern den ganzen Weg von China nach Italien chauffiert, und dann ist er direkt wieder umgekehrt, um mit den Adlerjägern in der Mongolei zu leben! Auf dem Foto, wo er in diesem wunderschönen Outfit auf dem Pferd sitzt und seinen Adler trainiert, sieht er aus wie eine Mischung aus Jon Snow und Dschingis Khan. Er fehlt mir sehr, aber ich bin so froh, dass er seine wahre Leidenschaft und mit Palomas netter Enkeltochter Bella auch die Liebe gefunden hat. (Sie sind jetzt seit fünf Monaten zusammen, neuer Rekord für ihn. Und ich stelle es mir nicht gerade einfach vor, mit Freddie in einer Jurte zu wohnen.)

Ach, beinahe hätte ich das Beste vergessen ... eine Galerie in Florenz will im September eine Einzelausstellung mit mir machen. Kaum zu glauben, oder? Ich freue mich total, bin aber auch echt nervös. Bis dahin muss ich noch einiges fertigstellen. Falls du noch mal mit Mordecai sprichst, kannst du ihn fragen, ob er uns eine gute *pensione* in Florenz empfehlen kann? Am liebsten mit Aussicht auf den Arno.

Hoffentlich können du und Auden im Juli kommen, wenn Mom und Rosemary auch da sind. Zu der Jahreszeit ist die Insel am schönsten, und das Meer ist endlich warm genug zum Schwimmen. Rate mal, wohin mich George morgen bei Sonnenaufgang entführt?

Gruß und Kuss,
Lucie

LA GROTTA AZZURRA
ANACAPRI, CAPRI

Es war noch stockdunkel, als sie die Treppe erreichten, die an der Klippe hinunter zur Grotte führte. George leuchtete ihnen mit einer Taschenlampe den Weg.

»Das ist doch Irrsinn«, brach Lucie das Schweigen. »Wieso mussten wir noch gleich so früh aufstehen?«

»Wirst du schon sehen«, sagte George schmunzelnd. »Okay, da wären wir. Ich gehe zuerst rein. Hältst du kurz die Taschenlampe?«

George machte einen Kopfsprung ins Wasser und schnappte nach Luft, als er auftauchte.

»Ist es sehr kalt?«, rief Lucie.

»Nein, es geht. Gib mir die Taschenlampe und komm auch rein.«

Lucie holte tief Luft und sprang ebenfalls ins Wasser. »Scheiße, das ist ja eiskalt!«, rief sie bibbernd.

George schwamm zu ihr. »Ach komm, so schlimm ist es nun auch wieder nicht. Man gewöhnt sich schnell dran.«

Er klemmte sich die Taschenlampe zwischen die Zähne und glitt durch die Dunkelheit. Lucie folgte dem tanzenden Lichtstrahl, und schon bald hatten sie den nur knapp über einen Meter hohen Eingang der Grotte erreicht.

»Gibt es noch einen anderen Eingang für Ruderboote?«

»Nein, das hier ist der einzige.« George schwamm durch den Tunnel, und kurz darauf waren sie im Innern der Grotte, deren hoch aufragende Kalksteinwände im schwachen Schein der Taschenlampe aufleuchteten.

»Das ist also die Blaue Grotte. Beeindruckend.« Lucie lachte. »Aber auch ganz schön albern, wie wir uns hier im Dunkeln reinstehlen.«

»Warts ab«, murmelte George und sah auf die Uhr. Viertel vor sechs, perfektes Timing. Um Punkt 5:53 Uhr sollte die Sonne aufgehen. Er schaltete die Taschenlampe aus, und sie verharrten im Dunkeln.

»Gab es die Grotte eigentlich schon immer?«, fragte Lucie.

»Die Höhle hat sich vor Jahrmillionen gebildet, aber der Wasserspiegel ist erst mit der Zeit auf sein heutiges Niveau angestiegen«, erklärte George. »Im Römischen Reich war sie das private Nymphäum des Kaisers, sein Badetempel. Ich wette, er hat hier alle möglichen versauten Dinge angestellt.«

Sie ließen sich eine Weile schweigend treiben, bis plötzlich die Sonne über den Horizont trat und das tiefe Wasser in der Grotte schlagartig azurblau färbte. Es war, als hätte Poseidon am Meeresgrund eine riesige Lampe angeschaltet und die Grotte mit gleißendem Licht geflutet.

Lucie konnte es kaum glauben. Noch nie in ihrem Leben hatte sie derart blaues, strahlendes, wunderschönes Wasser gesehen. Es kam ihr vor, als hätte sie ihren Körper verlassen und schwebte im Innern eines schillernden Aquamarins.

Nahezu unwirklich, wie nicht von dieser Welt. Die Wände leuchteten himmelblau, und erst jetzt merkte sie, dass die Grotte wesentlich größer war, als sie gedacht hatte. Lucie war so froh, dass sie den perfekten Augenblick abgewartet hatte und mit George hierhergekommen war. Tränen strömten ihr übers Gesicht und vermischten sich mit Salzwasser. Staunend schaute sie sich um, wollte sich alles genau einprägen, um diesen Augenblick für immer zu bewahren.

Sie dachte an Tiberius, Augustus, all die Kaiser, die genau hier in diesem Wasser geschwommen waren, und ließ ihre Gedanken weiter zurückschweifen, zu den mythischen Göttern, die dieses Paradies auf Erden erschaffen haben mussten und hoffentlich ihre inspirierende, heilende Hand über sie hielten.

Dann schwamm sie wie in Trance zu George, der sie an einen silbrigen Wassermann aus einer anderen Welt erinnerte. Erst jetzt fiel ihr auf, dass auch ihr Körper unter Wasser silbern schillerte. Lucie sah George tief in die Augen, ihr fehlten die Worte. George erwiderte den Blick auf seine unfassbar anziehende Weise, und als er spürte, wie glücklich sie war, breitete sich ein Grinsen auf seinem Gesicht aus. Er nahm sie in den Arm und küsste sie leidenschaftlich.

»Ich liebe dich.« Lucie küsste ihn noch einmal und drückte ihn fester an sich.

»Ich dich auch«, erwiderte George und dachte: *Nächstes Mal bringe ich einen Ring mit.*

Nach endlos scheinenden Minuten löste sich Lucie von ihm. Sie ließ sich kurz in der Strömung treiben, dann streckte sie die Arme aus und schwamm mit kräftigen Zügen in den strahlenden neuen Tag.

DANKSAGUNG

Grazie mille den tollen Menschen, die mir in ihrer einzigartig wundersamen Weise maßgeblich dabei geholfen haben, dieses Buch zu verfassen:

Ettore Castelli
Ryan Chan
Judy Chicago
Gianluca D'Esposito
Todd Doughty
David Elliott
Ilana Fayon
John Fontana
Simone Gers
Aaron Goldberg
Cornelia Guest
Suzanne Herz
Jenny Jackson
Alicia Lubowski
Alexandra Machinist
Gillian Longworth McGuire
John Penotti
August Railey
Gemma Rose
David Sangalli
Holly Star
Lief Anne Stiles
Bill Thomas
Chai Vasarhelyi
Jimmy O. Yang
Jacqueline Zirkman

Die Übersetzerinnen danken Yves Trachsel für die Hilfe bei der Transkription der asiatischen Begriffe.

KEVIN KWAN BEI KEIN & ABER

Crazy Rich Asians
Band 1 der *Crazy-Rich*-Trilogie

»Eine romantische Komödie, die wirklich etwas zu sagen hat.«
Spiegel

Als Rachels Freund Nick sie endlich seiner Familie vorstellen will, ahnt sie noch nicht, was auf sie zukommt. Bald stellt sie fest: Diese Leute sind nicht nur reich, sondern crazy rich. Plötzlich sieht sie sich konfrontiert mit schrillen Verwandten, glamourösen Nebenbuhlerinnen und Privatjets mit ayurvedischen Yogastudios. Doch welchen Wert hat Liebe in dieser maßlosen Welt?

Roman
broschiert, 576 Seiten
Aus dem Amerikanischen von Jenny Merling und Anna-Christin Kramer
ISBN 978-3-0369-6112-5

Auch als eBook erhältlich

Crazy Rich Girlfriend
Band 2 der *Crazy-Rich*-Trilogie

»Eine vergnügliche popkulturelle Nachhilfestunde über die wahren Verhältnisse in der Welt.«

Die Zeit

Roman

broschiert, 576 Seiten

Aus dem Amerikanischen von Lisa Kögeböhn

ISBN 978-3-0369-6113-2

Auch als eBook erhältlich

Crazy Rich Problems
Band 3 der *Crazy-Rich*-Trilogie

»Kevin Kwan erzählt amüsant von der Schicht der Turbo-Reichen.«

ZDF-Morgenmagazin

Roman

broschiert, 608 Seiten

Aus dem Amerikanischen von Lisa Kögeböhn und Jenny Merling

ISBN 978-3-0369-6114-9

Auch als eBook erhältlich

Rahul Raina

Bekenntnisse eines Betrügers

»Ein turbulenter, scharfsinniger, unterhaltsamer Roman und potenzieller Blockbuster!«

New York Times Book Review

Rahul Raina erzählt mit Charme und Selbstironie die Geschichte des schlagfertigen und klugen Aufsteigers Ramesh. In einer Welt, in der Korruption regiert und jeder sich selbst der Nächste ist, muss er die Gegner mit ihren eigenen Waffen schlagen und wird zu einem meisterhaften Betrüger: Als sogenannter »Bildungsberater« legt er Uni-Aufnahmeprüfungen für reiche Teenager ab, die weniger Grips haben als er. Bis fast alles aus dem Ruder läuft …

Roman
gebunden, 400 Seiten
Aus dem Amerikanischen von Alexander Wagner
ISBN 978-3-0369-5868-2
Auch als eBook erhältlich

www.keinundaber.ch